빌레트 1

Villette

빌레트 1

Villette

샬럿 브론테 지음 | **안진이** 옮김

1. 브레튼

　나의 대모님은 오랜 역사를 지닌 브레튼이라는 도시의 좋은 집에 사셨다. 몇 세대에 걸쳐 그곳에서 살아온 대모님의 남편 쪽 가문 이름도 고향 도시와 같았다. 브레튼 시의 브레튼 가문. 우연의 일치였는지 혹은 먼 옛날 그 집안에 굉장한 인물이 있어서 마을에 그의 이름을 붙이기로 했는지는 잘 모르겠다.

　어릴 적에는 2년에 한 번 브레튼에 갔다. 나는 그곳에 가는 걸 참 좋아했다. 집도 좋고 사람들과도 잘 지냈다. 방들은 널찍하고 조용했으며, 방 안에는 깔끔하게 배치한 가구와 넓게 트인 창문이 있었다. 밖으로 난 발코니에서 내려다보이는 고풍스럽고 멋진 거리는 고요하고 길바닥도 깨끗하기 그지없어서 항상 휴일이나 일요일 같은 분위기였다. 이런 점들이 내 마음에 쏙 들었다.

　어른들만 사는 집에 아이가 혼자 있으면 귀여움을 독차지하게 마련이다. 나 역시 대모님인 브레튼 부인에게서 야단스럽지는 않지만 정성 어린 보살핌을 받았다. 나와 처음 만났을 때 브레튼 부인은 이미 아들 하나가 딸린 과부였다. 남편은 의사였는데 아직 젊고 매력적인 부인을 두고 먼저 세상을 떠났다.

　내가 기억하는 브레튼 부인은 중년의 나이에 여전히 아름다운 모습이다. 키가 크고 몸매가 좋았으며, 영국 여성치고는 피부색이 어두운 편이긴 했지만 갈색 뺨에는 늘 건강미가 넘쳤고, 맑고 검은 눈동자는 명랑하고도 활기찼다. 사람들이 안타깝게 여긴 건 아들이 부인의 혈색을 똑같이 물려받지 못했다는 점이었다. 아들은 푸른 눈을 가지고 있었는데 어릴 때부터 눈빛이 아주 날카로웠다. 길게 기른 그의 머리카락은 햇빛이 비칠 때는 황금색으로 보였으나 평소에는 정확히 무슨 색이라고 말하기가 어려운 빛깔이었다. 하지만 얼굴 윤곽은 어머니에게서 물려받았고 가지런한 치아와 큰 키(아직은 그가 다 자라기 전의 이야기를 하고 있으므로 어머니처럼 키가 커질 가능성이라고만 해야겠다)도 마찬가지였다. 더구나 재물보다 값진 유산인 완전무결한 건강과 차분하고 건전한 성격을 어머니에게서 고스란히 물려받았다.

그 해 가을 나는 브레튼에 머물고 있었다. 원래 나는 어떤 친척집에서 평생 살기로 돼 있었는데 대모님이 몸소 찾아와서 나를 데려갔다. 이후에 닥칠 일을 대모님이 예견했던 것 같기도 하다. 나는 그런 기미를 아주 조금밖에 느끼지 못했지만 혹시나 하는 생각만으로도 불안하고 슬펐다. 그래서 새로운 환경에서 생활한다는 게 내심 반가웠다.

대모님과 함께 지내는 시간은 언제나 순조롭게 지나갔다. 빠른 급류가 아니라 평원을 가로질러 부드럽게 흐르는 큰 강처럼 평탄했다. 내가 대모님 곁에 머무른 시간은 말하자면 '크리스천과 희망'(존 버니언의 〈천로역정〉에 등장하는 주인공들―옮긴이)이 '나무가 우거진 초록빛 둑과 일 년 내내 백합이 만발하는 아름다운 초원'이 있는 상쾌한 개울가에 머물렀을 때와 흡사했다. 다채로운 매력도, 가슴 설레는 사건도 없는 나날이었다. 하지만 나는 평화로운 생활을 좋아했지 자극을 추구하는 사람이 아니었으므로 드디어 자극적인 일이 생겼을 때는 성가신 느낌마저 들었다. 당분간 아무런 변화가 없었으면 좋겠다는 생각도 했다.

어느 날 편지 한 통이 도착했다. 편지를 본 브레튼 부인은 놀라고 불안해하는 눈치였다. 나는 전에 살던 친척집에서 편지가 온 줄 알고 어떤 불행한 소식이 담겨 있지나 않을까 걱정했지만 부인은 내게 아무 말도 하지 않았다. 먹구름은 그냥 지나갈 듯했다.

다음 날 긴 산책에서 돌아와 방에 들어서니 뜻밖의 변화가 눈에 띄었다. 그늘진 벽감(벽에서 움푹 들어간 곳—옮긴이)에 놓인 나의 프랑스식 침대 위에 흰 천을 씌운 작은 어린이용 침대가 한쪽 구석에 놓여 있었다. 그리고 내가 쓰는 마호가니 옷장 외에 작은 장미목 옷장이 있었다. 나는 말없이 방 안을 바라보며 혼자 생각했다.

'이 침대와 옷장은 뭘 뜻하는 걸까?'

질문에 답하기는 어렵지 않았다.

'손님이 온다는 거겠지. 대모님이 아이를 한 명 더 맡기로 하셨나 봐.'

식사를 하러 아래층으로 가자 브레튼 부인이 곧 설명해주었다. 그날부터 어떤 여자아이가 나와 함께 지내게 된다는 것이었다. 돌아가신 브레튼 씨의 친구이자 먼 친척뻘 되는 사람의 딸인데 얼마 전에 어머니를 여의었다고 했다. 하지만 흔히 생각하는 것처럼 아이가 어머니를 잃고 크게 상심하지는 않았을 거라고 했다. 브레튼 부인의 말에 따르면 홈 부인은(그 친구분의 이름이 홈이었다) 대단히 예뻤지만 경박하고 무심한 여자라서 아이를 제대로 돌보지 않았고 결국에는 남편을 실망시켜 애정이 식게 만들었다. 두 사람은 계속 삐걱거리다가 마침내 갈라서기에 이르렀다. 그들은 법적 절차를 밟지 않고 합의 아래 결별했다. 그런데 얼마 후 홈 부인이 무도회에 갔다가 지나치게 무리한 탓에 감기와 열병에 차례로 걸렸고 잠간 앓다가 세상을 떠났다. 남편 홈 씨는 태생적으로 매우 예민한 사람이었기 때문에 갑작스런 부고를 접하고 이루 말할 수 없는 충격을 받았다. 그는 자기가 너그럽게 포용하지 못하고 너무 가혹하게 굴어서 부인이 일찍 죽었다는 생각을 떨치지 못했다. 그런 생각에 몰두하면서 정신적으로 피폐해진 홈 씨는 의사로부터 치료를 위해 여행을 다녀오라는 강력한 권고를 받았고, 여행 기간 동안 브레튼 부인이 홈 씨의 어린 딸을 맡아주기로 했던 것이다. 브레튼 부인은 다음과 같은 말로 이야기를 끝마쳤다.

"제 엄마와 똑같은 애가 아니었으면 좋겠구나. 지각 있는 사람이 어떻게 그런 어리석고 천박한 바람둥이한테 넘어가서 결혼했는지 몰라. 사실 홈 씨도 현실적이지 못해서 그렇지 나름대로 똑똑한 사람이거든. 과학에 푹 빠져서 인생의 절반은 연구실에서 온갖 실험을 하며 보냈는데, 자유분방한 부인은 그걸 이해하지 못했고 참아주지도 못했지."

여기까지 말하고 나서 대모님은 속마음을 털어놓았다.

"나라도 그건 좋아할 수가 없었을 거야."

내가 홈 씨에 관해 질문을 하자 브레튼 부인은 세상을 떠난 남편에게서 가끔 들었던 이야기를 나에게 해주었다. 홈 씨는 프랑스인이자 석학이었던 외삼촌에게서 과학적 재능을 물려받았을 거라고 했다. 그렇게 추측한 건 그가 프랑스와 스코틀랜드 혈통이 섞인 사람 같아 보였고, 이름 앞에 '드'가 여러 개 붙는 친척이 프랑스에 있었으며, 스스로도 귀족이라고 말했기 때문이었다.

그날 밤 9시 경 우리는 어린 손님이 타고 올 마차를 맞이하기 위해 하인을 보냈다. 브레튼 부인의 아들인 존 그레이엄 브레튼은 시골에 사는 학교 친구를 만나러 가고 없었으므로 브레튼 부인과 내가 응접실에 단둘이 앉아 그 아이가 도착하기를 기다리고 있었다.

부인은 석간신문을 읽고 나는 바느질을 했다. 비가 주룩주룩 내리는 밤이었다. 빗줄기가 창문을 후려쳤고 성난 바람소리는 좀처럼 잦아들지 않았다.

이따금씩 브레튼 부인이 중얼거렸다.

"아이가 참 안됐어! 여행길에 날씨가 이래서야…… 무사히 도착해야 할 텐데."

10시 조금 전에 현관 초인종이 울렸다. 하인 워런이 돌아왔다는 신호였다. 나는 문이 열리자마자 현관으로 뛰어 내려갔다. 현관에 여행가방 하나와 종이상자 몇 개가 놓여 있고 그 옆에 보모로 보이는 여자가 있었으며, 계단 맨 아래에는 워런이 숄로 감싼 꾸러미 같은 무언가를 팔에 안고 서 있었다.

나는 워런에게 말했다.

"그 애구나?"

"네, 아가씨."

나는 숄을 들춰 아이 얼굴을 슬쩍 들여다보려 했으나 아이는 재빨리 워런의 어깨 쪽으로 고개를 돌려 버렸다.

워런이 응접실 문을 열자 작은 목소리가 들렸다.

"날 좀 내려놓아 줄래요? 숄도 벗겨주고."

목소리의 주인공은 조막만 한 손을 놀려 핀을 뽑아내고 꼼꼼하면서도 빠른 동작으로 어색하게 걸쳐져 있던 숄을 벗었다. 그리고 나서는 숄을 반듯하게 개려고 애썼지만 그 작은 팔로는 크고 무거운 숄을 들고 있을 수도 휘두를 수도 없었다. 그러자 아이는 명령조로 말했다.

"이걸 해리엇에게 주고 치우라고 해요."

말을 마치고 나서 아이는 고개를 돌려 브레튼 부인을 응시했다.

"아가, 이리 오너라. 몸이 차갑거나 젖지 않았는지 보자꾸나. 이리 와서 불가에 몸을 녹이렴."

브레튼 부인의 말에 아이는 곧 부인 쪽으로 걸어갔다. 감싸고 있던 숄을 벗으니 대단히 작아 보였다. 하지만 옷차림은 깔끔하고 완벽했으며, 몸이 호리호리하고 민첩한데다 자세가 꼿꼿했다. 대모님의 풍만한 무릎에 앉혀 놓으니 인형이 따로 없었다. 밀랍으로 만든 것처럼 연약해 보이는 목과 비단결 같은 곱슬머리 때문에 한층 더 인형 같은 분위기가 풍겼다.

브레튼 부인은 아이의 팔과 다리를 문지르며 다정한 말을 몇 마디 건넸다. 아이는 잠시 부인을 바라보며 뭔가를 생각하다가 이내 미소로 답했다. 사실 평소에 브레튼 부인은 사근사근한 성격이 아니었다. 지극히 아끼는 아들 앞에서도 좀처럼 감상적인 모습을 보이지 않고 대체로 무뚝뚝하게 행동했다. 그런데 처음 보는 이 어린 손님이 미소를 지어 보이자 부인은 키스를 해주고 나서 이렇게 물었다.

"우리 공주님 이름이 뭐지?"

"아가씨."

"아가씨 말고는 뭐라고 부르지?"

"아빠가 부를 땐 폴리."

"폴리는 여기서 즐겁게 지낼 수 있겠지?"

"계속은 안 돼요. 아빠가 오실 때까지만. 아빠가 멀리 가셨어요."

아이는 고개를 흔들며 감정을 드러냈다.

"아빠는 돌아오실 거야. 아니면 사람을 보내서 폴리를 데려가시든가."

"정말요? 아빠가 돌아오실 거라고 생각하세요?"

"그렇단다."

"해리엇은 아빠가 금방 오시진 않을 거래요. 아빠가 편찮으시대요."

아이의 눈에 눈물이 고였다. 아이는 브레튼 부인이 잡고 있는 손을 빼낸 후 부인의 무릎을 벗어나려는 몸짓을 했다. 부인이 붙잡으려 하자 아이가 말했다.

"그냥 일어날게요. 걸상에 앉을 수 있어요."

아이는 부인의 무릎에서 미끄러져 내려와 낮은 의자를 들고 그늘진 구석으로 가서 혼자 앉았다. 위엄 있는 성격이었던 브레튼 부인은 중대한 문제를 처리할 때는 자기 뜻을 관철시켰지만 사소한 일은 괘념치 않을 때가 많았다. 이번에도 부인은 아이가 마음대로 하게 내버려두고는 나에게 이렇게 말했다.

"지금은 모른 척해 주렴."

하지만 나는 아이를 유심히 보았다. 아이는 작은 무릎에 작은 팔꿈치를 괴고 손으로 턱을 받쳤다. 그러더니 인형옷 같던 치마에 달린 앙증맞은 주머니에서 몇 센티미터 크기밖에 안 되는 네모난 손수건을 꺼냈다. 이어서 흐느끼는 소리가 들렸다. 여느 아이 같으면 슬프고 괴로울 때 참거나 창피해하지 않고 큰 소리로 울어버릴 텐데 폴리는 흐느끼고 있었다. 감정을 드러내는 거라고는 이따금씩 아주 조그맣게 훌쩍이는 소리밖에 없었다. 이번에도 브레튼 부인은 아이가 내는 소리를 듣지 못했다. 잠시 후 구석에서 명령조로 말하는 소리가 들렸다.

"종을 울려서 해리엇을 불러줘요!"

내가 종을 울리자 소리를 듣고 보모 해리엇이 들어왔다. 작은 '아가씨'가 말했다.

"해리엇, 자러가야겠어. 내 침대가 어디 있는지 물어봐줘."

해리엇이 벌써 알아봤다고 대답하자 폴리는 다시 말했다.

"해리엇이랑 같이 자는 거냐고도 물어봐."

해리엇이 대답했다.

"아니에요, 저쪽에 있는 아가씨와 한 방을 쓰게 된답니다."

폴리는 가만히 앉아서 나에게로 눈을 돌렸다. 그리고 아무 말 없이 몇 분간 나를 자세히 살핀 다음에야 구석에서 나왔다.

"안녕히 주무세요."

폴리는 브레튼 부인에게 인사했지만 내게는 말을 걸지 않고 지나쳤다. 그래서 내가 먼저 인사를 했다.

"잘 자, 폴리."

"같은 방에서 잘 거니까 잘 자라는 말은 필요 없잖아."

그 말을 남기고 폴리는 응접실에서 나갔다. 해리엇이 위층까지 데려다주겠다고 말하는 소리가 들렸고, 폴리의 대답도 들렸다.

"됐어, 필요 없어."

그러고는 계단을 힘겹게 오르는 조용한 발자국 소리가 들려왔다.

한 시간 뒤에 침실로 올라가보니 폴리는 여전히 눈을 말똥말똥하게 뜨고 있었다. 베개를 가져다 작은 몸을 받치고 앉은 자세하며 시트 위에 얌전히 포갠 두 손에서 아이에게 전혀 어울리지 않는 구시대 숙녀 같은 조신함이 풍겼다. 나는 얼마 동안 폴리에게 말을 걸지 않고 있다가 불을 끌 때가 돼서야 말했다.

"자리에 눕는 게 어때?"

"조금 있다가."

"그러다 감기 걸려, 아가씨."

폴리는 침대 옆에 있는 의자에서 작은 옷가지를 집어들어 어깨에 걸쳤다. 나는 그 애가 마음대로 하도록 내버려 두었다. 어둠 속에서 잠시 귀를 기울여보니 폴리는 아직도 울고 있었다. 자제력을 발휘하며 숨죽여 흐느끼고 있었다.

아침 햇살에 잠에서 깨보니 물이 똑똑 떨어지는 소리가 들렸다. 이런, 폴리가 벌써 일어나 세면대 앞의 작은 스툴에 올라가 있는 게 아닌가! 폴리는 무거워서 들지도 못하는 세면용 물항아리를 기울여 대야에 물을 부으려고 안간힘을 쓰는 중이었다. 그렇게 작은 아이가 소리도 없이 재빨리 세수하고 옷을 입는 게 신기해 보였다. 물론 혼자 몸단장하는 일에 익숙한 것 같지는 않았다. 옷에 달린 단추와 끈과 똑딱단추 때문에 어려움을 겪으면서도 끈기 있게 대처하는 모습 또한 진풍경이었다. 폴리는 잠옷을 개어 놓고 침대를 깔끔하게 정돈했다. 그러고는 구석으로 가더니 흰 커튼이 쳐진 곳에 숨어들어가 가만히 있었다. 나는 그 애가 커튼 뒤에서 뭘 하는지 보려고 몸을 반쯤 일으켰다. 고개를 내밀어 보니 폴리는 무릎을 꿇고 앉아 이마가 양손에 닿도록 고개를 숙인 자세였다. 기도를 하고 있었던 것이다.

마침 문을 두드리고 들어온 보모 해리엇도 뛸 듯이 놀랐다. 그녀를 향해 폴리가 말했다.

"해리엇, 옷은 다 입었어. 나 혼자 입었는데 단정한 것 같지가 않아. 이리 와서 매만져줘!"

"아가씨, 왜 혼자 몸단장을 했어요?"

"쉿! 해리엇, 조용히 말해. 저 여자애가 깨겠어."

나는 아직 눈을 감은 채 자리에 누워 있었으므로 '저 여자애'란 나를 가리키는 말이었다.

"해리엇이 떠날 때를 대비해서 혼자 입는 법을 익히려고 그랬지."

"내가 떠났으면 좋겠어요?"

"해리엇이 성질을 부릴 땐 가 버렸으면 좋겠다고 생각한 적이 있지만 지금은 아냐. 내 허리띠를 똑바로 매주고 머리도 윤기 나게 해줘."

"허리띠는 지금도 똑바로 매놓았잖아요. 아가씨는 정말 별난 아이라니까!"

"다시 매야 해. 부탁이야."

"알았어요, 알았어. 내가 없을 때는 저기 있는 아가씨한테 몸치장을 도와달라고 하세요."

"싫어."

"왜요? 친절한 숙녀분이던데. 거만하게 굴려는 게 아니라 저 아가씨한테 예의를 차리느라 그러는 거겠죠?"

"저 여자애한테 치장을 도와달라고 하기가 싫어."

"그건 좀 웃기네요!"

"해리엇, 지금 머리를 비뚤게 빗기고 있잖아. 가르마가 구불구불해지겠어."

"이런, 까다롭기도 해라. 이제 됐나요?"

"응. 옷을 다 입었는데 어디로 가야 하지?"

"아침식사를 하는 방으로 데려다줄게요."

"그래, 가자."

그들이 문 쪽으로 가던 중 폴리가 발걸음을 멈추고 말했다.

"아아! 해리엇, 여기가 아빠 집이면 좋겠다! 이곳엔 낯선 사람뿐이잖아."

"착한 마음을 먹어요, 아가씨."

"난 착하다고. 그렇지만 여기가 아픈걸."

폴리는 가슴에 손을 얹고 신음소리를 내며 외쳤다.

"아빠! 아빠!"

나는 두 사람이 나가기 전에 그 광경을 직접 보고 싶어서 눈을 뜨고 자리에서 벌떡 일어났다. 그러자 해리엇이 폴리에게 말했다.

"자, 저 아가씨한테 아침 인사를 하세요."

폴리는 "좋은 아침"이라고 말하고 해리엇을 따라 방을 나갔다. 그날 해리엇은 근교에 사는 친구들을 만나러 외출했다.

아래층으로 내려가 보니 폴리나(그 아이는 자기를 폴리라고 소개했지만 정식 이름은 폴리나 메리였다)가 아침식사 식탁에서 브레튼 부인 옆자리에 앉아 있었다. 그 애 앞에는 우유를 따른 잔이 놓여 있었고, 빵 한 조각을 든 손이 식탁보 위에 힘없이 늘어져 있었다. 폴리나는 음식을 입에 대지 않았다.

브레튼 부인이 나를 향해 말했다.

"어떻게 해야 이 아이를 달랠 수 있을지 모르겠구나. 아무것도 먹지 않고, 얼굴을 보니 밤에 잠도 못 잔 모양이야."

나는 시간을 두고 다정하게 대해 주면 좋아질 거라고 대답했다. 그러자 브레튼 부인이 말했다.

"우리 식구 중에 누군가를 좋아하게 되면 금방 괜찮아지겠지. 그러기 전엔 정붙이기 힘들 거야."

2. 폴리나

 며칠이 지나도 폴리는 집안 식구들 중 누구도 특별히 좋아하는 기색이 없었다. 그렇다고 버릇이 없다거나 제멋대로인 건 아니었고 반항적인 성격과도 거리가 멀었다. 하지만 겉보기와 달리 쉽게 위로하거나 안정시킬 수 있는 아이가 아니어서 차마 눈뜨고 보기 힘들 지경이었다. 폴리는 침울하게 지냈다. 어른도 그렇게까지 맥 빠진 모습을 보여주지는 못했을 것이다. 어린아이에 불과한 폴리의 얼굴에는 지구 반대편에서 유럽을 갈망하다가 쭈글쭈글해진 망명객의 얼굴보다도 더 뚜렷한 향수병의 표지가 나타났다. 폴리는 점점 더 나이가 들어보이고 이 세상 사람 같지 않게 변해 갔다. 여기서 나, 루시 스노는 과도한 상상력을 발휘해 이야기를 늘어놓는 끔찍한 재능을 타고난 사람이 아님을 밝혀두겠다. 하지만 방문을 열 때마다 폴리가 구석에 홀로 앉아 인형처럼 작은 손에 얼굴을 파묻고 있는 모습이 보인다고 생각해보라. 그 방에 사람이 아닌 유령이 살고 있다는 착각마저 들었다.
 달빛이 비치는 밤에 잠에서 깨기라도 하면 새하얀 잠옷을 입은 폴리의 형체가 똑똑히 보였다. 침대 위에 무릎을 꿇고 똑바로 앉아 열광적인 가톨릭 신자나 감리교 신자처럼 기도를 올리는 모습이 흡사 나이 어린 광신도 혹은 때를 잘못 만난 성자 같았다. 그걸 보고 내가 무슨 생각을 했는지는 잘 기억나지 않는데, 폴리가 했음직한 생각과 별반 다르지 않은 비이성적이고 위험한 생각이었던 것 같다.

기도문 내용을 들을 기회는 거의 없었다. 폴리는 낮게 속삭이는 소리로 기도를 했고 때로는 속삭임조차 없이 침묵으로 기도했기 때문이다. 간혹 가다 들리는 문장은 여전히 "아빠! 사랑하는 아빠!"라는 구절의 반복이었다. 그래서 나는 폴리가 한 가지 생각에 몰두하는 경향이 있다는 판단을 내렸다. 남자든 여자든 그런 편집광적 기질을 타고나는 건 더할 나위 없이 불행한 일 같았다.

만약 폴리의 고뇌가 이런 식으로 계속되었다면 나중에 어떤 사태가 발생했을지는 짐작만 해볼 뿐 알 길이 없다. 그러나 예기치 못한 변화가 생겼다.

어느 날 오후 브레튼 부인은 폴리를 구슬려 늘 앉아 있는 구석진 곳을 벗어나 창가 자리로 옮기게 했다. 그리고 폴리의 관심을 붙들어두기 위해 행인들을 바라보면서 일정한 시간 동안 숙녀들이 몇 명이나 지나가는지 헤아려보라고 말했다. 폴리는 거리를 제대로 쳐다보지 않고 숫자도 세지 않으면서 무심히 앉아 있었다. 나는 폴리를 계속 지켜보고 있었는데, 별안간 그 애의 홍채와 동공에 놀랄 만한 변화가 일어났다.

보통 '예민하다'는 말로 표현되는 즉흥적이고 불안정한 기질을 가진 사람들은, 나처럼 성격이 침착한 편이어서 급작스런 변덕을 부리는 일이 없는 사람이 볼 때는 상당히 진기한 광경을 곧잘 연출한다. 억지로 한 곳에 고정돼 있던 폴리의 시선이 미끄러져 움직이고, 덜덜 떨리고, 불꽃처럼 번쩍였다. 우울해 보이던 작은 이마가 활짝 펴지고 맥이 다 풀려 있던 얼굴이 환해졌다. 슬픈 표정은 사라지고 간절한 염원과 기대가 그 자리를 메웠다. 폴리가 소리쳤다.

"저기 있다!"

폴리는 한 마리 새처럼, 화살처럼, 혹은 빠른 속도로 움직이는 다른 어떤 물체처럼 방에서 뛰쳐나갔다. 현관문을 어떻게 열었는지는 알 수 없다. 원래 문이 약간 열려 있었거나, 도중에 만난 워런이 열어주었을 것이다. 폴리가 상당히 단호한 말투로 문을 열어 달라고 명령했을 테니까. 나는 담담하게 창밖을 내다보았다. 검정 원피스와 끈 장식이 달린 작은 앞치마(어린이용 턱받이는 질색했으므로)를 걸친 폴리가 벌써 길을 반쯤 내달리고 있었다. 나는 브레튼 부인 쪽으로 몸을 돌려 저 애가 미친 듯이 뛰어나갔으니 즉시 사람을 보내 쫓아야 한다고 조용히 말하려 했다. 바로 그 순간 폴리는 누군가에게 붙잡히는 바람에 냉정하게 관찰하는 나의 시선과 행인들의 놀란 눈길로부터 벗어났다. 폴리를 붙잡은 사람은 어떤 신사였다. 그는 폴리가 이 집에서 뛰어나오는 걸 봤는지 자기 외투로 폴리를 감싸고 집 쪽으로 데려왔다.

나는 신사가 폴리를 하인에게 맡기고 돌아가리라고 예상했으나 그는 집 안으로 들어왔다. 그는 잠시 아래층에 있다가 계단을 올라왔는데 브레튼 부인이 그를 맞이하는 모습으로 보아 두 사람은 아는 사이 같았다. 부인은 그를 알아보고 인사를 했지만 뜻밖이라 놀랍다는 듯 안절부절못했다. 표정과 태도에서 약간 책망하는 분위기도 풍겼다. 신사 역시 부인의 말보다 그런 태도를 의식하며 이렇게 말했다.

"어쩔 수 없었소. 딸애가 적응을 잘 했는지 내 눈으로 보지 않고 출국할 수가 없어서 그랬다오."

"당신이 와서 아이가 더 동요하겠는걸요."

"안 그러길 바라오."

그는 폴리를 자기 앞의 바닥에 사뿐히 내려놓고 앉으며 물었다.

"자, 아빠 딸 폴리는 어떻게 지내지?"

폴리는 아버지의 무릎에 몸을 기댄 채 그의 얼굴을 올려다보며 대답했다.

"아빠는 어떻게 지내는데요?"

고맙게도 그들의 상봉은 요란하지 않고 수다스럽지도 않았다. 그럼에도 감정이 복받쳤다. 비유적으로 말하자면 잔에 거품이 높이 일거나 우르르 끓어오르지 않았기 때문에 더 큰 압력이 가해지는 격이었다. 사실 격렬한 감정을 마구 쏟아내는 장면이라면 구경하다 지쳐도 경멸하거나 비웃어주는 걸로 위안을 삼을 수 있다. 하지만 훌륭한 양식의 지배를 받는 덩치 큰 노예처럼 의지에 의해 제어되는 감정은 부담스럽기 짝이 없다.

홈 씨는 엄격해 보이는 사람이었다. 아니 완고해 보인다고도 할 수 있었다. 이마에 혹이 여러 개 있었고 광대뼈가 튀어나와 도드라져 보였다. 얼굴에 나타난 특징만 보아서는 스코틀랜드인 같았지만 눈 속에 감정이 담겨 있었고 흥분한 탓에 얼굴에도 감정이 드러났다. 북부 지방 억양이 섞인 말투는 얼굴 생김새와 잘 어울렸다. 전체적으로는 위엄 있으면서도 가정적인 사람이라는 인상을 풍겼다. 그는 높이 쳐든 딸의 머리에 손을 얹었다. 폴리가 말했다.

"키스해 줘요."

홈 씨는 폴리에게 키스를 했다. 폴리가 흥분해서 탄성이라도 질렀다면 내 마음이 좀 더 편해졌을 터였지만 폴리는 놀랍도록 조용했다. 원하는 걸 다 얻고 황홀한 만족감을 느꼈기 때문이었다. 홈 씨는 얼굴로 보나 거동으로 보나 도무지 폴리의 아버지로 보이지 않았지만 어쨌든 폴리는 그의 핏줄이었다. 마치 병에 든 포도주를 잔에 따를 때처럼 아버지의 마음이 딸의 가슴속으로 전해졌다.

홈 씨는 분명 남자다운 자제력을 지닌 사람이었지만 그의 가슴 속에도 감정이 솟구칠 때가 있는 모양이었다. 그는 폴리를 내려다 보며 말했다.

"폴리야, 현관 위자 위에 아빠가 입고 온 두꺼운 외투가 있단다. 외투 주머니에 손을 넣어보면 손수건이 있을 거야. 그걸 좀 갖다 다오."

폴리는 아버지가 시키는 대로 나갔다가 용케도 신속하게 되돌아 왔다. 홈 씨가 브레튼 부인과 이야기를 나누는 동안 폴리는 손수건 을 손에 든 채 기다렸는데, 작은 아이가 말쑥하고 단정한 자태로 아버지 무릎 앞에 서 있는 모습이 꼭 그림 같았다. 딸이 돌아온 줄 도 모르고 홈 씨가 대화를 계속하자 폴리는 힘이 들어가 있지 않은 그의 손을 펴서 손수건을 쥐어준 다음 손가락을 하나씩 하나씩 오 므려 덮었다. 그래도 홈 씨는 딸을 보지도 느끼지도 못하는 것 같 았다. 하지만 잠시 후에는 폴리를 무릎 위에 앉혔고, 폴리는 아버 지에게 편안하게 안겼다. 이후 한 시간 정도는 서로 쳐다보지도 않 고 말을 걸지도 않았지만 둘 다 만족스러워 보였다.

차 마시는 시간에 폴리가 보여준 움직임과 행동은 늘 그렇듯 눈 요깃거리로 손색이 없었다. 우선 폴리는 워런에게 의자를 가져오 라고 지시했다.

"아빠가 앉으실 의자는 여기. 바로 옆에, 그러니까 아빠와 브레 튼 부인 사이에 내 의자를 놓아줘. 내가 아빠 차를 드려야 하니까."

그러고는 자리에 앉아 아버지를 손짓으로 불렀다.

"아빠, 우리 집에서처럼 제 옆자리로 오세요."

폴리는 식탁 위로 건네지던 홈 씨의 찻잔을 도중에 가로채더니 휘저어 설탕을 녹이고 손수 크림을 넣었다.

"집에서는 항상 이렇게 해 드렸잖아요. 누구도 나처럼은 못 할

걸요. 아빠가 직접 한다 해도 마찬가지예요.”

폴리는 식사 내내 아버지 시중을 들었다. 그건 다소 불합리한 일이었다. 폴리는 커다란 설탕 집게를 한 손으로 휘두르지 못해 양손을 써야 했고 은제 크림통, 빵과 버터를 담는 그릇, 찻잔과 받침 접시를 옮기는 데서도 힘과 요령이 부족했다. 그래도 운 좋게 아무것도 깨뜨리지 않고 찻잔을 아버지에게 건넸다. 솔직히 말해서 폴리가 너무 극성스럽다는 생각이 들었다. 하지만 여느 부모와 다를 바 없이 맹목적이었던 아버지 홈 씨는 딸이 시중을 들어 주는 걸 좋아했을 뿐 아니라 거기서 커다란 위안을 얻는 것처럼 보였다.

홈 씨는 참지 못하고 브레튼 부인에게 말했다.

“이 애는 내 낙이라오!”

브레튼 부인에게도 훨씬 덩치가 크기는 하지만 세상에 둘도 없는 ‘낙’인 아들이 있었다. 마침 그 아들이 집에 없었으므로 부인도 홈 씨의 애정표현에 기꺼이 동조했다.

브레튼 부인의 ‘낙’은 그날 저녁에 등장했다. 그날은 원래 그가 돌아오기로 한 날이어서 브레튼 부인이 종일 기다리고 있었다. 우리가 차를 마신 후 난롯가에 둘러앉아 있을 때 그레이엄이 합류했다. 정확히 말하면 분위기를 깼다고 해야 한다. 그가 도착하자마자 시끌벅적해졌고 몹시 배가 고픈 그에게 먹을 걸 주어야 했기 때문이었다. 그레이엄은 오래 전부터 알고 지내던 홈 씨와 인사를 나누었지만 작은 여자아이가 있다는 사실은 한동안 의식하지 못했다.

그레이엄은 식사를 마치고 수없이 쏟아지는 어머니의 질문에 답한 후 식탁에서 물러나 난롯가에 자리를 잡았다. 그의 맞은편에 홈 씨가 앉아 있었고 홈 씨 옆에 그 아이가 있었다. 내가 ‘아이’라고 했지만 그건 부적절한 말이고 사실과 부합하지도 않는다. 커다란 인형에게나 딱 맞을 상복과 흰색 슈미즈(장식이 달린 여성용 민소매 내의—옮긴이)를 입고 점잔 빼는 조그만 폴리를 보고 누가 '아이'라는 단어를 떠올리겠는가. 폴리는 작은 탁자 곁에 놓인 어린이용 의자에 앉아 있었다. 광칠을 한 하얀 나무로 만든 반짇고리를 탁자에 올려놓고 손수건의 테두리에 감침질을 하는 중이었다. 폴리는 인내심 있게 바늘을 손수건에 찔러 넣었다. 가느다란 손가락 사이를 누비던 꼬챙이 같은 바늘에 간혹 손가락을 찔려 흰 아마포 손수건에 작은 빨간 점을 남기기도 했다. 때때로 그 심술궂은 바늘이 멋대로 움직이는 바람에 깊은 상처를 입어 움찔하면서도 폴리는 여자다운 모습으로 조용하고 성실하게 바느질에 몰두했다.

당시 그레이엄은 어쩐지 신뢰하기 어려운 인상을 풍기는 열여섯 살 미남 청년이었다. 신뢰하기 어렵다고 한 이유는 그가 정말로 진실하지 못해서가 아니라 잘생긴 외모에 깃든 켈트족(색슨족이 아니다) 특유의 매력을 설명하기에 적합한 표현이기 때문이다. 여기서 특유의 매력이란 곱슬곱슬한 옅은 다갈색 머리, 유연하고 균형 잡힌 몸매, 그가 종종 짓는 미묘하고(절대 나쁜 의미가 아니다) 매혹적인 미소를 뜻한다. 그는 응석받이로 자란 변덕스러운 젊은이였다.

그레이엄은 자기 앞에 있는 어린 여자아이를 말없이 바라보았다. 홈 씨가 잠시 밖으로 나가자 그레이엄은 그가 아는 유일한 수줍음의 표시인 어색한 미소를 지우고 말했다.

"어머니, 제가 모르는 어린 아가씨가 있네요."

그의 어머니가 대답했다.

"홈 씨의 딸아이 말이로구나."

그레이엄이 대답했다.

"어머니, 그건 심히 예의에 어긋나는 호칭이군요. 나도 이 숙녀분 이야기를 할 때 '홈 양'이라고 했어야 하는 건데."

"그레이엄, 장난치지 마라. 그 애를 놀림감으로 삼으면 가만두지 않을 거야."

그레이엄은 어머니가 타이르는 소리도 아랑곳없이 이야기를 계속했다.

"흄 양, 보아하니 아무도 우리를 서로에게 인사시키지 않을 것 같은데 직접 제 소개를 해도 괜찮겠지요? 미천한 저는 존 그레이엄 브레튼이라고 합니다."

폴리가 그레이엄을 바라보자 그는 자리에서 일어나 정중히 고개를 까딱했다. 폴리는 골무며 가위며 바느질감을 내려놓고 높은 의자에서 조심스럽게 내려와 이루 말할 수 없이 진지하게 무릎을 살짝 굽히며 인사했다.

"안녕하신지요?"

"아, 다행히 저는 건강합니다. 급하게 돌아오느라 약간 피곤하긴 하지만요. 아가씨는 어떻습니까?"

꼬마 숙녀는 모호하게 대답했다.

"견딜…… 만…… 해요."

폴리는 높은 의자로 돌아가려 했지만 낑낑대며 기어올라야만 가능하다는 사실을 깨달았다. 하지만 단정한 매무새를 흐트러뜨린다거나 눈앞에 있는 낯선 젊은 신사에게 도움을 받을 생각은 추호도 없었으므로 의자에 올라가길 포기하고 낮은 스툴에 앉았다. 그레이엄은 의자를 그쪽으로 끌어당기며 말했다.

"아가씨, 지금 사는 곳에서, 그러니까 우리 집에서 지내기가 어떠십니까? 편안하시기를 바랍니다만."

"그저…… 그래……요. 우리 집에 가고 싶어요."

"그건 자연스럽고 훌륭한 바람입니다. 그럼에도 불구하고 저는 극구 반대하고 싶군요. 아가씨한테서 재미라는 값진 선물을 얻어낼 수 있겠다는 생각이 들기 때문입니다. 여기 계시는 우리 어머니와 스노 양은 저에게 그런 기쁨을 주지 않거든요."

"아빠가 저를 데려갈 거예요. 당신 어머니 댁에 오래 머무르지 않는다고요."

"아니지요. 아가씨는 저랑 같이 지낼 겁니다. 제 조랑말을 태워 드릴 수도 있고, 아가씨가 볼 만한 그림책도 아주 많습니다."

"이제부터 여기서 지내실 건가요?"

"그렇습니다. 어때요, 기쁘십니까? 제가 좋죠?"

"아뇨."

"왜요?"

"당신은 좀 이상한 사람 같아요."

"제 얼굴이 이상하단 말입니까?"

"얼굴도 그렇고 다 그래요. 붉고 긴 머리카락도요."

"다갈색이라고 해 두죠. 어머니는 다갈색 또는 황금색이라고 부르십니다. 어머니 친구 분들도 그렇게 이야기하시고요. 하지만 제가 '붉고 긴 머리카락'을 가진 사람이라 치더라도 아가씨보다는 덜 이상할 겁니다."

그레이엄은 일종의 승리감을 느끼며 갈기 같은 머리를 흔들어댔다. 그는 자기 머리가 황갈색이라는 사실을 똑똑히 알고 있었고 사자 갈기 같은 빛깔을 자랑스럽게 여겼다.

"내가 이상하다고요?"

"그렇습니다."

폴리는 잠시 침묵하다가 입을 열었다.

"나는 자러 가야겠어요."

"아가씨처럼 어린 숙녀는 벌써 몇 시간 전에 잠자리에 들었어야 합니다. 저를 만나보고 싶어서 깨 있었던 거겠죠?"

"절대 그렇지 않아요."

"아가씨는 저와 함께 있는 기쁨을 누리고 싶었던 게 틀림없습니다. 제가 집에 오는 줄 알고 있었을 테니까요."

"당신을 위해서가 아니라 아빠를 위해서 깨 있었던 거예요."

"잘 알겠습니다. 홈 양께서는 저를 아주 좋아하게 되실 겁니다. 곧 아버지보다 저를 더 좋아하게 되리라고 장담합니다."

폴리는 브레튼 부인과 나에게 잘 자라는 인사를 하고 나서 그레이엄에게도 인사를 할지 말지 망설이는 듯했다. 그때 그레이엄이 한 손으로 폴리를 붙잡아 머리 위로 번쩍 들어올렸다. 벽난로 위에 걸린 거울을 통해 허공에 높이 떠 있는 자기 모습을 본 폴리는 그레이엄의 갑작스럽고 무례하고 거침없는 행동을 참지 못하고 분개한 목소리로 외쳤다.

"그레이엄 씨, 이게 무슨 짓이에요! 당장 내려놓아요!"

그레이엄이 내려놓자 폴리가 말했다.

"내가 당신한테 그런 짓을 했다면 나를 어떻게 생각했겠어요? 워런이 새끼고양이를 집어 올리듯이 내가 당신을(이렇게 장대한 사람을!) 들어 올렸다고 생각해봐요!"

폴리는 그렇게 말하고 응접실에서 나갔다.

3. 소꿉동무

홈 씨는 이틀 동안 머물렀다. 그는 산책을 나가자고 해도 듣지 않고 온종일 난롯가에 앉아 입을 꾹 다물고 지냈다. 브레튼 부인이 이런저런 이야기를 하면 듣고 있다가 대꾸할 때도 있었다. 브레튼 부인이 들려준 이야기는 과도한 동정을 표하거나 비위를 거스르지 않으면서도 사리에 맞았으니 홈 씨처럼 우울증에 걸린 사람에게 적합한 내용이었다. 심지어는 어머니 같은 분위기가 나기도 했는 데 실제로 브레튼 부인이 홈 씨보다 나이가 많았으므로 어색할 이유도 없었다.

한편 폴리는 조용히 행복하게 지내면서 쉴 새 없이 눈치를 살폈다. 홈 씨는 종종 폴리를 안아 올려 무릎에 앉혔는데, 폴리는 앉아 있다가도 아버지가 불편해 하는 낌새를 채면 금방 이렇게 말했다.

"아빠, 내려줘요. 무거워서 힘드시잖아요."

무겁지도 않은 그 아이는 이렇게 말하고 나서 러그로 미끄러져 내려와 '아빠'의 발치에 있는 카펫이나 스툴에 자리를 잡았다. 그 러고는 흰 반짇고리와 빨간 점박이 무늬가 생긴 손수건을 꺼냈다. 손수건은 '아빠'에게 줄 기념품으로 홈 씨가 떠나기 전까지 완성해야 했으므로 꼬마 재봉사는 시간에 쫓기고 있었다(폴리는 30분 동안 바늘땀을 20번 박았다).

그날 저녁, 낮에 학교에 갔던 그레이엄이 돌아오자 집안에 생기가 돌았다. 그와 폴리 사이에 뭔가 유쾌하지 않은 일이 벌어질 공산이 컸으나 그때문에 분위기가 침체되지는 않았다.

폴리는 처음 만난 날 저녁 그레이엄이 했던 모욕적인 행동 때문에 쌀쌀맞고 도도한 태도로 그를 대했다. 그가 말을 걸 때마다 "다른 일을 생각해야 해서 당신 말을 들어줄 수가 없네요"라고 대답했다. 다른 일이란 게 뭔지 알려달라고 그레이엄이 애걸하면 폴리는 "그런 게 있어요"라고만 이야기했다.

그레이엄은 폴리의 주의를 끌기 위해 서랍을 열고 갖가지 물건을 꺼내 보였다. 틈틈이 모아둔 우표와 밀랍 향초와 펜나이프가 있었고 판화가 많았는데 개중에는 색이 아주 화려한 작품도 있었다. 이렇게 강력한 유혹이 조금은 효과가 있었는지 폴리는 자꾸만 바느질감에서 눈을 떼고 판화가 흩어져 있는 책상 쪽을 힐끔거렸다. 마침 블렌하임 스패니얼종 개와 놀고 있는 아이를 새긴 동판화 한 장이 나풀대며 바닥으로 떨어졌다.

폴리가 기뻐하며 외쳤다.

"예쁜 강아지네!"

그레이엄은 즉각 반응을 보이지 않고 신중한 태도를 유지했다. 잠시 후 폴리는 구석자리에서 슬쩍 빠져나와 판화를 가까이에서 보려고 다가갔다. 개의 커다란 눈과 길쭉한 귀, 아이의 모자와 깃털 장식 등이 더할 나위 없이 매력적이었다.

폴리는 판화를 칭찬했다.

"멋진 그림이야!"

그레이엄이 말했다.

"그러면 네가 가져."

폴리는 주저하는 듯했다. 갖고 싶은 마음은 간절했으나 그레이엄의 제안을 받아들인다면 전날 받은 모욕을 용납하는 모양새가 될 터였다. 폴리는 판화를 내려놓고 돌아섰다.

"안 갖겠단 말이지, 폴리?"

"됐어, 안 가질래."

"안 가져가면 내가 그걸 어떻게 할 건지 말해 줄까?"

폴리는 대답을 들으려고 몸을 반쯤 돌렸다.

"가늘게 잘라서 초에 불을 붙이는 데 쓸 거야."

"안 돼!"

"그렇게 할 거야."

"제발…… 그러지 마."

폴리가 애원하는 투로 말하자 그레이엄은 더욱 완강해졌다. 그는 브레튼 부인의 반짇고리에서 가위를 꺼내 휘두르며 위협했다.

"잘 봐! 피도의 모가지를 싹둑 자르고 해리 녀석은 코를 반으로 쪼갤 테다."

"안 돼! 안 된다고!"

"그럼 나한테로 와. 얼른 오지 않으면 잘라버릴 거야."

폴리는 망설이며 꾸물거리다가 그레이엄에게 다가가서 바로 앞에 섰다.

"자, 이걸 가질래?"

"어서 줘."

"나한테 값을 치러야 해."

"얼마나?"

"키스 한 번."

"그림부터 줘."

이번에는 그렇게 말하는 폴리가 신뢰하기 어려운 사람처럼 보였다. 그레이엄이 판화를 주자 빚을 진 셈이 된 폴리는 쏜살같이 달려가 아버지 무릎 위로 몸을 피했다. 그레이엄은 짐짓 화난 시늉을 하며 뒤따라갔다. 폴리는 홈 씨의 조끼에 얼굴을 파묻으며 소리쳤다.

"아빠…… 아빠! 저 애를 쫓아줘요!"

그레이엄이 말했다.

"나를 쫓아 보낼 순 없지."

폴리는 여전히 고개를 돌린 채 그레이엄이 다가오지 못하게 하려고 팔을 뻗었다. 그러자 그레이엄이 말했다.

"그러면 내가 손에다 키스할게."

바로 그 순간 폴리의 손이 조그맣게 주먹을 쥔 모양으로 바뀌더니 키스와는 전혀 다른 방식으로 그레이엄에게 대가를 지불했다.

그레이엄 역시 꾀가 많기로는 그의 놀이 상대에게 뒤지지 않았다. 그는 짐짓 좌절한 시늉을 하며 물러나서 소파에 몸을 던지고 머리는 쿠션에 기대어 환자처럼 누웠다. 그레이엄이 조용해진 걸 깨달은 폴리가 살짝 훔쳐보았지만 그는 손으로 눈과 얼굴을 가리고 있었다. 폴리는 아버지 무릎 위에서 몸을 돌려 자기의 적수를 한참 동안 초조하게 바라보았다. 그레이엄이 끙끙 앓는 소리를 내자 폴리는 아버지에게 속삭였다.

"아빠, 왜 저러는 걸까요?"

"네가 직접 물어보지 그러니."

"저 도련님이 다친 걸까요?"

다시 앓는 소리가 들렸다. 홈 씨가 대답했다.

"다친 사람처럼 신음하는구나."

그레이엄이 힘없는 목소리로 말했다.

"어머니, 의사를 부르는 게 좋을 것 같은데요. 아아, 내 눈!"

다시 침묵이 흐르고 이따금씩 그레이엄이 내쉬는 한숨 소리만 들렸다.

이윽고 그레이엄이 마지막 한 마디를 던졌다.

"만약에 내가 장님이 되면……."

그를 골탕 먹인 주인공은 더 이상 참지 못하고 곧장 그에게로 달려갔다.

"눈을 보여줘 봐. 입을 때려주려고 했지 눈을 건드릴 생각은 없었다고. 내가 그렇게…… 세게 때리진 않은 것 같은데."

그레이엄은 침묵으로 답했다. 그러자 폴리의 얼굴이 실룩거렸다.

"미안해. 정말 미안해!"

폴리는 터져 나온 감정을 주체하지 못하고 울음을 터뜨렸다.

브레튼 부인이 말했다.

"그레이엄, 그 애를 그만 놀려라."

홈 씨도 소리쳤다.

"애야, 다 장난이란다."

그레이엄은 다시 한 번 폴리를 잡아채 높이 들어올렸다. 폴리는 다시 한 번 그에게 주먹질을 하고 사자 갈기 같은 머리카락을 잡아당기면서 '세상에서 제일 짓궂고 무례하고 고약한 거짓말쟁이' 라고 말했다.

*　　*　　*　　*　　*

홈 씨가 떠나는 날 아침이었다. 그는 창가에서 딸과 잠시 이야기를 주고받았다.

폴리가 간절히 속삭였다.

"저도 짐을 꾸려서 아빠랑 같이 가면 안 될까요?"

홈 씨는 고개를 가로저었다.

"제가 짐이 될까봐 그러시는 거예요?"

"그래, 폴리."

"제가 어려서요?"

"넌 어리고 약하니까. 여행은 크고 튼튼한 사람들만 할 수 있거 든. 하지만 슬픈 표정을 짓지는 마라. 아빠가 너무 가슴이 아프잖 니. 우리 폴리한테 금방 돌아올게."

"저는 슬프지 않아요. 하나도 안 슬퍼."

"아빠가 괴로워하는 건 폴리도 싫지, 그렇지?"

"너무너무 싫어요."

"그러니까 폴리가 즐겁게 지내야 한다. 작별할 때 울지 말고, 그 후에도 애태우지 말고. 다시 만날 날을 기다리면서 당분간 행복하 게 지내려고 노력해 봐라. 할 수 있지?"

"해볼게요."

"폴리는 할 수 있어. 그럼 잘 있거라. 아빠가 출발할 시간이 다 됐구나."

"지금이요? 지금 당장?"

"지금 당장."

폴리는 떨리는 입술을 꽉 깨물었다. 내가 본 바로는 아버지 홈 씨가 약간 흐느꼈을 뿐 폴리는 울지 않았다. 홈 씨는 폴리를 내려 놓고 나머지 식구들과 악수를 나눈 다음 출발했다.

가로에 면한 대문이 닫히자 폴리가 의자에 무릎을 꿇고 앉으며 소리쳤다.

"아빠!"

그 낮고 긴 외침은 마치 "어찌하여 저를 버리셨나이까?"라고 말 하는 소리와도 같았다. 다음 몇 분간 폴리는 고뇌에 휩싸여 있었다. 어떤 사람은 평생 한 번도 못 느끼는 감정을 실로 짧은 유아기에 체험했던 것이다. 그 아이는 고뇌하는 성격을 타고난 까닭에 앞으로 살면서 그런 순간을 더 많이 겪게 될 것 같았다. 아무도 입을 열지 않았다. 브레튼 부인은 어머니 같은 심정으로 눈물을 한두 방울 떨어뜨렸고, 글을 쓰고 있던 그레이엄은 눈을 들어 폴리를 응시했다. 나, 루시 스노는 가만히 있었다.

이렇게 아무도 간섭하지 않는 가운데 어린 폴리는 다른 사람이라면 못 했을 일을 해냈다. 견디기 힘든 고통과 싸워 잠시 후에는 감정을 어느 정도 억눌렀던 것이다. 폴리는 온종일 누구에게도 위로받으려 하지 않았고 다음 날도 마찬가지였지만 날이 갈수록 기운이 없어졌다.

사흘째 되던 날 저녁이었다. 폴리가 지친 모습으로 바닥에 조용히 앉아 있는데 그레이엄이 들어와 아무 말 없이 그 아이를 살짝 들어올렸다. 폴리는 저항하지 않았고 맥이 빠진 사람처럼 그레이엄의 팔에 편안히 안겨 있었다. 그러더니 다시 바닥에 앉은 그레이엄에게 머리를 기대고 곧 잠들었다. 그레이엄은 폴리를 위층으로 데려가 침대에 눕혔다. 그래서 다음 날 아침 폴리가 맨 먼저 "그레이엄은 어디 있어요?"라고 물었을 때 나는 별로 놀라지 않았다.

그레이엄은 그날 아침 식탁에 없었다. 오전 수업에 제출할 작문을 써야 한다며 브레튼 부인에게 차를 서재로 가져다 달라고 부탁해 놓았던 것이다. 폴리는 자기가 차를 나르겠다고 나섰다. 항상 누군가를 돌보는 일로 바빠야만 직성이 풀리는 모양이었다. 폴리는 침착하지는 못해도 조심성이 많은 아이였으므로 찻잔을 들고 가도 좋다는 허락이 떨어졌다. 서재는 아침식사를 하는 방 맞은편이었고, 두 방의 문은 복도를 사이에 두고 마주보고 있었다. 나는 눈으로 폴리를 좇았다.

폴리는 서재 문지방에 서서 물었다.

"뭐 해?"

그레이엄이 대답했다.

"글을 쓰고 있어."

"왜 어머니랑 아침 먹으러 안 와?"

"바빠서 못 가."

"먹을 걸 갖다 줄까?"

"좋지."

"알았어."

폴리는 죄수를 가둔 독방에 물동이를 넣어주는 간수처럼 카펫 위에 찻잔을 놓고 금방 물러났다. 하지만 곧 다시 그레이엄에게 말을 걸었다.

"차 말고 필요한 건…… 뭘 먹을래?"

"음, 뭐든 좋은 걸로. 특별히 맛있는 걸 갖다 줘. 그래야 착한 아가씨지."

폴리는 다시 브레튼 부인에게 가서 말했다.

"부인, 아드님한테 갖다 주게 좋은 음식 좀 주세요."

"네가 골라봐라, 폴리. 그레이엄한테 뭘 먹이면 좋을까?"

폴리는 식탁에 놓인 음식 중에서 제일 좋은 걸로 한 사람 몫을 챙겨 가져갔다. 그리고 잠시 후 돌아와 서재에 마멀레이드가 없으니 조금만 달라고 속삭였다. (브레튼 부인은 폴리와 그레이엄의 청이라면 거절하는 법이 없었으므로) 폴리는 마멀레이드를 얻어서 가져갔다. 잠시 후 그레이엄이 폴리를 극구 칭찬하며 나중에 자기 집이 생기면 가정부로 쓰고 폴리가 부엌일에 재능이 있으면 요리사로 고용하겠다고 약속하는 소리가 들렸다. 폴리가 계속 돌아오지 않아서 내가 찾으러 가보았더니 그레이엄과 단둘이 아침을 먹고 있는 게 아닌

가. 폴리는 그레이엄 옆에 서서 음식을 나눠먹고 있었는데 세심하게도 마멀레이드만은 손대지 않으려 했다. 자기도 먹고 싶어서 마멀레이드를 가져온 걸로 보이는 게 싫었던 모양이다. 폴리는 언제나 이렇게 뛰어난 사고력과 타고난 섬세함을 보여주었다.

두 사람은 그런 식으로 갑자기 친해졌지만 금세 시들해지지는 않았다. 시기와 상황이 그들의 결속을 느슨하게 하지 않고 오히려 탄탄하게 만들어주었다. 두 사람은 나이와 성별과 삶의 이상이 일치하지 않았는데도 어쩐 일인지 서로 할 이야기가 아주 많았다. 폴리는 그레이엄과 함께 있을 때만 성격을 온전히 드러냈다. 물론 안정을 찾고 낯선 집에 적응하게 되면서 브레튼 부인의 말도 잘 들었다. 하지만 종일 부인의 발치에 놓인 작은 스툴에 앉아 부인이 하는 일을 따라 배우거나 바느질을 하거나 연필로 석판에 그림을 그리며 지냈을 뿐 단 한번도 진짜로 화를 내거나 특유의 성질을 내비치지 않았다. 그럴 때면 나도 재미가 없어져서 그녀를 관찰하지 않았다. 그러나 저녁에 그레이엄이 문을 두드리는 소리가 나면 상황은 달라졌다. 폴리는 어느새 계단 꼭대기에 올라가 있었고 보통은 질책하거나 위협하는 말로 그레이엄을 맞이했다.

"깔개에 신발을 잘 닦지 않았잖아. 네 어머니한테 이를 거야."

"잔소리쟁이 꼬마! 거기 있었구나?"

"그래…… 내가 더 높은 데 있으니까 나를 잡을 순 없어." (폴리는 계단 난간 사이로 엿보며 말하고 있었다. 키가 작아서 난간 위로 넘겨다보지는 못했다)

"폴리!"

"우리 아가!" (폴리는 그레이엄을 여러 가지 별명으로 불렀는데 이 호칭은 브레튼 부인이 쓰는 말을 흉내 낸 것이었다)

그레이엄은 지친 사람처럼 복도 벽에 기대며 말했다.

"쓰러지기 일보 직전이야. 디그비 선생님(학교 교장)이 공부를 너무 많이 시켜서 녹초가 됐다고. 이리로 내려와서 책을 가지고 올라가는 걸 도와줘."

"홍! 잔꾀를 부리려고?"

"절대 아냐, 폴리. 엄연한 사실이야. 지금 난 골풀만큼이나 약해져 있다고. 내려와라, 응?"

"고양이처럼 얌전한 눈을 하고 있다가 덤벼들려고?"

"덤벼든다고? 천만에. 난 그런 사람이 아냐. 내려오라니까."

"내려갈 수도 있지. 내게 손대지 않고, 나를 들어 올려서 빙빙 돌리지 않겠다고 약속하면."

"내가? 그럴 힘도 없다!"(그레이엄은 의자에 주저앉았다)

"그럼 첫 번째 계단에 책을 놓고 3미터 떨어져."

그레이엄이 멀찍이 떨어져 힘없이 있으면 폴리는 그에게서 눈을 떼지 않고 살금살금 계단을 내려갔다. 물론 그녀가 내려가면 그레이엄은 늘 신속하게 기운을 되찾았고 곧이어 떠들썩한 놀이가 벌어졌다.

폴리는 어떤 날은 화를 냈고 어떤 날은 너그럽게 봐주었다. 그런 날이면 폴리는 그레이엄을 이끌고 계단을 올라오며 이렇게 말하곤 했다.

"자, 우리 아가, 올라가서 차를 마시자. 배가 고플 테니까."

그레이엄이 간식을 먹는 동안 옆에 앉아 있는 폴리의 모습은 우스꽝스럽다고 해도 과언이 아니었다. 그레이엄이 없을 때는 조용하게 있다가 그가 오기만 하면 굉장히 극성스럽고 안달하는 아이로 바뀌었다. 나는 폴리가 좀 차분해져서 자기 일에나 신경을 쓰기를 바라고 있었지만, 폴리는 정반대로 자기 자신조차 잊고 그레이엄에게 매달렸다. 아무리 시중을 잘 들고 아무리 세심하게 돌봐줘도 부족한 모양이었다. 그레이엄을 그랑 튀르크(오스만 제국의 술탄 중 가장 유명한 인물―옮긴이)보다 더 귀한 존재로 여겼기 때문이었다. 폴리는 갖가지 음식이 담긴 접시를 하나씩 집어 그레이엄 앞으로 옮겼고, 그가 좋아할 만한 음식이란 음식은 다 그의 손이 닿는 자리에 놓였다 싶으면 다른 걸 찾았다. 가령 브레튼 부인에게 귀엣말로 "부인, 그레이엄이 과자를 먹고 싶어 할 거예요. 저기 있는 달콤한 과자요"라고 말하며 식당 벽의 찬장을 가리켰다. 브레튼 부인은 원래 차 마시는 시간에 단것을 먹지 못하게 했으나 폴리는 끈질기게 졸라댔다.

"한 조각만, 그레이엄에게만 주세요. 그는 학교에 다니잖아요. 저나 스노 양 같은 여자애들이야 특별한 간식이 필요 없지만 그레이엄은 먹고 싶을 거예요."

실제로 과자를 매우 좋아했던 그레이엄은 이렇게 해서 거의 매일 과자를 먹게 됐다. 그를 위해 첨언하자면 그는 과자를 손에 넣게 해준 장본인인 폴리와 나눠 먹으려 했지만 폴리가 한사코 거부했다. 그래도 나눠먹기를 고집하면 저녁 내내 골을 냈다. 폴리가 원한 보상은 과자를 나눠먹는 게 아니라 그레이엄의 바로 옆에 서서 관심을 독차지하며 둘이서만 이야기를 나누는 거였다.

폴리는 그레이엄이 관심을 갖는 화제에 놀랍도록 빠른 속도로 적응했다. 마치 자기만의 정신세계와 삶은 없이 다른 누군가를 통해 생존하고 움직이며 다른 사람 안에서 자기 존재를 찾는 사람 같았다. 아버지가 떠나자 그레이엄에게 안착하여 그가 느끼는 대로 느끼고 그의 존재 안에 존재하는 듯했다. 폴리는 그레이엄이 학교에서 만나는 모든 친구 이름을 금세 익히고 그들의 성격까지 그의 입에서 나오는 그대로 외워버렸다. 한 사람당 한 번만 설명해 주어도 충분했다. 사람을 잊거나 혼동하는 법이 없어서 한 번도 보지 못한 사람들을 두고 저녁 내내 그레이엄과 이야기를 나누는가 하면 그들의 외모와 행동거지와 성격을 완벽하게 이해했다. 몇몇 사람을 흉내 낼 줄도 알았다. 예컨대 폴리는 그레이엄이 몹시 싫어하던 어느 교사의 괴상한 버릇들을 이야기만 듣고 바로 익혀서 똑같이 따라했다. 그레이엄은 재미있어 했지만 브레튼 부인은 못마땅해 하면서 그런 짓을 하지 말라고 했다.

두 사람은 좀처럼 싸우지 않았지만 딱 한 번 마찰이 있었다. 그일로 폴리가 받은 충격은 대단했다.

그레이엄이 생일을 맞아 같은 또래의 친구 몇 명을 식사에 초대했을 때였다. 폴리는 그들이 온다는 이야기에 큰 관심을 나타냈다. 그레이엄이 자주 입에 올리던 친구들이어서 폴리도 익히 이야기를 들은 터였다. 저녁식사 후 식당을 차지한 그레이엄과 친구들은 이내 신이 나서 시끌벅적해졌다. 나는 우연히 홀을 지나다가 폴리가 계단 맨 아래 칸에 혼자 앉아 식당 문을 뚫어져라 바라보는 모습을 보았다. 매끈한 나무로 만들어진 문에 현관 램프 불빛이 반사되고 있었다. 폴리는 작은 이마를 찌푸리고 초조하게 뭔가를 생각하는 중이었다.

"폴리, 무슨 생각을 그렇게 하니?"

"별 것 아냐. 그냥 저 문이 투명한 유리로 되어 있어서 다 들여다보이면 좋겠다고 생각했어. 다들 재밌게 노나봐. 나도 들어가서 그레이엄이랑 놀고 싶고 친구들도 보고 싶어."

"그런데 왜 안 들어가고 있어?"

"겁이 나서. 그래도 괜찮을까? 문을 두드려서 들어가도 되냐고 물어볼까?"

그들이 폴리가 놀이에 끼는 걸 반대하지는 않으리라고 생각했던 나는 그렇게 하라고 격려했다.

폴리가 식당 문을 두드렸다. 처음에는 너무 약하게 두드려서 들리지 않았지만 다시 한 번 두드리자 문이 열리고 그레이엄이 고개를 내밀었다. 들뜬 모습이었지만 약간 짜증스러운 기색도 있었다.

"왜 왔어, 장난꾸러기?"

"같이 있으려고."

"정말? 네가 있으면 방해가 될 것 같은데? 가서 어머니나 스노 양한테 재워달라고 해."

다갈색 머리와 홍조 띤 얼굴이 사라지고 문이 쾅 닫혔다. 폴리는 아연실색했다.

"그레이엄이 왜 저런 식으로 말할까? 전에는 안 그랬잖아. 내가 뭘 잘못했나?"

"아니, 그레이엄이 학교 친구들이랑 노느라 정신이 없어서 그래."

"그러니까 나보다 친구들을 더 좋아한다는 거네! 친구들이 와 있으니까 날 내쫓잖아."

나는 언제든 응용할 수 있도록 충분히 축적해 둔 철학적인 격언들을 들려주면서 폴리를 위로하고 기분을 풀어줄 생각이었다. 그러나 내가 입을 열자마자 폴리는 손으로 귀를 막는 동작으로 나를 제지한 다음 깔개 위에 누워 얼굴을 바닥에 파묻었다. 워린도 요리사도 손을 쓰지 못하고 폴리가 스스로 일어날 때까지 내버려두었다.

그날 저녁 친구들이 돌아가고 나서 그레이엄은 짜증을 냈던 일을 까맣게 잊고 여느 때처럼 폴리에게 다가갔다. 하지만 폴리는 눈을 번득이며 그가 잡은 손을 빼내버렸고 잘 자라는 인사는커녕 그의 얼굴을 쳐다보지도 않았다. 다음 날 그레이엄은 무심한 태도를 취했고 폴리는 대리석처럼 꼼짝 않고 지냈다. 그다음 날이 되자 그레이엄은 왜 그러는지 알려달라고 졸라댔다. 폴리는 여전히 입을 꾹 다물고 있었다. 물론 그레이엄은 폴리가 진짜로 자기에게 화가 나 있다고 느끼지는 않았다. 어느 모로 보나 너무나 불평등한 한 쌍이었다. 그레이엄은 폴리를 달래고 살살 구슬렸다.

"폴리가 왜 이렇게 화가 났을까? 내가 무슨 짓을 한 거지?"

이윽고 폴리가 대답 대신 눈물을 보였고 그레이엄은 폴리를 가볍게 어루만졌다. 그들은 다시금 사이좋게 지냈다. 하지만 폴리는 그런 사건들을 절대 잊지 않는 성격이었다. 그렇게 거절당한 후로는 절대 그를 찾아다니거나 졸졸 따라다니지 않았으며 어떤 식으로든 주의를 끌려고도 하지 않았다. 한번은 서재에 있는 그레이엄에게 책인지 뭔지를 갖다 주라고 내가 부탁했더니 폴리는 거만한 말투로 대답했다.

"그레이엄이 나올 때까지 기다릴 거야. 일어서서 문을 여는 수고를 하게 만들고 싶지 않아."

그레이엄은 자기 조랑말을 무척 아꼈고 자주 승마를 하러 나갔다. 폴리는 그가 나가고 들어올 때 언제나 창가에서 지켜보았다. 조랑말 등에 타고 안뜰을 한 바퀴 도는 게 소원이면서도 결코 그런 부탁을 하려 들지 않았다. 그러던 어느 날 폴리는 그레이엄이 말에서 내리는 모습을 보려고 뜰에 나갔다. 대문에 기대 선 그녀의 눈동자는 말 등에 올라타는 즐거움을 누리고 싶은 간절한 염원으로 불탔다.

그레이엄이 다소 무심한 말투로 물었다.

"폴리, 이리 와서 잠깐 타볼 테야?"

내 생각에 폴리는 그가 지나치게 무심하게 묻는다고 여겼던 것 같다. 폴리는 최대한 쌀쌀맞게 고개를 돌리며 대답했다.

"아니, 됐어."

그레이엄이 거듭 말했다.

"타봐. 재미있을 거야."

폴리가 대답했다.

"관심 없어."

"타고 싶으면서. 타고 싶어 죽겠다고 루시 스노한테 말했다면서."

"쳇…… 스다……쟁이 루시 스노." (폴리에게서 가장 어른스럽지 않은 면이 바로 부정확한 발음이었다)

폴리는 집 안으로 들어와 버렸다.

뒤따라 들어온 그레이엄이 어머니 브레튼 부인에게 말했다.

"엄마, 쟤는 요정이 바꿔친 아이인가 봐요. 온갖 이상한 성격을 다 갖고 있다니까요. 그렇지만 저 애가 없으면 심심할 거예요. 엄마나 루시 스노 양보다 훨씬 재미있어요."

*　　*　　*　　*　　*

이제 폴리는 밤에 침실에 단둘이 있다가 가끔씩 나와 이야기를 나누기도 했다. 하루는 그녀가 내게 물었다.

"언니, 일주일 중 내가 그레이엄을 제일 좋아하는 날이 언제인지 알아?"

"그렇게 이상한 걸 내가 어떻게 알겠니? 그레이엄이 7일 중에 하루만 나머지 6일과 다르단 말이야?"

"물론이지! 정말 몰라? 언니한테는 그게 안 보여? 그가 최고로 멋져 보이는 날은 일요일이야. 종일 우리와 함께 조용하게 지내다가 저녁 땐…… 아주 다정해지거든."

그건 어느 정도 일리가 있는 관찰이었다. 그레이엄은 교회에 가는 날인 일요일에는 조용한 편이었고 저녁이 되면 응접실 난롯가에 앉아 다소 게으름을 피우며 차분한 오락을 즐겼다. 그는 우선 긴 의자를 차지한 다음 폴리를 부르곤 했다.

그레이엄은 평범한 소년은 아니었다. 그는 몸을 움직이는 데서만 기쁨을 찾지 않았으며 간혹 가다 명상에 잠길 줄도 알았다. 또한 독서를 즐겼는데 아무 책이나 골라 읽지도 않았다. 그가 선택한 책에는 독특한 기호 내지는 본능적인 취향이 어렴풋이 나타났다. 책을 읽고 나서 뭐라고 의견을 개진하는 일은 드물었어도 앉아서 생각에 잠기는 모습은 종종 볼 수 있었다.

폴리가 그레이엄과 가까이 있는 작은 쿠션이나 카펫에 무릎을 꿇고 앉으면 둘 사이에 대화가 시작됐다. 속삭이듯 낮은 소리로 이루어지는 대화였지만 아예 들리지 않을 정도는 아니어서 때로는 나에게도 대화 내용의 일부가 들렸다. 그러고 보면 일요일 저녁에는 정말로 평소보다 긍정적인 힘이 작용해서 그레이엄이 한결 온화하고 기분좋게 지냈는지도 모를 일이다.

"이번 주에 배운 찬송가가 있니, 폴리?"

"4행으로 이루어진 훌륭한 곡을 하나 배웠어. 가사를 들려줄까?"

"어디 한번 외워봐. 너무 빠르지 않게."

폴리는 찬송가를 암송했는데 사실 암송이라기보다는 노래를 부르다시피 읊조리는 것이었다. 그러면 그레이엄은 찬송을 노래처럼 만들면 안 된다고 하면서 제대로 암송하는 법을 가르쳐 주곤 했다. 폴리는 금방 배우고 곧잘 따라했으며 그레이엄을 기쁘게 해주는 데서 보람을 찾았으니 그야말로 준비된 학생이었다. 찬송가가 끝나면 낭독으로 넘어갔다. 대개 성서의 한 장(章)을 읽었는데 낭독에서는 그레이엄이 고쳐줄 곳이 별로 없었다. 폴리는 성서에 나오는 짧은 이야기들을 썩 잘 읽었다. 내용이 이해되고 흥미롭다 싶은 주제가 나오면 놀라운 표현력을 발휘해 감정을 고조시켰다. 폴리가 가장 좋아하는 부분은 '구덩이에 던져지는 요셉'(창세기 37 : 23~24), '부르심을 받은 사무엘'(사무엘상 3장), '사자 굴에 던져진 다니엘'(다니엘 6 : 10~18) 등이었다. 특히 요셉이 구덩이에 던져졌다는 대목이 나오면 그 비애를 절감하며 떨리는 입술로 말했다.

"야곱이 불쌍해! 아들 요셉을 그렇게 사랑했는데!"

한 번은 이런 말을 덧붙인 적도 있었다.

"나도 그레이엄을 그만큼 사랑해. 만약 당신이 죽는다면 (여기서부터는 다시 성경을 펼쳐 원하는 구절을 찾아서 읽었다) 나는 위로받기를 마다하고 무덤으로 내려가 통곡하리라."(창세기 37 : 35—옮긴이)

폴리는 그렇게 말하며 작은 팔로 그레이엄을 끌어안고 길게 너울거리는 그의 머리를 제 쪽으로 끌어당겼다. 내게는 그게 이상하리만치 무모한 행동으로 보였다. 마치 인위적으로 어느 정도 길들여졌으나 천성은 위험한 동물에게 경솔한 애정표현을 하는 장면을 보는 느낌이었다. 나는 그레이엄이 폴리에게 상처를 입히거나 거칠게 물리칠까봐 염려하지는 않았다. 오히려 폴리가 아주 무심하고 신경질적인 거절을 당해서 물리적인 타격보다 더한 충격을 받지나 않을까 하고 걱정했다. 하지만 그레이엄은 그런 애정표현을 순순히 받아들였다. 폴리가 진심으로 자기를 좋아한다는 사실에 조금 놀라면서도 흡족해하며 친절하게 눈웃음을 짓곤 했다. 한 번은 폴리에게 이렇게 말했다.

"너는 진짜 여동생처럼 날 좋아하는구나, 폴리."

폴리는 대답했다.

"그럼! 좋아하고말고. 정말 좋아해."

나는 그들의 성격을 탐구하는 재미를 오랫동안 만끽하지 못했다. 두 달이 채 되지 않아 폴리는 브레튼 가를 떠나게 됐다. 유럽에 간 홈 씨가 외가 쪽 친척들이 사는 곳에 자리를 잡았다고 편지로 알려 왔던 것이다. 영국에는 정나미가 떨어져서 앞으로 몇 년간 돌아올 생각이 없으니 즉시 딸을 보내달라고 했다.

편지를 읽고 나서 브레튼 부인이 말했다.

"폴리가 이 소식을 들으면 뭐라고 할까?"

나 역시 폴리의 반응이 궁금해서 직접 소식을 전하겠다고 나섰다.

나는 응접실로 향했다. 폴리는 잘 꾸민 조용한 응접실에 혼자 있는 걸 좋아했다. 아무것도 건드리지 않았고 설사 건드린다 해도 더럽히지 않았기 때문에 폴리가 혼자 있어도 염려하는 사람이 없었다. 내가 들어갔을 때 폴리는 작은 오달리스크(오스만 제국 궁정의 여자 노예―옮긴이)마냥 긴 의자에 앉아 있었는데 가까운 창문에서 늘어뜨린 커튼에 절반쯤 가려진 모습이었다. 폴리는 행복해 보였고, 흰색 나무 반짇고리와 인형 모자를 만들려고 모아 둔 모슬린 천 한두 장과 자투리 리본 몇 조각 등 바느질에 필요한 물건들이 주위에 흩어져 있었다. 그리고 나이트캡(잠잘 때 쓰는 모자―옮긴이)을 쓰고 나이트가운까지 입은 인형이 요람에 누워 있었다. 폴리는 요람을 살살 흔들어주며 인형을 재우는 중이었는데 그 품으로 봐서는 인형이 진짜 감각도 가지고 있고 잠도 잔다고 굳게 믿는 듯했다. 그러면서 눈으로는 무릎 위에 펼쳐 놓은 그림책을 보고 있었다.

폴리가 내게 속삭였다.

"언니, 이 책 정말 대단해. 캔더스가……."

캔더스는 인형 얼굴에 때가 타서 에티오피아 사람 같은 인상을 풍긴다며 그레이엄이 인형에게 붙여 준 이름이었다.

"캔더스가 이제 잠들었으니까 언니한테 책 이야기를 해줄게. 그렇지만 얘가 깨지 않도록 우리 둘 다 조그맣게 이야기해야 해. 이건 그레이엄이 준 책이야. 까마득하게 멀어서 바다로 수천 킬로미터나 항해해야 갈 수 있는 나라들이 나와. 거기엔 야만인들이 사는데 입는 옷이 우리와 다르대. 날씨가 워낙 뜨거우니까 시원하게 지내려고 거의 알몸으로 사는 사람도 있다지. 여기 황량한 모래벌판에 사람이 엄청나게 많이 모여 있는 그림이 있잖아. 한가운데 보이는 검은 옷을 입은 사람이 선량한 영국인 선교사야. 야자수 아래서 원주민에게 설교를 하고 있는 거래." (이 이야기를 하면서 폴리는 작은 채색 삽화를 보여 주었다)

"그리고 이쪽 그림들은 방금 본 것보다 (그녀는 이야기를 계속했다) 더구나 이상해. (문법은 가끔 잊어버렸다) 이건 중국에 있는 만리장성이야. 이건 나보다 한 뼘이나 작은 중국 여자, 이건 타타르 지방의 야생마, 그리고 제일 신기한 게 여기 있다…… 푸른 초원이나 숲이나 농경지가 없이 얼음과 눈으로만 덮인 땅이야. 여기서 지금은 없는 동물인 매머드 뼈도 발견됐대. 언니는 매머드가 뭔지 모르지? 그레이엄이 이야기해 줘서 난 알아. 괴물같이 힘이 센 동물인데 키는 이 방 천장 높이만 하고 몸길이는 홀에 꽉 찰 정도래. 그레이엄 말로는 사나운 육식동물은 아니라서 숲에서 사람을 만나도 죽이지 않는대. 그래도 내가 길을 가다 매머드를 만나면 곤란하지. 내가 풀밭에서 무심코 메뚜기를 밟는 것처럼 그 녀석이 수풀 사이로 나를 밟아 뭉갤 테니까."

폴리는 한동안 이런 식으로 재잘거렸다. 나는 말을 가로막고 이렇게 물었다.

"폴리, 여행을 가고 싶지 않니?"

폴리는 사려 깊게 대답했다.

"아직은 아냐. 20년쯤 지나서 브레튼 부인처럼 키가 큰 어른이 되면 그레이엄이랑 여행을 가고 싶어. 우린 스위스에 가서 몽블랑에 올라갈 거야. 언젠가는 배를 타고 남미에 가서 침…… 침보라소 산 정상까지 올라갈 거야."

"아빠와 함께라면 지금 여행을 떠나는 것도 좋지 않을까?"

잠시 침묵이 흐르더니 특유의 예측 불가능한 기분 변화를 보여주는 대답이 나왔다.

"뭣 때문에 그런 바보 같은 소리를 해? 아빠 이야기를 왜 하냐고! 언니가 우리 아빠랑 무슨 상관인데? 이제 막 행복해지려는 참이고 아빠 생각도 전보다 덜 하는데, 다시 처음으로 돌아가라 그거야?"

폴리의 입술이 바르르 떨렸다. 나는 홈 씨에게서 편지가 왔다는 소식을 얼른 전하고 "사랑하는 아빠가 너랑 해리엇이 빨리 왔으면 하신대"라는 말을 덧붙였다.

"폴리, 기쁘지 않니?"

대답이 없었다. 책이 바닥에 떨어지고 인형을 흔들어주던 손도 멈췄다. 폴리는 진지하고 엄숙한 눈으로 나를 바라보았다.

"아빠한테 가고 싶지?"

마침내 폴리가 입을 열었다.

"물론이야."

그건 폴리가 평소에 나와 대화를 나눌 때 사용하던 날카로운 말투였다. 브레튼 부인과 이야기할 때 쓰는 말투와도 달랐고 그레이엄을 대할 때의 말투와도 달랐다. 나는 폴리가 어떻게 생각하는지 더 분명히 알고 싶었지만 그 아이는 입을 다물어버렸다. 폴리는 당장 브레튼 부인에게 달려가서 내가 한 말이 정말인지 확인하고는 충격을 받았는지 온종일 심각한 얼굴로 지냈다. 그날 저녁 그레이엄이 돌아와 아래층에서 소리가 들려왔을 때도 폴리는 내 곁에 그대로 있었다. 폴리가 내 목에 걸려 있는 로켓 줄을 만지작거리고 내 머리에서 빗을 뺐다가 다시 꽂으며 손을 바삐 놀리고 있을 때 그레이엄이 들어왔다.

폴리가 내 귀에 대고 속삭였다.

"이따가 그레이엄한테 내가 떠난다고 이야기해 줘."

차 마시는 시간이 되자 나는 폴리가 부탁한 대로 그레이엄에게 소식을 전했다. 그런데 마침 그레이엄은 학교에서 상을 타기 위해 다른 학생들과 경쟁하고 있어서 그 일에 정신이 팔려 있었다. 그는 내가 두 번이나 소식을 전하고 나서야 반응을 보였는데, 잠깐 생각해 보더니 그걸로 끝이었다.

"폴리가 떠난다고? 그것 참 애석하군! 우리 예쁜이가 가고 나면 섭섭해서 어쩌나. 어머니, 폴리더러 나중에 또 오라고 해요."

그는 차를 단숨에 마신 후 촛불과 작은 탁자와 책들을 앞에 놓고 공부에 몰두했다.

'우리 예쁜이'는 그레이엄에게 다가가 카펫 위 그의 발치에 엎드렸다. 그리고 자러 가기 전까지 꼼짝 않고 조용히 그 자리에 누워 있었다. 한번은 폴리가 바로 앞에 있다는 사실을 전혀 의식하지 못했던 그레이엄이 발을 이리저리 움직이다가 그녀를 발로 밀쳐냈다. 폴리는 뒤로 약간 밀려났다가 1분쯤 지난 후 자기 얼굴을 받치던 손을 살짝 빼내 그 조심성 없는 발을 부드럽게 어루만졌다. 보모 해리엇이 부르자 폴리는 고분고분하게 일어나서 우리에게 잘 자라고 나직이 인사하고 자리를 떴다.

그로부터 한 시간 후, 나는 자러 가기가 두려웠던 건 아니지만 폴리가 평화롭게 잠들어 있지 않으리라는 생각에 마음이 불안했다. 내 예감은 적중했다. 방에 들어가 보니 폴리가 완전히 상심해서 잠을 이루지 못하고 흰 새처럼 침대 난간에 앉아 있었다. 폴리를 여느 아이들처럼 다룰 수는 없었으므로 무슨 말을 해야 할지 감이 잡히지 않았다. 하지만 그 아이가 먼저 말문을 열었다. 내가 방문을 닫은 후 손에 쥐고 있던 등불을 화장대에 내려놓자 폴리가 침묵을 깨뜨리며 말했다.

"잠을…… 잠을 잘 수가…… 없어. 난…… 이렇게는 못 살아!"

"무엇 때문에 그러니?"

내 물음에 폴리는 혀 짧은 소리로 애처롭게 말했다.

"끔찍하게 부……랭해!"

"브레튼 부인을 불러올까?"

폴리는 안달하며 대답했다.

"그건 바보짓이야."

사실 나도 잘 알고 있었다. 브레튼 부인이 다가오는 발소리가 들렸다면 폴리는 이불 속에 들어가 한 마리 생쥐처럼 얌전히 있었을 것이다. 그 아이는 나를 좋아하는 척이라고는 전혀 하지 않고 내 앞에서 괴팍한 성격을 거리낌 없이 드러냈지만 브레튼 부인에게는 속마음을 내비치지 않았다. 부인은 폴리를 유순하지만 약간 별난 여자아이로만 알고 있었다. 나는 폴리를 자세히 살펴보았다. 뺨이 선홍색으로 물들어 있었고, 말똥말똥한 두 눈은 걱정스러운 빛으로 반짝이며 불안정하게 움직였다. 이대로 아침까지 둘 수는 없겠다 싶어서 문제의 원인을 짐작해 보고 말을 건넸다.

"그레이엄에게 다시 가서 잘 자라고 인사할래? 그레이엄은 아직 자러 가지 않았거든."

내 말이 떨어지자마자 폴리는 안아 일으켜 달라는 뜻으로 조그만 두 팔을 한껏 벌렸다. 내가 폴리를 숄로 감싸서 도로 응접실로 데려가니 마침 그레이엄이 문밖으로 나오고 있었다.

나는 그레이엄에게 말했다.

"너하고 한 번 더 이야기를 나누지 않으면 폴리가 잠들지 못할 것 같아서. 너와 헤어진다고 생각하니 슬픈가봐."

그레이엄은 쾌활한 태도로 내게서 폴리를 받아 안고 그녀의 작고 뜨거운 얼굴과 불타는 듯한 입술에 키스를 했다.

"폴리, 이제 아빠보다 날 더 좋아하는구나."

폴리는 속삭이는 소리로 대답했다.

"나는 오빠를 정말 좋아하는데 오빠는 나한테 관심도 없어."

그레이엄은 아니라고 대답하고 다시 한 번 키스를 해주었다. 나는 폴리를 다시 감싸 안아 침실로 데려왔다. 그런데도 폴리는 계속 심란해하며 잠을 이루지 못했다.

이제는 내 말이 폴리의 귀에 들어가겠다 싶을 때쯤 내가 입을 열었다.

"폴리, 네가 그레이엄을 좋아하는 만큼 그가 좋아해 주지 않는다고 속상해하지 마. 그럴 수밖에 없으니까."

의아한 듯 치켜뜬 폴리의 눈이 왜냐고 묻고 있었다.

"왜냐하면 그레이엄은 남자고 너는 여자애니까. 그는 열여섯 살인데 넌 아직 여섯 살이고, 그레이엄은 강하고 명랑한데 너는 정반대잖니."

"하지만 난 그를 정말 사랑하는걸. 그도 날 조금은 사랑해야지."

"그거야 그렇지. 그는 너를 정말 좋아해. 제일 좋아하는 사람이 너일걸."

"그레이엄이 나를 제일 좋아한다고?"

"그래, 내가 아는 어떤 아이보다도 더 좋아해."

거듭되는 다짐을 들으며 기분이 나아진 폴리는 불안해하면서도 방긋 웃었다.

나는 말을 이어 나갔다.

"하지만 보채지는 마. 너무 많은 걸 기대하지도 말고. 그러다 그가 너를 부담스러워하게 되면 모든 게 끝이거든."

폴리는 조용히 내 말을 되뇌었다.

"모든 게 끝이라고? 그럼 착하게 굴어야겠네. 노력해 볼게."

나는 폴리를 침대에 눕혔다. 잠옷으로 갈아입는 도중에 폴리가 물었다.

"그레이엄이 이번 한 번은 봐주겠지?"

"그럴 거야. 지금은 사이가 벌어진 게 아니니까, 앞으로 조심하면 되지."

"앞으로가 무슨 소용이람. 난 떠날 거잖아. 영국을 떠난 다음에 그를 다시…… 한 번이라도 다시 만나는 날이 올까?"

나는 꼭 만날 수 있을 거라고 대답해주었다. 촛불이 꺼지고 조용히 30분이 흘렀다. 나는 폴리가 잠들었다고 생각하고 있었는데, 흰 잠옷을 입은 그 작은 아이가 침대에서 다시 몸을 일으키며 작은 목소리로 물었다.

"루시 언니, 언니는 그레이엄을 좋아해?"

"좋아하냐고? 그래, 조금은."

"조금밖에 안 좋아한다고? 내가 그를 좋아하는 거랑 같은 거야?"

"아닌 것 같은데. 너랑은 달라."

"그레이엄을 많이 좋아해?"

"조금이라고 했잖아. 그렇게 흠투성이인 애를 많이 좋아해서 뭐 하겠니?"

"그레이엄이?"

"남자애들은 다 그래."

"여자애들보다 더 흠이 많아?"

"그럴 걸. 현명한 사람들은 누군가를 완벽하다고 생각하는 건 어리석은 일이라고 말한단다. 누구를 좋아하고 싫어하는 문제도 마찬가지야. 모든 사람과 친하게 지내되 어느 누구도 숭배하지는 말라고 하지."

"언니는 현명한 사람이야?"

"그런 사람이 되려고 노력하지. 그만 자자."

"잘 수가…… 없어! 언니도 이 집이 언니네 집이 아니라는 이유로 그레이엄과 헤어져야 한다고 생각하면 여기(인형같이 작은 가슴에 앙증맞은 손을 얹으며)가 아프지 않아?"

내가 말했다.

"폴리, 넌 곧 아버지하고 같이 있게 되니까 그렇게 괴로워하지 않아도 되잖아. 아버지를 잊었어? 아버지에게 어린 친구 노릇을 해줄 마음이 사라진 거야?"

폴리는 입을 꼭 다물고 침묵을 지켰다. 나는 다시 폴리를 설득했다.

"폴리, 누워서 잠을 청해 봐."

"내 침대는 추워. 따뜻해지지도 않아."

폴리는 덜덜 떨고 있었다.

"이리로 오렴."

진심으로 한 말이긴 했지만 폴리가 정말 내 곁으로 오리라고는 생각지도 않았다. 폴리는 너무나 특이하고 변덕스러운 아이였고 내게는 더더욱 별나게 굴었기 때문이었다. 하지만 그 아이는 작은 유령처럼 카펫 위를 미끄러져 내 쪽으로 왔다. 나는 폴리를 침대 안으로 받아들이고 오한이 든 몸을 팔로 감싸서 따뜻하게 해주었다. 경련을 일으키듯 몸을 떠는 아이를 부드럽게 달래며 안아줬다. 마침내 폴리는 마음을 가라앉히고 잠이 들었다.

오락가락하는 달빛 속에서 잠들어 있는 폴리를 바라보며 나는 '정말 특이한 아이야'라고 생각했다. 그리고 폴리의 반짝이는 눈꺼풀과 젖은 뺨을 손수건으로 살살 문질러 조심스럽게 닦아주었다.

'이 애가 험한 세상에 부대끼며 살아갈 수 있을까? 책에 나오는 걸로 보나 내가 가진 상식으로 보나 사람은 누구나 충격을 받고 거절도 당하고 굴욕과 쓰라림도 맛보는 법인데 이 애가 그걸 어떻게 이겨낸단 말인가?'

폴리는 다음 날 떠났다. 작별인사를 할 때 보니 사시나무처럼 몸을 떨면서도 자제력을 발휘하는 모습이었다.

4. 마치몬트 여사

폴리가 떠나고 몇 주 후에 나도 브레튼 가를 떠났다. 그때만 해도 다시는 그 집을 방문할 일이나 조용하고 고풍스러운 그 거리를 밟을 일이 없으리라고는 생각지 못했다. 나는 6개월 만에 원래 살던 집에 돌아갔다. 일가친척이 사는 집으로 돌아갔으니 당연히 기뻤을 거라는 예측이 가능하겠지만…… 그렇다! 호의적인 추측이야 나쁠 게 없을 테니 굳이 부인하지 않고 그냥 두는 편이 낫겠다.

기쁘지 않았다고 말하는 대신 독자 여러분에게 이후 8년간의 내 모습을 상상해볼 여지를 주겠다. 자, 평온한 날씨 속에 온실처럼 조용한 항구에 정박해 고이 잠든 바크선(3개 이상의 돛대가 달린 범선—옮긴이)을 상상하자. 키잡이는 작은 갑판에 대자로 누워 얼굴을 하늘로 향하고 눈을 감고 있다. 긴 기도를 드리고 있다고 쳐도 좋다. 평생 그런 식으로 살아가는 여자가 부지기수인데 나라고 그렇게 살지 말란 법은 없지 않은가?

다음으로는 안이한 행복에 젖어 토실토실하게 살찐 내 모습, 늘 햇살이 쨍쨍한 갑판에 쿠션을 깔고 몸을 쭉 펴고 누워 부드러운 산들바람을 쐬는 내 모습을 상상해 보라. 하지만 나 같은 사람이 그러고 있다가는 결국 무슨 일이 생겨서 갑판 너머로 떨어지든가 혹은 배가 난파되게 마련이다. 나는 오래도록 추위와 위험과 불화를 겪던 시절을 너무나 선명하게 기억한다. 지금도 짜디짠 바닷물이 세찬 파도를 일으키며 내 목구멍 안으로 밀려들어와 얼음처럼 차갑게 폐를 짓누르는 악몽을 꾼다. 폭풍우가 몰아쳤던 기억도 있는데 비단 한 시간이나 하루가 아니었다. 며칠 내내 햇빛도 별빛도 보이지 않았다. 팔을 뻗어 밧줄을 배 밖으로 던졌지만 사나운 비바람이 우리를 덮치는 바람에 살아남을 수 있다는 희망마저 잃었다. 마지막에는 배가 난파하고 선원들은 전멸했다.

나는 이런 고충을 아무에게도 털어놓지 않았다. 누구에게 털어놓는단 말인가? 브레튼 부인과는 만나지 못한 지 오래였다. 몇 년전 다른 사람들이 일으킨 문제 때문에 우리의 왕래에 지장이 생기더니 급기야는 연락이 끊겨 버렸다. 게다가 세월이 흐르는 동안 부인의 상황도 달라졌다. 부인은 아들을 위해 관리하고 있던 상당한 재산을 무슨 합작주식에 투자했다가 큰 손실을 입었는데 소문에 따르면 원금을 다 잃고 극히 일부만 남았다고 했다.

떠도는 소문에 따르면 그레이엄은 직장을 구해서 어머니와 함께 브레튼 저택을 떠나 런던에 산다는 것 같았다. 그래서 나는 남에게 기댈 수가 없었고 어디를 둘러봐도 나 혼자였다. 사실 나는 특별히 자립적이거나 활달한 성격은 아니었지만 숱한 사람들이 그렇듯이 환경 때문에 홀로 서서 분투하는 길을 택해야만 했다. 그래서 이웃에 사는 미혼 여성인 마치몬트 여사의 부름을 받았을 때 뭔가 적당한 일거리를 주지나 않을까 하는 희망을 품고 기꺼이 응했다.

마치몬트 여사는 근사한 집에 사는 부유한 여인이었다. 그러나 치유 불가능한 류머티즘을 20년째 앓고 있어 손과 발을 잘 쓰지 못했기 때문에 침실 바로 옆방을 거실로 쓰면서 항상 위층에 앉아 생활했다. 나는 마치몬트 여사와 그녀의 특이한 면모(아주 괴팍한 성격)

를 익히 들어 알고 있었지만 직접 만나기는 처음이었다. 마치몬트 여사는 얼굴에 주름이 자글자글하고 머리가 하얗게 센 여인이었다. 고독 때문에 웃음기가 없었고 오랫동안 고통을 겪은 탓에 엄격하고 화를 잘 내는 성격이었으며 상당히 까다로워 보였다. 마치몬트 여사가 나를 부른 이유는 지난 몇 년 동안 시중을 들어준 하녀 겸 말동무가 곧 결혼하게 됐는데 마침 내가 친척과 사별했다는 이야기를 듣고 그 말동무의 후임이 될 수 있겠다고 생각해서였다. 그녀는 차를 마시고 난 후 나와 단둘이 난롯가에 앉아 있다가 일자리를 제안했다.

마치몬트 여사의 말은 솔직했다.

"쉽지는 않을 거예요. 나한테 신경을 많이 써야 하고, 거의 이 집 안에서만 지내야 할 테니까. 하지만 지금 아가씨 형편에 비하면 그럭저럭 괜찮은 생활일 수도 있지요."

나는 잠시 생각에 잠겼다. 물론 그만하면 괜찮다고 받아들여야 마땅했지만 한편으로는 어떤 희한한 운명의 장난으로 불행해질지도 모른다는 생각이 들었다. 바로 이 갑갑한 방 안에서 온종일 병자를 돌보고 신경질도 받아주면서 청춘 시절을 다 흘려보낼 게 아닌가. 지나간 시간도 좋게 말해서 행복이 넘치지는 않았는데! 일순간 가슴이 무너져 내렸다가 이내 제자리로 돌아왔다. 억지로 불행을 인식하려 했으나 나는 상상력이 부족한 사람인지라 불행한 상황을 실감나게 그려내지 못했고 당연히 불행을 과장하지도 못했던 것이다.

나는 마치몬트 여사에게 말했다.

"제가 그 일을 맡을 만한 체력이 되는지 모르겠네요."

마치몬트 여사가 대답했다.

"그건 나로서도 고민되는걸. 지금 아가씨는 너무 지쳐 보이니까요."

그건 사실이었다. 거울에 비친 내 모습을 보니 상복 차림에 생기가 없고 눈은 퀭했다. 그러나 나는 파리한 외모 따위에 그다지 신경을 쓰지 않았다. 겉으로 보기에만 시들할 뿐 생의 원천은 여전히 활기차다고 자부했다.

"마음에 두고 있는 다른 일이라도 있나요?"

"아직 잘 모르겠습니다. 찾아봐야죠."

"생각 중이라 이거군요. 그게 나을 수도 있겠지. 그럼 아가씨 나름대로 찾아보고, 만약 여의치 않거든 내가 권하는 대로 해요. 일자리 제안은 앞으로 석 달간 유효한 걸로 해 두죠."

참으로 친절한 제안이었다. 나는 마치몬트 여사에게 그렇게 말하고 감사를 표했는데 내가 말하는 도중에 그녀가 고통스런 발작을 일으켰다. 나는 그녀가 지시하는 대로 필요한 조치를 취하며 도움을 주었다. 발작이 멎을 무렵에는 우리 사이에 이미 모종의 친근감이 형성돼 있었다. 내 입장에서는 마치몬트 여사가 발작을 견디는 태도를 보고 그녀가 강인하고 인내심 있는 여성이라는 사실을 깨달았다(오랜 정신적 고통 때문에 쉽게 노하는 경향은 있었지만 육체적 고통은 잘 참아냈다).

한편 마치몬트 여사는 내가 선의에서 그녀를 돕는 모습을 보고 나의 동정심을(실제로도 동정이었다) 유발할 수 있겠다고 판단했다. 그녀는 다음 날 다시 사람을 보내 나를 불렀고 그 이후로도 5일인가 6일 동안 날마다 함께 있어 달라고 부탁했다. 그녀와 가깝게 지내보니 결점과 특이한 성격도 알게 됐지만 존경할 만한 점도 눈에 띄었다. 마치몬트 여사는 엄격한데다 어쩔 때는 퉁명스럽기까지 했지만 나는 평온한 마음으로 시중을 들었다. 누군가를 보살필 때 내 태도와 내 존재와 내가 하는 말 하나하나가 그 사람에게 기쁨이 되고 위로가 된다는 사실을 염두에 두면 언제나 그런 평온함을 맛볼 수 있다.

마치몬트 여사는 이따금씩 나를 매우 호되게 꾸짖었는데 그럴 때도 모욕을 하거나 상처를 주지는 않았다. 엄한 안주인이 집안 일꾼에게 설교를 늘어놓는 것보다는 성미가 불같은 엄마가 딸을 나무라는 것에 가까웠다. 기실 마치몬트 여사는 화를 낼 수는 있어도 설교를 늘어놓을 사람은 아니었다. 게다가 화를 낼 때조차도 논리적이었던 걸 보면 그녀의 격정은 늘 이성을 동반하는 것 같았다. 나는 점점 마치몬트 여사에게 정이 들었고 말동무 자격으로 그녀 곁에 머무른다는 것도 달리 생각하기 시작했다. 일주일이 더 지나고 나서는 그곳에 계속 있어 달라는 제의를 받아들였다.

그리하여 작고 후덥지근한 방 두 개가 나의 세계가 됐다. 다리를 저는 나이 든 여인은 나의 고용주이자 말벗이었으며 나의 전부였다. 그녀를 돌보는 게 나의 의무였고, 그녀의 고통은 나의 고충이었으며, 그녀의 병세가 호전되는 게 나의 희망이었고, 그녀가 노여워하면 내게 형벌이 됐으며, 그녀의 호감은 내가 받는 포상이었다. 그 병실의 뿌연 창문 밖에 들판과 숲과 강과 바다와 변화무쌍한 하늘이 있다는 사실도 잊어버렸다.

어쩌면 기꺼이 잊고 지냈는지도 모른다. 내 생활의 폭에 맞춰 사고와 행동의 폭도 좁아진 것이다. 조용하고 온순하게 지내는 게 습관이 된데다 정해진 운명에 길들여진 탓에 신선한 공기를 맡으며 산책할 필요도 느끼지 못했다. 식욕도 줄어서 환자인 마치몬트 여사와 똑같이 소량의 유동식을 먹으면 그만이었다. 게다가 나는 마치몬트 여사의 독특한 성격을 연구대상으로 삼았다. 한결같은 미덕, 경탄할 만한 열정, 신뢰할 수 있는 진실한 감정. 이 모든 장점 때문에 그녀에게 애착이 갔다.

만약 마치몬트 여사가 인고의 삶을 20년 더 살았다면 나도 한 20년은 그녀와 함께 느긋한 세월을 보냈을 것이다. 그러나 하나님은 다른 명령을 내리셨다. 필시 다시 움직이라는 자극이 필요했던 모양이다. 뭔가가 나를 부추기고 충동질하고 쿡쿡 찔러대 강제로라도 활력을 찾게 만들어야 했던 모양이다. 단단한 진주라도 되는 양 소중하게 간직했던 한 가닥의 인간적인 애정이 손 안에서 살살 녹기 시작하더니 싸락눈처럼 손가락 사이로 빠져나갔다. 안일한 만족을 추구하다가 내게 맡겨진 작은 임무를 빼앗기는 기분이었다. 나는 운명의 여신과 적당히 타협하려 했던 것이다. 가끔씩 찾아오는 큰 고통을 피하기 위해 부자유와 사소한 고통으로 점철된 삶을 받아들이려 했으나 그런 식으로는 운명의 여신을 달랠 수 없었다. 신의 섭리는 내가 비겁하게 위축된 채 나태하게 지내는 걸 용납하지 않았다.

아직도 선명하게 떠오르는 2월의 어느 밤, 마치몬트 여사 집 근처에서 어떤 소리가 들렸다. 집안 식구들 모두 그 소리를 들었지만 오직 한 사람만 그 의미를 알았을 것이다. 평온한 겨울이 가고 봄을 미리 알리는 폭풍우가 찾아왔다. 마치몬트 여사는 잠자리에 들었고 나는 난롯가에 앉아 바느질을 했다. 창가에서 바람이 울부짖었다. 종일 윙윙거리던 바람이었지만 밤이 깊어지자 음색이 달라져서 날카롭게 째지는 소리가 귓가에서 울리는 것만 같았다. 세차게 바람이 불어올 때마다 슬프고, 애처롭고, 우울한 소리가 전율했다.

마음이 어지러워진 나는 "쉿, 쉿!" 하고 중얼거리며 바느질감을 내려놓았다. 무언가를 찾는 듯한 그 미묘한 외침을 듣지 않으려고 애썼지만 헛수고였다. 사실 예전에도 똑같은 소리를 듣고 억지로 지켜봤던 적이 있었기 때문에 그 소리가 무엇을 예고하는지는 나름대로 짐작할 수 있었다.

살아오면서 세 번이나 경험한 바에 의하면 그렇게 불안하고 절망적인 울부짖음 같은 이상한 폭풍우 소리는 나쁜 일이 생긴다는 뜻이었다. 특히 헐떡이고 흐느껴 울고 괴로워하며 길게 통곡하는 동풍은 유행병에 걸릴 징조에 해당한다. 내가 추측하기로는 밴시(가족의 죽음을 예고한다는 켈트족 여자 요정—옮긴이)의 전설에서 비롯된 이야기 같았다. 당시에 나는 한 가지를 더 발견했다고 생각했다. 하지만 냉철한 사고력을 가진 사람이 아니어서 여러 가지 현상이 서로 연관되어 있다는 생각은 미처 못 했다. 내가 발견한 사실인즉슨, 화산활동이 시작된다거나, 강이 갑자기 불어나 강둑 위로 넘친다거나, 조수의 흐름에 이상이 생겨 높은 파도가 낮은 해안지대를 맹렬하게 덮친다는 소식들이 서로 멀리 떨어진 세계 곳곳에서 동시에 전해질 때가 종종 있다는 것이었다. 그런 생각을 하면서 이렇게 중얼거리곤 했다.

"그런 시기에는 이 세상이 갈가리 찢기고 혼잡해지나 봐. 마구 흐트러진 지구의 숨결이 펄펄 끓는 화산에서 쏟아져 나오면 우리 중에 약한 사람들이 쓰러지는 거지."

나는 바람 소리를 들으며 몸을 떨었다. 마치몬트 여사는 자고 있었다.

자정 무렵 1시간 30분이나 몰아치던 폭풍이 그치고 죽음과도 같은 정적이 흘렀다. 힘없이 타던 난롯불이 이제 활활 타올랐고 바람은 방향을 바꾸어 매섭게 불어왔다. 블라인드와 커튼을 올리고 창밖을 내다보니 서릿발처럼 날카롭게 반짝이는 별들이 보였다.

고개를 돌려보니 마치몬트 여사가 잠에서 깨 있었다. 그녀는 머리를 베개 위로 들고 전에 없이 열정적인 눈빛으로 나를 바라보며 물었다.

"밤 날씨가 좋니?"

나는 그렇다고 대답했다.

"그럴 줄 알았어. 아주 건강하고 상태가 좋은 느낌이 나거든. 날 좀 일으켜 다오. 오늘 밤엔 다시 젊어진 기분이구나. 젊고, 편안하고, 행복해진 느낌이야. 혹시 내 병이 지금부터 호전돼서 앞으로 건강하게 살 운명이라면? 그건 기적이지!"

나는 그녀가 하는 말에 놀라며 속으로 생각했다.

'지금은 기적이 일어날 시기가 아닌걸요.'

이어 마치몬트 여사는 과거를 화제에 올렸는데, 지난날 있었던 일들이며 장소와 인물을 신기할 정도로 생생하게 기억해 냈다.

"오늘 밤은 기억의 여신이 참으로 고맙구나. 최고의 벗이라 불러 줘야겠다. 기억의 여신 덕택에 지금 얼마나 기쁜지 모른다. 내 가슴속에 따스하고 아름다운 삶과 진실이 되살아나고 있어. 공허한 관념이 아니라 예전에 정말로 있었던 일들, 오래도록 썩어서 분해되어 묘지의 흙에 섞여버렸다고만 여겼던 진짜 기억들이야. 젊은 시절에 보낸 시간이랑 그때의 생각과 희망이 다시 나에게 왔단 말이야. 일생일대의 사랑을 되찾은 기분이다. 유일한 사랑이었어. 누구한테 애정을 쏟은 거의 유일한 경험이었지. 나는 특별히 좋은 여자도 아니고 상냥한 여자도 아니지만 내게도 강렬한 감정이 있었거든. 대다수 남녀가 수많은 곳에 분산시키는 관심을 나는 한 사람에게 집중적으로 쏟았지.

아, 사랑을 주고, 사랑을 받는 동안 생이 얼마나 즐거웠던지! 찬란했던 그 한 해가 떠올라…… 정말 선명하게 기억나는구나! 만물이 생동하던 봄, 따스하고 유쾌했던 여름, 포근한 달빛을 받아 은빛으로 물들던 가을 밤…… 꽁꽁 언 냇물과 서리가 덮인 들판 아래 강렬한 희망이 숨어 있던 그해 겨울! 일 년 내내 나의 마음은 프랭크의 마음과 함께였어. 오, 고귀한 프랭크, 충실한 프랭크, 다정한 프랭크! 나보다 훨씬 나은 사람이었지. 모든 면에서 수준이 훨씬 높았거든! 어떤 여자도 내가 그를 잃었을 때 괴로워한 것만큼 괴로

위하지 않았고, 어떤 여자도 내가 그의 사랑 속에서 얻었던 기쁨을 누리지는 못했을 거야. 보통 사랑이 아니라 정말로 멋진 사랑이었단다.

그에 대해서나 그의 사랑에 대해서 의심을 품은 적이 없었어. 존중해 주고 보호해 주고 품격을 높여주는 사랑. 그런 사랑을 받은 여자가 기뻐했다는 거야 두말할 필요 있겠니? 그런데 바로 지금, 내 머릿속이 신기할 정도로 맑아졌으니까 생각해 보자…… 내가 왜 그 사랑을 잃었더라? 내가 무슨 잘못을 했기에 열두 달 동안 더 없는 행복을 누린 후 30년 동안이나 슬픔을 감내해야 했지?"

그녀는 말을 잠깐 멈추었다가 다시 입을 열었다.

"모르겠어. 왜 그랬을까…… 생각이 안 나는구나. 하지만 전에는 입 밖에 내지도 않으려고 했던 말을 지금은 솔직하게 할 수 있어. 불가해한 하나님! 당신 뜻대로 하소서! 죽으면 프랭크를 다시 만날 수 있다는 믿음이 솟아나는구나. 전에는 그걸 믿지 않았는데."

나는 나지막한 소리로 물었다.

"그분은 돌아가셨나 보죠?"

"그건 말이지, 행복한 크리스마스이브에 내가 옷을 차려입고 치장을 한 다음 약혼자인 연인을 기다리고 있을 때의 일이었단다. 그날 밤 나를 만나러 오기로 했거든. 그를 기다리며 앉아 있었던 시간들이 되살아나는구나. 하얀 눈에서 반사된 어슴푸레한 빛이 창을 통해 들어왔지. 하얗게 변한 길 위로 그가 말을 타고 달려오는 모습을 보려고 커튼을 열어놓았거든. 약한 난롯불이 방을 따뜻하게 해주고, 내 실크 드레스를 이리저리 비추고, 이따금씩 젊은 시절 내 모습을 거울에 비춰주었어. 칠흑 같은 관목 숲과 은빛이 된 우리 집 뜰의 잔디 위로 보름달이 선명하고 차갑게 떠 있는 고요한 겨울밤이었지. 심장이 고동치는 걸 느끼며 이제나저제나 기다렸지만 내 가슴속에는 한 점의 의심도 없었어. 난롯불은 사그라졌지만 아직 밝게 타고 있었고, 창밖엔 달이 여전히 높이 떠 있었지.

시곗바늘이 10시에 가까워졌어. 그 사람이 한두 번 늑장을 부린 적은 있어도 그 정도로 늦은 적은 없었단다. 이번엔 그가 약속을 못 지키는 걸까? 아냐…… 그런 일은 있을 수 없어. 아, 저기 온다. 늦은 걸 만회하려고 빨리 달려오나 봐.

'프랭크! 그렇게 난폭하게 말을 달리면 어떡해요.'

나는 속으로 이렇게 외치면서 기쁘고도 불안한 심정으로 그가 다가오는 말발굽 소리를 들었지.

'나중에 한 마디 해야겠네요. 당신은 지금 내 목숨을 위태롭게 하고 있다고요. 당신을 너무나 사랑하고 소중히 여기기 때문에 당신 것은 뭐든 내 것이나 다름없어요.'

그가 있었어. 나는 그를 쳐다봤지만 눈에 눈물이 고이는 바람에 똑똑히 보지 못했던 것 같아. 말이 보이더군. 그 녀석이 발을 쾅쾅 구르는 소리도 들렸고…… 무슨 물체 같은 게 보이고 누가 고함을 쳐댔어. 저건…… 말일까? 잔디를 가로질러 힘겹게 질질 끌려오는 시커멓고 이상한 저 물체가 대체 뭐지? 그날 달빛 아래 내 앞에 놓여 있던 그걸 대체 뭐라고 불러야 할까? 가슴속 깊은 곳에서 솟구쳐 오른 감정을 어떻게 말로 표현할 수 있을까?

나는 냅다 뛰어나갔어. 커다란 짐승이…… 그러니까 프랭크의 검은 말이 문 앞에 서서 덜덜 떨며 숨을 헐떡이고 콧김을 내뿜고 있더군. 나는 말고삐를 쥔 사람이 프랭크라고 생각하고 물었어.

'어떻게 된 거예요?'

그런데 우리 집 하인이었던 토머스가 황급히 대답하는 거야.

'아씨, 집 안으로 들어가세요.'

토머스는 큰 소리로 다른 하인을 불렀어. 부엌에 있던 다른 하인이 마치 본능적으로 움직인 것처럼 잽싸게 뛰쳐나오더군.

'루스, 아가씨를 당장 집 안으로 모시고 들어가게.'

하지만 나는 이미 눈 위에 무릎을 꿇고 있었어. 옆에 뭔가가 놓여 있었지. 아까 바닥에서 질질 끌려다니던 바로 그것. 내가 그것을 일으켜 가까이 끌어당기자 그것이 숨을 내쉬며 내 가슴에 대고 신음하더군. 그는 아직 죽지 않았어. 완전히 의식을 잃은 상태도 아니었고. 나는 그를 안으로 옮겼어. 좀 떨어져 있으라고 사람들이 말해도 아랑곳하지 않았지. 상당히 침착해져 있어서 나 자신을 추스르는 건 물론 집안의 여주인 노릇도 감당할 수 있었는데도 다들 나를 어린애처럼 다루려 하더군. 하나님의 뜻으로 큰일을 당한 사람들한테 으레 그러잖아.

하지만 나는 의사만 빼고 누구에게도 자리를 내주지 않았어. 의사가 할 수 있는 처치를 다 하고 나서는 죽어가는 프랭크를 내가 직접 돌보았어. 프랭크에게는 나를 팔로 감싸 안고 내 이름을 부를 만한 기운이 남아 있었어. 내가 그의 몸 위에서 나직하게 기도하는 소리도 들었고, 내가 다정하고 부드럽게 위로해 주는 것도 알았지. '마리아, 나는 천국에서 죽어가고 있소'라고 말하더구나. 그 말로 내게 변함없는 애정을 표시하면서 마지막 기운을 써버렸지. 크리스마스의 동이 터 올 무렵 나의 프랭크는 하나님 곁으로 갔어."

마치몬트 여사는 잠깐 쉬다가 이야기를 계속했다.

"그게 30년 전 일이야. 그 후로는 고통의 연속이었지. 내게 닥친 커다란 불행을 좋은 계기로 삼지는 못한 것 같구나. 성격이 순하고 상냥한 사람이 그런 일을 겪었다면 자기 마음을 갈고 닦아 성인의 경지에 이르렀을 거야. 강하고 사악한 마음을 가진 사람이었다면 악마가 됐을 거고. 내 경우는 그냥 고뇌에 시달리는 이기적인 여자일 뿐이었어."

나는 그녀가 기부금을 후하게 내기로 유명하다는 사실을 떠올리며 말했다.

　"좋은 일을 많이 하셨잖아요."

　"물론 난 고통을 줄일 수 있는 곳이라면 돈을 아끼지 않았지. 그래서 어쨌다는 거야? 기부하는 일은 힘들지도 고통스럽지도 않잖아. 하지만 오늘부터는 프랭크와 다시 만날 준비를 위해 더 훌륭한 마음을 가져야겠다. 지금도 난 하나님보다 프랭크 생각을 더 많이 한단다. 그러니까 단 한 사람을 정말로 열렬하게 오랫동안 사랑하는 게 적어도 신성모독은 아니라는 사실이 참작되지 않는다면 내가 구원받을 가능성은 낮다고 해야겠지. 루시, 이 문제를 어떻게 생각하니? 목사가 됐다 치고 한번 말해보렴."

　나는 딱히 할 말이 없어서 질문에 답하지 않았다. 하지만 그녀는 내가 대답을 했다고 생각한 모양이었다.

　"네 말이 맞다. 하나님은 자비로우신 분이지만 늘 우리가 이해할 수 있는 일만 하시는 건 아니지. 어떤 일이 생겨도 각자의 운명을 받아들이고 다른 사람을 행복하게 해주려고 노력해야지. 그렇지 않니? 내일 나는 너를 행복하게 해주는 일부터 시작할 작정이다. 루시, 너한테 뭔가를 해줄 거야. 내가 죽고 나면 너에게 도움이 되겠지. 말을 너무 많이 했더니 이제 머리가 아프구나. 그래도 행복하다. 너도 자러 가거라. 시계가 2시를 치네. 네가 너무 늦게까지 깨 있었구나. 아니 내 이기심 때문에 너를 늦도록 깨 있게 한 거겠지. 어쨌든 이제 물러가라. 푹 쉴 수 있을 것 같으니 내 걱정은 그만하고."

　마치몬트 여사는 마음을 가다듬고 잠들려는 것 같았다. 나는 그녀의 침실 내에 있는 사실(私室)에 마련된 내 침대에 누웠다. 그날 밤은 조용히 지나갔고, 마치몬트 여사는 마침내 찾아온 조용한 최후를 맞았다. 평화롭고 고통 없는 최후였다.

다음 날 아침 그녀는 숨이 끊어져 온몸이 차가워진 상태였지만 차분하고 평온해 보였다. 전날 밤에 나타난 흥분과 기분 변화는 발작의 전조였다. 워낙 오랫동안 병마에 시달려온 탓에 단 한 번의 타격으로 목숨이 끊어졌던 것이다.

5. 새로운 시작

고용주였던 마치몬트 여사가 세상을 떠났으므로 나는 다시 혼자가 되어 새로운 거처를 찾아야 했다. 그 무렵 나는 정신적으로 약간, 아주 약간 흔들리고 있었다. 그렇다고 육체적으로 건강해 보이지도 않았다. 초췌하고 수척한데다 눈도 퀭해서 밤을 꼬박 샌 사람 같았고 고생을 많이 한 하인이나 빚 때문에 오갈 데 없는 사람 같기도 했다. 하지만 실제로는 빚을 지지 않았고 극도로 궁핍한 처지도 아니었다.

마치몬트 여사는 마지막 날 밤에 이야기한 대로 내게 도움을 주지는 못하고 세상을 떴지만 장례식이 끝난 후 그녀의 상속인인 육촌이 내 급료를 제대로 지불했기 때문이었다. 육촌이라는 사람은 뾰족한 코에 미간이 좁아서 탐욕스러워 보이는 남자였다. 나중에 들으니 그는 인정 많은 마치몬트 여사와 정반대로 지독한 구두쇠여서, 아직까지도 가난하고 불우한 사람들에게 칭송을 받고 있는 그녀의 명성에 오점을 남겼다고 한다. 그때 내 전 재산은 15파운드였고, 육체는 완전히 나가떨어지지는 않았지만 지쳐 있었으며 정신적으로도 비슷한 상태였다. 물론 그 정도만 돼도 많은 이들이 부러워하는 처지였겠지만 곤란한 건 사실이었다. 어느 날 갑자기, 일주일 내로 지금 사는 곳을 떠나게 됐는데도 딱히 갈 곳이 없는 고통을 상상해 보라.

곤경에 처한 나는 마지막이자 유일한 방편으로 우리 집안의 옛 하인 한 사람을 만나 의논해 보기로 했다. 예전에 내 보모였던 배럿 부인이 그 당시 마치몬트 여사 댁에서 멀지 않은 대저택의 가정부로 있었는데, 그녀는 몇 시간 동안 함께 있으면서 나를 위로했지만 별다른 조언은 해주지 못했다. 해질 무렵 나는 여전히 시커멓게 타들어가는 가슴을 안고 그녀와 헤어졌다.

내 앞에 3킬로미터나 되는 길이 놓여 있었다. 청명하고도 싸늘한 밤이었다. 고독과 가난과 곤란한 처지에도 불구하고 내 심장은 스물세 살도 채 되지 않은 젊은이다운 기운에 힘입어 가볍지만 제법 강하게 뛰었다. 심장 박동이 약하지 않았다는 건 명백한 사실이다. 만약 약했다면 마을도 농가도 오두막집 한 채도 나오지 않고 고요한 들판만 끝없이 이어지는 길을 홀로 걸으며 부들부들 떨었거나, 달빛조차 없어서 순전히 별빛에만 의지해야 하는 어둑한 오솔길을 걸으며 겁에 질렸을 것이다. 그날따라 '움직이는 신비'라는 별명을 가진 북극광이 북쪽 하늘에서 반짝이고 있어서 더욱 겁이 났을 수도 있었다. 하지만 이 보기 드문 오로라의 존재는 나에게 겁을 주기보다는 새로운 힘을 불어넣는 듯했다. 나는 살을 에는 듯 낮게 부는 바람의 기운을 빨아들였다. 그러자 대담한 생각이 떠올랐고 그 생각을 긍정할 만큼 내 마음도 강인해졌다.

'이 황야를 떠나서 멀리 가는 거야.'

그러자 '어디로?'라는 의문이 뒤따랐다.

나는 아주 먼 곳을 생각하지는 못했다. 영국 중부의 그 부유하고 단조로운 시골 교구에서 내가 손 내밀면 닿을 것처럼 떠올렸던 곳은 실제 두 눈으로 한 번도 보지 못했던 런던이었다.

다음 날 나는 다시 그 저택 현관에서 가정부를 한 번 더 만나게 해 달라고 부탁했다. 그리고 그녀에게 내 계획을 털어놓았다.

가정부 배럿 부인은 사려 깊고 진지한 사람이었지만 세상을 두루 알지 못한다는 점에서는 나와 피차일반이었다. 하지만 사려 깊고 진지했던 만큼 내가 허황된 생각을 한다고 비난하지는 않았다. 사실 나에게는 마치 회색 스코틀랜드 나사 천으로 만든 외투와 두건처럼 언제나 든든하고 유용한 특유의 침착한 태도가 있었다. 흥분하고 들뜬 태도로 덤볐다가는 몽상가나 미치광이로 낙인찍힐 만한 일도 침착한 내가 나서면 무사통과였고 때로는 허락까지 받아 가며 할 수 있었다.

배럿 부인은 마멀레이드를 만들기 위해 오렌지 껍질을 손질하면서 차분한 말투로 몇 가지 어려운 점을 이야기해 주었다. 그때 아이 하나가 달음질쳐 창밖을 스치더니 방 안으로 뛰어 들어왔다. 예쁜 아이였다. 나는 춤을 추고 웃어대며 다가오는 아이를 무릎에 앉혔다. 따지고 보면 그 아이와 생판 남이라고 할 수도 없었으니까(나는 아이 어머니인 그 집안의 딸과 아는 사이였다).

사회적 지위가 달라져 있기는 했으나 그 아이의 어머니와 나는 예전에 같은 학교에 다녔다. 당시 나는 열 살이고 그녀는 열여섯 살의 숙녀였다. 내 기억으로 그녀는 얼굴은 예뻤지만 머리가 나빠서 나보다 아래 학급에서 공부했다.

아이의 잘생긴 까만 눈동자를 보며 감탄하고 있는데 젊은 엄마 리 부인이 들어왔다. 마음씨 곱고 예뻤지만 지적이지는 않았던 예의 그 소녀는 참으로 아름답고 다정해 보이는 여인으로 변해 있었다! 아내가 되고 어머니가 되면서 달라진 것 같았다. 그녀보다 훨씬 못해 보이던 사람도 그런 경험을 통해 변화하는 모습을 숱하게 보지 않았던가. 그녀는 나를 알아보지 못했다. 나도 그동안 달라져 있었다. 좋은 쪽으로 변한 게 아니어서 아쉬웠지만. 나는 그녀의 기억을 되살리려고 애쓰지 않았다. 굳이 그럴 필요가 없지 않은가? 그녀가 들른 이유는 아들을 데리고 산책에 나가기 위해서였다. 그녀가 나가자 보모가 아기를 안고 따라갔다. 내가 이 일을 언급하는 유일한 이유는 리 부인이 보모와 대화할 때 프랑스어를 썼기 때문이다(그나저나 프랑스어가 엉터리였고 억양이 형편없어서 우리가 학교에 다니던 시절을 다시 떠올리지 않을 수 없었다). 보모가 외국인 여자라는 뜻이었다. 남자아이도 보모와 프랑스어로 유창하게 이야기했다.

그들이 모두 나가자 배럿 부인은 2년 전 젊은 마님이 대륙으로 여행을 다녀오는 길에 외국인 보모를 집으로 데려왔다고 이야기해주었다. 보모는 거의 가정교사와 비슷한 대접을 받고 있으며 아기와 함께 산책하고 '찰스 도련님'과 프랑스어로 대화하는 것 외에는 아무 일도 하지 않는다고 했다. 배럿 부인은 "외국 가정에서 저여자처럼 좋은 조건으로 일하는 영국인도 많다지요"라는 말을 덧붙였다. 꼼꼼한 주부가 언젠가 쓸 데가 있으리라는 생각에 당장은 쓸모없어 보이는 부스러기와 파편을 보관해 두는 것처럼, 나는 그 평범한 정보를 머리에 새겼다. 작별하기 전에 배럿 부인은 지난날 나의 삼촌이 자주 머무르던 곳이라며 런던 시내에 있는 어느 오래된 여관의 주소를 알려주었다.

런던에 간다는 건 독자 여러분의 생각만큼 커다란 모험이나 대단한 계획이 아니었다. 불과 80킬로미터였고 여비도 충분했으며 가서 며칠 머무르다가 계속 있고 싶은 마음이 들지 않으면 돌아오면 그만이었다. 런던행은 생사를 건 모험이라기보다는 일로 지친 머리를 쉬게 하는 짧은 휴가였다. 몸과 마음이 편하려면 무슨 일이든 적절한 선에서 계획하는 게 최고다. 너무 거창한 계획은 몸과 마음을 모두 열에 들뜨게 하는 법이다.

당시에는 80킬로미터를 가려면 하루가 꼬박 걸렸다(지금 나는 지난 날을 회상하고 있다. 오래도록 추운 세월을 견뎌낸 내 머리도 지금은 흰 모자 아래 하얗게 세어버려서 눈이 겹겹이 쌓인 것처럼 보인다). 내가 런던에 도착한 건 비가 내리던 2월의 어느 날 밤 9시 무렵이었다.

독자여, 그대들은 내가 런던에 도착해서 받은 첫인상을 시적으로 섬세하게 묘사하기를 바라지는 않을 것이다. 사실 첫인상 따위를 소중히 간직할 만한 시간도 없었고 그럴 기분도 아니었다. 비가 내리는 캄캄하고 으스스한 밤에 향락과 악덕이 판치는 망망한 도시에 도착했던 것이다. 내게는 다른 눈부신 재능은 없었어도 타고난 명쾌한 사고력과 차분한 절제력은 있었는데 낯설고 광활한 도시에 있으니 그런 능력을 발휘하기도 쉽지 않았다.

나는 역마차에서 내렸다. 마부와 주위에서 기다리는 사람들이 쓰는 말이 외국어처럼 기이하게 들렸다. 그렇게 토막토막 끊어지는 영어는 처음이었다. 하지만 내가 가져온 여관 주소를 알려주면서 그곳으로 데려다주고 여행가방도 운반해 달라고 부탁할 정도의 의사소통은 그럭저럭 가능했다. 얼마나 험난하고 괴롭고 곤혹스러운 여정이었던가! 난생 처음 런던에 왔고, 여관에 머물러본 경험도 없었고, 먼 길을 오느라 지쳤고, 어두운 밤이어서 난감했으며, 추위 때문에 몸이 마비될 지경이었다. 게다가 경험이 없고 들은 이야기도 없었던 터라 행동거지를 어떻게 해야 하며 당장 뭘 해야 하는지도 몰랐다.

나는 '상식'에게 모든 걸 맡겼다. 하지만 내가 보유한 다른 능력과 마찬가지로 상식도 추위와 당혹감 속에서 갈피를 못 잡고 있었다. 상식은 도저히 피할 수 없는 요구가 있어서 압력이 가해질 때에 한해서 간간이 임무를 수행했다. 우선 상식은 강요에 의해 마부에게 돈을 지불했다. 속아서 돈을 너무 많이 내긴 했지만 나는 위기 국면임을 참작해 상식을 크게 탓하지 않았다. 상식은 급사에게 방을 달라고 했고, 주뼛주뼛해하며 객실 담당 하녀를 보내 달라고 말했다. 그리고 방에 들어온 젊은 하녀의 심히 건방진 태도에 완전히 압도당하지 않고 잘 참아 냈다.

객실 담당 하녀는 전형적인 도시 아가씨였다. 세련되고 예쁘장하고 허리띠며 모자와 옷이 너무나 말끔했다. 저런 옷들을 도대체 어떻게 만들었는지 궁금해질 정도였다. 그녀의 도도하고 유창한 말투는 내 말투를 준엄하게 나무라는 것처럼 들렸고, 그녀의 맵시 있는 차림새는 나의 수수한 시골 소녀 복장을 내놓고 경멸하는 것처럼 느껴졌다.

'어쩔 수 없잖아. 새로운 곳에 왔고 환경이 달라졌으니까 너그럽게 굴자.'

나는 그 콧대 높은 젊은 하녀를 아주 차분한 태도로 상대했고, 목사 같은 외모에 검정 외투를 입고 흰 목도리를 두른 웨이터도 똑같이 대했다. 그랬더니 머지않아 그들도 내게 예의 바르게 대해 주었다. 처음에는 내가 하인 신분인 줄 알았다가 생각이 바뀌었는지, 얼마 후부터는 어정쩡한 자세로 친절한 척도 하고 정중하게 굴기도 했다.

요기를 좀 하고 난롯가에서 몸을 덥힌 후 객실에 들어설 때까지만 해도 그럭저럭 잘 버텼다. 하지만 침대 옆에 앉아 머리와 양 팔을 베개에 올려놓자 무거운 압박감에 짓눌리기 시작했다. 유령이 불쑥 나타나듯 갑자기 내 신세가 머릿속에 떠올랐다. 별나고 고독하고 희망이 별로 없는 나. 런던이라는 대도시에서 나 혼자 뭘 하고 있지? 내일은 뭘 해야 하나? 내 삶에 어떤 전망이 있나? 대체 내게 친구가 있기는 한가? 나는 어디에서 왔으며 어디로 가서 뭘 해야 하나?

눈물이 쏟아져 베개와 팔과 머리카락을 적셨다. 한바탕 울고 나자 괴로운 생각으로 가득 찬 암울한 순간이 이어졌다. 하지만 나는 이미 떼어놓은 걸음을 후회하지 않았으며 발길을 돌릴 의향이 없었다. 되돌아가기보다는 앞으로 가는 게 낫다는 믿음, 아무리 좁고 험한 길일지라도 때가 되면 길이 열려 앞으로 나아갈 수 있으리라는 막연하지만 확고한 믿음이 다른 여러 가지 감정보다 훨씬 강했다. 그런 믿음의 힘으로 마음을 가라앉힌 나는 마침내 차분해져서 기도를 올리고 침상 쪽으로 갔다.

촛불을 끄고 눕자마자 나지막하지만 굵고 힘 있는 소리가 밤공기를 가로질러 울렸다. 처음에는 그게 무슨 소리인지 몰랐다. 그런데 같은 소리가 열두 번이나 나고 열두 번째에는 사람들이 웅성거리는 소리와 종소리가 함께 들렸다. 나는 혼잣말로 이렇게 중얼거렸다.

"내가 있는 곳이 세인트 폴성당 근처로구나."

6. 런던

　다음 날은 3월 1일이었다. 일어나서 커튼을 열어보니 아침 해가 안개를 뚫고 나오려고 애쓰고 있었다. 머리 위, 집들의 지붕 위, 거의 구름에 닿을 만큼 높은 곳에 짙은 청색의 장엄한 둥근 형상이 희미하게 보였다. 성 바오로 성당의 돔이었다. 창밖을 바라보는 동안 내면에서 자아가 꿈틀거렸다. 내 영혼은 줄곧 족쇄에 묶여 있던 날개를 흔들어 헐겁게 했다. 문득 지금까지 내 삶은 진짜가 아니었고 이제부터 비로소 진짜를 경험하게 되리라는 생각이 들었다. 그날 아침 내 영혼은 요나의 박넝쿨(요나 4 : 6―옮긴이)처럼 빠르게 성장했다.

　나는 재빨리 옷을 챙겨 입으며 중얼거렸다.

　"이곳에 오길 정말 잘했어. 런던이라는 대도시의 기운이 마음에 들어. 겁쟁이가 아니고서야 누가 평생 촌구석에서 살면서 자기 능력을 어둠 속에서 영영 썩히겠어?"

　옷을 갈아입고 나서 아래층으로 내려갔다. 여행에 지쳐 기진맥진한 모습이 아니라 피로를 회복한 말쑥한 모습이었다고 생각한다. 웨이터가 아침식사를 가져왔을 때는 점잖으면서도 명랑한 말투로 말을 거는 데 성공했다. 대화는 10분간 이어졌는데 이야기를 나누는 과정에서 서로를 알게 되어 유익했다.

웨이터는 머리가 반백이 된 나이 든 사람이었는데 이 여관에 한 20년은 있었다고 했다. 그 이야기를 듣고는 15년 전에 이곳에 자주 왔다는 찰스 삼촌과 윌모트 삼촌을 그가 기억하고 있으리라는 확신이 생겨 삼촌들 이름을 말했다. 웨이터는 그들을 정확히 기억하고 있었고 존경심을 담아 회상했다. 내가 그들의 조카라고 이야기하자 웨이터가 내 신분을 확실히 파악했고 우리의 관계도 제대로 자리가 잡혔다. 그는 내가 찰스 삼촌과 닮았다고 말했다. 배럿 부인도 곧잘 그런 이야기를 했던 점으로 미루어보아 그의 말은 사실인 듯했다. 그전까지 뭔가 거북해하고 의심스러워하던 웨이터는 기꺼이 예의 바른 태도를 취하기 시작했다. 내가 합리적인 질문을 했는데도 정중한 대답을 듣지 못하는 당황스러운 일은 더 이상 일어나지 않았다.

내 작은 객실 창문으로 내다보이는 거리는 폭이 좁고 아주 조용하며 깨끗한 편이었다. 시골 마을의 길들과 마찬가지로 사람도 별로 없었다. 무서울 게 아무것도 없었으므로 나는 과감하게 혼자 나가 보기로 했다.

아침식사를 마치고 밖으로 나갔다. 런던에서 혼자 걷는다는 것 자체가 하나의 모험이라는 생각에 의기양양하고 기쁜 마음이었다. 나는 곧 유서 깊은 장소인 패터노스터 거리(Paternoster Row)에 도착했다. 그리고 존스라는 사람이 지키고 있는 서점에 들어가서 작은 책 한 권을 샀다. 내 형편으로 감당하기 힘든 사치였지만 언젠가 배럿 부인에게 직접 주거나 우편으로 보낼 생각이었다. 책상 뒤에 서 있는 무미건조한 장사꾼 존스 씨가 내 눈에는 누구보다 훌륭한 사람으로 보였고, 나 자신은 누구보다 행복한 사람이 된 것만 같았다.

그날 아침 나는 놀랍도록 많은 경험을 했다. 세인트 폴 성당 안으로 들어가 보았고, 돔에 올라가서는 런던을 내려다보았다. 강과 다리와 교회가 보였다. 오래된 웨스트민스터 사원 건물과 초록빛 정원이 보였고 그 위로 태양과 화창하고 푸른 초봄의 하늘이 펼쳐졌다. 하늘과 땅 사이에는 옅은 안개가 끼어 있었다.

돔에서 내려온 후로는 조용히 자유와 재미를 만끽하며 정처 없이 발걸음을 옮겼다. 그러다가 어떻게 도심 한복판에 다다랐고, 마침내 런던을 눈으로 보면서 느낄 수 있었다. 나는 스트랜드 가(街)에 들어서서 콘힐을 올라갔다. 활기차게 지나가는 사람들과 뒤섞였고 위험한 교차로도 마다하지 않고 건넜다. 터무니없는 이야기일지 몰라도 그렇게 혼자 거리를 걸으니 진정한 쾌감이 느껴졌다. 그때 이래로 웨스트엔드에 여러 번 가봤고 공원과 멋진 광장도 많이 구경했지만 나는 도심을 훨씬 더 좋아한다. 도심에는 열정이 넘친다. 사람들이 물건을 사고팔고, 바쁘게 내달리고, 때로는 고함을 쳐대는 광경이 그렇게 진지할 수가 없다. 도심은 생활이 있는 곳이다. 반면 웨스트엔드는 쾌락을 즐기기만 하는 곳이다. 웨스트엔드에 가면 재미를 느끼지만 도심에서는 짜릿한 흥분을 맛볼 수 있다.

마침내 기운이 빠지고 배가 고파져서(그렇게 왕성한 식욕을 느낀 건 몇 년 만이었다) 2시 쯤에 칙칙하고 낡은 조용한 여관으로 돌아왔다. 담백한 고기와 채소로 식사를 했는데 둘 다 썩 맛이 좋았다. 마치 몬트 여사 댁 요리사가 지금은 고인이 된 마음씨 좋은 여주인과 나에게 날라다주던 우아하고 양이 적은 식사보다 훨씬 나았다. 그 식사로 말하자면 우리 둘이 합쳐도 한 사람 식욕의 반밖에 못 내지 않았던가! 나는 기분 좋은 피로감을 느끼며 의자 세 개를 붙여놓고(그 방에는 소파가 없었다) 한 시간 가량 누워 있었다. 그리고는 잠에서 깨어나 두 시간가량 생각에 잠겼다.

그때 나의 심경과 처지는 새롭고 확고하고 대담하며 어쩌면 필사적이기까지 한 결단을 내리기에 안성맞춤이었다. 나는 더 이상 잃을 것도 없었다. 말도 못하게 싫은 고독한 지난날로 돌아갈 수는 없었다. 지금 계획 중인 일이 실패로 돌아간다 해도 괴로워할 사람이 나 말고 누가 있겠는가? 만약에 내가 집에서…… 아니다, 나는 집도 없으니까 이렇게 말하면 안 되겠다…… 멀리 타향에서 죽는다 해도 누가 통곡하겠는가?

물론 고생스러울지도 모른다. 하지만 나는 고생에 이력이 난 사람이었다. 곱게 자란 사람들과 달라서 죽음마저도 그다지 두렵지 않았고 다른 이의 죽음을 차분하게 지켜본 경험도 있었다. 어떤 결과도 감수할 마음의 준비를 하고 나서 나는 계획을 세웠다.

저녁에는 아까 친해진 웨이터에게서 유럽의 부마린(Boue-Marine)이라는 항구로 가는 배들에 관한 정보를 얻었다. 나는 지체할 시간이 없다는 사실을 알게 됐다. 바로 그날 밤에 배를 타야 했다. 아침까지 기다렸다 승선할 수도 있었지만 늦어질 우려가 있었으므로 그렇게 하지 않기로 했다.

웨이터는 내게 당장 배를 타는 게 좋겠다고 충고했다. 나는 알았다고 대답하고 숙박비를 계산하면서 편의를 제공한 데 대한 감사의 표시로 그 웨이터에게 팁을 줬는데 지금 생각하면 그에게도 어이없어 보였으리만치 큰 액수였다. 그래서인지 그는 돈을 주머니에 넣으면서 엷은 미소로 나의 '지혜'에 대한 의견을 표시한 후 마차를 불러주었다. 그는 마부에게 나를 넘겨주면서 무슨 지시를 했는데 아마도 나를 노잡이들에게 맡기지 말고 선창까지 데려다주라는 말 같았다. 마부는 반드시 그렇게 하겠다고 다짐했으나 약속을 지키지 않았다. 반대로 나를 제물로 바쳤고 손쉬운 수입원으로 내놓았다. 노잡이들로 북새통을 이룬 곳에 나를 내려놓았던 것이다.

참으로 난감한 상황이었다. 어느덧 캄캄한 밤이었고 마부는 요금을 받자마자 떠나 버렸다. 노잡이들은 나를 배에 태워주고 여행 가방도 날라주겠다고 서로 다투기 시작했다. 지금도 그들의 욕지 거리가 귓가에 쟁쟁하다. 그 소리는 캄캄한 밤에 나 혼자 있다는 생각이나 낯선 장소에 와 있다는 사실보다도 더 큰 힘으로 내 세계 관을 뒤흔들었다. 노잡이 한 사람이 내 여행가방에 손을 올렸다. 나는 그걸 보고도 가만히 있었다. 하지만 다른 노잡이가 내 몸에 손을 대자 나는 소리를 치고 몸을 흔들어 손을 떨쳐내고 이내 나룻 배에 올랐다. 그리고 짐짓 위엄 있는 말투로 가방을 옆에 놓아 달 라고 말했다.

"저기다 놓아주세요."

노잡이는 즉시 내 말대로 했다. 내가 그의 배를 타기로 했으므로 이제 우리는 아군인 셈이었다. 나는 나룻배를 타고 강을 건넜다.

시커먼 강은 마치 잉크로 이루어진 격류 같았다. 주변에 늘어선 건물들에서 나오는 빛이 강물에 반사되어 반짝였고 강 한복판에서 는 배들이 흔들리며 나아갔다. 나룻배는 선박 몇 척이 정박해 있는 곳까지 왔다. 나는 등불을 비추며 어두운 색 바탕에 커다란 흰 글 씨로 쓰인 배들의 이름을 읽어 나갔다. '오션' 호, '피닉스' 호, '콘 소트' 호, '돌핀' 호를 차례로 지나쳤다. 내가 탈 '비비드' 호는 한참 아래쪽에 정박해 있는 듯했다.

검은 급류를 따라 미끄러져 내려가자니 스틱스 강(그리스 신화에서 지옥을 일곱 번 돌아 흐르는 강—옮긴이)과 고독한 영혼을 태우고 어둠의 나라로 가는 카론(그리스 신화에서 죽은 자를 저승으로 건네준다는 뱃사공— 옮긴이)이 떠올랐다. 그 희한한 풍경 속에서 차가운 바람이 얼굴에 와 닿았고 한밤중에 뜬 구름이 머리 위에 빗물을 똑똑 떨어뜨렸다. 함께 가는 거친 노잡이 두 명이 내뱉는 심란한 욕설이 여전히 내 귓가를 때렸다. 나는 스스로에게 물었다. 혹시 내가 불쾌해하거나 무서워하고 있나? 둘 다 아니었다. 여태껏 살면서 그보다 안전한 환경에서도 불쾌해하거나 무서워한 적이 많았는데……. 나는 다시 질문을 던졌다.

"어쩐 일일까? 우울하고 불안하기는커녕 활기차고 머릿속이 맑다니?"

그 이유는 나도 알 수 없었다.

마침내 '비비드' 호가 밤의 어둠 속에서 하얗게 빛나며 모습을 드러냈다. 노잡이는 "다 왔소!"라고 외치며 6실링을 내라고 했다.

내가 "너무 비싸게 부르는군요"라고 말하자 노잡이는 배에서 멀어지며 6실링을 내지 않으면 못 탄다고 큰소리를 쳤다. 나중에 알고 보니 승무원이었던 젊은 남자 하나가 뱃전 너머로 이쪽을 바라보았다. 그는 한판 대결이 벌어질 것을 예상하고 히죽 웃다가 내가 돈을 지불하니 실망하는 눈치였다. 사실 나는 그날 오후 무려 세 번이나 실링을 내야 할 곳에 크라운을 내고서도 '인생 수업료지 뭐.'라는 생각으로 스스로를 위로한 바 있었다.

내가 갑판에 오르자 승무원이 의기양양하게 말했다.

"당신 속았어요!"

나는 알고 있었다고 담담하게 대답한 후 갑판 아래로 내려갔다.

여성 선실에는 풍채가 좋고 뚱뚱하며 호화롭게 치장한 여자 승무원이 있었다. 잠자리를 안내해 달라고 하자 그녀는 나를 쏘아보며 이렇게 늦은 시간에 배를 타는 승객도 있냐며 뭐라고 투덜거렸다. 친절한 사람은 아닌 것 같았다. 게다가 오만하고 이기적인 성격과 똑같은 분위기가 뚝뚝 묻어나는 그 얼굴이라니!

나는 투덜거리는 그녀에게 말했다.

"어쨌든 저는 배를 탄 이상 여기에 머물러야 한다고요. 죄송하지만 잠잘 곳으로 안내를 부탁합니다."

그녀는 뿌루퉁한 태도로 잠자리를 안내했다. 나는 모자를 벗고 소지품을 정리한 다음 자리에 누웠다. 몇 가지 난관을 겪긴 했지만 일종의 승리를 거둔 셈이었다. 집도 없고 편히 쉴 곳도 없고 의지할 사람도 하나 없었던 내 마음은 다시 느긋해져서 짧은 휴식에 들어갔다. 비비드호가 항구에 도착할 때까지 아무것도 하지 않아도 된다고 생각했다. 그러나…… 나는 앞으로 닥칠 일을 예견하지 못하고 있었다! 여러모로 시달리고 지쳐 있었던 나는 혼수상태처럼 깊은 잠에 빠져들었다.

뚱뚱한 여자 승무원은 밤새도록 떠들었다. 이야기 상대는 내가 아니라 아까 만난 젊은 남자 승무원이었다. 그녀를 쏙 빼닮은 아들이었던 그 남자 승무원은 끊임없이 선실을 들락거렸다. 두 사람은 하룻밤 사이에 스무 번이나 언쟁을 벌였다가 다시 화해하기를 반복했다. 여자는 고향에 있는 아버지에게 편지를 쓰는 중이었는데 내가 짐짝이라도 되는 양 큰 소리로 편지를 읽었다. 아마 내가 잠든 줄 알았던 모양이었다.

편지에는 가족끼리의 비밀 이야기가 담겨 있었는데 특히 '샬럿'이라는 이름이 자주 나왔다. 편지 내용에 따르면 여자 승무원의 여동생인 샬럿이 경솔하게 사랑에 빠져 결혼한 모양이었다. 여자 승무원은 그 불쾌한 결혼을 극구 반대했고, 공손한 아들은 어머니가 쓴 편지를 비웃어댔다. 어머니는 변명을 하다가 아들에게 고함을 쳤다. 그들은 기묘한 짝이었다. 여자 승무원은 마흔 살쯤 돼 보였지만 꽃다운 이십 대처럼 건강미가 넘쳤다. 튼튼하고 시끄럽고 허영심 많고 상스러운 그녀는 몸과 마음이 다 놋쇠처럼 단단한 것 같았다. 어린 시절부터 사람이 북적대는 곳에서 살았던 게 틀림없고 젊은 시절에는 술집 여급이었을지도 모른다는 생각이 들었다.

새벽이 되자 여자 승무원은 화제를 바꾸어 '왓슨' 집안 이야기로 옮아갔다. 왓슨 가족은 배에 탑승할 예정인 가족 단위 승객이었는데 그녀가 그들을 대단히 존경하는 이유는 그들이 내는 팁이 상당한 수입이 되기 때문인 듯했다. 그녀는 이렇게 말했다.

"그 집 사람들이 강을 건널 때마다 수입이 짭짤하다니까."

동틀 무렵에는 모든 사람이 일어났고 해가 뜨자 승객들이 갑판으로 올라왔다. 뚱뚱한 여자 승무원은 '왓슨' 가족을 떠들썩하게 환영했다. 그들을 영접하느라 대단한 소동이 벌어졌다. 왓슨 가족은 남자 둘, 여자 둘로 모두 네 명이었고 그들 외의 승객은 젊은 아가씨 하나뿐이었다. 신사 같지만 다소 맥없어 보이는 남자가 그 아가씨와 함께 있었다. 왓슨가 사람들과 젊은 아가씨 일행은 확연한 대조를 이루었다. 왓슨가 사람들은 의심할 나위가 없는 부자였고 그들의 거동에는 부를 의식한 데서 나오는 자신감이 있었다. 왓슨가 여자들은 젊어 보였고 둘 중 하나는 외모에 관한 한 완벽한 아름다움을 갖추고 있었다. 그들이 입은 옷은 비싸고 화려해서 주변 환경과 어울리지 않았다. 화사한 꽃장식이 달린 모자며 벨벳 외투와 실크 드레스는 축축한 정기여객선 갑판보다는 공원이나 산책길에 적합할 듯했다.

한편 왓슨가 남자들은 키가 작고 평범한 생김새에 뚱뚱하고 품위가 없었다. 잠시 후 나는 둘 중에서 나이가 많고 더 평범하며 기름기가 흐르는 상스러운 남자가 아름다운 여자의 남편이라는 사실을 알았다. 여자가 매우 젊었던 만큼 결혼한 지는 얼마 안 됐을 것 같았다. 나는 그 사실을 알고 놀라 나자빠질 뻔 했는데, 그런 결혼을 한 여자가 절망하고 비참해하기는커녕 자지러지게 웃는 모습을 보니 더욱 놀라웠다.

'절망 때문에 발작처럼 웃음을 터뜨리는 거겠지.'

혼자 뱃전에 기대서서 조용히 이런 생각을 하고 있는 동안 그녀는 경쾌한 발걸음으로 생전 처음 보는 사람인 나에게 다가왔다. 손에는 야외용 접이의자를 들고 있었다. 그녀는 완벽한 치아를 드러내고 깔깔 웃어대며 그 웃음의 경박함에 놀라고 곤혹스러워하는 나에게 접이의자에 앉으라고 권했다. 물론 나는 최대한 정중하게 거절했다. 그녀는 우아한 발걸음으로 춤추듯이 가 버렸다. 천성이 착한 사람 같은데 도대체 무엇 때문에 좋게 표현해도 '기름통 같은' 남자와 결혼했단 말인가?

신사 같은 남자와 함께 온 여자 승객은 귀엽고 예쁜 소녀였다. 수수한 사라사 원피스와 장식을 두르지 않은 밀짚모자에 커다란 숄을 우아하게 걸친 복장은 퀘이커파의 전형적인 옷차림이었지만 그녀에게는 썩 잘 어울렸다. 신사는 떠나기 전에 그녀를 맡길 만한 사람을 찾기 위해 모든 승객을 꼼꼼하게 살펴보았다. 화려한 꽃 장식 모자를 쓴 왓슨 가 여자들을 보고는 매우 불만족스러워하며 눈길을 돌렸다. 그러다 나를 쳐다보고 나서 딸이나 조카뻘로 보이는 소녀에게 뭐라고 말했다. 그녀는 내 쪽을 흘깃 보더니 작고 예쁜 입술을 살짝 비죽거렸다. 그녀가 경멸 섞인 반응을 보인 이유는 나 때문이었을 수도 있고 내가 입고 있던 조야한 상복 때문이었을 수도 있다. 아마 둘 다였을 것이다. 종이 울리자 아버지는(그가 아버지였다는 사실은 나중에 알았다) 딸에게 키스하고 부두로 돌아갔다. 이윽고 배가 출발했다.

여자아이를 믿고 혼자 여행길에 오르게 하는 나라는 영국밖에 없다고 외국인들은 말한다. 그들은 영국의 부모와 보호자들이 어떻게 그렇게 과감한 믿음을 가질 수 있냐며 대단히 의아해한다.

혼자 여행하는 '어린 아가씨들'을 보면서 그들의 용감한 행동을 남자에게나 어울리는 '점잖지 못한' 짓으로 여기는 사람도 있다. 그들을 적절한 '감시'가 결여된 교육 제도와 종교 제도에 희생당

하는 무기력한 여자들로 치부하는 사람도 더러 있다. 어쨌든 나는 이 소녀가 안심하고 혼자 남겨둘 수 있는 사람인지 여부를 몰랐다. 아니, 당시에는 몰랐다고 해야겠다. 하지만 그녀가 고상하게 고독을 즐기는 사람이 아니라는 사실은 곧 밝혀졌다. 그녀는 갑판 위를 한두 번 왔다 갔다 하더니, 실크와 벨벳 옷을 나부끼는 여자들과 거기다 대고 알랑거리는 곰 같은 남자들을 향해 약간 심술궂은 경멸의 시선을 보내고는 결국 내게 다가와 말을 걸었다.

"항해 여행을 좋아해요?"

나는 이번이 첫 항해이기 때문에 내가 항해 여행을 좋아하는지는 더 겪어 봐야 알겠다고 대답했다. 그러자 그녀가 소리쳤다.

"와, 멋져라! 새로운 경험이라니 부럽네요. 첫 경험은 아주 유쾌하잖아요. 난 항해를 너무 많이 하다 보니 맨 처음에는 어땠는지도 잊어버릴 지경이랍니다. 바다와 항해라면 이제 질렸어요."

그녀의 말을 들으니 웃음이 절로 나왔다. 그녀가 퉁명스럽게 물었다.

"왜 날 비웃어요?"

나는 그녀가 한 어떤 말보다 그 퉁명스러운 말투에서 묻어나는 솔직함이 마음에 들었다.

"아가씨는 뭔가에 '질렸다'고 말하기에는 좀 어리니까요."

그녀는 약간 골을 내며 말했다.

"나는 열일곱 살이에요."

"열여섯도 안 돼 보이는데. 혼자 여행해도 괜찮아요?"

"피! 난 아무렇지도 않아요. 혼자서 도버 해협을 열 번이나 건넜는걸요. 하지만 그럴 땐 오랫동안 혼자 있기 싫어서 언제나 친구를 사귀죠."

나는 갑판 위에서 엄청나게 시끄럽게 떠들며 깔깔대는 왓슨 일가를 곁눈질하며 말했다.

"이번 항해에서 친구를 많이 사귀기는 힘들 것 같네요."

그러자 그녀가 대답했다.

"저 밉살스러운 사람들과 사귈 생각은 없어요. 저런 사람들은 3등 선실로 보내야 하는데. 언니는 학생이에요?"

"아니에요."

"어디로 가는 길인데요?"

"그건 나도 몰라요. 우선은 부마린 항구까지 갈 작정이죠."

그녀는 나를 뚫어지게 보더니 경계하는 기색도 없이 이야기를 쏟아냈다.

"나는 학교로 가는 길이에요. 오, 지금까지 외국 학교를 몇 군데나 다녔는지 몰라요! 그런데도 아는 게 없다니까요. 아무것도…… 정말로 아무것도 모른답니다. 아름답게 연기를 하고 춤을 출 줄은 알지만요. 프랑스어와 독일어는 말하기는 되는데 읽기나 쓰기를 잘 못해요. 저번에 누가 쉬운 독일어 책 한 페이지를 영어로 옮겨 달라고 부탁했는데 도저히 못 하겠더라고요. 아빠는 역정을 내시면서 내 학비를 전부 대주신 대부님 바송피에르 씨께서 돈을 낭비한 거나 다름없다고 하셨지요. 나는 역사, 지리, 산술 같은 과목도 걸음마 수준이고 영어 작문 솜씨도 형편없답니다. 철자법과 문법이 엉망이라고 다들 그러더군요. 거기다 종교도 잊어버렸어요. 나보고 프로테스탄트라고들 하는데 실제로 그런지는 잘 모르겠어요. 로마 가톨릭과 프로테스탄트가 뭐가 다른지도 잘 모르는걸요. 하지만 그런 건 개의치 않는답니다. 예전에 독일의 본에 살 때는 루터파로 지냈죠. 그리운 본! 매력적인 본! 본에는 잘생긴 남학생이 많아요. 내가 다녔던 학교에서는 예쁜 여자애치고 애인 없는 사람이 없었죠. 그 남학생들은 우리가 산책 나가는 시간을 알아뒀

다가 산책로에서 마주칠 때마다 독일어로 '아름다운 아가씨' (Schönes Mädchen)라고 말을 건넸어요. 본에 있을 땐 정말로 행복했다니까요!"

내가 물었다.

"지금은 어디 사는데요?"

"아! 그러니까…… '쇼즈(chose)'요."

여기서 '쇼즈'란 지네브라 판쇼 양(그 어린 아가씨의 이름이었다)이 지명이나 인명이 바로 떠오르지 않을 때마다 대신 쓰는 용어였다. 그녀는 모든 대화에서 습관처럼 '쇼즈'라는 말을 썼다. 어느 나라 말로 이야기하고 있건 간에 기억나지 않는 단어를 모조리 '쇼즈'로 대체하면 되니 편리하긴 했다. 판쇼 양은 프랑스 소녀들이 흔히 쓰는 방식을 모방했던 것이다. 어쨌거나 우리의 대화에서 '쇼즈'는 곧 라바세쿠르 왕국의 수도인 빌레트를 뜻했다(라바세쿠르는 벨기에를, 빌레트는 브뤼셀을 모델로 한 가상의 지명이다—옮긴이).

나는 판쇼 양에게 물었다.

"빌레트를 좋아하나요?"

"좋아하는 편이에요. 그곳 사람들은 굉장히 어리석고 천하지만 훌륭한 영국 사람들도 있지요."

"거기서 학교에 다녀요?"

"네."

"괜찮은 학교인가요?"

"괜찮기는요! 지긋지긋해요. 하지만 나는 일요일마다 외출을 해요. 여선생과 교수와 학생 따위에 신경 쓰지 않고 공부는 '오 디아블'(au diable: '악마에게나 줘버려'라는 뜻—옮긴이)이죠(영어로는 쉽게 입에 담지 못할 말이었지만 프랑스어로 하니 제법 괜찮게 들렸다). 그런 식으로 아주 재미있게 지내죠…… 또 날 비웃는 거죠?"

"아니에요. 그냥 혼자 뭘 좀 생각하다가 웃었어요."

"무슨 생각인데요?" (그녀는 대답을 기다리지 않고 말을 이었다)

"이제 언니가 어디로 가는 길인지 말해줘요."

"운명의 여신이 이끄는 대로 가겠죠. 어디서든 일자리를 구해서 생활비를 버는 게 목표지요."

판쇼 양이 깜짝 놀라며 소리쳤다.

"돈을 번다고요? 언니는 가난한가 봐요?"

"성경에 나오는 욥(욥기의 주인공. 가혹한 시련과 가난을 견뎌낸 인물―옮긴이)만큼이나 가난해요."

(잠시 침묵하다가) "그것 참 안타까운 일이네요! 사실 나도 가난이 어떤 건지 알아요. 집에 계신 부모님이랑 식구들이 다 가난하다고 할 수 있거든요. 판쇼 대위로 불리는 우리 아빠는 얼마 안 되는 연금을 받는 퇴역 장교지만 좋은 집안 태생이어서 잘 사는 친척들이 많아요. 하지만 우리를 도와주는 사람은 삼촌이랑 프랑스에 사시는 바송피에르 아저씨밖에 없답니다. 저의 대부님이신 바송피에르 아저씨가 우리 집 딸들의 학비를 대주셨어요. 우리 집은 딸이 여섯에 아들이 셋이거든요. 하나씩 시집을 가야 할 텐데…… 돈 때문에 나이 많은 신사와 결혼하지 않을까 싶네요. 엄마와 아빠가 그렇게 주선하시거든요. 아우구스타 언니는 아빠보다도 훨씬 늙어 보이는 남자한테 시집을 갔어요. 언니는 조금 까무잡잡한 것만 빼면 아주 미인인데 나하고는 분위기가 달라요. 언니 남편 데이비스 씨는 인도에서 황열병에 걸려서 아직도 얼굴이 누렇게 떠 있어요. 그래도 형부가 부자라서 아우구스타 언니는 마차와 집을 가지고 있고, 가족들도 아우구스타 언니가 아주 잘 살고 있다고 여긴답니다. 어때요, 언니 말대로 '생활비를 버는' 것보다 낫지 않아요? 그런데 언니는 똑똑한 사람이에요?"

"아니, 그렇지가 못해요."

"연극이랑 노래도 하고 서너 가지 언어로 말할 수 있어요?"

"아니요."

"그래도 언니는 똑똑한 사람 같아요." (그녀는 하품을 하면서 말을 이었다)

"언니는 뱃멀미를 하나요?"

"아가씨는 어떻죠?"

"오, 엄청 심하죠! 바다가 눈에 들어오기만 해도 벌써 메스꺼워지기 시작하는걸요. 선실로 내려가야겠어요. 가서 뚱뚱하고 밉살스런 승무원 아주머니를 부려먹어야지! 다행히도 나는 사람 부릴 줄은 알거든요."

그 말을 남기고 판쇼 양은 내려갔다.

곧 다른 승객들도 뒤따라 내려갔다. 나는 오후 내내 혼자 갑판에 남아 있었다. 그렇게 몇 시간을 보내면서 가히 절망적이라 할 만한 나의 처지를 떠올리는 동시에 평화로운 행복에 살짝 젖었다. 그때의 내 기분은…… 말하자면 다음과 같았다.

돌담이 있어도 감옥이 아니고,
쇠창살이 있어도 새장 안이 아니라네.

(17세기 영국 시인 리처드 러블레이스Richard Lovelace가 쓴 시의 일부—옮긴이)

그렇다. 몸이 건강하고 능력을 발휘할 수만 있다면, 그리고 자유의 여신이 날개를 빌려주고 희망의 여신이 별을 띄워 인도해 주기만 한다면, 위험과 고독과 불안한 미래는 그리 대단한 불행이 아니다.

나는 마게이트(영국 켄트 지방의 북부 해안에 위치한 도시—옮긴이)를 지나고도 한동안 뱃멀미를 하지 않았다. 바다의 미풍과 함께 커다란 즐거움을 한껏 들이마셨다. 오르락내리락하는 도버 해협의 파도, 그 파도의 물마루를 날아다니는 물새들, 어둠 속에서 멀리 보이는 흰 돛들, 저 높은 곳에 있는 아직은 흐리지만 조용한 하늘을 보며 거룩한 기쁨마저 느꼈다. 백일몽을 꾸다가 유럽 대륙을 본 것 같기도 했다. 아득히 멀리 유럽이 꿈나라처럼 드넓게 펼쳐져 있었고 내리쬐는 햇살이 긴 해안선을 황금빛으로 물들였다. 집이 옹기종기 모인 마을과 아직 녹지 않은 눈이 반짝이는 탑, 울창한 숲과 울퉁불퉁한 언덕, 평탄한 목초지와 실개울이 가느다란 실로 수놓은 것처럼 곱게 반짝이며 풍경에 입체감을 더했다. 뒤쪽으로는 장엄하고 짙푸른 하늘이 펼쳐졌고 하나님이 구부려 놓은 활, 즉 희망의 무지개(창세기 9 : 8~17에 무지개는 하나님의 언약이라는 내용이 있음— 옮긴이)가 남북 방향으로 드리워져 있었다. 무지개는 위대한 약속을 간직한 것처럼 웅장하면서도 색채의 마술에 힘입어 부드러워 보였다.

독자 여러분, 나의 공상 이야기는 모두 없었던 걸로 해도 좋다. 아니면 그대로 놔두고 거기서 이끌어낸 교훈을 다음과 같이 굵은 글자체로 써보자.

백일몽은 악마가 만드는 환각이다.

나는 지독한 뱃멀미에 비틀거리며 선실로 들어갔다.

어쩌다 보니 판쇼 양의 잠자리가 바로 내 옆이었다. 유감스러운 이야기지만 우리 둘 다 멀미로 고생하는 동안 그녀는 줄곧 나를 괴롭히며 아주 이기적으로 행동했다. 그렇게 참을성이 없고 보채기 잘하는 사람이 또 있을까? 왓슨 가족 역시 뱃멀미가 심해서 여승무원의 공공연한 특별대우를 받았는데 판쇼 양에 비하면 그들은 스토아 학파(쾌락과 고통에 동요하지 않으며 금욕을 중시했던 그리스 철학자들—옮긴이)였다. 그 이래로 나는 지네브라 판쇼 양처럼 성격이 가볍고 경솔하며 연약해 보이는 미인들에게는 참을성이라는 게 전혀 없다는 사실을 수없이 확인했다. 싱거운 맥주가 천둥이 치면 시큼해져 버리듯(천둥이 치는 날씨에 우유가 쉰다는 영국 속담이 있음—옮긴이) 그들은 곤경에 처할 때마다 성질을 부린다. 그런 여인을 아내로 맞이하는 남자는 그녀가 늘 햇살 속에서만 살아가도록 만반의 준비를 해야 할 것이다. 짜증스럽게 들볶는 판쇼 양에게 화가 나서 나는 마침내 "입 좀 다물어"라고 퉁명스럽게 말했다. 그러자 그녀는 상당히 조용해졌고 그 말 때문에 감정이 상한 기색도 없었다.

어두운 밤이 다가오면서 바다는 더욱 거칠어졌다. 거대한 파도가 뱃전에 세게 부딪쳤다. 사방이 어둠과 물 뿐이라고 생각하니 기분이 묘했고, 소음과 거대한 파도와 강풍에도 불구하고 길 없는 바다에서 배가 물을 가르며 똑바로 나아간다는 것도 신기했다. 가구들이 넘어지기 시작해서 제자리에 묶어놓아야 할 지경이었다. 승객들의 몸 상태는 최악이었다. 판쇼 양은 끙끙 앓는 소리를 내며 자기는 죽을 거라고 단언했다.

그러자 여승무원이 말했다.

"아직은 안 죽어, 아가씨. 이제 항구에 들어섰거든."

15분 정도가 더 지나자 정적이 찾아왔고, 자정 무렵에 항해가 끝났다.

나는 아쉬운 생각이 들었다. 정말로 아쉬웠다. 휴식이 끝나고 시련이, 그것도 가혹한 시련이 다시 시작되는 순간이었다. 갑판에 올라가자 차가운 밤공기와 험한 날씨가 왜 여기까지 왔냐고 나를 힐책하는 것 같았다. 낯선 항만 주위에서 가물거리는 낯선 항구도시의 불빛들이 나를 위협하는 무수히 많은 눈동자처럼 보였다. 왓슨

가족은 배 위로 올라온 친지들의 환영을 받았고, 판쇼 양은 친구들의 가족에게 에워싸이더니 어디론가 가 버렸다. 나는…… 아니다, 어떻게 그들과 나의 처지를 비교하겠는가.

나는 어디로 가야 하나? 어디론가 가야 했다. 운명은 친절해질 기미를 보이지 않았다. 나는 여승무원에게 팁을 주었다. 필시 어림짐작으로 팁을 계산해봤을 그녀는 나 같은 승객에게서 예상보다 많은 돈을 받고 놀란 표정을 지었다. 나는 그녀에게 부탁했다.

"하룻밤 묵을 만한 조용하고 시설이 괜찮은 여관을 좀 알려주시면 고맙겠네요."

그녀는 내게 방향을 일러주었을 뿐 아니라 심부름꾼을 불러 나를 데려다주라고 말했다. 내 여행가방은 세관에 가 있었으므로 심부름꾼에게 맡길 필요가 없었다.

나는 심부름꾼을 따라 조잡하게 포장된 거리를 걸었다. 가물거리는 달빛이 거리를 비추고 있었다. 심부름꾼은 나를 여관까지 안내했다. 6펜스를 주었더니 거절하기에 나는 액수가 적어서 그러는 줄 알고 다시 1실링을 건넸다. 하지만 그는 이번에도 거절하며 내가 알아들을 수 없는 말로 뭐라고 쏘아붙였다.

그때 웨이터 한 사람이 등불이 밝혀진 여관 입구로 나오더니, 서툰 영어로 내가 준 돈은 외국 돈이므로 여기서 통용되지 않는다고 설명해주었다. 나는 심부름꾼에게 1소버린(당시 영국의 1파운드 금화─옮긴이)을 주고 환전해서 쓰라고 했다. 그렇게 해서 사소한 분쟁이 해결되자 나는 침대 있는 방을 달라고 했다. 뱃멀미가 아직 가라앉지 않았고 기운이 없는데다 온 몸이 덜덜 떨렸기 때문에 저녁은 먹지 못했다.

마침내 지친 몸으로 그 여관의 좁디좁은 방에 들어가 문을 닫았을 때의 기쁨이란! 일단은 다시 쉴 수 있게 됐다. 비록 내일이 오면 언제나처럼 불안의 구름이 두껍게 끼고, 기를 쓰고 움직여야만 하고, (돈이 떨어지는) 위험한 순간에 더 가까워지고, (생존을 위한) 투쟁이 더욱 격렬해지겠지만.

7. 빌레트

다음 날 아침에 일어나니 다시 용기가 솟아나고 기분이 상쾌했다. 더 이상 쇠약해진 몸 때문에 판단력이 흐려지지도 않아서 정신이 맑고 또렷했다.

막 옷을 입었을 때 누군가가 방문을 두드렸다. 나는 객실 담당 하녀이겠거니 하고 "들어오세요"라고 소리쳤는데, 뜻밖에 거칠게 생긴 남자가 들어와서 말했다.

"열쇠를 주시오."

"왜요?"

그는 신경질적으로 대답했다.

"어서 주시오!"

그는 내 손에서 열쇠를 낚아채다시피 하며 덧붙였다.

"됐어요! 곧 트렁크가 올 거요."

다행히도 나쁜 일은 아니었다. 그 남자는 세관에서 온 사람이었다. 나는 식당이 어딘지 몰랐지만 망설임 없이 아래층으로 내려갔다.

지난밤에는 극도로 지쳐 있어서 알아차리지 못했지만 이제 보니 그 여관은 큰 호텔이나 다름없었다. 나는 폭이 넓은 계단을 한 단씩 천천히 내려가며(나는 조금도 서두르지 않았다) 높은 천장과 그림이 그려진 벽들, 실내를 환하게 만드는 커다란 창문과 내 발밑의 무늬 있는 대리석(계단은 카펫이 깔려 있지 않고 아주 말끔하지도 않았지만 전체가 대리석으로 돼 있었다)을 바라보았다. 그리고 이 모든 걸 내게 배정된 좁은 객실과 그 안에 있는 수수하기 이를 데 없는 가구와 비교해보며 깊은 사색에 잠겼다.

손님에게 적합한 크기의 방을 배정하는 웨이터와 객실 종업원들의 현명한 능력이 내게는 그저 놀라울 따름이었다. 도대체 어떻게 모든 여관 종업원들과 여객선 승무원들은 나를 한 번만 척 보고도 내가 지체 높은 사람이 아니며 돈도 많지 않다는 사실을 알아낸단 말인가? 그들은 분명 그걸 파악하고 있었다. 그들은 하나같이 짧은 계산과 어림짐작을 해보고는 내게 똑같은 값을 매겼다. 내게는 신기하면서도 의미심장하게 여겨지는 사실이었다. 그 사실이 무엇을 뜻하는지 모르는 척하며 나 자신을 속일 생각은 없었지만 마음이 무거워지는 가운데서도 기분은 좋게 가지려고 애썼다.

마침내 천창으로 빛이 쏟아져 들어오는 널찍한 홀로 내려왔다. 그럭저럭 길을 찾아서 식당에 들어섰다. 솔직히 말하면 식당에 들어갈 때 약간 떨리기까지 했다. 불안하고 외롭고 비참한 심정으로 하나님께 내가 잘 하고 있는 건지 아닌지 알려달라고 기도드렸다. 솔직히 잘 하고 있지는 않다는 생각이 들었지만 어쩔 수 없지 않은가. 나는 운명론자처럼 마음을 가라앉히고 활기차게 앞으로 나아가 작은 탁자에 자리를 잡았다. 곧 웨이터가 아침식사를 날라 왔다. 그래서 소화가 잘 되지 않을 것 같은 기분으로 사람들과 함께 식사를 했다. 다른 탁자에서도 사람들이 식사를 하고 있었다. 그 중에 여자가 하나라도 있었으면 기분이 좀 나았으련만 여자는 하나도 없고 모두 남자였다. 하지만 아무도 내 행동을 이상하게 생각지 않는 듯했다. 한두 명이 간혹 힐끔거리긴 했지만 눈에 띄게 나를 주시하는 사람은 없었다. 만약 내가 거기서 식사를 한 게 조금이라도 이상했다면 그들이 '앙글레즈!'(Anglaise: 불어로 영국 여자)라고 말하는 소리를 듣고 알 수 있었을 것이다.

아침식사가 끝났다. 다시 움직여야 한다. 그런데 어디로 간단 말인가? 그때 내 안에서 어떤 목소리가 들렸다.

'빌레트로 가라.'

그건 필시 판쇼 양이 별 생각 없이 아무렇게나 했던 가벼운 이야기를 떠올리며 나온 소리였을 것이다. 작별인사를 할 때 판쇼 양은 이렇게 말했다.

"언니가 베크 부인 댁에 오면 좋겠네. 그 댁 아이들을 보살피는 일자리를 얻을 수 있을지도 몰라. 한 두 달쯤 전 일이긴 하지만 베크 부인이 영국인 가정교사를 찾고 있거든."

나는 베크 부인이 누구며 어디에 사는지도 몰랐다. 판쇼 양에게 물어봤지만 그녀가 내 말을 못 듣고 친구들과 함께 총총히 떠났기 때문에 대답을 듣지 못했다. 나는 베크 부인이 빌레트에 살 거라고 추측하고 65킬로미터 정도 떨어진 빌레트에 가보기로 했다. 그야말로 지푸라기를 잡으려는 꼴인 줄은 나도 알고 있었지만, 파도가 굽이치는 넓은 바다에서 헤매다보니 지푸라기가 아니라 거미줄이라도 잡고 싶었다. 나는 빌레트로 가는 교통편을 알아보고 승합마차에 자리를 얻어, 이처럼 막연한 대강의 계획만 믿고 출발했다.

독자여, 내 행동이 무모하다고 말하기 전에 내가 어디서 출발했는지 다시 한 번 생각해 보시라. 내가 떠나온 황무지를 생각하면 내가 별다른 위험을 느끼지 않았다는 걸 이해할 수 있을 것이다. 나는 무엇을 얻을 가능성은 있어도 잃을 가능성은 없는 시합에 뛰어든 셈이었다.

나는 예술가 기질을 지닌 사람이 못 된다. 하지만 현재의 즐거움을 최대한으로 누리는 일종의 예술적 재능은 있는 것 같다. 물론 내 취향에 맞을 때 그렇다는 이야기다. 그날 마차는 느릿느릿 움직였고 쌀쌀한 날씨에 비까지 추적추적 내렸지만 나는 아주 즐거웠다. 마차는 평탄하고 포장이 돼 있지 않은 길을 따라 달렸다. 주위에 나무 한 그루 없었고 옆으로는 운하가 잠자는 녹색 뱀처럼 가늘게 뻗어 있었다. 그리고 채마밭 모판처럼 평평하게 갈아 놓은 들판 가장자리를 따라 가지를 짧게 쳐낸 버드나무가 자라고 있었다. 하늘은 단조로운 회색이었으며 대기는 축축하게 가라앉아 있었다. 이처럼 맥 빠지는 분위기에서도 내 상상력은 새싹을 틔웠고 내 심장은 일광욕을 했다. 나는 이런 감정을 억누르고 숨기면서도 한편으로는 내내 초조한 심정으로 뭔가 재미있는 일이 일어나기를 기다렸다. 정글에 웅크리고 있는 호랑이 같다고나 할까. 호랑이의 숨소리가 끊임없이 내 귓가에 울렸고, 그 녀석의 심장이 내 심장 바로 옆에서 맹렬하게 뛰었다. 녀석은 숨어서 꼼짝도 하지 않았지만 나는 감으로 알 수 있었다. 녀석은 해질 때까지만 기다렸다가 잔뜩 굶주린 채로 매복 장소에서 뛰쳐나올 작정이었다.

원래 나는 밤이 되기 전에 빌레트에 닿기를 바랐다. 미지의 장소에 맨 처음 당도할 때 어둡기까지 하면 당혹스럽기 때문이었다. 그러나 마차는 한참씩 쉬어 가며 참으로 느릿느릿 갔고, 짙은 안개가 낀 데다 소나기까지 쏟아지는 게 아닌가! 마차가 빌레트 근교에 도착할 무렵에는 손으로 만져질 듯 짙은 어둠이 도시에 깔려 있었다.

마차는 병사들이 서 있는 커다란 문을 통과했다. 램프 불빛 덕택에 그 정도나마 알 수 있었다. 마차는 진흙투성이 길을 벗어나 기묘할 만큼 거칠고 딱딱한 도로 위를 덜거덕거리며 나아갔다. 이윽고 어느 여행 안내소에서 마차가 멈추고 승객들이 내렸다. 나는 우선 여행가방부터 찾을 생각이었다. 대단한 일은 아니었지만 내게는 중요했다. 하지만 짐을 찾으려고 다급하게 굴거나 법석을 떨기보다는 다른 상자들을 내리는 모습을 조용히 지켜보며 기다리다가 내 가방이 보이면 잽싸게 가져오는 게 좋을 것 같았다. 나는 약간 떨어져 서서 아까 내 작은 여행가방이 무사히 들어가는 걸 확인했던 위치를 주시했다. 내 짐 위에 다른 여행가방과 상자들을 쌓은 모양이었다. 가방과 상자를 하나씩 꺼내 마차에서 내려놓으면 주인이 찾아갔다.

자, 내 가방이 모습을 드러낼 차례가 왔다. 그런데 이게 웬일인가! 가방을 한 눈에 알아보기 위해 목적지를 알리는 꼬리표를 초록색 리본으로 묶어 놓았는데, 초록색이 도는 물건은 눈 씻고 봐도 없었다. 양철통과 갈색 종이로 싼 소포까지 포함해 모든 짐을 다 내리고 나서 방수포 덮개가 열렸다. 우산이나 외투, 지팡이, 모자 상자 하나도 남아 있지 않다는 걸 내 눈으로 똑똑히 볼 수 있었다.

그렇다면 내 여행가방은? 처음에 가져온 15파운드에서 쓰고 남은 돈을 넣어둔 작은 지갑과 몇 안 되는 옷가지가 든 가방은 어디로 갔을까?

지금은 이렇게 묻고 있지만 당시에는 질문도 못했다. 아무 말도 할 수가 없었다. 프랑스어를 한 마디도 할 줄 몰랐기 때문이다. 그런데 주위에 있는 모든 사람이 프랑스어로 떠들어댔고 오직 프랑스어만 썼다. 대체 어떻게 해야 하나? 나는 관리인에게 다가가 그의 팔을 붙잡고 트렁크 하나를 가리킨 다음 역마차 지붕을 가리켜 보였다. 그리고 눈으로 의문을 표시하려고 노력했다. 그러자 내 의도를 잘못 이해한 관리인은 내가 가리킨 트렁크를 마차에 실으려 했다.

그때 유창한 영어로 누군가가 말했다.

"그건 싣지 마시오!"

이어 프랑스어로 말하는 소리가 들렸다.

"뭘 하는 겁니까? 이 트렁크는 제 겁니다."

그 프랑스어에서 모국어의 악센트를 감지한 나는 반가운 마음에 그쪽으로 돌아섰다. 걱정스러운 나머지 어떻게 생긴 사람인지 보지도 않고 그 낯선 남자에게 호소했다.

"제가 프랑스어를 할 줄 몰라서요. 이 사람한테 내 여행가방을 어떻게 했냐고 물어봐주시겠어요?"

두 눈으로 위쪽을 뚫어지게 바라보면서도 그 얼굴이 어떤 얼굴인지 미처 살피지 못했다. 하지만 내 말을 듣고 약간 놀라는 동시에 끼어들어도 괜찮을지 망설이는 표정이 그 얼굴에 떠올랐다는 건 알 수 있었다.

나는 다시 간절히 부탁했다.

"물어봐주세요. 제가 당신이었더라도 그렇게 했을 거예요."

그가 웃음을 머금고 있었는지 아닌지는 모르겠다. 하여간 그는 신사적인 말투, 즉 딱딱하거나 무섭지 않은 말투로 물었다.

"아가씨 트렁크가 어떤 거였소?"

나는 가방이 어떻게 생겼는지 설명하고 초록색 리본 이야기도 했다. 그러자 그는 곧 관리인과 비밀스럽게 이야기를 나누기 시작했다. 프랑스어를 폭풍처럼 쏟아내며 관리인을 집요하게 추궁하는 듯했다. 잠시 후 그는 다시 내 쪽을 보며 말했다.

"저 사람 말로는 마차에 짐이 너무 많았다는군요. 그래서 트렁크를 올려놓는 모습을 당신에게 보여주고 나서 그걸 도로 내려 다른 짐들이랑 같이 부마린에 두고 떠나왔다고 합니다. 하지만 내일은 꼭 부치겠다고 약속했으니까 모레쯤 되면 이 안내소에서 무사히 짐을 찾을 수 있겠지요."

나는 "감사합니다"라고 인사를 하면서도 한편으로는 가슴이 철렁했다. 그때까지는 어떻게 한담?

낯선 영국 신사는 내 얼굴에서 낙담한 기색을 알아차리고 친절하게 물었다.

"이 도시에 아는 사람이 있소?"

"아뇨. 어디로 가야 할지도 모르겠네요."

잠시 침묵이 흘렀다. 그동안 신사가 몸을 돌려 가로등 불빛 속으로 더 들어왔기 때문에, 그가 젊고 기품이 있으며 잘생긴 사람이라는 사실을 알 수 있었다. 잘은 몰라도 귀족 같았고, 타고난 용모는 왕자라고 해도 손색이 없을 정도였다. 그는 매우 호감이 가는 얼굴을 하고 있었다. 상류사회 사람 같았지만 오만해 보이지는 않았고, 남자답긴 하지만 고압적인 분위기는 없었다. 나는 그런 사람이 또 도와주기를 바란다는 게 당치도 않다는 점을 충분히 자각하며 돌아서려고 했다.

"가진 돈을 전부 트렁크에 넣어둔 겁니까?"

그의 물음을 듣고 나는 멈춰 섰다. 사실대로 대답할 수 있어서 얼마나 다행인지 몰랐다.

"아니에요. 모레까지 조용한 여관에 머무를 수 있는 돈이 손지갑에 있어요. (나는 20프랑 가까운 돈을 갖고 있었다) 하지만 빌레트는 처음이라 길을 모르고 여관이 어디 있는지도 몰라요."

"아가씨가 하루나 이틀 묵을 만한 여관 주소를 알려드릴 수 있습니다. 여기서 멀지 않으니까 제가 알려드리는 방향으로 가면 쉽게 찾을 겁니다."

그는 수첩을 한 장 뜯더니 뭐라고 써서 내게 건넸다. 정말로 친절한 사람이었다. 그를 불신하거나 그의 조언과 그가 알려준 주소를 의심한다면 얼마 못 가서 성경도 의심해야 하리라. 그의 얼굴에서는 선량함이 묻어났고 빛나는 두 눈은 정직해 보였다.

그가 말을 이었다.

"가로수 길을 따라가다가 공원을 가로지르는 게 가장 빠를 겁니다. 하지만 늦은 밤이고 캄캄해서 여자 혼자 공원을 지나가기는 힘들 테니 거기까지 함께 가 드리지요."

그가 발걸음을 옮겼다. 나는 어둠 속에서 조금씩 몸을 적셔오는 비를 맞으며 그를 따라갔다. 가로수 길에는 인적이 없었다. 보도는 진흙탕이었고 나무에서 물이 뚝뚝 떨어졌다. 공원은 한밤중처럼 캄캄했다. 안개가 낀데다 나무까지 시야를 가려 더욱 캄캄했기 때문에 길을 안내하는 영국 신사의 모습이 보이지 않았다. 발소리만 듣고 따라가는 수밖에 없었다. 하지만 하나도 무섭지 않았다. 밤이 영원히 계속된다 해도 나는 그 가식 없는 발소리를 따라 세상 끝까지 갔을 것이다.

공원을 다 가로지르자 그가 말했다.

"이쪽 큰길로 가다보면 계단이 나올 거요. 등불이 두 개 있어서 계단이 어디 있는지 보일 겁니다. 계단을 내려가면 나오는 좁은 길을 따라 쭉 가면 맨 끝에 여관이 있습니다. 거기서는 영어가 통하니까 더 이상 고생할 일도 없을 겁니다. 그럼 안녕히 가시오."

나도 인사를 했다.

"안녕히 가세요. 정말 감사합니다."

그리고 우리는 헤어졌다.

의지할 곳 없는 이를 친절하게 대하는 사람임을 말해주던 그 얼굴은 내 기억에 남았고, 젊은 여자는 물론 가난하고 힘없는 사람에게도 기사도를 발휘하는 인품이 배어나던 그 목소리는 내 귓가에 남아서 오래도록 내게 강심제 비슷한 역할을 했다. 그는 진정한 영국 신사였다.

나는 계속 걸어갔다. 웅장한 거리와 광장을 빠른 걸음으로 통과하면서 보니 주위에 으리으리한 집들이 많았고 개중에는 어마어마하게 큰 건축물의 윤곽도 몇 개 눈에 들어왔다. 대저택이나 교회 같았지만 정확히는 알 수 없었다. 그러다 어느 집 주랑 현관을 지나치는데 갑자기 기둥 뒤에서 콧수염을 기른 남자 두 명이 나타났다. 신사의 신분을 과시하는 옷차림을 하고 시가를 피우고 있었지만 실은 불쌍한 사람들이었다! 정신적으로는 아주 천박했으니 말이다. 그들이 능글맞게 말을 걸어오기에 내가 걸음을 빨리했더니 보조를 맞추며 한참을 뒤쫓아 오는 게 아닌가! 마침내 순찰 경관 비슷한 사람과 마주쳤고, 나를 뒤쫓던 소름 끼치는 남자들은 그제야 추격을 포기했다.

하지만 그들 때문에 뜻하지 않게 너무 멀리까지 오고 말았다. 정신을 가다듬고 나니 어딘지 모를 곳에 와 있었다. 계단은 이미 오래전에 지나친 듯했다. 곤혹스럽고 숨이 턱에 차오르고 주체할 수 없는 흥분으로 온 몸에 맥박이 치는데 어느 쪽으로 가야 할지 알 길이 없었다. 아까 나를 희롱하던 수염 난 양아치들과 다시 마주칠 수도 있다고 생각하니 끔찍했지만 어쨌든 왔던 길로 되돌아가서 계단을 찾아야만 했다.

헤매던 끝에 닳아빠진 오래된 계단을 하나 찾아냈다. 당연히 그 신사가 가르쳐 준 계단이겠거니 생각하고 계단을 내려갔더니 과연 좁은 길이 나왔다. 그러나 그 길에는 여관이 없었다. 나는 다시 헤매고 다녔다. 그러다가 아주 조용하고 비교적 깨끗하며 포장이 잘된 어느 거리에 이르러 대문 위에 등불을 매달아놓은 큰 집 한 채를 발견했다. 주변에 있는 집들보다 한 층이 더 높았다. 이번에야말로 여관을 찾은 것 같았다. 나는 걸음을 다그쳤다. 몸 아래로 무릎이 덜덜 떨리면서 기운이 빠지고 있었다.

그런데 그 집은 여관이 아니었다. 지붕 있는 멋진 현관에 장식된 황동 판에 프랑스어로 '여자 기숙학교'라고 새겨져 있었고 그 밑으로 '마담 베크'라는 이름이 보였다.

나는 그 이름을 뚫어지게 바라보았다. 일순간 수백 가지 생각이 한꺼번에 머릿속을 스쳤지만 무슨 계획을 세우거나 심사숙고를 하지는 않았다. 내게는 시간이 없었다. 어디선가 신의 목소리가 들렸다.

"여기서 멈춰라. 네게는 이곳이 여관이니라."

억센 손으로 나를 여기로 데려온 운명의 여신이 내 의지를 지배하고 내 행동을 지시했다. 나는 초인종을 울렸다.

기다리는 동안 아무런 생각을 하지 않고 길바닥에 깔린 돌만 뚫어져라 쳐다보았다. 현관에 매달린 등불 불빛이 돌에 반사되고 있었다. 나는 돌의 개수를 세고 모양을 살피고 돌 모서리에서 반짝이는 물방울을 물끄러미 보다가 다시 한 번 초인종을 울렸다. 드디어 문이 열렸다. 맵시 있는 모자를 쓴 하녀가 내 앞에 서 있었다.

나는 하녀에게 물었다.

"베크 부인을 만날 수 있을까요?"

만약 내가 프랑스어로 말했더라면 하녀는 나를 들여보내지 않았을 것이다. 하지만 하녀는 내가 영어로 말하는 소리를 듣고는 기숙학교 일로 찾아온 외국인 선생이라고 생각했다. 그래서 늦은 시간임에도 싫은 내색을 하지 않고 주저 없이 나를 들여보내 주었다.

잠시 후 나는 조금 쌀쌀하지만 화려한 응접실에 앉아 있었다. 방 안에는 불이 꺼진 자기 스토브와 금도금 장식품이 있었고 바닥은 반질반질 윤이 났다. 벽난로 선반에 놓인 괘종시계가 9시를 쳤다.

15분이 더 지났다. 몸 안에서 맥박이 어찌나 빠르게 뛰던지! 기분은 또 어찌나 오락가락하던지! 나는 의자에 앉아서 금박 장식을 두른 희고 커다란 접이문을 주시했다. 문 한 짝이 열리나 싶어서 그쪽을 보고 있었지만 아무런 소리도 들리지 않았다. 그야말로 쥐 죽은 듯 조용했다. 흰색 문은 닫힌 채 움직이지 않았다.

그때 바로 옆에서 누군가의 목소리가 들렸다.

"영국인이에요?"

전혀 예상치 못한 소리에 놀라 하마터면 펄쩍 뛸 뻔 했다. 방 안에는 나밖에 없다고 확신하고 있었기 때문이었다. 하지만 내 옆에 서 있는 건 유령도 아니었고 유령처럼 생긴 사람도 아니었다. 가운 차림에 커다란 숄을 걸치고 깨끗한 나이트캡을 단정하게 착용한 어머니 같은 느낌의 키 작고 통통한 여자였다.

내가 영국인이라고 대답하자 우리는 더 이상 의례적인 인사를 나누지 않고 곧바로 희한한 대화로 넘어갔다. 베크 부인(그녀가 바로 베크 부인이었다. 그녀는 내 뒤쪽에 있는 작은 문으로 들어왔는데 소리가 나지 않는 신발을 신고 있었기 때문에 그녀가 들어오거나 다가오는 소리가 들리지 않았다)은 아까 이야기한 "영국인이에요?" 외에는 영국 말을 할 줄 몰랐으므로 이내 자기 나라 말로 유창하게 이야기하기 시작했다. 나는 영어로 대답했다. 베크 부인은 내 말을 약간 알아들었지만 나는 그녀가 하는 말을 전혀 이해하지 못했다. 둘이서 매우 시끄럽게 떠들어댔지만(베크 부인은 내가 일찍이 본 적도 없고 상상한 적도 없는 말재주를 지니고 있었다) 의사소통은 여전히 어려웠다.

얼마 후 베크 부인은 도움을 청하기 위해 종을 울렸다. 그러자 외관상 여선생으로 보이는 여자가 들어왔다. 아일랜드 수도원에서 얼마간 교육을 받았기 때문에 영어에 능통하다고 알려진 사람이라고 했다. 그러나 몸집이 작고 성격은 퉁명스러운 라바세쿠르인의 표본이었던 그녀는 앨비언(영국의 옛 이름—옮긴이) 말을 처참하게 학살하는 게 아닌가! 어쨌거나 내가 알아듣기 쉽게 이야기를 하면 그녀가 통역을 했다. 나는 견문을 넓히고 생활비를 벌기 위해 조국을 떠나온 이야기며, 도리에 어긋난다거나 품위를 떨어뜨리는 일이 아닌 이상 뭐든지 열심히 할 각오가 돼 있다는 이야기며, 아이보기나 귀부인의 몸종이 하는 일은 물론 적당한 집안일도 가리지 않고 하겠다는 이야기를 했다. 베크 부인에게도 이 이야기가 전해졌다. 그녀의 얼굴을 살펴보니 내 이야기에 끌리는 것도 같았다.

베크 부인이 프랑스어로 말했다.

"그런 모험을 할 수 있는 건 영국 여자들밖에 없지요. 정말 용감한 여자들이라니까."

베크 부인은 내 이름과 나이를 묻고는 자리에 앉아 내게 동정도 아니고 흥미도 아닌 시선을 보냈다. 이야기를 나누는 내내 얼굴에 동정의 빛이나 연민의 그림자가 전혀 없는 걸로 보아 결코 감정에 이끌리지 않을 사람 같았다. 그녀는 진지하고 신중한 눈빛으로 자신의 판단을 저울질하며 내가 들려준 이야기를 곱씹고 있었다. 그때 다시 종이 울렸다.

베크 부인이 자리에서 일어서며 말했다.

"저녁기도 시간이네!"

통역을 해 준 여교사의 말에 따르면 베크 부인은 나에게 일단 돌아갔다가 내일 다시 오라고 말했다고 한다. 하지만 나는 도저히 그럴 수가 없었다. 캄캄하고 위험한 거리로 다시 나갈 엄두가 나지 않았다. 나는 여교사가 아니라 '부인'을 직접 부르면서 열정적이면서도 침착하고 절제된 말투로 호소했다.

"부인, 잠시만 편의를 봐주셔도 부인께 손해가 되지는 않을 겁니다. 제가 급료가 아깝지 않을 정도로 충실하게 일할 사람이라는 사실을 알게 되실 테니까요. 저를 고용할 생각이라면 오늘 밤 여기 머무르게 해주시면 안 될까요? 빌레트에 아는 사람도 없고 말도 안 통해서 잠자리를 찾기가 어렵답니다."

베크 부인이 말했다.

"그건 그렇군요. 그럼 소개장이라도 보여줘 봐요."

"소개장은 없는데요."

그녀는 내게 짐은 어디 있느냐고 물었고 나는 이틀 후에 짐이 도착한다고 대답했다. 그녀가 생각에 잠겨 있을 때 누군가가 급하게 홀에서 현관문 쪽으로 가는 발소리가 들렸다(이 부분은 내가 상황을 모두 이해하고 있었던 것처럼 서술하겠다. 사실은 당시에는 거의 이해하지 못하다가 나중에 통역에게 전해 들었다).

발소리를 듣고 베크 부인이 물었다.

"지금 나가는 사람이 누구지?"

여교사가 대답했다.

"폴 선생님이요. 오늘 저녁에 1반에서 낭독회가 있어서 오셨어요."

"지금 나한테 꼭 필요한 사람이네. 불러줘요."

여교사는 응접실 문으로 달려갔고 곧 폴 선생이 불려 들어왔다. 키가 작고 마른 체격에 피부색이 어둡고 안경을 쓴 사람이었다.

부인이 입을 열었다.

"사촌 오빠로서 의견을 듣고 싶어요. 오빠는 관상을 볼 줄 알잖아요. 저 사람 얼굴을 봐주세요."

몸집이 작은 남자는 안경 너머로 나를 빤히 보았다. 꼭 다문 입술과 찌푸린 눈썹이 그가 나를 꿰뚫어볼 것이며 어떤 가면을 쓰고 있어도 소용없다고 말하는 것만 같았다.

이윽고 그가 입을 열었다.

"다 봤소."

"어떤가요?"

그는 수수께끼 같은 대답을 했다.

"한데…… 많은 게 보여."

"좋은 쪽이에요, 나쁜 쪽이에요?"

"둘 다 있소. 틀림없이."

"저 여자가 하는 말을 믿어도 될까요?"

"중요한 문제를 결정하려는 거요?"

"보모나 가정교사로 써 달라고 하네요. 꽤 신빙성 있는 이야기를 들려주긴 했는데 소개장이 없어요."

"처음 보는 사람이오?"

"보시다시피 영국 여자니까요."

"프랑스어를 할 줄 아오?"

"전혀 못 해요."

"알아듣기는 하오?"

"아뇨."

"그럼 저 여자가 보는 앞에서 솔직하게 이야기해도 되겠군?"

"그럼요."

그는 흔들림 없는 시선으로 나를 바라보면서 부인에게 물었다.

"저 여자를 쓸 필요는 있는 거요?"

"필요하죠. 내가 스비니 부인을 싫어하는 건 오라버니도 알잖아요."

그는 여전히 나를 구석구석 뜯어보고 있었다. 마침내 그의 입에서 결론이 나왔는데 아까 했던 말만큼이나 모호한 내용이었다.

"그럼 저 여자를 쓰시오. 좋은 성질이 우세하다면 그녀를 고용한 덕을 보게 될 거요. 만약에 나쁜 심성이…… 아냐, 됐어! 나의 사촌 누이여, 어떤 경우가 됐든 좋은 결과가 있을 거요."

모호한 말로 내 운명을 결정한 그는 고개를 까딱하며 "그럼 안녕히"라는 인사말과 함께 사라졌다.

베크 부인은 그날 밤으로 나를 고용했다. 쓸쓸하고 황량하고 비
정한 거리로 다시 나가지 않아도 된다는 건 하나님의 은총과도 같
았다.

8. 베크 부인

그 여교사가 나를 안내하는 역할을 맡았다. 그녀는 좁은 복도를 지나 매우 깔끔하지만 내게는 아주 낯선 이국의 주방으로 나를 데려갔다. 부엌에는 요리를 할 수 있는 설비가 없는 것처럼 보였다. 벽난로도 오븐도 없었다. 나는 한쪽 모서리를 차지하고 있는 커다란 검은 화로가 그 역할을 훌륭히 해낸다는 사실을 몰랐다.

내 가슴속에서 벌써 자존심이 뭐라고 속삭이기 시작한 건 아니었지만, 혹시나 했던 대로 부엌에 남겨지는 대신 '사실(私室)'이라는 이름이 붙은 안쪽의 작은 방으로 안내받았을 때는 안도감이 느껴졌다. 짧은 페티코트에 웃옷을 걸치고 나막신을 신은 요리사가 저녁식사를 날라다주었다. 저녁식사는…… 이상하게 신맛이 났지만 제법 괜찮은 소스를 뿌린 정체 모를 고기 약간, 잘은 모르겠지만 식초와 설탕으로 맛을 낸듯한 잘게 썬 감자, 버터를 바른 얇게 썬 빵과 구운 배였다. 나는 배가 고팠던 터라 감사한 마음으로 음식을 먹었다.

'저녁기도'가 끝나자 베크 부인이 다시 와서는 2층으로 따라 올라오라고 했다. 우리는 신기할 정도로 작은 방들로 이루어진 기숙사를 지나쳤다. 나중에 들은 바에 의하면 그 작은 방들은 옛날에 수녀들이 쓰던 독방이었고 학교 자체가 아주 오래된 건물이라고 했다. 다음으로는 기도실을 통과했다. 기도실은 길쭉하고 천장이 낮은 우울한 방이었는데 벽에는 색이 바랜 그리스도 수난상이 걸려 있었고 어슴푸레하게 불이 켜진 초 두 개가 불침번을 서고 있었다. 베크 부인은 아이 셋이 각각 작은 침대를 하나씩 차지하고 잠들어 있는 방으로 나를 데려갔다. 난롯불 때문에 방 안 공기가 답답했다. 덜 답답하게 하려고 향수를 뿌려놓은 모양이었는데 은은하다기보다는 강한 향수였다. 정말 놀라웠던 일은 그 향수 냄새와 함께 아이가 잠든 방에 어울리지 않는 알코올 냄새가…… 단적으로 말해서 위스키 냄새가 풍겼다는 것이다.

탁자 위에서는 아직 남은 초가 촛농을 흘리며 타고 있었고, 탁자 옆에는 상스러워 보이는 여자가 있었다. 그녀는 폭 넓은 줄무늬가 있는 화려한 실크 원피스에 모직 앞치마를 두른 어색한 옷차림으로 의자에 앉아 잠에 곯아떨어져 있었다. 그리고 그 잠자는 공주의 팔꿈치 옆에는 술병과 빈 잔이 놓여 있어 전체적인 그림을 마무리하는 동시에 상황을 확실하게 설명해주고 있었다.

베크 부인은 이 놀라운 장면을 보면서도 아주 침착했다. 웃지도 않았고 얼굴을 찌푸리지도 않았으며 노여움이나 혐오나 놀라움의 기색도 없이 침착한 태도를 유지할 뿐이었다. 심지어 그 여자를 깨우지도 않았다! 부인은 조용히 네 번째 침대를 가리키며 저게 내 자리라고 알려주었다. 그러고는 촛불을 끄고 수면용 램프를 켠 다음 안쪽 문으로 살짝 빠져나갔다. 부인은 문을 조금 열어 놓고 갔다. 그 문은 부인의 침실로 통했는데 열린 문틈으로 보니 가구가 잘 갖춰진 넓은 방 같았다.

그날 밤 나는 감사의 말로 가득 찬 기도를 올렸다. 아침부터 신기한 힘에 이끌려 와서 생각지도 못한 자리를 얻은 것이다. 바다를 건너는 새처럼 무방비 상태에다 구름 같이 얼기설기 엉킨 모호한 희망 외에는 전망도 없이 런던을 떠난 게 불과 48시간 전이라는 사실이 믿기지 않았다.

　나는 깊이 잠들지 못하고 있다가 한밤중에 문득 잠에서 깼다. 사방이 고요했는데 방 안에 허연 그림자 같은 게 보였다. 잠옷 차림의 베크 부인이었다. 부인은 소리 없이 움직여 각자의 침대에서 자고 있는 세 아이에게 갔다가 나에게 다가왔다. 나는 잠든 척을 했고, 그녀는 한참 동안 나를 뜯어보았다. 기묘하기 짝이 없는 작은 무언극이 이어졌다. 그녀가 침대 가장자리에 앉아 내 얼굴을 쳐다본 시간만 해도 15분은 된다고 장담할 수 있다. 그러고 나서 부인은 더 가까이 다가와 내 위로 몸을 구부렸다. 그녀는 내가 쓰고 있던 나이트캡을 살짝 들추고 테두리를 뒤집어 내 머리카락을 보았다. 침대보 위에 있던 내 손도 관찰했다. 그러고는 내 옷이 놓여 있는 의자 쪽으로 몸을 돌렸다. 그 의자는 침대 발치에 가까이 있었으므로 나는 그녀가 옷가지를 만지고 들어올리는 소리를 들으면서 슬그머니 눈을 떴다. 그녀의 탐구열이 어디까지 갈지가 너무 궁금해서 직접 보고 싶었다. 탐구는 순조롭게 진행됐고 그녀는 모든 옷을 하나씩 조사했다.

　나는 그녀의 의도를 간파했다. 옷을 통해 옷 주인의 지위나 재산이 어떠하며 얼마나 깔끔한 사람인지 등을 가늠해보려는 거였다. 나쁜 목적은 아니었지만 방법은 공정하다거나 정당하다고 할 수 없었다. 부인은 내 옷에 달린 주머니를 홀랑 뒤집다시피 해서 지갑에 있는 돈을 헤아렸다. 내 작은 일기장을 찬찬이 훑어보다가 책갈피 사이에 끼워져 있던 마치몬트 여사의 회색 머리카락 다발을 꺼내기도 했다. 그녀는 내 여행가방, 책상, 반짇고리 상자를 여는 세 개의 열쇠를 한데 묶은 꾸러미를 눈여겨보았다. 그러더니 열쇠 꾸러미를 들고 잠시 자기 방으로 건너갔다. 나는 침대에서 살며시 몸을 일으켜 부인이 뭘 하는지 살펴보았다.

독자들이여, 내 열쇠들은 옆방 화장대 위에서 홈이 파진 모양을 밀랍에 눌러 새기고서야 제자리로 돌아왔다. 모든 일은 점잖고 질서정연하게 이루어졌다. 부인은 내 물건들을 제자리에 돌려놓고 옷은 꼼꼼하게 개놓았다. 정밀 조사에서 어떤 결론을 얻었을까? 좋은 쪽일까, 나쁜 쪽일까? 질문해봤자 허사였다. 돌덩이 같은 부인의 얼굴(그날 밤 부인은 꼭 돌로 만든 사람처럼 보였다. 반면 이전의 응접실에서는 인간적으로 보였다. 내가 어머니답다는 표현을 쓰지 않았던가)에는 아무것도 나타나지 않았다.

부인은 임무를 마쳤다(그녀의 눈빛에서 그게 임무였다는 게 느껴졌다). 그림자처럼 소리 없이 일어나 자기 방으로 걸어가던 부인은 방문을 열기 전에 잠시 몸을 돌려, 여전히 잠든 채 시끄럽게 코를 골고 있는 아까 그 술병의 주인공을 빤히 쳐다보았다. 베크 부인의 눈이 스비니 부인(그 사람이 스비니 부인이었다), 아니 스위니 부인(영국식 혹은 아일랜드식으로 발음하면 스위니 부인이었다)의 운명을 말해주고 있었다. 확고부동한 결심을 담은 눈이었다. 결함을 찾기 위한 부인의 시찰은 신속하지는 않아도 아주 확실하게 이루어졌다. 모든 일이 영국식과는 거리가 멀었다. 그렇다, 나는 낯선 땅에 와 있었다.

다음 날 나는 스위니 부인이 어떤 사람인지 조금 알게 됐다. 그녀는 현재 고용주인 베크 부인에게 자신이 몰락한 영국 숙녀로서 정통 미들섹스 출신이며 대도시에서 쓰는 영어를 완벽하게 구사한다고 소개하고 일자리를 얻었다. 베크 부인은 제때에 어김없이 진실을 밝혀내는 자기만의 방법을 믿고 즉석에서 대담하게 사람을 고용하곤 했다(적나라하게 입증된 내 경우처럼). 스위니 부인은 세 아이의 보모 겸 가정교사로 채용됐다. 스위니 부인이 실제로는 아일랜드 출신이었다는 점은 굳이 독자에게 설명할 필요도 없을 것이다. 그녀의 신분을 확실하게 아는 척도 하지 않겠다.

그녀는 뻔뻔스럽게도 '어느 후작님의 아들과 딸을 돌본' 경험이 있다고 이야기했지만 내가 보기에는 어느 아일랜드인 가정의 식객이었든가 보모나 유모나 세탁부였던 것 같았다. 그녀는 코맹맹이 소리로 런던 토박이 영어를 흉내 냈다. 게다가 어떻게 손에 넣었는지 의심스러울 정도로 화려한 의류를 갖고 있었다. 그녀가 입으면 평범해질 뿐 아니라 체형이 다른 누군가가 입어야 할 옷처럼 보이는 빳빳한 비단 천으로 만든 값비싼 가운이 있는가 하면 진짜 레이스로 테두리를 두른 모자도 있었다. 그녀가 가진 물건 가운데 특히 중요한 소품이 하나 있었다. 그 소품은 마법처럼 온 집안에 일종의 경외심을 불러일으켜 그게 없었다면 그녀를 멸시했을 교사들과 하인들의 마음을 누그러뜨렸다.

그녀가 멋지게 주름 잡힌 그 숄을 넓은 어깨에 걸치고 있을 때면 베크 부인조차도 흔들렸다. 베크 부인은 그 숄이 '진품 캐미시어'라고 말하며 진심으로 칭찬하고 탄복했다. 캐시미어 숄이 없었다면 그녀는 그 기숙학교에 단 이틀도 발을 붙이지 못했을 게 틀림없다. 오직 그 숄 덕택에 한 달 동안 자리를 지켰던 것이다.

하지만 스위니 부인은 내가 그녀의 자리를 차지하리라는 사실을 알고 그럴 수는 없다고 소리치며 베크 부인에게 마구 기어오르고, 있는 힘을 다해 나를 덮쳤다. 베크 부인은 뜻밖의 사태를 당하면서도 고행자처럼 묵묵히 견뎌냈다. 그래서 부끄럽게도 나는 침착한 태도를 견지하는 것 외에 별다른 도움을 주지 못했다. 베크 부인이 잠시 자리를 뜨더니 10분 만에 경찰관 한 명을 데려왔다. 스위니 부인은 끌려 나갔고 그녀가 벌인 소동도 끝났다. 베크 부인은 처음부터 끝까지 눈 한번 꿈쩍하지 않았고 입으로도 거친 말 한 마디 내뱉지 않았다.

작은 해고 소동은 아침식사 전에 모두 종료됐다. 나가라는 명령이 떨어졌고, 경찰이 불려왔고, 폭도는 쫓겨났다. '아이들 방'은 창문을 활짝 열고 훈증 소독과 청소를 했다. 이렇게 해서 '교양 있는' 스위니 부인의 흔적이 포세트 가에서 말끔히 지워졌다. 그녀가 풍기는 불쾌감의 정체를 미묘하고도 치명적으로 암시하던 훌륭한 향수와 고상한 냄새도 사라졌다. 이 모든 일은 베크 부인이 오로라처럼 침실을 빠져나온 순간부터 그녀가 침착하게 앉아 그날의 첫 커피를 따르던 순간 사이에 이루어졌다.

정오 무렵 나는 베크 부인의 몸치장을 거들어 달라는 부름을 받았다(내 일자리는 가정교사와 몸종을 섞어놓은 것 같았다). 정오 전까지 부인은 가운과 숄과 발소리가 나지 않는 슬리퍼 차림으로 집안을 유령처럼 돌아다녔다. 영국 학교의 여교장이 봤다면 뭐라고 했을까?

나는 베크 부인의 머리를 어떻게 손질해야 할지 몰라서 쩔쩔 맸다. 부인은 머리숱이 많은 편이었으며 마흔의 나이에도 불구하고 회색이 섞이지 않은 다갈색 머리였다. 내가 당황하자 부인은 "영국에서는 하녀가 아니었나 보죠?"라고 물었다. 그러더니 내 손에 든 빗을 가져가서 나를 제쳐놓고 자기 손으로 머리를 매만졌는데 거칠거나 모욕적인 태도는 아니었다. 부인은 몸단장을 마칠 때까지 반쯤은 지시하고 반쯤은 거들어주면서도 짜증이나 초조한 기색을 조금도 내비치지 않았다. 다만 부인이 내게 몸치장을 도와 달라고 한 건 그때가 처음이자 마지막이었다는 사실에 주목하시라. 그 이후로 몸종 일은 문지기 로젠에게 돌아갔다.

치장을 끝낸 베크 부인의 모습은 다소 키가 작고 뚱뚱해 보였지만 신체 균형이 잘 잡힌 데서 비롯된 특유의 우아함은 여전히 남아 있었다. 얼굴이 선명하고 건강해 보였지만 지나치게 붉지는 않았고, 눈은 침착해 보이는 푸른색이었다. 그리고 프랑스인 재단사만이 만들 수 있는 몸에 꼭 맞는 짙은 실크 원피스를 입었다. 부인의 모습은 보기 좋았지만 약간 부르주아적이었다. 그녀는 실제로 부르주아였으니까.

전체적으로 오묘한 조화를 이룬 모습이었지만 얼굴에는 부자연스러운 부분들도 있었다. 우선 이목구비가 그녀처럼 활기와 평온함이 섞인 얼굴빛을 가진 사람에게서 흔히 볼 수 있는 생김새와 전혀 달랐다. 얼굴 윤곽은 완고해 보였으며 이마는 아래위로 넓고 폭이 좁았다. 얼굴에는 포용력과 따스한 마음이 어느 정도 나타나 있었지만 한없이 너그러워 보이지는 않았다. 평온하지만 뭔가를 살피는 듯한 눈도 그녀의 심장 속에서 타오르는 불길과 거기서 흘러나오는 부드러움과 어울리지 않았다. 입은 엄격해 보였는데 입술이 얇은 탓에 때로는 냉혹한 인상을 풍겼다. 까다롭고 뻔뻔해 보이는 외모에도 불구하고 매우 섬세하고 뛰어난 능력을 갖춘 부인이 내게는 어쩐지 페티코트를 입은 미노스 왕(강력하고 공정하지만 무자비하게 정의를 실현하는 군주라는 의미—옮긴이)처럼 느껴졌다.

나중에는 페티코트를 입은 그녀의 다른 면모에 관해서도 알게 됐다. 그녀는 킨트 태생이었고 이름은 모데스트 마리아 베크였다. 처녀 시절의 성은 킨트였다지만 그녀에게 어울리는 이름은 이냐시아(Ignacia : 예수회 창립을 주도한 성 이냐시오 로욜라를 가리키는 이름—옮긴이)가 아닐까 싶다. 그녀는 선행을 많이 하는 자비로운 사람이었고 세상에서 가장 온화한 여주인이었다. 내가 듣기로 그녀는 그 끔찍한 스위니 부인이 술에 취해 몽롱해져 있거나 난잡하고 태만한 자세로 일할 때도 한 번도 나무라지 않았다고 했다. 하지만 스위니 부인을 내보내기에 좋은 시점이 오자마자 신속하게 그녀를 떠나보냈다. 또 소문에 의하면 그 학교에서는 교사들이 책잡히는 법도 없었지만 교사가 교체되는 일이 잦았다. 아무도 내막을 모르는 가운데 누군가가 사라지고 다른 사람이 그 자리를 메웠다.

그 학교는 기숙학교와 주간학교를 겸하고 있었는데 외부학생이라고도 불리는 통학생이 백 명을 넘었고 기숙사생은 스무 명 정도였다. 베크 부인은 학교 운영에 절대적인 권한을 행사했다. 그녀는 여교사 네 명과 남자 교사 여덟 명, 하인 여섯 명과 자기 아이 세 명을 관리하는 동시에 학생들의 부모 및 친구 역할도 완벽하게 해냈다. 그러면서도 눈에 띄게 애쓴다거나 법석을 떨지 않았으며 피로하거나 열을 내거나 지나치게 흥분하는 모습도 보이지 않았다. 언제나 열심히 일했지만 바쁘게 돌아다니는 일은 거의 없었다. 베크 부인에게는 거대한 기계 장치 같은 이 조직을 운영하고 통제하는 나름의 방법이 있었다. 그 방법은 아주 훌륭했다. 부인이 내 주머니를 뒤집어보고 일기장까지 읽어보던 작은 사건에서 독자 여러분도 그 방법의 표본 사례를 목격한 바 있다. '감시와 정탐', 이것이 그녀의 강령이었다.

하지만 베크 부인은 정직이 무엇인지 아는 사람이었고 정직한 걸 좋아했다. 그녀의 뜻을 실현하고 이익을 추구해 나가는 길에서 시답잖은 양심의 가책을 느끼지 않아도 될 때에 한해서 정직을 좋아했다는 뜻이다. 또 그녀는 '영국'을 높이 평가해서 가능한 한 다른 어느 나라도 아닌 '영국인' 여자에게 자기 아이들을 맡기려 했다.

베크 부인은 온종일 계획을 짜고 대책을 마련하고 감시를 펴고 다른 사람들이 감시한 결과까지 보고받은 후에 저녁이 되면 거의 항상 피곤한 기색이 역력한 눈을 하고 내 방으로 올라오곤 했다. 그리고는 의자에 앉아서 아이들이 나를 향해 짧은 영어 기도문을 암송하는 소리를 들었다. 주기도문과 '자비로우신 예수님'으로 시작하는 찬송가였다. 가톨릭교 내용이었지만 그 정도는 아이들이 내 무릎 위에서 암송해도 무방했다. 내가 아이들을 재우고 나면 부인은 나와 이야기를 나누었다(나는 프랑스어를 금방 익혔기 때문에 부인이 하는 말을 알아듣는 건 물론이고 대답도 할 수 있었다). 그녀는 영국과 영국 여자들을 화제로 삼았고, 영국 여자들이 머리가 좋고 진실하며 믿을 만하고 정직하다는 점을 기꺼이 인정하며 그 이유에 관해 이야기했다. 부인은 종종 탁월한 분석력을 보여주거나 매우 건전한 의견을 내놓았다. 여자아이들이 의심과 속박을 받으며 생활하게 하고, 백치처럼 아무것도 모르게 하고, 한순간도 숨을 곳이 없도록 늘 감시하는 게 그들을 정직하고 기품 있는 여성으로 길러내는 최상의 방법이 아니라는 사실은 그녀도 알고 있었다.

하지만 그녀는 영국을 제외한 유럽 소녀들에게는 그런 방법을 쓰지 않으면 재앙 같은 결과가 뒤따른다고 단언했다. 그들은 통제에 너무 길들여져 있어서 아무리 열심히 보호해도 느슨하게 풀어주면 그걸 기회로 착각하고 사고를 저지른다는 주장이었다. 그래서 자기가 사용하는 방법이 역겹지만 그렇게 할 수밖에 없다고 했다. 부인은 그런 내용으로 위엄 있고 고상하게 일장 연설을 한 후 '소리 없는 신발'을 신고 사라졌다. 그리고 집 안을 유령처럼 미끄러져 다니면서 구석구석 살피고, 정보를 캐내고, 열쇠구멍을 일일이 들여다보고, 방문 앞에서 이야기를 엿들었다.

결과적으로 베크 부인의 방법은 나쁘지 않았다. 그녀도 공정한 평가를 받아야 하지 않겠는가. 그녀는 학교 학생들의 건강을 위해 최선의 배려를 했다. 누구도 과중한 부담에 시달리지 않았고 수업 시간은 솜씨 좋게 배분됐으며 배우는 사람 입장에서도 더할 나위 없이 편했다. 소녀들은 자유롭게 놀 수 있었다. 건강을 유지하기 위한 운동 시설이 구비돼 있었으며 식사는 푸짐하고 질이 좋았다.

포세트 가에는 창백한 얼굴이나 발육이 부진한 얼굴이 하나도 없었다. 베크 부인은 언제나 휴일을 넉넉하게 주었고 수면과 몸치장, 세면과 식사를 할 시간도 충분히 허용했다. 이런 사안을 다룰 때 그녀는 대범하고 자유롭고 건전하고 합리적인 태도를 취했다. 영국 학교에 흔히 있는 엄격한 여선생들이 베크 부인처럼 하면 여러모로 좋을 것이다. 사실 까다로운 영국인 부모들이 허락하기만 한다면 교사들은 기꺼이 그렇게 하리라고 생각한다.

감시와 정탐이라는 방법으로 학교를 통제했으므로 베크 부인은 당연히 첩보원 노릇을 시킬 아랫사람을 필요로 했다. 그녀는 자기가 사용하는 도구의 품질을 정확히 파악하고 있었다. 지저분한 일이 있을 때는 주저 없이 가장 지저분한 도구를 쓰고 나서 마치 즙을 다 짜내서 껍질을 벗길 필요가 없는 오렌지처럼 내던져 버렸다. 반면 깨끗한 일에 쓸 때는 순수한 금속으로 만든 도구를 찾으려고 까다롭게 굴었다. 피가 묻지 않고 녹슬지도 않은 도구를 발견하면 실크와 솜으로 싸서 조심스럽게 보관했다. 이해관계에 부합하는 한 그녀는 신뢰할 만한 행동을 했지만, 그 지점보다 조금이라도 더 그녀를 신뢰하는 사람은 남자든 여자든 재앙을 입으리라. 이해관계야말로 부인의 성격을 좌지우지하는 열쇠였고, 부인의 행동을 결정하는 주된 동기였으며, 부인의 삶에서 시작과 끝에 해당하는 요소였다.

그녀의 '감정'에 호소하려 애쓰는 사람들을 볼 때마다 나는 동정과 함께 조소를 보내곤 했다. 누구도 그런 식으로는 베크 부인을 솔깃하게 만들거나 그녀의 결심을 흔들어놓지 못했다. 부인에게 감동을 주려고 노력하다 보면 오히려 반감을 사서 은연중에 그녀와 적이 되기 십상이었다. 그런 노력은 베크 부인에게 그녀가 감동받을 줄 모르는 사람이라는 사실을 확인시키거나 그녀가 취약하고 무딘

부분이 어딘지를 상기시킬 뿐이었다. 자비로운 마음과 실제로 자선을 베푸는 행위가 별개의 문제라는 걸 가장 극명하게 보여주는 사람이 바로 베크 부인이었다. 그녀에게는 연민의 감정이란 게 없었지만 합리적인 인덕은 있었다. 한 번도 보지 못한 사람들을 위해서 서슴지 않고 기부했지만 개개인이 아닌 어떤 계층을 대상으로 삼았다. 예로, '가난한 사람들을 위해서' 라면 지갑을 쉽게 열었지만 '가난한 아무개' 의 일에는 대개 지갑을 꼭 닫았다. 사회 전반에 보탬이 되는 자선 행사에는 선뜻 참가하면서도 개인적인 슬픔에는 무관심했다. 한 사람의 마음을 짓누르는 제아무리 큰 압력이나 고통도 부인의 마음을 아프게 하지는 못했다. 겟세마네의 수난이나 갈보리의 죽음도 그녀의 눈에서 눈물 한 방울 짜낼 수 없었을 것이다.

거듭 말하지만 베크 부인은 훌륭한 사람이었고 아주 유능한 여자였다. 포세트 가의 학교는 그녀가 가진 능력을 발휘하기에는 너무 작았다. 그녀는 한 나라를 쥐고 흔들었어야 했다. 소란스러운 논쟁이 벌어지는 제헌의회의 지도자 감이었다. 어떤 일이 있어도 협박에 굴하거나 신경질을 내거나 인내를 잃지 않을 테고 누구보다도 머리 회전이 빠른 만큼 그녀 혼자서 총리와 경찰총장의 임무를 모두 감당할 수 있었을 것이다. 그녀는 똑똑하고 단호하고 특정한 신념이 없는데다 입이 무겁고 교활하며 냉정했다. 감시에 능하고, 속내를 드러내지 않고, 날카롭고 비정했다. 게다가 대단히 위엄 있는 사람이었다. 무엇을 더 바라겠는가?

현명한 독자여, 내가 여기에 그대의 편의를 위해 요약해 놓은 정보를 한 달 만에, 혹은 반 년 만에 다 얻었다고 생각지는 마시라. 절대 그렇지 않았다! 처음에는 사람이 넘쳐나는 커다란 학교, 번창하는 학교의 겉모습밖에 보이지 않았다. 큰 건물에 건강하고 생기발랄한 소녀들이 가득 차 있었다. 모두 옷을 잘 차려입었고 예쁜 학생도 많았으며 고통스러운 노력이나 쓸데없는 기운 낭비 없이 놀랍도록 쉬운 방법으로 지식을 습득했다. 어떤 과목이든 지나치게 빠르게 진행되는 법은 없었고, 학생들은 압박을 받지 않고 느긋한 태도로 꾸준히 공부했다. 그리고 한 무리의 남녀 교사들이 있었다. 학생들의 부담을 덜기 위해 진짜로 머리를 쓰는 일은 교사들이 도맡아 했기 때문에 할 일이 많은 편이었다. 하지만 교사들의 임무는 잘 정리돼 있었으므로 일이 산더미처럼 쌓일 때면 재빨리 서로를 도왔다. 한 마디로 이곳은 외국 학교였다. 이곳에서의 생활과 활력과 변화무쌍함은 영국에 있는 여자 기숙학교와 완전히 정반대였고 아주 매력적이었다.

학교 건물 뒤에는 넓은 정원이 있었다. 여름이면 학생들은 야외로 나가서 장미 덤불과 과일나무 사이에서 살다시피 했다. 여름날 오후 베크 부인은 덩굴로 덮인 커다란 정자 아래 자리 잡고 앉아 학생들을 한 반씩 차례로 불러다가 자기 둘레에 둥글게 앉히고 바느질이나 독서를 시켰다. 그럴 때면 교사들도 왔다갔다 하면서 수업 대신 짧고 생생한 강연을 들려주었다. 학생들은 강연 내용을 기록했지만 기분이 내키지 않으면 기록하지 않아도 그만이었다. 기록을 빼먹어도 나중에 친구들의 노트를 베껴 쓸 수 있었다는 사실에 유의하라.

월례 행사인 '외출하는 날'(jours de sortie) 외에도 가톨릭 축일이 있었기 때문에 사시사철 연휴가 찾아왔다. 때로는 화창한 여름날 아침이나 상쾌한 여름날 저녁에 기숙사생들이 교외로 장거리 산책을 나가서 와플과 백포도주, 신선한 우유와 흑빵 또는 롤빵과 커피를 마음껏 먹으며 즐겼다. 다들 더없이 즐거워 보였고 베크 부인은 여신 그 자체였으며 선생들도 그만하면 나쁘지 않은 편이었다. 학생들은 약간 시끄럽고 거칠었지만 건강하고 발랄했다.

내가 원래 가졌던 견해는 이런 식으로 거리를 두고 학교를 지켜볼 때의 매력에 도취된 결과였다. 그러나 내게도 그 거리가 녹아 없어지는 때가 왔다. 여태껏 나의 관찰 장소였던 육아실의 망루에서 내려와 포세트 가라는 이름의 작은 세계와 밀접하게 교류해야 했다.

어느 날 나는 평소대로 2층에 앉아 아이들이 영어책을 읽는 소리를 들으며 베크 부인의 실크 원피스를 수선하고 있었다. 그때 부인이 방에 살짝 들어왔다. 그녀는 무슨 생각을 골똘히 하는 것처럼 보였고, 이따금씩 까다로운 문제로 고민할 때 짓곤 하는 그다지 상냥해 보이지 않는 표정을 짓고 있었다. 그녀는 내 맞은편 의자에 털썩 앉아 몇 분간 침묵을 지켰다. 부인의 첫째 아이 데지레가 영국 작가 애나 바볼드(Anna Barbauld, 1743~1825)가 쓴 짧은 수필을 소리 내어 읽는 중이었다. 나는 데지레에게 한 문장씩 읽어 나가면서 영어를 프랑스어로 옮겨 보라고 시켰다. 읽은 내용을 이해하는지 확인하기 위한 방법이었다. 부인은 데지레의 낭독에 귀를 기울였다.

잠시 후 부인은 서두 내지 서론을 생략하고 곧바로 용건을 말했다. 힐난에 가까운 어조였다.

"아가씨, 영국에서 가정교사로 일했지요?"

나는 웃으며 대답했다.

"아닙니다. 부인께서 잘못 짚으셨어요."

"가르치는 건 지금 우리 애들한테 하는 게 처음이란 말이죠?"

그렇다고 대답하자 부인은 다시 잠잠해졌다. 하지만 잠시 후 바늘겨레에서 핀을 빼내려고 고개를 들었을 때 내가 관찰 대상이 됐다는 사실을 알았다. 부인은 내게서 눈을 떼지 않았다. 머릿속으로 나를 한 바퀴 돌려보고, 용도에 맞는지 치수를 재어보고, 어떤 계획을 염두에 두고 가치를 측정하는 듯했다. 전에 내 소지품을 모조리 조사한 바 있으니 나에 대해 상당히 많이 알고 있다고 자부할 만도 했다. 하지만 그날 이후 부인은 보름 간격으로 방법을 바꿔가며 자꾸만 나를 시험했다. 내가 아이들과 함께 육아실에 있을 때 방문에 귀를 대고 엿듣는가 하면, 아이들과 산책을 갈 때 적당한 거리를 두고 뒤를 밟기도 했다. 몸을 숨길 수 있을 만큼 나무가 우거진 공원이나 가로수 길에 접어들 때마다 그녀는 말소리가 들리는 범위 안에 몰래 들어왔다. 이렇게 엄격한 사전 조사를 마친 다음에야 그녀는 한 단계 앞으로 나아갔다.

어느 날 아침 부인은 갑자기 나를 불러 문제가 좀 생겼다며 다급한 시늉을 했다. 영어 교사인 윌슨 씨가 몸이 불편한지 수업 시간에 오지 않아서, 학생들이 교실에서 기다리고 있는데 수업을 할 사람이 없다는 것이었다. 그러니 학생들이 영어 수업을 빼먹었다는 말이 나오지 않도록 내가 한 번만 받아쓰기 연습을 시킬 수 없겠냐는 이야기였다.

내가 물었다.

"수업 시간에요?"

"그래요, 수업 시간에. 2반이에요."

"학생이 60명인 반이네요."

나는 평소 겁이 많은 성격이었으므로 껍데기 속으로 기어들어가는 달팽이처럼 몸을 움츠리고 나태함 속에 숨어 버렸다. 그리고 거절하기 위한 구실로 나는 능력이 모자라서 수업을 못 하겠다고 주장했다. 만약 내 마음대로 할 수 있었다면 틀림없이 그 기회를 놓쳐 버렸을 것이다. 나는 모험가 기질이 없고 현실적인 야망에 좌우되지도 않는 사람이기 때문에 어린 아이에게 글자를 가르치고 실크 원피스를 수선하고 아이들 옷가지나 만들면서 20년쯤은 흘려보냈을지도 모른다. 그렇다고 맥없이 체념하는 데서 진정한 만족을 느껐다는 이야기는 아니다.

　내 일은 특별히 적성에 맞는 매력적인 것도 아니었고 계속 흥미를 느낄 만한 것도 아니었기 때문이다. 하지만 큰 걱정이 없고 내면의 시험을 치르지 않아도 된다는 점이 마음에 들었다. 혹독한 시련이 없다는 점에서는 내가 찾고 싶었던 행복에 근접해 있었다. 그리고 나는 두 개의 삶을 사는 기분이었다. 머릿속의 삶과 현실 속의 삶. 머릿속의 삶이 내가 상상해 낸 마법 같은 희한한 기쁨으로 가득하다면 실생활의 특권은 일용할 양식과 안락한 보금자리가 있고 규칙적으로 일을 한다는 정도에 그쳐도 관계없었다.

　나는 아이의 민소매 원피스 감으로 재단한 천 쪽으로 몸을 구부리고 굉장히 바쁜 척을 했다. 부인이 말했다.

　"갑시다. 그건 나중에 해요."

　"부인, 피핀이 저걸 입고 싶어 해요."

　"피핀한테야 옷이 필요하겠죠. 하지만 나는 당신이 필요해요."

　베크 부인은 정말로 나를 필요로 했고 나를 데려가기로 굳게 마음먹고 있었다. 실은 오래 전부터 영어 교사가 시간을 잘 지키지 않고 가르치는 방식이 무성의해서 못마땅했던 터였다. 베크 부인은 결단력과 실천력이 부족한 사람이 아니었으므로 내가 결단력이 있느냐 없느냐는 변수가 되지 않았다.

　그녀는 더 이상 법석을 떨지 않고 내가 골무와 바늘을 내려놓게 만들었다. 나는 어느새 그녀에게 손을 붙들려 계단을 내려가고 있었다. 기숙사와 학교 건물 사이에 있는 널찍한 장방형 홀에 도착하자 그녀는 발걸음을 멈추고 고개를 돌려 나를 뜯어보았다. 얼굴이 빨개지고 온몸이 덜덜 떨렸다. 아무에게도 말하고 싶지 않지만 그때 나는 울고 있었던 것 같다. 내 앞에 놓인 어려움은 상상이 아니라 엄연한 현실이었다. 현실적인 고려라고는 전혀 없이 그저 프랑스어를 정복하고 싶었을 뿐인데 이제 프랑스어로 수업을 해야 한다니. 사실 빌레트에 도착한 이후로 프랑스어를 열심히 공부하긴 했다. 낮에는 연습을 했고 밤에 여유가 생길 때마다 이 집에서 촛불을 켜두는 게 허용되는 시간까지 늦도록 문법을 공부했다. 하지만 정확하게 말을 할 수 있다고 자신하기에는 아직 부족했다.

부인이 프랑스어로 근엄하게 말했다.

"자, 말해 봐요. 정말 안 되겠어요?"

"예"라고 대답할 수도 있었다. 그랬다면 조용한 육아실로 돌아가서 평생을 그곳에서 평탄하게 흘려보냈을 것이다. 그런데 베크 부인의 얼굴을 다시 쳐다보았을 때 나는 결정을 내리기 전에 다시 생각해 보게 만드는 무언가를 발견했다. 순간 내 눈에는 그녀가 여자가 아닌 남자의 모습으로 보였다. 내가 가진 힘과는 다른 어떤 특별한 힘이 그녀의 얼굴 구석구석에 강력하게 새겨져 있었다. 그 힘은 동정도 일체감도 항복도 아닌 어떤 감정을 불러일으켰다.

나는 마음이 편해지지도 않았고 그렇다고 설득당하거나 압도당하지도 않았다. 그냥 그 자리에 서 있었다. 마치 서로 반대되는 재능을 타고난 두 사람이 벌이는 힘 대결 같았다. 문득 내가 그렇게 머뭇거리고 우유부단하게 굴면서 태만함이 높이 자라나도록 방치하는 거야말로 창피하기 짝이 없는 일이라는 생각이 들었다.

베크 부인이 기숙사로 통하는 작은 문을 가리켜 보인 다음 교실로 통하는 커다란 이중문을 가리키며 물었다.

"돌아갈래요, 아니면 앞으로 갈래요?"

내가 대답했다.

"앞으로 가겠습니다."

베크 부인은 내가 열의를 보이자 오히려 싸늘해지면서 엄숙한 표정을 유지했다. 부인이 그렇게 반발하자 내 안에서 용기와 결단력이 솟아났다.

"수업을 할 수 있다는 거예요, 너무 들떠서 그런 거예요?"

베크 부인은 살짝 비웃음을 머금고 있었다. 그녀는 긴장 때문에 안절부절못하는 사람을 좋아하지 않았다.

나는 바닥에 깔린 돌을 발로 톡톡 치며 말했다.

"저는 흥분하지 않았어요. 이 돌만큼이나 차분하지요."

그리고 부인의 시선을 맞받으며 덧붙였다.

"부인만큼이나 차분해요."

"좋아요! 하지만 당신이 부딪쳐야 할 학생들은 조용하고 품행이 방정한 영국 여자애들이 아니라는 걸 명심해요. 거리낌 없고 솔직한데다 퉁명스럽고 약간 반항적이기까지 한 라바세쿠르 아이들이에요."

"알아요. 제가 여기 와서 프랑스어를 열심히 공부하긴 했지만 아직 정확하게 말하지 못하고 심하게 더듬거리기 때문에 학생들한테 존경받기는 힘들겠지요. 어쩌면 터무니없는 실수를 저질러서 성적이 가장 나쁜 학생마저도 저를 비웃을지 모르지요. 그래도 수업은 해보겠어요."

"저 애들은 약한 선생을 인정하지 않아요."

"그것도 알고 있답니다. 애들이 터너 양에게 반항하고 그녀를 못살게 굴었던 이야기를 들었어요."

터너 양은 베크 부인이 전에 고용했다가 금방 해고했던 가난하고 의지할 데 없는 영국인 교사였다. 나는 불쌍한 터너 양 이야기를 익히 들어 알고 있었다.

부인이 냉담하게 말했다.

"맞아요. 터너 양은 학생들을 장악하지 못해서 부엌에서 일하는 하녀 같은 신세였지요. 나약하고 우유부단하고 재치와 지혜와 과단

성과 위엄이 없었지요. 터너 양은 저 애들을 감당하지 못했어요."

나는 대답하지 않고 교실 문 쪽으로 걸어갔다.

부인이 말을 계속했다.

"나한테서 도움받기를 기대하지 말아요. 다른 누구한테서도 마찬가지고. 그건 곧 당신이 이 일을 할 능력이 없다는 이야기가 되니까요."

나는 문을 열고 부인을 먼저 들어가게 하는 예의를 차린 후에 뒤따라 들어갔다. 커다란 교실이 세 개 있었다. 내가 이제부터 교사 노릇을 해야 할 2반 교실이 가장 컸다. 다른 두 반보다 학생 수가 많고 더 시끄러운데다 다루기 힘든 학생들이 있는 반이었다. 나중에 그 이유를 알고 난 후에 나는 (이렇게 비유해도 되는지 모르겠지만) 조용하고 순종적이고 우아하고 얌전한 1반과 거칠고 반항적이며 의사 표현이 뚜렷한 2반을 각각 영국의 상원과 하원에 비유할 수 있겠다고 생각했다(영국 의회는 보통선거로 선출된 의원들로 구성되는 하원과 귀족으로 이루어진 상원으로 구성됐다—옮긴이).

교실을 한 번 둘러보니 학생들의 대부분이 소녀라기보다는 어린 숙녀에 가깝다는 사실을 알 수 있었다. 귀족 가문(라바세쿠르에서 인정받는 귀족) 출신이 몇 명 있었고, 베크 부인 집에서 나의 지위가 어떤지는 모든 학생이 알고 있었다. 교사용 책상과 의자가 놓여 있는 단(교실 바닥보다 조금 높게 만든 낮은 강단)에 올라서자 폭풍우가 몰아칠 걸 예고하는 눈들과 이마들이 줄지어 있는 광경을 마주하게 됐다. 오만한 빛이 가득한 눈들과 대리석처럼 단단하고 무표정한 이마들이었다. 대륙의 여자들은 나이와 계급이 같더라도 섬나라 여자들과 영 딴판이었다. 영국에서는 그런 눈과 이마를 본 적이 없었다. 베크 부인은 무미건조한 한 마디 말로 나를 소개한 후 점잖게 나가버렸고 나는 영광스럽게도 혼자 남았다.

나는 그 첫 수업과 그것이 내게 열어준 생활과 성격의 모든 저류를 잊을 수가 없다. 그날에야 비로소 소설가와 시인이 노래하는 이상적인 '소녀'와 실제 '소녀'의 커다란 괴리를 똑똑히 알았다.

첫 번째 줄에 앉아 있던 '여왕' 칭호를 가진 세 명은 '보모'에게서 영어 수업을 받을 수는 없다고 작정한 모양이었다. 그들은 이미 비위에 거슬리는 선생들을 쫓아내는 데 성공한 경험이 있었다. 그들은 베크 부인이 학교에서 평판이 나빠진 교사를 언제든 사정없이 내친다는 사실도 알고 있었다. 기실 베크 부인은 유약한 교직원이 자리를 보전하는 걸 지지한 적이 한 번도 없었다. 교사가 역량이 부족해서 싸우지 못하거나 기지가 부족해서 스스로 어려움을 극복하지 못한다면 자리를 내놓게 하면 그만이었다. 그들은 '스노 양'을 바라보며 손쉬운 승리를 확신했다.

'세 여왕'인 블랑슈 양과 비르지니 양과 앙젤리크 양은 곧 전투를 개시했다. 처음에는 킥킥거리고 소곤거리더니 곧이어 뭐라고 중얼거리거나 짧은 웃음을 터뜨렸다. 뒷줄에 앉은 학생들이 그걸 듣고 더 큰 소리로 웃고 떠들었다. 나 한 사람을 상대로 60명이 일으킨 반란이 점점 커지자 상당히 부담스러웠다. 그렇지 않아도 한계가 많은 프랑스어 실력으로 그토록 처참하고 당혹스러운 상황에서 말을 해야 하다니.

모국어인 영어로 이야기한다면 학생들이 내 말을 들을 것 같았다. 첫째 이유로 나는 겉보기에 초라해 보였고 실제로도 여러 가지로 초라한 사람이었지만 흥분하거나 감정이 북받칠 때 소리를 지르면 남들이 들어줄 정도는 되는 목소리를 타고났다. 둘째 이유로 나는 유창한 말재주를 지닌 사람이 아니어서 평소 같으면 더듬거리며 한두 마디씩 늘어놓고 말았겠지만, 그 당시에는 반항적인 군중 속에 흘러넘치는 자극적인 기운 때문에 영어로 그들의 행동을 꾸짖는 문구를 서슴없이 쏟아낼 수 있었다. 사실 그들은 따끔하게 혼날 만한 짓을 하지 않았던가. 주모자들에게는 약간의 빈정거림과 함께 경멸 섞인 분노를 표출하고, 소극적이고 악의가 적었던 추종자들에게는 가벼운 희롱만 하는 걸로 끝냈다. 그러자 적어도 이 거친 무리를 통제하고 받아쓰기 연습을 시키는 것 정도는 가능하겠다는 생각이 들었다.

다음으로 할 수 있는 일은 가장 나이가 많고 키가 크고 얼굴도 가장 예쁘지만 가장 심술궂은 블랑슈 양(남작의 딸인 마드무아젤 드 멜시)를 향해 걸어가는 것밖에 없었다. 블랑슈 양의 책상 앞에 다가선 나는 그녀의 손에서 공책을 빼앗아 들고 다시 강단으로 가서 그녀가 작문한 내용을 일부러 소리 내어 읽었다. 어리석기 짝이 없는 내용이었다. 나는 일부러 전체 학생들이 보는 앞에서 그 글이 쓰인 부분을 반으로 찢어 버렸다.

그러자 이목이 집중되면서 소리가 줄어드는 효과가 있었다. 교실 뒤쪽에 앉은 한 소녀만이 기세를 낮추지 않고 고집스레 반항했다. 나는 그녀를 주의 깊게 보았다. 창백한 얼굴, 칠흑같이 검은 머리, 짙고 굵은 눈썹과 결연해 보이는 이목구비, 반항기와 악의가 서린 검은 눈동자가 보였다. 나는 그녀가 작은 문 옆에 앉아 있다는 점을 눈여겨보았다. 그 문이 책을 보관하는 작은 벽장으로 통한다는 사실도 잘 알고 있었다. 그녀는 더 자유롭게 소란을 피우기 위해 자리에서 일어나려는 참이었다. 나는 그녀의 키가 얼마나 되며 힘은 얼마나 셀지를 가늠해 보았다. 키가 크고 강인해 보였지만 순식간에 부딪쳐 예기치 못하게 공격한다면 내가 밀리지는 않을 것 같았다.

나는 가능한 한 침착하고 무심하게, 한 마디로 '아무것도 아닌 척'을 하려고 애쓰며 교실을 가로질러 걸어가 그 문을 살짝 밀어보고 열려 있다는 걸 확인했다. 그러고는 그녀 쪽으로 잽싸게 돌아섰다. 다음 순간 그녀는 벽장 안에 들어가고 문이 닫혔으며 열쇠는 내 주머니에 있었다.

우연인지 몰라도 돌로레스라는 이름의 카탈루냐인이었던 그 소녀는 동급생들이 하나같이 무서워하고 미워하던 아이였다. 그래서 방금 서술한 나의 즉결 처분은 일정한 호응을 얻었다. 겉으로 드러난 반응은 없었지만 속으로는 다들 고소하게 여겼다. 일순간 교실이 조용해지더니 비웃음이 아닌 미소가 책상에서 책상으로 번졌다. 내가 엄숙하고 차분한 태도로 다시 교단에 올라가 조용히 해달라고 정중하게 부탁했더니 그들은 조용히 펜을 들어 공책에 글씨를 써나갔다. 그리고 수업이 끝날 때까지 질서정연하게 열심히 공부했다.

내가 약간 지치고 흥분한 상태로 교실을 나오자 베크 부인이 프랑스어로 말했다.

"좋았어요. 그렇게 하면 됩니다."

베크 부인은 수업 시간 내내 열쇠구멍으로 들여다보면서 엿듣고 있었던 것이다. 그날부터 나는 보모 겸 가정교사 일을 그만두고 영어 교사가 됐다. 베크 부인은 월급을 올려주었다. 하지만 윌슨 씨에게 시키던 것보다 세 배나 많은 일을 시키면서 비용은 절반만 지출한 셈이었다.

9. 이시도르

　이제 나는 더 보람차고 돈벌이도 나은 활동으로 시간을 보냈다. 학생들을 가르치고 스스로도 열심히 공부하다 보니 비는 시간이 거의 없었다. 즐거운 나날이었다. 앞으로 나아가는 것 같았다. 제자리에 누워 곰팡이가 피고 녹이 슬어가는 게 아니라 언제든지 사용할 수 있도록 내 능력을 갈고 닦는 느낌이었다. 폭넓은 경험을 쌓을 기회도 눈앞에 있었다.

　빌레트는 국제화된 도시였던 만큼 이 학교에는 유럽 각국의 학생이 공부하고 있었고 학생들의 신분도 매우 다양했다. 라바세쿠르에서는 공화주의를 공공연히 표방하지 않았을 뿐 모두가 평등한 대우를 받았기 때문에 내용상으로는 공화주의와 다를 바 없었다. 베크 부인의 학교에서도 백작의 딸과 부르주아의 딸이 책상을 나란히 하고 앉았다. 눈에 보이는 모습만으로는 누가 귀족이고 누가 평민인지 알 수도 없었다. 단 한 가지는 확실했는데, 평범한 집안의 딸들이 솔직하고 예의바른 반면 귀족 자제들은 미묘하게 균형잡힌 오만과 허세로 두각을 나타냈다. 귀족 학생들에게는 프랑스인다운 약삭빠른 성격과 나태한 성격이 공존했다. 유감스럽게도 이 활달한 기질은 그들이 그럴싸한 입심으로 쏟아내는 아첨과 거짓말과 가볍고 발랄하지만 다소 비정하고 진실하지 못한 태도로 표출됐다.

공정을 기하기 위해, 정직한 라바세쿠르 토박이들 역시 나름대로 위선적인 면모를 지니고 있었음을 밝혀둔다. 하지만 그들의 위선이란 너무나 엉성해서 아무도 속이지 못했다. 그들은 거짓말이 필요한 경우가 생길 때마다 별 생각 없이 즉석에서 거짓말을 지어내고도 양심의 가책으로 괴로워하지 않았다. 베크 부인의 집에는 부엌일을 하는 하녀에서부터 여주인에 이르기까지 거짓말을 수치스럽게 생각하는 사람이 하나도 없었다. 다들 거짓말을 아무렇지도 않게 여겼다. 거짓말을 꾸며내는 게 미덕은 아닐지라도 큰 잘못은 아니라는 생각이었다. 소녀들과 여자들이 매달 "거짓말을 여러 번 했습니다"라고 고백해도 신부는 충격을 받지 않고 거리낌 없이 죄를 사해주었다. 만약 미사에 참석하지 못했다거나 소설을 한 장(章) 읽었다면 문제가 달라졌다. 이런 것들은 꾸지람을 들으며 끝없이 반성해야 할 죄악이었다.

아직 이런 환경을 완전히 파악하지는 못하고 결과도 알지 못했지만 나는 새로운 환경에서 썩 잘해 나가고 있었다. 처음 몇 번인가는 마음속의 화산이 내 발밑에서 우르릉거리고 내 눈에다 불꽃과 뜨거운 연기를 칙칙 내뿜으며 폭발 직전까지 가는 위험을 겪느라 어렵게 수업을 진행했지만 시간이 가면서 폭발의 기운도 줄어드는 듯했다. 나는 성공하려고 전력을 기울였다. 생애 최초로 일이 잘 되려고 하는 마당에 고작 버릇없는 아이들의 적대감과 장난기 어린 반항 때문에 실패한다는 건 안 될 말이었다.

밤이 되면 나는 잠자리에 누운 채로 몇 시간이고 고민했다. 반항아들을 확실히 누르고 이 고집스런 족속을 안정적으로 지배하기 위한 가장 좋은 방안이 무엇일까? 우선 어떤 형태로든 베크 부인의 도움을 바랄 수 없다는 건 분명했다. 그녀가 생각하는 옳은 방안이란 학생들 사이에서 흠집 없는 평판을 유지하는 것이었다. 교사들이 공정한 대우를 받지 못하거나 불편을 겪어도 그녀는 아랑곳하지 않았다. 학생들의 반항으로 난관에 부딪친 교사가 베크 부인에게 협조를 요청한다는 건 쫓아내 달라고 사정하는 일이나 마찬가지였다. 베크 부인은 학생들을 상대할 때 늘 유쾌하고 상냥하고 호감 가는 역할만 맡았다. 대신 아랫사람에게는 능력을 발휘해서 온갖 골치 아픈 문제를 수습하라고 까다롭게 요구했다. 그런데 그런 문제에 신속하게 개입하면 평판이 나빠지게 마련이었다. 결국 믿을 사람은 나 자신밖에 없었다.

무엇보다 그 돼지 같은 무리를 힘으로 제압할 수는 없으리라는 점은 불 보듯 뻔했다. 재미를 선사해가며 인내심을 가지고 기다려야 했다. 정중하면서도 근엄한 태도는 그들에게 잘 먹혔고, 아주 가끔씩은 놀려주는 것도 효과가 괜찮았다. 머리를 혹사시키거나 계속 머리를 쓰도록 하면 그들은 참지 못했다. 아니 참으려 들지도 않았다. 암기력과 사고력과 집중력이 많이 필요한 일을 시키면 싫다고 딱 잘라말했다. 평균 정도 지능을 가진 온순한 영국 소녀라면 군말 없이 과제를 받아들고 이해와 연습에 매달리겠지만, 라바세쿠르 소녀들은 대놓고 웃음을 터뜨린 후 프랑스어로 "이렇게 어려운 걸 시키다니! 짜증이 나서 하기 싫어요"라고 외치며 과제물을 교사에게 도로 던져 버렸다.

자신의 임무를 이해하고 있는 교사라면 망설이거나 학생과 언쟁하거나 충고를 하지 않고 즉시 과제를 도로 거두어야 한다. 나아가 과도하리만치 신경을 써서 어려운 부분을 모조리 빼버리고 학생들이 이해할 수 있게끔 수준을 낮춘 후 과제를 다시 건네면서 신랄한 빈정거림의 채찍질을 사정없이 가한다. 그들은 따끔한 아픔을 느끼고 내심 위축될지도 모른다. 그러나 교사의 빈정거림이 심술이 아닌 애정에서 나온 거라면 그런 비난을 당했다고 해서 무조건 적의를 품지는 않는다. 달리기를 하면서도 읽을 수 있을 정도로 크고 간결하고 선명한 글씨를 써서 그들의 무능과 무지와 게으름을 깨우쳐주면 그들도 순순히 받아들인다. 수업 내용이 석 줄만 늘어나도 폭동을 일으키지만 자존심을 상하게 했다는 이유로 반항하는 일은 없었다. 그들의 자존심이라고 해봐야 쥐꼬리만 했지만 그마저도 항상 짓밟히는 데 익숙해져 있었고, 어차피 짓밟힐 바에는 딱딱한 발뒤꿈치가 낫다는 식이었다.

나는 점차 그들의 언어로 자유롭고 유창하게 말하는 능력을 터득했고 그들이 쓰는 까다로운 관용구도 구사할 줄 알게 되었다. 그러자 나이가 많고 똑똑한 축에 속하는 학생들이 나름대로 나를 좋아하기 시작했다. 어떤 학생의 마음속에서 바람직한 경쟁심이 솟구치게 하거나 정직한 수치심을 되살려내면 그 학생은 그날로 내편이 됐다. 단 한 번이라도 그들의 숱이 많고 윤기 나는 머리카락 밑에 있는 (대체로 큼지막한) 귀를 발갛게 달아오르게 만들면 일이 그럭저럭 잘 풀렸다.

아침이면 내 책상에 꽃다발이 놓이기 시작했다. 타향에서 받은 이러한 작은 호의에 답하기 위해 나는 때때로 휴식 시간에 학생 몇 명을 데리고 산책을 나갔다. 한두 번인가는 대화를 나누다가 별 생각 없이 그들의 기묘하게 왜곡된 도덕관념의 일부를 고쳐주려는 시도를 했다. 거짓말은 악이고 저열한 행위라는 의견을 표명한 적도 있었다. 한번은 방심하고 있다가 우연한 계기에 "미사를 가끔 빼먹는 것보다 거짓말이 더 나쁘다고 생각한다"는 이야기를 하고 말았다. 그 불쌍한 소녀들은 신교를 믿는 교사가 이야기한 내용은 뭐든지 가톨릭 신자들에게 보고하라는 교육을 받았다. 그 결과 나는 유익한 교훈을 얻었다. 나와 내가 아끼는 학생들 사이에 눈에 보이지 않고 뭐라 표현하기도 어려운 뭔가가 슬며시 끼어들었다. 꽃다발 세례는 계속됐지만 그 이후로 학생들과 대화를 나누기는 불가능했다. 내가 복도를 지나가거나 정자에 앉아 있을 때 오른쪽에서 학생이 다가오면 마치 요술처럼 왼쪽에 다른 교사가 나타나곤 했다. 게다가 놀랍게도 베크 부인이 소리 나지 않는 신발을 신고 내 등 뒤에서 수시로 나타났다. 날렵하고 조용하며 예기치 못한 순간에 나타나는 품이 꼭 여기저기 부는 산들바람 같았다.

한 번은 알고 지내던 가톨릭 신자들이 내 영혼의 앞날에 대한 견해를 무심코 표출하는 걸 들었다. 나한테서 사소한 도움을 받은 적이 있는 기숙사생 한 명이 어느 날 내 곁에 앉으며 프랑스어로 소리쳤다.

"선생님이 신교도인 게 불쌍해요!"

나는 영어로 이야기했다.

"이자벨, 왜 그런 소리를 하니?"

"그야, 선생님이 돌아가시면 바로 지옥에서 활활 타 버릴 테니까 그렇죠."

"정말로 그렇게 믿는 거니?"

"당연히 믿지요. 다들 알고 있는걸요. 목사님도 저한테 그렇게 말씀하셨어요."

이자벨은 약간 특이하고 아둔한 아이였다. 그녀가 낮은 목소리로 덧붙였다.

"선생님이 하늘나라에서 그런 일을 당하지 않게 하려면, 지상에서 산 채로 화장해야 한대요."

나는 웃음을 터뜨렸다. 달리 뭘 어떻게 하겠는가?

*   *   *   *   *

독자여, 혹시 지네브라 판쇼 양을 잊었는가? 만약 잊고 있었다면 그 꼬마 숙녀를 다시 소개해야겠다. 그녀는 베크 부인의 학교에서 무럭무럭 자라나는 학생이었다. 내가 그곳에 갑작스레 정착한 날로부터 이삼 일 후에 포세트 가에 도착한 지네브라는 나를 보고도 놀라는 기색이 없었다. 어느 공작부인보다도 더 완벽하고 극단적으로 무심한 태도로 보아 그녀의 몸에는 훌륭한 피가 흐르는 것 같았다. 그녀는 놀라 봤자 일순간 가볍게 놀라는 게 전부였고 다른 감정도 거의 그런 식으로 희미하게만 표현했다. 좋고 싫은 감정과 사랑하고 증오하는 감정도 거미줄처럼 가늘고 얇기만 했다. 그러나 단 한 가지 강렬하고 오래 지속되는 감정이 있었으니 바로 이기심이었다.

지네브라는 거만하게 굴지 않았고 '보모'(bonne d'enfants)였던 나를 비밀을 털어놓는 친구 내지는 상담역으로 삼으려 했다. 그녀는 내게 학교 내에서 일어나는 다툼과 집안 살림에 관한 갖가지 불평을 장황하게 늘어놓았다. 요리가 입맛에 맞지 않는다든가, 주변에 있는 교사와 학생들이 죄다 외국인이라서 역겹다는 이야기를 했다. 나는 금요일에 나오는 소금에 절인 생선과 삶은 달걀이 싫다는 이야기며 수프, 빵, 커피를 두고 퍼부어대는 독설을 어느 정도까지는 참을성 있게 들어주었다. 하지만 같은 이야기가 되풀이되는 데 질려서 마침내는 그녀의 행동을 매몰차게 바로잡기에 이르렀다. 사실은 처음부터 그랬어야 했다. 건전한 질책에는 그녀도 언제나 수긍했으니까.

일을 해 달라는 요구를 들어 준 기간은 훨씬 길었다. 지네브라는 우아하고 멋있는 겉옷을 많이 갖고 있었으나 다른 옷가지는 그다지 세심하게 갖추고 있지 않아서 옷을 자주 수선해야 했다. 하지만 그녀는 고된 바느질을 손수 하기가 싫어서 수선할 양말 따위를 내게로 잔뜩 가져오곤 했다. 몇 주 동안 순순히 받아주다 보니 이러다 짜증나고 성가신 일 하나가 내 몫으로 굳어지지나 않을까 하는 걱정이 생겼다. 결국 나는 지네브라에게 이제부터는 마음을 고쳐먹고 옷을 직접 수선하라고 확실하게 통보했다. 그 이야기를 들은 그녀는 울먹이며 이제 친구로 지내지 않을 셈이냐고 따졌지만 나는 주장을 굽히지 않고 그녀의 신경질이 잦아들기를 기다렸다.

지네브라는 이런 면과 더불어 굳이 언급할 필요조차 없는 여러 다른 결점을 지니고 있었고, 어느 모로 보나 품위 있고 고상한 성격이 아니었다. 그럼에도 불구하고 그녀는 굉장히 예뻤다. 화창한 일요일 아침에 연자주색 실크 옷을 잘 차려입고 구불구불한 금발 머리를 흰 어깨 위로 길게 늘어뜨린 채 기분 좋게 내려오는 모습이 어찌나 매력적이던지!

그녀는 휴일인 일요일을 늘 시내에 있는 친구들과 함께 보냈다. 나는 그 친구들 가운데 단순한 친구 이상이 되려는 사람이 하나 있다는 사실을 알아차렸다. 얼마 지나지 않아 그녀의 눈빛과 암시, 들뜬 표정과 행동거지를 통해 밝혀진 바에 따르면 그녀는 어쩌면 진정한 사랑일 수도 있는 열렬한 애정을 손에 넣었다. 그녀는 애인을 '이시도르'라고 불렀지만 그게 진짜 이름은 아니라고 넌지시 알려주었다. 진짜 이름이 '아주 근사하지' 않기 때문에 자기 마음에 드는 새로운 이름을 붙였다는 것이었다. 한번은 '이시도르'가 자기를 아주 열렬히 사모한다고 자랑삼아 떠벌리기에 나는 그녀에게 물었다.

"너도 그만큼 그를 사랑해?"

"그저 그래. 잘생긴 사람이 나한테 푹 빠져 있으니까 기분이 좋아. 그거면 됐지 뭐."

변덕스럽기 그지없는 그녀였지만 그 남자와의 관계는 내 예상보다 오래 갔다. 그래서 나는 어느 날 문득 그녀의 부모님이라든가 그녀의 후견인 격으로 보이는 삼촌이 그를 인정할 것 같으냐는 질문을 던졌다. 그녀는 '이시도르'가 부자가 아니기 때문에 그럴 가능성은 별로 없다고 고백했다.

나는 다시 물었다.

"넌 그의 애정을 부추기니?"

그녀가 대답했다.

"가끔씩 열정적으로 부추기지."

"결혼 승낙을 받지 못할지도 모르는데?"

"에이, 언니는 너무 촌스럽다! 난 결혼할 생각이 없어. 아직 어리다고."

"하지만 그 사람이 널 깊이 사랑한다면서. 나중에 잘 되지 않으면 그는 큰 상처를 받을 걸."

"물론 크게 상심하겠지. 그가 상심하지 않으면 내가 충격을 받고 실망할 거야."

"이시도르 군은 바보인가 보지?"

"나에 관한 한은 바보야. 하지만 다른 방면으로는 영리하다고 다들 그러던데. 숄몽들레 부인은 그가 아주 똑똑한 사람이라고 하더라. 능력이 있어서 나중에 출세할 거라나. 그렇지만 내 앞에서 그는 한숨만 푹푹 쉴 뿐이야. 내가 새끼손가락만 까딱 해도 움직일 걸."

나는 입지가 심히 위태로워 보이는 사랑의 포로 이시도르 씨가 어떤 사람인지 더 자세히 알고 싶어서 지네브라에게 그가 어떤 사람인지 자세히 설명해 달라고 부탁했다. 하지만 그녀는 설명을 못 했다. 할 말도 없었고 떠오르는 단어를 조합해서 그의 모습을 생생하게 묘사하지도 못했다. 그를 관심 있게 보기나 했는지 의심스러울 지경이었다. 그의 생김새며 표정 변화는 전혀 그녀의 마음을 움직이지 못했고 그녀의 기억에도 남아 있지 않았다.

그녀가 할 수 있는 말이라고는 "미남인데, 예쁜 소년이라기보다는 잘생긴 남자야"가 전부였다. 그녀가 하는 이야기를 듣고 있자니 인내심이 바닥나고 흥미도 달아날 지경이었지만 한 가지만은 예외였다. 그녀가 언뜻언뜻 비치는 말이나 설명하는 내용에서 이시도르 군이 대단히 자상하고 정중하게 애정을 표시한다는 사실이 부지불식간에 드러났던 것이다. 나는 그가 그녀의 짝이 되기에는 너무 훌륭한 사람 같다고 분명하게 말했고, 똑같이 분명한 말투로 내가 보기에는 그녀가 허영심 많은 바람둥이 같다고도 말해주었다. 그녀는 웃으며 눈 위로 흘러내린 곱슬머리를 쓸어 넘기더니 마치 찬사라도 들은 양 춤추는 걸음으로 가 버렸다.

지네브라 판쇼 양의 학교 공부는 사실상 명목뿐이었다. 그녀가 열성을 가지고 참여하는 과목은 음악, 가창, 무용의 세 가지밖에 없었다. 고운 아마포 손수건에 수를 놓기도 했는데 그건 수놓인 손수건을 살 돈이 없었기 때문이었다. 역사, 지리, 문법, 수학 같은 하찮은 과목은 아예 손대지 않거나 다른 이들에게 해달라고 했다. 그리고 사교적인 만남에 대부분의 시간을 쏟았다.

베크 부인은 지네브라가 학교에 머무를 날이 얼마 남지 않았고 성적이 나아진다고 해서 더 오래 있지도 않으리라는 사실을 알았기 때문에 특별히 자유를 허용했다. 지네브라 판쇼 양의 '샤프롱'(사교계에 나가는 젊은 여성의 보호자─옮긴이)이자 발랄하고 세련된 상류 사회 인사였던 숄몽들레 부인은 집에 손님이 올 때마다 판쇼 양을 초대했고 때때로 지인의 집에서 열리는 이브닝 파티에도 데려갔다. 판쇼 양은 그런 초대를 흔쾌히 받아들였다. 하지만 한 가지 불편한 사항이 있었다. 옷을 잘 입어야 하는데 드레스를 여러 벌 살

돈이 없었던 것이다. 그녀는 오직 이 문제만 생각했고 문제를 해결할 방법을 찾는 데 온 정신을 쏟았다. 다른 일에서는 게으름을 피우던 그녀의 정신이 이 문제를 두고는 활발하게 움직이는 모습이라든가, 뭔가가 갖고 싶고 주목받고 싶다는 욕구 때문에 그녀가 용감무쌍하게 행동하는 모습은 놀랍기 그지없었다.

지네브라는 숄몽들레 부인에게 대담하게, 정말로 대담하게 간청했다. 창피해서 주저하는 기색도 없이 이런 말투로 말이다.

"친애하는 숄몽들레 부인, 다음 주에 부인이 여시는 파티에 입고 갈 만한 옷이 없답니다. 그러니까 제게 모슬린 드레스하고 하늘색 허리띠를 주세요. 꼭 주셔야 해요. 부인은 천사잖아요! 주실 거죠?"

'친애하는 숄몽들레 부인'은 처음에는 부탁을 들어주었다. 하지만 주면 줄수록 달라는 물건이 점점 늘어났으므로 지네브라의 모든 친구들이 그렇듯 그녀도 곧 요구를 거절할 수밖에 없었다. 얼마 후부터는 숄몽들레 부인이 선물을 주었다는 이야기가 더 이상 들리지 않았다.

그러나 지네브라의 사교적인 방문은 계속됐고 그런 자리에 반드시 필요한 드레스는 어디선가 계속 생겼다. 약간 비싼 '소품', 즉 장갑이나 부케도 마찬가지였고 심지어는 장신구도 자꾸 생겼다. 그녀는 얼마 동안 이런 물건들을 용의주도하게 감춰두었다. 이는 그녀의 평소 습관과 달랐을 뿐 아니라 도통 무엇을 숨기지 못하는 그녀의 성격과도 상반되는 행동이었다. 하지만 어느 날 저녁, 특별히 신경 써서 우아한 옷을 입어야 하는 큰 파티에 가기 직전에 그녀는 화려하게 치장한 모습을 보여주고 싶은 마음을 억누르지 못하고 내 방에 왔다.

지네브라는 아름다웠다. 아주 젊고 상큼한데다 고운 피부와 유연한 몸매까지 갖춘 그녀에게서는 대륙의 여자들에게서 찾아볼 수 없는 전형적인 영국인의 매력이 느껴졌다. 게다가 훌륭하고 값비싼 새 옷을 입고 있었다. 굉장히 비싼 마무리 장식이 꼼꼼하게 달려 있어서 더할 나위 없이 세련되고 완벽한 분위기를 풍기는 옷이었다.

나는 그녀를 머리끝부터 발끝까지 훑어보았다. 그녀는 경쾌하게 한 바퀴 돌며 자기 모습을 사방에서 보도록 해주었다. 자기가 매력적이라는 사실을 의식하고 기분이 최고조에 달한 상태였고 자그마한 푸른 눈도 즐겁게 반짝였다. 그녀는 신이 난 여학생들이 흔히 하는 대로 내게 키스를 하려고 했으나 나는 이렇게 말하며 가로막았다.

"가만! 좀 침착하게 있어봐. 대체 뭘 하는 거며 뭣 때문에 이렇게 멋지게 차려입은 건지나 좀 알자."

나는 지네브라를 약간 떨어뜨려놓고 찬찬히 살펴보았다.

그녀가 물었다.

"이만하면 괜찮을까?"

"괜찮냐고? 괜찮다는 것도 여러 가지 의미가 있지. 내 기준으로는 너를 이해할 수가 없구나."

"내 모습이 어때?"

"예쁘게 차려입었네."

그녀는 내 칭찬이 미지근하다고 생각했는지 자기가 착용하고 있는 갖가지 장신구를 가리키며 말했다.

"이 보석 좀 봐. 브로치랑 귀걸이, 그리고 팔찌도. 우리 학교에 이런 걸 가진 사람은 아무도 없지. 베크 부인도 없을 걸!"

"다 보고 있어."

(침묵)

"바송피에르 씨가 준 보석이야?"

"숙부님은 아무것도 몰라."

"그럼 숄몽들레 부인이 준 선물이니?"

"아냐. 그럴 리가 없지! 숄몽들레 부인은 쩨쩨하고 인색해. 이제 나한테 아무것도 안 주는걸."

나는 더 이상 묻고 싶지 않아서 홱 돌아서 버렸다.

"흥, 뻣뻣하고 늙은 디오게네스(고대 그리스 철학자―옮긴이) 같으니! 뭐가 문제야?"

(뻣뻣하고 늙은 디오게네스란 우리가 말다툼을 벌일 때 지네브라 판쇼 양이 나를 부르는 호칭이었다)

"저리 가. 너도 보기 싫고 네가 걸친 '장신구'도 보기 싫으니까."

"도대체 왜 그러는데요, 지혜로운 어머니? 빚을 내서 산 것도 아니야. 보석도, 장갑도, 꽃다발도. 드레스 값은 아직 지불하지 않았지만 청구서가 오면 바송피에르 숙부님이 내주실 거야. 돈을 어디다 썼는지는 눈여겨보지 않고 전체 액수만 보시거든. 숙부님은 어차피 엄청난 부자이신데 몇 기니를 더 쓰든 덜 쓰든 무슨 상관이람!"

"이제 나가 줄래? 문도 닫아 줘…… 지네브라, 사람들은 그 무도회 의상을 입은 너를 보고 무척 아름답다고 할 거야. 하지만 나는 우리가 처음 만났을 때 깅엄 원피스랑 수수한 밀짚모자 차림으로 있었던 네가 제일 예뻤다고 생각해."

지네브라는 언짢은 투로 말을 받았다.

"다른 사람들은 언니처럼 청교도 취향이 아냐. 그리고 언니가 나한테 훈계할 권리는 없지!"

"물론이야! 그럴 권리가 없고말고. 네가 내 방에 들어와서 부산을 떨며 외모를 과시할 권리는 더더욱 없지. 남의 깃털을 빌려다 뽐내는 꼴(이솝우화에서 까마귀가 공작새 깃털로 치장한 이야기를 가리킨다― 옮긴이)이잖니. 난 네 옷이 근사하다는 생각이 전혀 안 들어, 지네브

라. 네가 '장신구'라고 말하는 그 공작새 눈깔은 말할 것도 없고. 네게 넉넉하게 쓸 수 있는 돈이 있어서 그 돈으로 산 물건이라면 아주 예뻤겠지만, 지금 네 처지에 그런 것들은 하나도 안 예뻐."

그때 문지기가 프랑스어로 소리쳤다.

"판쇼 양, 누가 찾아왔어요!"

그러자 지네브라 판쇼 양은 후다닥 뛰어나갔다.

'장신구'를 둘러싼 작은 수수께끼는 이삼일 후에 풀렸다. 지네브라가 나를 찾아와 스스로 자초지종을 밝혔던 것이다.

"내가 누구한테, 그러니까 아빠나 삼촌한테 엄청난 빚을 안겨 준다고 생각하면서 골 낼 거 없어. 최근에 마련한 드레스 몇 벌만 빼고는 외상으로 산 게 없으니까. 나머지는 다 지불했다고."

그 말을 듣고 나는 속으로 생각했다.

'그게 바로 이상하단 말이지. 숄몽들레 부인이 준 게 아니라고 하면, 네 마음대로 쓸 수 있는 돈은 기껏해야 몇 실링일 텐데. 넌 그 돈을 굉장히 아껴 쓰잖니.'

"자, 들어봐!"

지네브라는 내게 바짝 다가와서 아주 자신만만하면서도 부드러운 목소리로 다시 말했다. 내가 '골'을 내니까 마음이 불편했던 모양이었다. 그녀는 설사 꾸짖고 잔소리를 하기 위해서라 해도 내가 그녀와 제대로 대화를 나누기를 바랐다.

"들어봐, 잔소리쟁이 같으니! 어떻게 된 일인지 다 이야기해 줄게. 그러면 그게 다 옳은 일이었을 뿐 아니라 내가 상당히 현명하게 처리했다는 걸 언니도 알 테니까. 우선 나는 '반드시' 사교계에 나가야 해. 아빠도 내가 세상 물정을 알기를 바란다고 하셨거든. 그래서 숄몽들레 부인에게, 내가 착한 아이이기는 하지만 지금까지 넉넉한 생활을 하지도 못했고 아직 여학생 티가 난다고 특별히 일러두셨지. 내가 영국에서 정식으로 데뷔하기 전에 여기서 소개를 받아 사교계에 나가면서 그런 티를 벗는 게 아빠의 소원이었어. 자, 그런데 사교계에 나가려면 옷이 필요하지. 숄몽들레 부인은 이제 치사해져서 아무것도 안 줄 거야. 그렇다고 필요한 물건을 다 숙부님한테 사달라고 하면 그분에게 너무 큰 부담이 되겠지. 그건 언니도 인정하지? 나한테 설교한 내용이 바로 그거잖아. 그런데 내가 숄몽들레 부인에게 나의 궁핍한 처지를 털어놓고 옷 한두 벌 때문에 어떤 곤경에 처해 있는지 호소하는 소리를 '어떤 사람'이 들은 거야(우연히 들은 거라고 장담할 수 있어). 그 '어떤 사람'은 선물 하나를 가지고 까다롭게 구는 사람이 전혀 아니거든. 내게 소품을 몇 개 사줘도 좋다고 하니까 아주 기뻐하던걸. 처음 그 이야기를 꺼냈을 때 그가 얼마나 어수룩해 보였는지 모르지? 얼굴을 붉히고 주뼛주뼛하면서 거절당할까봐 벌벌 떨다시피 하지 뭐야."

"알만하네. 이시도르 씨가 후원자 노릇을 했다는 거지? 그에게서 그 비싼 '장신구'를 선물로 받았고, 부케와 장갑도 그가 사줬다고?"

지네브라가 말했다.

"언니는 아주 못마땅해 하면서 이야기하네. 뭐라고 대답할 수가 없잖아. 그러니까 내 말은, 어쩌다 한 번씩 사소한 소품을 선사하면서 내게 경의를 표하는 기쁨과 명예를 이시도르 씨에게 준다는 거지."

"결국 같은 얘기잖아…… 지네브라, 솔직히 말해서 난 이해가 잘 안 되지만 네가 아주 심각한 잘못을 저지르고 있는 것 같아. 좌우간 이제는 이시도르 씨와 결혼하게 되리라는 확신이 드는 모양이지? 부모님과 삼촌이 허락하셨고 너도 그의 모든 걸 사랑한다는 거야?"

지네브라는 프랑스어로 말했다(특별히 냉정하고 심술궂은 소리를 할 때면 그녀는 늘 프랑스어를 썼다).

"전혀! 그 사람은 나를 여왕으로 생각하지만, 나한테는 그가 왕이 아닌걸."

"미안하지만 네 이야기는 말도 안 되는 장난으로밖에 안 들려. 너는 고매한 성격은 못 될지언정 관심이 전혀 없는 사람의 착한 마음과 그 사람의 돈을 이용해 먹을 정도는 아니잖니. 넌 네가 생각하거나 인정하는 것 이상으로 이시도르 씨를 사랑하는 거야."

"아냐. 요전 날 밤에 어느 젊은 장교랑 춤을 췄는데 이시도르 씨보다 그가 천 배는 더 좋은걸. 나도 이시도르 씨한테 왜 이렇게 마음이 안 가는지 궁금해질 때가 많아. 모두들 그가 잘생겼다고 말하고, 다른 여자들도 그를 좋아하는데 말이지. 나한테는 그 사람이 좀 따분해. 왜냐하면……"

지네브라는 이유를 생각해 내려고 노력했다. 나는 그녀를 격려했다.

"그래! 네 마음이 어떤지 정리 좀 해 봐. 내가 보기에는 완전히 뒤죽박죽이고 잡동사니처럼 어지럽구나."

잠시 후 그녀가 소리쳤다.

"그러니까 이런 거야. 그 사람은 너무 낭만적이고 헌신적인데다 나한테 기대가 커서 마음이 편하지가 않아. 나를 완벽한 여자로 생각하거든. 온갖 우수한 자질과 확고한 도덕을 가졌다고 생각한다니까. 난 지금도 완벽하지 않고 앞으로도 그렇지 않을 건데 말이야. 그 사람과 함께 있으면 선량한 그의 견해에 맞장구를 치지 않을 수 없어. 착한 사람 노릇을 하면서 분별 있게 이야기한다는 게 얼마나 피곤한 일인지 몰라. 그는 내가 진짜로 분별 있는 사람인 줄 알거든. 차라리 까다로운 잔소리꾼인 언니랑 있을 때가 훨씬 편해. 나를 최대한 낮게 평가하니까. 아양이나 떨고, 무식하고, 남자들과 시시덕거리고, 변덕스럽고, 어리석고, 이기적이고, 그 밖에 우리 둘 다

인정하는 나의 다른 사랑스런 결점들을 모두 알고 있으니까."

나는 그녀가 잠시 허심탄회하게 이야기했다고 해서 내가 취하고 있던 진지하고 엄격한 태도를 잃지 않으려고 안간힘을 쓰며 말했다.

"다 좋아. 하지만 그 선물들을 받는 게 도리에 어긋나는 짓이라는 건 달라지지 않아. 지네브라, 모두 챙겨서 포장해. 착하고 정직한 아가씨가 돼서 선물을 돌려보내는 거야."

그녀는 완강하게 거부했다.

"그렇게는 절대 못 해."

"그러면 이시도르 씨를 기만하는 게 되잖아. 그가 주는 선물을 받아들인다면 그의 입장에서도 당연히 언젠가는 똑같이 돌려받으리라고 생각하겠지. 너하고……"

지네브라가 내 말을 끊었다.

"그렇지 않을 거야. 자기가 준 옷을 입은 내 모습을 보는 기쁨을 누리니까 지금도 똑같이 돌려받는 셈이잖아. 그는 부르주아일 뿐이니까 그걸로 족해."

잠시 마음이 약해져 말투와 표정을 누그러뜨리고 있었던 나는 지네브라가 터무니없이 오만한 소리를 하는 바람에 원래 상태로 돌아갔다. 그녀는 프랑스어를 섞어 가며 빠른 속도로 재잘거렸다.

"지금 내가 할 일은 약속이나 맹세로 이 남자, 저 남자한테 자신을 옭아맬 게 아니라 젊음을 즐기는 거야. 이시도르를 처음 만났을 때는 그가 나를 즐겁게 해 주리라고 생각했고 그 사람도 내가 예쁜 여자애인 걸로 만족하겠거니 했지. 두 마리 나비처럼 만났다 헤어졌다 날개를 퍼덕거렸다 하면서 행복하게 지낼 줄 알았다고. 그런데 웬걸! 그 사람은 판사처럼 엄숙할 때가 있는가 하면 감정이 풍부하고 사려 깊지 뭐야. 쳇! 사색에 잠기는 사람, 심각하고 열정적인 사람은 내 취향이 아니야. 알프레드 드 아말 대령이 나한테 훨씬 잘 맞는다고. 잘생긴 멋쟁이들이랑 말쑥한 난봉꾼들이 최고야! 쾌락과 재미 만세! 위대한 열정과 엄격한 도덕은 물러가라!"

지네브라는 긴 열변을 토해놓고 대답을 기다렸다. 내가 대꾸하지 않자 그녀가 다시 프랑스어로 말했다.

"나는 아름다운 대령을 사랑해. 그의 경쟁자를 사랑하는 일은 없을 거야. 절대로 부르주아의 아내는 안 될 거라고!"

나는 그녀에게 이제 내 방에서 나가주면 좋겠다고 단호하게 이야기했다. 그러자 그녀는 웃으면서 나갔다.

10. 존 선생

　베크 부인은 정말로 한결같은 사람이었다. 온 세상을 있는 그대로 받아들이면서도 세상의 어떤 부분에도 다정하지 않았다. 자기 아이들 일로도 금욕주의적 평정이라는 원칙을 벗어나는 법이 없었다. 베크 부인은 가족을 세심하게 챙겼고 가족의 관심사와 건강에 늘 신경을 썼다. 하지만 아이들을 무릎 위에 올려놓는다거나, 아이들의 장밋빛 입술에 입을 맞춘다거나, 한데 모아 따뜻하게 포옹한다거나, 다정하게 쓰다듬으면서 애정 어린 말을 퍼붓고 싶은 감정은 아예 모르는 것 같았다.

　베크 부인은 때때로 정원에 앉아, 자신의 어린 꿀벌들이 보모 트리네트와 함께 오솔길로 걸어가는 모습을 멀찌감치 떨어진 곳에서 바라보았다. 그럴 때 부인에게서는 세심한 걱정이 느껴졌다. 그녀는 종종 아이들의 장래를 놓고 걱정스레 생각에 잠기기도 했다. 하지만 아주 작고 약하지만 애교가 넘치는 막내가 어쩌다 엄마를 알아보고 보모의 품에서 달아나 오솔길을 아장아장 걸어 돌아와, 까르르 웃고 헐떡이며 흥분한 상태로 엄마의 무릎을 움켜잡으려 하면, 베크 부인은 조용히 한 손을 내밀 뿐이었다. 아이가 갑자기 달려드는 순간의 불편한 충격을 줄이기 위해서였다. 그녀는 무덤덤하게 "애야, 조심해야지!"라고 말하고는 인내심을 발휘해 아이를 잠시 곁에 세워두었다. 그러다가 웃음이나 입맞춤이나 애정을 담은 말도 없이 자리에서 일어나 아이를 트리네트에게 다시 데려갔다.

첫째 아이를 대하는 태도 역시 독특하기는 마찬가지였는데 방식은 달랐다. 첫째는 아주 짓궂은 아이였다. 부엌에서나 교실에서나 늘 "데지레는 정말 골칫덩어리야! 너무나 심술궂은 아이라니까!"라는 소리가 들렸다. 데지레에게는 여러 가지 재주가 있었지만 무엇보다 화를 돋우는 데 특별한 소질이 있어서 때때로 보모와 하인들을 노발대발하게 만들었다. 보모나 하인들이 쓰는 다락방에 몰래 들어가서 서랍과 궤짝을 뒤져 아무런 이유도 없이 제일 좋은 모자와 숄을 찢어놓았다. 또는 기회를 엿보다 식당에 숨어들어가서 도자기와 유리그릇을 깨거나, 창고 찬장에 가서 저장된 식량을 훔치거나 달콤한 포도주를 마시고 단지와 병을 깬 후 요리사와 부엌일하는 하녀에게 덮어씌우려 했다. 하지만 이런 일들을 직접 보거나 다른 이들에게 듣더라도 베크 부인은 더없이 차분하게 단 한 마디만 했다.

"데지레는 특별히 신경 써서 감시해야겠군."

그래서 부인은 이 전도유망한 '감람나무 가지'(시편 128 : 3 '네 식탁에 둘러앉은 자식들은 어린 감람나무 같으리로다'에서 비롯된 표현—옮긴이)를 항상 가까이에 두었다. 하지만 딸에게 그 애가 어떤 잘못을 저질렀으며 그런 버릇이 왜 나쁜지 제대로 알려주고 그런 짓을 하면 어떤 결과가 뒤따르는지 보여준 적은 한 번도 없었다. 순전히 감시라는 방법으로만 모든 문제를 해결하려 했다. 결과는 물론 실패였다. 데지레가 하인들을 괴롭히는 일은 어느 정도 뜸해졌으나 이제는 자기 어머니를 골려대고 물건을 훔치기 시작했다. 베크 부인의 작업대나 화장대 위에 놓여 있는 물건들에 손이 닿기만 하면 뭐든지 훔쳐서 감춰 버렸다.

베크 부인은 다 보고 있으면서도 계속 못 본 척을 했다. 정색을 하고 아이에게 잘못을 지적할 만큼 곧은 성격이 아니었기 때문이다. 반드시 돌려받아야 할 귀중한 물건이 없어졌을 경우에는 데지레에게 "네가 장난으로 가져갔을 거야. 다시 갖다놓아 주렴" 하고 부탁했다. 데지레는 그런 말에 속아 넘어가지 않았다. 도둑질을 숨기기 위한 거짓말에도 능했던 그 아이는 브로치, 반지, 가위 따위에 손댄 적이 없다고 주장하기가 일쑤였다. 어머니 베크 부인은 계속 솔직하지 못한 방식으로 대응했다. 일단은 딸을 믿는 척 차분하게 행동하다가 나중에는 딸을 부단히 감시하면서 물건을 숨겨 놓는 장소에 도달할 때까지 쫓아다니곤 했다.

이를테면 정원 담벼락에 난 구멍이라든가 다락방과 헛간의 갈라진 틈이나 구석 같은 곳이었다. 물건을 숨긴 장소를 알아내면 베크 부인은 보모에게 데지레를 데리고 산책하러 나가라고 시킨 후 그 아이가 없는 틈을 타서 도둑질한 물건을 훔쳐냈다. 데지레는 과연 약삭빠른 부모의 딸이었다. 물건이 없어졌다는 걸 알고도 분한 감정을 표정이나 태도로 전혀 드러내지 않았으니 말이다.

두 번째 아이 피핀은 죽은 아버지와 닮았다고들 했다. 어머니로부터 튼튼한 몸과 푸른 눈과 불그스름한 뺨을 물려받긴 했지만 성품은 어머니와 달랐다. 피핀은 정직하고 쾌활한 아이였다. 열정적이고 쉽게 흥분하고 소란스러웠으며, 걸핏하면 실수를 저질러 위험하고 곤란한 상황에 처하는 유형이었다. 어느 날 피핀이 가파른 돌계단 꼭대기에서 맨 밑으로 뛰어내려 보기로 마음먹었다. 아이가 뛰어내리는 소리를 듣고 식당에서 나온 베크 부인(부인은 원래 온갖 소리를 다 들었으므로)은 아이를 안아올리며 나직한 소리로 말했다.

"뼈가 부러졌네."

우리는 부인이 한 말이 사실이 아니길 바랐다. 하지만 그건 틀림없는 사실이었다. 토실토실한 작은 팔이 힘없이 늘어져 있었다. 부인이 다시 말했다.

"아가씨가(나를 가리키는 말이었다) 아이를 데려가요. 누가 당장 마차를 좀 불러오고."

사륜마차를 탄 그녀는 신속하면서도 놀랄 만큼 침착하고 냉정하게 의사를 부르러 떠났다.

베크 부인의 가족 담당의는 마침 집에 없었으나 그건 문제가 되지 않았다. 베크 부인은 자기가 보기에 가족 담당의를 대신할 수 있겠다 싶은 사람을 찾아내서 데리고 돌아왔다. 그동안 나는 아이의 팔에서 소매를 잘라내 옷을 벗기고 아이를 침대에 눕혔다.

우리 중 누구도(여기서 '우리'란 보모, 요리사, 문지기, 나를 가리킨다. 네 사람 모두 불을 지핀 좁은 방에 함께 있었다) 새로운 의사가 방에 들어왔을 때 그를 눈여겨보지 않았던 것 같다. 적어도 나는 피핀을 달래느라 여념이 없었다. (원래 목소리가 우렁찼던) 피핀이 듣기 괴로운 비명을 질러댔기 때문이었다. 처음 보는 의사가 침대로 다가오자 비명 소리는 한층 높아졌다. 의사가 그 애를 일으키자 피핀은 짧은 영어로(그 애도 다른 아이들과 마찬가지로 영어를 썼으므로) 격하게 소리쳤다.

"가만 놔둬요! 난 진찰 안 받아. 필뤼르 선생님한테 받을래!"

의사는 정확한 영어로 대답했다.

"필뤼르 선생님은 나하고 친한 친구란다. 그 선생님이 15킬로미터나 떨어진 곳에서 볼일을 보고 있어서 내가 대신 온 거야. 그러니까 조금만 조용히 하고 치료를 시작하자꾸나. 불쌍한 작은 팔을 제자리에 맞추고 붕대를 감아줄게."

이렇게 말한 의사는 설탕물을 한 잔 가져다 달라고 해서 그 달콤한 액체를 피핀에게 몇 숟갈 떠먹이고(피핀은 공공연한 미식가여서 맛있는 걸 먹으면 누구든 그 애한테 환심을 살 수 있었다) 치료가 끝나면 더 주겠노라고 말한 후 바로 치료에 착수했다. 그는 도움이 필요하다면서 튼튼하고 팔심이 센 여자 요리사에게 도와달라고 부탁했지만 그녀와 문지기와 보모는 바로 달아나버렸다. 나 역시 찢겨나간 작은 팔을 만지고 싶지는 않았지만 달리 방법이 없다고 판단했기 때문에 치료를 도우려고 이미 손을 내밀고 있었다. 그러나 한 발 늦었다. 베크 부인이 먼저 손을 내밀었던 것이다. 부인이 내민 손은 움직임이 없는 반면 내 손은 떨리고 있었다.

의사가 내 쪽에서 부인 쪽으로 고개를 돌리며 말했다.

"부인이 도와주시는 게 낫겠습니다."

의사의 선택은 현명한 것이었다. 나는 태연을 가장하고 억지로 의연한 척 했지만 부인은 억지로 무엇을 가장하지 않았다.

치료를 끝마치고 의사가 말했다.

"고맙습니다, 부인. 아주 잘 하셨습니다! 성격이 침착하시군요. 쓸데없이 예민한 감정을 폭발시키는 것보다 값진 성품이지요."

의사는 부인의 강한 성격을 마음에 들어 했고 베크 부인은 그의 칭찬에 기분이 좋았다. 그의 전반적인 외모와 목소리와 풍채와 태도에 그녀가 호감을 느꼈던 것도 같다. 사실 독자 여러분도 그를 잘 살펴볼 기회가 있다면, 게다가 저녁 시간이라 점점 어두워지고 있어서 램프까지 가져온다면, 베크 부인도 한 사람의 여자인 이상 그럴 수밖에 없었다는 사실을 이해할 것이다.

이 젊은 의사(정말 젊었다)는 평범한 외모를 지닌 사람이 아니었다. 좁은 방 안에서 한 무리의 땅딸막한 여자들과 함께 있으니 눈에 띄게 키가 커 보였다. 옆얼굴은 선명하고 섬세한데다 표정이 풍부했다. 눈은 지나치게 활달하게, 지나치게 빠르게, 지나치게 자주 이 얼굴에서 저 얼굴로 움직이는 것 같기도 했다. 하지만 그 눈에는 지극히 유쾌한 성격이 드러나 있었고 입 또한 마찬가지였다. 실하고 오목한 턱은 그리스 사람처럼 완벽해 보였다. 미소는 어떤 형용사로 묘사해야 할지 결정하기가 쉽지 않다. 그의 미소에는 유쾌한 면이 있었으나, 상대방으로 하여금 자신의 단점과 약점을 문득 인식하게 만드는 면도 있었다. 단번에 상대방을 벌거벗길 수 있는 그런 미소였다.

하지만 피핀은 그 애매모호한 미소를 좋아했고 미소의 주인공이 다정하다고 생각했다. 그래서 자기를 아프게 만든 장본인임에도 불구하고 의사에게 정감 있는 작별인사를 하려고 손을 뻗었다. 의사는 아이의 작은 손을 친절하게 쓰다듬고 나서 베크 부인과 함께 아래층으로 내려갔다. 부인은 한껏 흥분해 말을 속사포처럼 쏟아냈다. 의사는 천성이 착한 사람인 양 공손하게 귀를 기울였는데 뭐라고 설명하기 어렵지만 부지불식간에 능글맞은 장난기를 표출하기도 했다.

의사는 프랑스어를 잘 하지만 영어를 더 잘 했고 영국인의 혈색과 눈동자와 몸매를 지니고 있었다. 내가 알아차린 사실은 그것만이 아니었다. 그가 그 방을 떠나며 내 쪽으로 잠시 고개를 돌렸을 때, (내가 아니라 베크 부인에게 이야기하기 위해서 고개를 돌린 거였지만, 주위에 있던 나도 자연히 그와 마주보게 됐다) 그의 목소리를 처음 들은 순간부터 내 머릿속에서 되살아나려고 꿈틀거리던 기억이 비로소 온전한 형태를 갖추기 시작했다. 이 사람은 내가 여행 안내소에서 말을 걸었던 그 신사였다. 가방을 잃어버린 줄 알았을 때 나를 도와준 사람, 어둡고 축축한 공원을 가로질러 나를 안내해준 사람이었다. 나는 그가 현관의 긴 통로를 지나 거리로 나가는 동안 발자국 소리를 듣고 그걸 기억해 냈다. 전에 물이 뚝뚝 떨어지는 나무 사이로 뒤따라갔을 때와 똑같이 힘차고 보폭이 일정한 발걸음이었다.

* * * * *

원래대로라면 이 젊은 의사의 포세트 가 방문은 처음이자 마지막이어야 했다. 훌륭한 의사인 필뤼르 박사가 다음 날 귀가할 예정이었으니 그를 대신해서 잠깐 온 사람이 다시 나타날 이유는 없지 않겠는가. 하지만 운명의 여신은 정반대 명령을 내렸다.

필뤼르 박사는 부캥무아(Bouquin-Moisi)라는 고풍스런 대학가에 사는 늙고 부유한 심기증(실제로는 이상이 없음에도 어떤 병에 걸렸다고 생각하는 증상—옮긴이) 환자에게 불려가 있었다. 그런데 박사가 그에게 기분 전환을 할 겸 여행을 다녀오는 게 좋겠다고 처방했기 때문에 그 소심한 환자의 여행에 몇 주간 동행해야 하는 상황이 됐다. 그래서 포세트 가에는 새로운 의사가 계속 왔다.

그가 올 때면 나도 곧잘 그를 만났다. 베크 부인은 다친 아이를 트리네트에게 맡기는 걸 불안하게 여기고 나에게 병실에서 시간을 많이 보내달라고 부탁했다. 내가 보기에 그는 솜씨 좋은 의사였다. 그에게서 치료를 받은 피핀은 빠른 속도로 회복됐다. 하지만 피핀이 회복기에 접어들었다고 해서 그의 퇴장이 앞당겨지지는 않았다. 운명의 여신과 베크 부인은 한통속이었는지, 둘 다 그 의사가 포세트 가의 현관 복도와 계단과 이층 침실들을 더 오래 드나들게 하기로 마음먹었다.

피핀이 의사의 손길을 벗어나자마자 이번에는 데지레가 아프다고 칭얼거렸다. 악마에게 홀린 아이 같았던 데지레는 원래 흉내를 내는 재주가 탁월했는데, 병실에 있으면 사람들이 관심을 가져주고 응석을 받아준다는 점에 혹해서 병이 자기 취향에 맞겠다는 결론을 내리고 침대에 누워 버렸다. 데지레는 연기를 썩 잘 했다. 데지레의 어머니 베크 부인은 한 수 위였다. 그날 베크 부인은 모든 정황을 뻔히 알면서도 진지한 태도로 놀랄 만큼 그럴듯하게 아이의 말을 믿는 시늉을 했기 때문이었다.

나를 놀라게 한 건 존 선생(그 젊은 영국인 의사가 피핀에게 자기를 그렇게 부르라고 했으므로 우리 모두 피핀을 따라 그렇게 불렀고, 그게 습관으로 굳어져 포세트 가에서 그는 존이라는 이름으로만 알려졌다)이 베크 부인의 속임수에 암묵적으로 동조하고 그녀의 책략에 장단을 맞추는 모습이었다.

사실 그는 우습다는 듯 의심스러운 얼굴로 아이에게서 어머니로 한두 번 재빨리 시선을 옮겼고, 혼자 잠깐 생각에 잠기더니 마침내 그 익살스런 연극에서 기꺼이 배역을 맡기로 했다. 데지레는 게걸스럽게 먹어댔고, 밤낮으로 침대에서 껑충껑충 뛰었고, 침대보와 담요로 천막을 쳤고, 베개와 덧베개를 겹쳐서 튀르크족처럼 기대앉았고, 기분 전환을 위해 보모에게 신발을 던졌고, 동생들을 향해 얼굴을 찌푸렸다. 간단히 말해서 환자라고 하기에는 과도한 건강과 사악한 마음씨가 철철 넘쳤다. 데지레는 하루에 한 번 어머니와 의사가 찾아올 때만 얌전해졌다. 베크 부인은 어떤 대가를 치르든 간에 딸이 말썽을 부리지 않고 침대에만 있어서 기뻐했다. 그런데 존 선생은 그 일이 지겹지 않았을까?

그는 진짜 목적을 가리는 구실에 불과한 이 일을 위해 매일 일정한 시간에 찾아왔다. 베크 부인은 언제나 한결같은 열성을 가지고 쾌활한 태도로 그를 맞이했으며 여전히 아이를 걱정하는 연기를 아주 능숙하게 해냈다. 존 선생은 환자에게 해롭지 않은 처방전을 써주면서 예리하게 반짝이는 눈으로 환자의 어머니를 쳐다보았다. 베크 부인은 그의 조롱이 내포된 시선을 알아차렸지만 그녀도 양식이 있는 사람이었기 때문에 불쾌해지지는 않았다.

젊은 의사는 일견 비굴하게 처신하는 것 같았지만 그를 경멸할 수는 없었다. 고용주에게 아첨이나 하기 위해 순순히 일을 계속하는 건 아닌 듯했다. 그는 포세트 가의 기숙학교에서 일하는 걸 좋아했고 이상하게 이곳저곳을 어슬렁거렸지만 주위에 무관심했고 자기 행동에도 거의 신경을 쓰지 않았다. 그리고 사색에 잠겨 있거나 무언가에 정신이 팔려 있을 때가 많았다.

존 선생의 수수께끼 같은 거동을 관찰한다거나 그 동기 내지 목적을 알아내는 건 나의 임무가 아니었다. 그렇지만 같은 방 안에 있다 보니 자연히 그렇게 됐다. 그는 내가 지켜보는 걸 아랑곳하지 않고 행동했다. 그 방에 내가 있다는 사실은 나 같은 외모를 가진 사람이 으레 기대하는 수준 이상으로 관심을 끌거나 중요하게 취급되지 않았다. 말하자면 나는 눈에 거슬리지 않는 가구 몇 점이라든가 평범한 목수가 만든 의자라든가 무늬가 화려하지 않은 카펫과 같은 존재였다.

베크 부인을 기다리는 동안 존 선생은 자기 혼자 있을 때처럼 거리낌 없이 생각에 잠기고, 미소를 짓고, 무언가를 보고 듣는 듯 행동하곤 했다. 나는 그의 표정과 동작을 보며 자유롭게 추측할 수 있었다. 저 특이한 관심과 애착은 어떤 의미일까? 그의 관심과 애착은 마법 같은 강한 힘에 의해 불가사의하게 지배당하는 어딘지 수상쩍고 묘한 감정이었다. 바로 그 관심과 애착 때문에 그가 건물이 빽빽이 들어선 빌레트의 도심을 벗어나 수도원과 흡사한 기숙학교에 와 있는 것이었다. 하지만 그는 내 머리에도 두 눈이 달려 있다는 사실을 완전히 망각한 사람 같았고, 내 눈 뒤에 두뇌가 있다는 사실은 더더욱 알지 못하는 듯했다.

그는 이런 사실을 영원히 알지 못했을 수도 있었다. 그런데 어느 날, 내가 햇살 아래 앉아 있는 그의 머리와 구레나룻과 얼굴의 색깔을 관찰하고 있을 때였다. 전체적으로 강렬하게 빛나며 어쩐지 위험한 기운을 내뿜는 색깔이었다(내 기억에 의하면 나는 충동적으로 그의 빛나는 머리를 구약성경에 나오는 신바빌로니아의 느부갓네살 왕이 세웠다는

'황금 신상'의 머리와 비교하고 있었다).

그때 갑자기 새롭고 놀라운 생각이 떠올랐다. 너무나 강력한 힘에 이끌려 시선을 돌릴 수가 없었다. 내가 어떤 눈으로 그를 바라보고 있었는지는 지금도 모른다. 나는 놀라움과 확신의 힘 때문에 넋이 나가 있다가 그가 눈치를 챘다는 걸 알고 나서야 정신을 차렸다. 그는 창문 벽감의 옆면에 걸린 작고 깨끗한 타원형 거울에 비친 내 움직임을 보았던 것이다. 그 거울은 베크 부인이 아래층 정원에서 일하는 사람들의 모습을 은밀히 감시할 때 자주 이용하던 도구였다. 명랑하고 쾌활한 성격이었지만 예민한 데가 있었던 존 선생은 내가 호기심 어린 눈길로 빤히 쳐다보자 상당히 불편했던 모양이었다. 그는 내 행동을 알아채자마자 고개를 휙 돌리며 나에게 말을 걸었다. 정중하면서도 무미건조한 말투에 짜증과 책망이 담겨 있었다.

"아가씨는 나를 가만히 내버려두지 않는군요. 나는 당신이 내 장점에 관심이 있다고 생각할 만큼 허영심 많은 성격은 아닙니다. 필시 어떤 단점을 보고 있었겠죠. 그게 뭐였습니까?"

독자들도 짐작하다시피 나는 당황했다. 하지만 감정을 주체하지 못할 정도로 당황스럽지는 않았다. 그런 질책을 받게 만든 내 행동은 경솔한 애정이라든가 온당치 못한 호기심에서 나온 게 아니었기 때문이었다. 그 자리에서 오해를 풀 수도 있었겠지만 나는 그러지 않기로 하고 아무 대꾸도 하지 않았다. 평소에도 그와 말을 주고받지는 않았으니까.

나는 좋을 대로 생각하고 마음껏 나를 비난하라는 심정으로 방금 내려놓았던 일감을 들고 다시 바느질을 시작했다. 그리고 그가 돌아갈 때까지 고개 한 번 들지 않고 바느질에만 몰두했다. 희한하게도 오해가 생겨서 언짢다기보다 오히려 안심이 됐다. 제대로 이해

시킬 수 없는 상황이라면 아예 완전히 무시당하는 게 낫다고 생각한다. 어떤 정직한 사람이 우연히 강도로 오인되었다면 그걸 우습게 생각했으면 했지 당황하지는 않았을 게 아닌가?

11. 문지기의 방

무더운 여름이었다. 베크 부인의 막내 조제트가 열병에 걸렸다. 갑자기 병에서 회복된 데지레는 피핀과 함께 시골에 있는 할머니에게로 보냈다. 전염을 예방하기 위해서였다. 이제 정말로 의사의 손길이 필요한 시점이었다. 부인은 필뤼르 박사가 이미 일주일 전에 집에 돌아왔다는 사실을 모른 체 하고 그의 경쟁자인 영국인 의사에게 계속 와달라고 부탁했다. 기숙사에 사는 학생 한두 명도 두통을 호소했는데 여러 가지 증상으로 보아 조제트와 같은 병에 걸린 것 같았다. 나는 속으로 생각했다.

'드디어 필뤼르 박사를 다시 불러오겠군. 깐깐한 여교장이 젊은 남자가 학생들을 진찰하는 일을 허락할 리가 없으니까.'

여교장은 매우 신중한 사람이었지만 가끔은 대담하게 모험을 즐겼다. 그녀는 존 선생을 학교 건물로 안내해 오만하고 아름다운 블랑슈 양과 그녀의 친구인 허영심 많고 시시덕거리기 좋아하는 앙젤리크 양을 진찰하게 했다. 존 선생은 이러한 신뢰의 표시에 감사하는 듯했다. 그게 분별 있게 처신해서 정당화할 수 있는 사안이었다면 그의 처신만으로도 충분히 정당화가 이루어졌을 것이다. 하지만 수녀원과 고해성사의 나라인 라바세쿠르에서 존 선생과 같은 젊은 남자가 '숙녀들이 다니는 기숙학교'에 와 있다는 건 무사히 넘어갈 일이 아니었다. 온 학교가 쑥덕거리고 부엌에서 소곤거리는 소리가 들리는가 하면, 마을에 소문이 퍼지고 부모들은 편지를 쓰거나 직접 찾아와서 항의했다. 베크 부인이 약한 사람이었다면 이쯤에서 손들었을 것이다. 경쟁 관계에 있던 십여 개 기숙학교에서 이 그릇된 조치(진짜로 그릇된 조치였을까?)를 이용해 그녀를 몰락시킬 태세였다. 하지만 베크 부인은 약하게 굴지 않았다. 비록 작은 예수회 신자처럼 음흉하긴 했지만 그녀가 그 일을 처리하면서 보여 준 능숙한 태도와 뛰어난 솜씨와 강인한 성격과 확고부동한 면모에 나는 내심 갈채를 보내고 '브라보!'를 외쳤다.

베크 부인은 기겁하는 학부모들을 만날 때 기분 좋고 편안하면서도 점잖은 태도를 취했다. 이렇게 말해도 될지 모르겠지만 베크 부인에게는 누구와도 견줄 수 없는 '원만하고 개방적인 성격'(rondeur et franchise de bonne femme)이 있었다. 그런 성격 덕에 엄숙하고 진지한 태도로 심각한 논리를 내세우면 실패하기 십상인 여러 가지 일에서 눈 깜짝할 새에 완전한 성공을 거두곤 했다.

부인은 깔깔거리면서 통통하게 살찐 작고 하얀 손을 비벼대며 프랑스어로 유쾌하게 말했다.

"불쌍한 의사 존! 그는 세상에서 제일 사랑스런 젊은이랍니다!"

그러고는 그에게 우연히 자기 아이들 치료를 맡기게 된 과정이며, 아이들이 그를 너무 좋아해서 다른 의사를 불러온다고 하면 고래고래 소리를 질러댔다는 이야기며, 자기 아이들을 맡겨도 되겠다는 확신이 들었으니 당연히 다른 아이들도 믿고 맡길 수 있다고 생각했다는 이야기를 늘어놓았다. 게다가 그건 일시적인 조치에 불과했다고 이야기했다. 블랑슈 양과 앙젤리크 양이 편두통을 호소해서 존 선생이 처방전을 써주었고, 그게 전부였다고!

그러자 학부모들은 잠잠해졌다. 블랑슈 양과 앙젤리크 양이 그들을 치료해 준 의사를 이구동성으로 칭찬하자 남은 문제도 다 해결됐다. 다른 학생들도 나서서 자기가 아플 때 존 선생 외에 누구에게도 진찰을 받지 않겠다고 입을 모아 선언했다. 베크 부인은 웃음을 터뜨렸고 학부모들도 웃어 버렸다. 라바세쿠르 사람들은 특별히 커다란 자식사랑 기관(골상학에서는 소뇌 바로 윗부분이 자식 사랑을 관장한다고 설명한다—옮긴이)을 가진 듯했다. 적어도 자식의 응석을 받아주는 데서는 과도한 면이 있었다. 대다수 가정에서는 아이들의 뜻이 곧 법이었다. 그래서 베크 부인은 부모와 같은 애정을 가지고 이 일을 처리했다고 인정받기에 이르렀다. 결국 그녀는 문제를 멋지게 해결하고 어느 때보다도 칭송받는 여교장이 됐다.

지금도 나는 베크 부인이 그렇게 위험을 감수해가며 존 선생을 옹호한 이유를 온전히 이해하지는 못하겠다. 물론 당시에 돌았던 소문은 잘 알고 있다. 학생들과 교사들은 물론 하인들까지 죄다 그녀가 존 선생과 결혼하려 한다고 단언했다. 그들은 그걸 기정사실로 받아들였다. 다들 나이 차이는 문제가 되지 않는다면서 반드시 혼인이 성사될 거라고 수군거렸다.

겉으로 보이는 정황은 소문과 완전히 어긋나게 돌아가지는 않았다. 베크 부인은 전 고용인인 필뤼르 박사를 무시하다시피 하면서 존 선생에게 계속 일을 맡기려고 열성을 냈다. 또한 그녀는 존 선생이 올 때마다 그를 직접 맞이했으며 항상 밝고 명랑하고 다정하게 대했다. 게다가 그 무렵 옷에 부쩍 신경을 썼다. 아침에 입던 간이복과 나이트캡과 숄은 어디론가 사라졌다. 존 선생이 일찍 오는 날이면 그녀는 곱게 땋은 다갈색 머리에 실크 드레스를 산뜻하게 차려입고 슬리퍼 대신 레이스가 달린 단정한 부츠를 신고 있었다. 한 마디로 모델처럼 완벽하고 꽃처럼 신선하게 단장한 모습이었다. 하지만 나는 그녀가 그렇게 치장했던 이유는 그저 특별히 잘생긴 한 남자에게 자기가 평범한 여자가 아니라는 걸 보여주기 위해서였다고 생각한다. 실제로 그녀는 평범해 보이지 않았다. 얼굴이 예쁘장하거나 몸매가 아름답지는 않아도 왠지 보기가 좋았다. 젊음과 그에 수반되는 발랄함은 없었지만 기분 좋은 멋이 있었다. 그녀를 보고 있으면 결코 지루하지 않았다. 그녀는 단조롭거나 따분하지 않았고, 개성이 없거나 시시하지도 않았다. 색이 바래지 않은 머리, 온화한 푸른색 빛을 발하는 눈, 과일처럼 싱싱하게 홍조를 띤 뺨……. 이런 특징들은 대단하지는 않을지라도 꾸준한 즐거움을 선사했다.

그녀는 정말로 존 선생을 남편으로 맞이하고 그녀의 훌륭하게 꾸며진 집으로 그를 데려와서 상당한 액수로 알려져 있었던 재산도 다 그에게 주고 일생 동안 편안하게 살아가게 해주려는 막연한 꿈을 꾸고 있었을까? 존 선생은 부인에게 그런 의도가 있다고 상상이나 했을까? 부인과 함께 있다가 물러날 때 그의 입가에는 장난기 어린 미소가 살짝 떠올랐고 그의 눈에는 남자로서의 자만심이 솟구쳐 꿈틀거렸다. 그는 잘생기고 성격도 좋았지만 완벽하지는 않았다. 만약 그가 못된 마음을 품고 전혀 결혼할 뜻이 없으면서도 부인을 부추겼다면 완벽은커녕 형편없는 인간이었다고 해야 할 것이다. 과연 그에게는 그런 의도가 없었을까?

소문에 따르면 그가 재산이 없어서 의사 일에서 얻는 수입만 가지고 산다고 했다. 베크 부인은 존 선생보다 열네 살쯤 연상이긴 했지만 절대로 늙지도 시들지도 쇠약해지지도 않을 여자였다. 그리고 두 사람은 분명히 사이가 좋았다. 존 선생은 사랑에 빠지지 않았을지도 모른다. 그러나 이 세상에서 진짜 사랑을 하는 사람, 사랑 때문에 결혼하는 사람이 몇이나 되겠는가? 우리는 좋은 결말을 기다렸다.

당시에 존 선생이 무엇을 기다렸고 무엇을 찾고 있었는지는 나도 모르겠다. 하지만 그의 특이한 행동과 뭔가를 기다리면서 끊임없이 살피고 어딘가에 몰두하는 열정적인 표정은 사라지지 않고 점점 뚜렷해졌다. 그의 마음은 눈에 보이지 않는 먼 곳에 가 있었고 점점 멀리 달아나 배회하는 듯했다.

어느 날 아침, 어린 조제트가 밤새 고열에 시달리다 일어나서 심하게 투정을 부렸다. 엉엉 우는데 좀처럼 달랠 수가 없었다. 특별히 처방한 물약이 조제트에게 맞지 않는 모양이었다. 나는 그 약을 계속 먹여야 하는지 의심스러워져서 의사와 의논해 보려고 그가 오기를 초조하게 기다렸다.

현관 종이 울렸고, 존 선생이 들어왔다. 그가 문지기에게 말을 거는 소리가 들렸기 때문에 여기까지는 확실했다. 보통 때 같으면 그는 계단을 한 번에 세 칸씩 올라와 육아실로 곧장 와서 갑자기 나타난 반가운 손님처럼 등장했을 터였다. 그런데 5분이 지나고 10분이 지나도 그의 모습이 보이지 않고 소리도 들리지 않았다. 뭘 하고 있는 걸까? 아래층 복도에서 기다리고 있나? 조제트는 여전히 쉰 목소리로 내 애칭을 부르며 "미니, 미니, 나 많이 불쌍해!"라고 애처롭게 울부짖어 내 마음을 아프게 했다.

나는 의사가 왜 오지 않는지 알아보려고 계단을 내려갔다. 복도는 텅 비어 있었다. 그는 어디로 사라졌을까? 베크 부인과 함께 식당에 있나? 그럴 리가 없었다. 조금 전까지 나는 자기 방에서 몸단장을 하고 있는 부인과 함께 있지 않았던가. 혹시 무슨 소리가 들릴까 해서 귀를 기울여보았다. 가까운 세 개의 방, 즉 식당과 큰 응접실과 작은 응접실에서는 학생 세 명이 열심히 실습을 하고 있었다. 세 개의 방과 복도 사이에는 문지기의 작은 방이 있었다. 원래 내실로 쓰려고 만든 그 방은 응접실로도 통했다. 조금 떨어진 기도

실의 네 번째 오르간 근처에서는 여남은 명 되는 학생들이 성악수업을 받고 있었다. 그들은 이른바 '바르카롤'(곤돌라풍 뱃노래—옮긴이)를 부르는 중이었고, '신선한', '미풍', '베니스'와 같은 단어가 가사에 있었던 걸로 기억한다. 그런 상황에서 무슨 소리를 들을 수 있었냐고? 요령만 좀 있으면 여러 가지 소리를 들을 수 있다.

그렇다. 나는 고음의 경박한 웃음소리를 들었다. 방금 말한 문지기 방에서 들리는 소리였다. 나는 문지기 방의 문 가까이에 서 있었는데 마침 문이 살짝 열려 있었던 것이다. 뭐라고 애걸하는 듯한 부드럽고 굵은 남자 목소리가 들렸다. 나는 "제발!"하고 애원하는 소리만 겨우 알아들었다. 그리고 곧 존 선생이 나왔다. 그의 눈은 빛나고 있었지만 그건 기쁨이나 승리의 빛은 아니었다. 영국인답게 잘생긴 뺨이 붉게 물들어 있었고, 이마에는 좌절과 괴로움과 불안과 함께 다정한 기운이 어려 있었다.

나는 열린 문 뒤에 몸을 숨겼다. 하지만 내가 정면으로 막아섰다 해도 존 선생은 나를 못 보고 지나쳤을 것이다. 그는 분하고 수치스러운 감정에 사로잡혀 있었다. 아니, 당시 내가 받았던 느낌을 그대로 쓰자면 그는 뭔가 부당하다고 여기면서도 슬퍼하는 것 같았다. 내게는 그가 자존심이 상했다기보다는 사랑 때문에 상처를, 그것도 잔인한 상처를 입은 걸로 보였다. 그를 그렇게 괴롭게 만든 상대는 누굴까? 대체 이 집에 사는 사람 중에 누가 그를 휘어잡고 있단 말인가? 베크 부인은 침실에 있을 것 같았고, 존 선생이 나온 방은 문지기가 혼자 쓰는 방이었다. 문지기 로젠 마투는 예쁘장하지만 방종한 프랑스인 하녀로서, 경박하고 변덕스러우며 멋을 잘 내고 허영기와 돈 욕심이 많은 여자였다. 설마 존 선생이 그녀를 얻으려고 그렇게 괴로워했겠는가?

하지만 내가 생각에 잠겨 있는 동안, 로젠이 약간 날카롭지만 맑은 목소리로 경쾌한 프랑스 노래를 부르는 소리가 아직 열려 있던 문 사이로 들렸다. 나는 힐끗 들여다보고 내 눈을 의심했다. 세련된 장밋빛 면직물 옷을 입고 작은 비단 레이스 모자를 쓴 로젠이 탁자 앞에 앉아 있었다. 그녀를 제외하면 방 안에 살아 움직이는 존재라고는 유리 어항에 든 금붕어 몇 마리와 항아리에 꽂혀 있는 꽃과 작렬하는 7월의 햇살뿐이었다. 정말 모를 일이었다. 어쨌든 나는 2층에 올라가서 약에 대해 물어보아야 한다.

존 선생은 조제트의 침대 옆에 놓인 의자에 앉아 있었고 그 옆에 베크 부인이 서 있었다. 어린 환자 조제트는 진찰을 받고 안정을 찾아서 이제 침대에 가만히 누워 있었다. 내가 들어갔을 때 베크 부인은 존 선생의 건강에 관해 이야기하는 중이었다. 베크 부인은 진짜 그런지 자기 생각에만 그런지는 모르겠지만 그의 얼굴이 어딘가 달라 보인다면서 과로인 것 같으니 좀 쉬거나 기분 전환을 하라고 권했다. 존 선생은 부인의 말을 온순하게 경청했지만 무관심한 웃음을 띠고 있었고, 부인에게 '너무 친절하신 분'이라고 하면서 자기 건강에는 아무런 문제가 없다고 대답했다. 그러자 베크 부인은 내게 동의를 구했다. 부인의 움직임을 좇아 느릿느릿 움직이는 존 선생의 시선에는 나같이 하찮은 사람한테까지 말을 시키는 데 대한 희미한 놀라움이 담겨 있었다.

베크 부인이 내게 물었다.

"어떻게 생각해요, 루시 양? 의사 선생님이 더 마르고 창백해진 것 같지 않나요?"

존 선생 앞에서 내가 한 단어가 넘는 말을 하는 일은 극히 드물었다. 그에게 나는 영영 특징 없고 소극적인 사람으로 기억될 것 같았는데 이제 문장으로 대답할 기회가 생긴 셈이었다. 나는 일부러 상당히 의미심장한 문장을 택했다.

"지금은 좋지 않아 보이십니다. 하지만 일시적인 이유에서 그런 것 같은데요? 존 선생님께 뭔가 성가시고 괴로운 일이 있는 모양이 에요."

반응을 알기 위해 그의 얼굴을 보지는 않았으므로 그가 내 말을 어떻게 받아들였는지는 모르겠다. 그때 조제트가 내게 서툰 영어로 '설탕물'을 한 잔 마셔도 되냐고 묻기에 나는 영어로 대답했다. 존 선생은 내가 자기 모국어로 말하는 걸 처음 들었을 것이다. 지금까지는 항상 나를 외국인으로 여기고 '마드무아젤'이라고 불렀으며 아이를 보살피는 데 필요한 사항은 프랑스어로 알려주었다. 그는 뭐라고 말을 하려다 안 하는 게 낫겠다고 생각했는지 입을 다물어 버렸다.

베크 부인은 다시 충고를 늘어놓기 시작했다. 존 선생은 웃으며 고개를 젓더니 자리에서 일어나 정중하지만 여전히 무심한 태도로 부인에게 인사했다. 달라고 하지도 않은 관심을 지나치게 많이 받아서 넌더리가 난 듯했다.

존 선생이 나가자 베크 부인은 그가 앉았던 의자에 털썩 주저앉아 손으로 턱을 받쳤다. 그렇게 생생하고 상냥하던 기운이 얼굴에서 싹 사라졌다. 그녀는 돌처럼 딱딱하고 냉혹해 보였고, 모욕이라도 당한 사람처럼 침울해져 있었다. 그녀는 한숨을 내쉬었다. 단 한 번이었지만 깊은 한숨이었다.

아침수업을 알리는 종소리가 요란하게 울리자 그녀는 일어서서 거울 달린 화장대를 지나치다가 거울에 비친 자기 모습을 보았다. 짙은 고동색 머리채 가운데 흰머리가 딱 하나 있었다. 그녀는 몸서리를 치며 흰머리를 뽑았다. 한여름 햇빛이 비치자 그녀의 얼굴이 아직 혈색은 좋았지만 젊은 시절의 부드러운 감촉은 잃어버렸다는 게 똑똑히 보였다.

그럼 젊음의 자태는 어디로 갔을까? 아, 베크 부인! 부인처럼 현명한 사람도 약점이란 걸 아는군요. 나는 그전까지 부인을 가엾게 여긴 적이 한 번도 없었지만 그녀가 거울을 보다가 어두운 얼굴로 고개를 돌리자 문득 안됐다는 생각이 들었다. 베크 부인에게 재난이 닥친 것이었다. 늙고 추한 '실망'의 여신이 음산하게 "반갑소"라고 외치며 부인을 반겼으나 부인의 영혼은 호의를 거절했다.

그럼 문지기 로젠은? 나는 이루 말할 수 없을 만큼 혼란스러웠다. 그날 나는 다섯 번이나 기회를 포착해 로젠이 쓰는 작은 방을 지나치다 슬쩍 들여다보면서, 그녀에게 어떤 매력이 있으며 그 매력이 발휘하는 힘의 비밀은 무엇인지 알아내려고 노력했다. 그녀는 젊고 예뻤으며 좋은 옷을 입고 있었다. 그건 모두 유리한 점들이었고, 조금만 생각해보면 그런 점들 때문에 존 선생처럼 젊은 남자가 굉장히 심란해하고 고통스러워하는 일도 충분히 가능하다는 결론이 나왔다. 그럼에도 불구하고 그 의사가 나와 남매간이거나 혹은 그를 부드럽게 타일러줄 누나나 어머니가 있었으면 좋겠다는 절반의 바람이 생겨나는 건 어쩔 수 없었다. 물론 어디까지나 '절반의' 바람이었다. 나는 그게 지극히 어리석은 소망임을 제때 깨닫고 온전한 바람이 되기 전에 망가뜨려서 허공에 날려버렸다. 그러고는 혼잣말로 중얼거렸다.

"누군가가 베크 부인에게 그 젊은 의사에 대해 충고해 줄 수도 있겠지. 하지만 그게 무슨 소용이람?"

베크 부인은 스스로 자신을 타이른 것 같았다. 그녀는 나약하게 행동하지 않았고 어떤 식으로든 우스운 꼴을 보이지도 않았다. 사실 그녀에게는 극복해야 할 만큼 강한 감정도, 비참한 고통이 될 만한 애정도 없었다. 여교장인 그녀에게는 시간을 쏟고 생각과 관심을 분산시킬 수 있는 다른 중요한 일이 많았다.

무엇보다 그녀에게는 아무나 가질 수 없는 정말 훌륭한 분별력이 있었다. 이러한 장점들이 합쳐진 덕택에 그녀는 현명하고 훌륭하게 행동할 수 있었다.

다시 한 번 '브라보!' 베크 부인, 저는 당신이 애착이라는 아볼루온(요한계시록에 나오는 무저갱의 사자─옮긴이)과 대결하는 걸 봤답니다. 부인은 잘 싸웠고, 이겼어요!

12. 작은 상자

　포세트 가의 집 뒤쪽에는 정원이 하나 있었다. 도심에 위치한 정원이라는 점을 감안하면 넓은 편이었고 내가 기억하기로는 상당히 쾌적했다. 하지만 거리가 멀리 떨어진 장소를 떠올릴 때와 마찬가지로, 오랜 시간이 지나면 어떤 장소에 대한 기억이 지나치게 좋아지는 경향이 있다. 더욱이 사방이 돌투성이인 곳, 밋밋한 벽과 뜨거운 길바닥만 보이는 곳에서야 관목 한 그루가 얼마나 귀중하며 나무를 심어놓은 아늑한 뜰 하나가 얼마나 사랑스럽겠는가!

　전해지는 이야기에 따르면 베크 부인의 저택은 옛날에 수녀원으로 쓰였다고 한다. 얼마나 오래 전인지는 모르지만 아마도 수백 년 정도 된 이야기가 아닐까 싶은데, 아직 그 일대까지 도시가 확장되지 않아 농경지와 오솔길이 있었고 수녀원을 충분히 둘러쌀 만큼 초목이 우거졌던 시절에 그곳에서 무언가 오싹하고 무시무시한 사건이 일어나 유령 이야기가 생겼다고 한다. 그 근방 어딘가에서 일 년에 몇 번씩은 밤중에 검은 옷을 입고 흰 베일을 쓴 수녀들이 나타난다는 막연한 소문도 돌았다. 유령 이야기는 필시 오래 전에 나온 듯했다. 내가 그곳에 머물 때는 여기저기에 집이 들어서 있었으니까. 하지만 수녀원의 유물인 매우 크고 오래된 과일나무들이 남아 있었으므로 신성한 장소 같은 느낌은 여전했다.

　므두셀라(구약성경에 나오는 노아의 할아버지, 969세까지 장수함─옮긴이)라는 이름이 붙은 배나무는 거의 죽은 나무였지만 굵은 가지 몇 개만은 변함없이 성실한 태도로 매년 봄이면 향기로운 흰 꽃을 피우고 가을이면 꿀처럼 달콤한 열매를 늘어뜨렸다. 반쯤 드러난 뿌리 사이에 낀 이끼와 흙을 벗겨내면 미끈하고 단단한 검은 판자가 나왔다. 확인되거나 증명된 바가 없었는데도 널리 퍼져나간 전설에 의하면 그 판자가 지하 납골당 입구라고 했다. 잔디가 자라고 꽃이 피는 땅 속 깊은 곳에 한 소녀의 뼈가 있다는 전설이었다. 암울한 중세 시대에 어떤 수사 집단이 서약에 어긋나는 죄를 범했다는 이유로 소녀를 산 채로 이곳에 묻었다고 했다. 불쌍한 소녀의 뼈가 가루로 변한 후에도 오랜 세월 동안 사람들은 소녀의 그림자가 무서워서 벌벌 떨었다. 겁먹은 사람들의 눈에는 밤바람 속에서 정원의 덤불을 통과하는 달빛과 그림자가 소녀의 검은 옷과 하얀 베일처럼 보였다.

　아무 쓸모도 없는 낭만적인 이야기는 차치하더라도 이 오래된 정원에는 나름의 매력이 있었다. 나는 여름날 아침에 일찍 일어나 혼자 그 매력을 감상했다. 여름날 저녁에는 조금 더 길게 머무르면서 달과 만나기로 했던 약속을 지키거나, 저녁 바람에게 키스를 받거나(실제 촉감이라기보다는 상상으로), 떨어지는 이슬의 상쾌함을 느꼈다. 잔디는 푸르렀고 자갈이 깔린 보도는 흰색이었다. 늙고 병든 거목의 뿌리 주위로는 아름답게 무리지어 핀 금련화(金蓮花)가 햇빛 속에서 반짝였다. 아카시아 나무가 그늘을 드리운 곳에는 커다란 정자가 하나 있었다. 그리고 비교적 눈에 잘 띄지 않는 작은 정자가 하나 더 있었다. 그 정자를 둘러싼 포도 덩굴은 높다란 회색 담장을 뒤덮으며 뻗어나가다가 덩굴손을 한데 모아 아름다운 매듭을 만들고, 마음에 드는 장소에서 재스민과 담쟁이를 만나 결혼한 다음 그 주위에 탐스러운 포도송이를 주렁주렁 매달았다.

하루의 한가운데이자 가장 개방적이고 자유로운 시간인 정오가 되면 베크 부인의 커다란 학교는 엄청나게 소란스러워졌다. 통학생들과 기숙사생들이 여기저기 흩어져서는 근처 남학교 학생들과 경쟁이라도 하듯 팔다리를 거침없이 놀리며 뛰어다녔다. 그럴 때 정원은 그저 학생들이 마구 짓밟고 노는 평범한 장소에 지나지 않았다. 하지만 작별인사를 하는 시간인 해질녘이 되면 통학생들이 집으로 가고 기숙사생들은 조용히 공부했다. 그 시간에 조용한 오솔길을 거닐면서 은은하고 고상한 음악처럼 울려 퍼지는 성 요한 성당의 종소리를 들으면 대단히 기분이 좋았다.

그날 저녁에도 나는 산책을 즐기고 있었다. 점점 깊어지는 고요, 차가운 공기의 달콤함, 꽃들이 햇빛에게는 내주지 않다가 이슬의 설득에 비로소 내뿜는 향기로운 숨결 때문에 이미 황혼이 내린 정원에 여느 때보다 오래 붙들려 있었다. 기도실 창문에서 새어나오는 빛으로 보아 가톨릭 신자들인 식구들이 모여서 저녁기도를 하고 있는 모양이었다. 신교도인 나는 가끔 저녁기도를 빼먹었다.

고독과 여름밤의 달이 나에게 속삭였다.

"우리하고 같이 조금만 더 있으렴. 이제 진짜로 고요하단 말이야. 앞으로 15분 정도 네가 없어도 아무도 찾지 않을 거야. 낮의 열기와 소음에 지쳤잖니. 이 귀중한 순간을 즐겨봐."

정원 안에 위치한 건물들의 후면은 하나같이 창문이 없었다. 특히 정원의 한쪽 모서리는 길게 일렬로 늘어선 이웃한 대학 기숙사 건물 뒷벽을 접하고 있었다. 기숙사 건물 뒷벽은 무미건조한 돌덩이와 다름없었다. 예외라고는 높다랗게 위치한 하녀들의 침실에서 열어놓은 다락방 창문들과 그보다 낮은 어느 남자 선생의 서재에 달린 여닫이창 하나밖에 없었다. 이렇게 단단히 막혀 있는데도 학생들은 기숙사 뒷벽 쪽에 있는 높은 담과 나란히 뻗은 오솔길에 들어가지 못하게 돼 있었다. '금단의 오솔길'(l'allée défendue)이라 불리는 그 길에 들어간 학생은 베크 부인이 운영하는 학교의 온건한 규칙이 허용하는 범위 내에서 꽤 엄중한 처벌을 받았다. 교사들은 그곳에 가도 벌을 받지 않았다. 하지만 길 폭이 좁은데다 양 옆으로 손질되지 않은 덤불이 빽빽이 자라 시야가 차단되고, 머리 위로는 지붕처럼 얽힌 나뭇가지와 나뭇잎에 가려 햇빛이 조금밖에 들어오지 않았으므로 사람들은 낮에도 좀처럼 이 오솔길에 들어오지 않았고 해거름 후에는 조심조심 피해 다녔다.

나는 처음부터 이 길을 피해 다니는 관습을 깨고 싶은 충동을 느꼈다. 사방이 차단된 어둑어둑한 곳에서 걷는다는 게 매력적으로 보였다. 한동안은 별난 사람으로 보이기 싫어서 그 오솔길에 가까이 가지 않았다. 하지만 나의 여러 가지 습관과 내 성격의 일부인 특이한 그늘(흥미를 끌 만큼 두드러지지는 않았고 남에게 불쾌감을 줄 정도로 짙은 그늘은 아니었다. 하지만 이 그늘은 태어날 때부터 나와 함께였으므로 마치 정체성처럼 나와 떼어놓고는 생각할 수 없었다)에 사람들이 점차 익숙해지자, 나는 이 곧고 좁은 길을 조금씩 거닐기 시작해 어느새 단골손님이 됐다.

나는 빽빽한 덤불 사이로 자라난 빛깔이 엷은 꽃들을 돌보는 정원사 노릇을 했다. 길 맨 끝에 있는 나무 의자에 수북이 쌓여 있던 지난 가을의 자취들을 걷어내고 요리사에게서 물 한 동이와 청소용 솔을 빌려와서 의자를 깨끗이 닦았다. 내가 일하는 모습을 보고 베크 부인은 미소로 칭찬을 보냈다. 진심인지 아닌지는 알 길이 없었지만 적어도 칭찬으로 보이기는 했다.

베크 부인은 프랑스어로 소리쳤다.

"루시 양은 참 깔끔한 사람이네! 이 길이 마음에 드나 보죠?"

"예, 조용하고 그늘이 져서 좋아요."

내 대답에 베크 부인은 선심 쓰는 말투로 맞장구를 쳐주었다.

"그렇지요."

친절하게도 베크 부인은 내가 원하는 만큼 그곳에 혼자 있어도 좋다고 이야기했다. 내게는 학생들을 감독할 의무가 없으니 구태여 학생들과 산책을 함께할 필요가 없다고도 이야기했다. 다만 베크 부인의 아이들을 그곳에 데려가서 영어로 대화를 나누면 좋겠다고 했다.

어쨌든 그날 밤 나는 균류와 곰팡이를 몰아내고 차지한 나만의 의자에 앉아 아득히 멀게만 들리는 도시의 소음에 귀를 기울이고 있었다. 사실 도시가 그렇게 멀지는 않았다. 베크 부인의 학교는 도심에 위치해 있었다. 걸어서 5분이면 공원이 나왔고, 10분도 채 걸리지 않아 대궐 같은 건물들이 즐비한 시가지에 닿을 수 있었다. 학교와 가까운 대로들은 언제나 환한 조명에 매순간 생기가 넘쳤다. 무도회장이나 오페라 극장으로 가는 마차가 이 거리들을 지나갔다.

우리의 수녀원에서 통행금지를 알리는 종이 울리고, 램프가 하나씩 꺼지고, 모든 침대에 커튼이 쳐지는 시각에 주변의 화려한 도시에서는 흥겨운 쾌락을 부르는 종소리가 울렸다. 그러나 나는 두 장소의 대비에 별다른 관심이 없었다. 화려한 걸 좋아하는 성격도 아니었거니와 종종 이야기로 듣긴 했어도 무도회나 오페라를 본 적이 없었다. 직접 보고 싶은 마음은 있었지만, 그건 가능하기만 하면 어떻게든 쾌락에 동참하고 싶다거나 어떤 머나먼 밝은 행성에 일단 가기만 하면 자기도 환히 빛나리라고 느끼는 사람의 소망과는 달랐다. 무엇을 얻고 싶은 갈망도, 무엇을 맛보고 싶은 굶주림도 아니었다. 그저 새로운 걸 구경하고 싶은 조용한 바람일 따름이었다.

하늘에는 달이 떠 있었다. 보름달이 아니라 어린 초승달이었다. 나는 머리 위 나뭇가지 사이로 달을 바라보았다. 사방의 풍경이 다 낯설어도 달과 별들은 어린 시절부터 익히 알고 지냈던 만큼 낯설지 않았다. 예전에 영국에 있을 때 오래된 들판의 가장 높은 늙은 가시나무 위로 금빛 곡선이 짙푸른 하늘에 기댄 모습을 보았다면, 오늘 밤에는 유럽 대도시의 웅장한 첨탑 꼭대기에 비스듬히 기댄 달을 보고 있었다.

아, 나의 어린 시절이여! 그때는 감정이란 게 있었다. 비록 작은 소리로 이야기하고 무심한 눈으로 세상을 바라보며 조용히 살던 시절이었지만 지난날을 생각하면 어떤 '감정'이 솟아났다. 현재를 생각하면…… 차라리 엄숙주의자가 되는 편이 나았다. 그렇다면 미래는? 나 같은 사람의 미래보다는 차라리 죽음이 나을 것 같았다. 나는 마치 죽은 사람처럼 몸이 굳어져 무아지경에 빠져드는 가운데 정신을 놓지 않으려고 무진 애를 썼다.

당시 나는 흥분을 유발하는 것들, 예를 들면 날씨의 변화 같은 것들에 대해 공포에 가까운 감정을 느꼈다. 날씨의 변화는 내가 늘 잠재우기만 했던 자아를 일깨우고 내가 채울 수 없었던 아우성 같은 갈망을 휘저어놓았다. 심한 폭풍우가 몰아치던 어느 날 밤이었다. 허리케인과 비슷한 강풍이 침대를 흔들어대자 겁에 질린 가톨릭 신자들은 자리에서 일어나 성인들에게 기도했다. 하지만 나는 험악한 폭풍우에 완전히 매료됐다. 폭풍우가 나를 거칠게 깨우는 통에 일어날 수밖에 없었다. 나는 일어나서 옷을 입고 침대 가까이에 있는 여닫이창으로 기어갔다. 그러고는 창틀에 걸터앉아 옆 건물의 낮은 지붕 위에 발을 올려놓았다.

비가 계속 내렸고, 바람이 거세게 몰아쳤고, 칠흑처럼 캄캄했다. 기숙사 안에서는 겁을 집어먹은 사람들이 야간등을 켜놓고 둥글게 모여 앉아 큰 소리로 기도를 올렸다. 나는 거기에 낄 수가 없었다. 거칠고 깜깜한 시간, 천둥이 쾅쾅 쳐대는 시간, 언어로는 사람에게 절대 전달되지 못할 엄청난 송시가 울려 퍼지는 시간을 온전히 즐기고 싶은 마음을 억누를 수가 없었다. 눈부시게 하얀 번개가 구름을 쩍쩍 쪼개고 찢어놓는 광경이 소름끼치도록 아름다웠다.

이후 24시간 동안 나는 지독한 갈망에 시달렸다. 무언가가 나를 지금의 존재 안에서 꺼내주고 더 높이, 더 멀리 나아가도록 이끌어주었으면 했다. 이러한 종류의 모든 갈망은 단단히 억누를 필요가 있었다. 나는 그렇게 했다. 비유적으로 말하자면 야엘이 시스라에게 했던 것처럼(사사기 4 : 17~21에 나오는 내용—옮긴이) 그 갈망들의 관자놀이에 말뚝을 박았다. 하지만 시스라와 달리 갈망들은 죽지 않았다. 일시적으로 기절했다가 이따금씩 연장으로 말뚝을 비틀면서 반항했다. 그럴 때면 관자놀이에서 피가 흐르고 뇌의 중추에서는 전율이 느껴졌다.

그날 밤에는 그렇게까지 반항적이지 않았고 그렇게까지 불행하지도 않았다. 나의 시스라는 장막 속에 조용히 누워 잠들어 있었다. 잠자는 동안 고통이 찾아오면 '이상'이라는 천사가 곁에 무릎을 꿇고 앉아, 아물어가는 관자놀이에 향유를 떨어뜨리고 가려진 두 눈 앞에 마법의 잔을 가져다놓았다. 꿈속에서는 달콤하고 엄숙한 환영이 되풀이됐고, 천사의 달빛 날개와 옷에서 반사된 빛이 꼼짝 않고 자는 시스라와 장막 문지방과 헐벗은 땅 위에 흩날렸다. 냉혹한 여인 야엘은 저만치 떨어져 앉아 있었다. 포로에게 약간 너그러워지기도 했지만 그보다는 충실한 아내로서 남편 헤벨이 집으로 돌아오기를 기대하는 마음이 더 컸으리라. 이런 이야기를 늘어놓는 까닭은 그날 밤의 서늘한 평화와 감미로운 이슬 때문에 내가 희망에 부풀어 있었다는 말을 하기 위해서다. 딱히 희망을 가질 일이 없었는데도 막연한 용기와 여유가 솟았다.

이렇게 전례 없이 달콤하고 고요한 기분은 좋은 일의 전조여야 마땅하지 않은가? 아, 그러나 좋은 일은 전혀 없었다! 곧 무례한 '현실'이 불쑥 끼어들었다. 언제나처럼 사악하게 굽실거리고 불쾌한 느낌을 잔뜩 풍기면서.

오솔길과 나무와 높은 담을 굽어보며 무거운 침묵을 지키던 석조 건물에서 별안간 무슨 소리가 들렸다. 여닫이창 하나가 (이곳의 창문은 모두 돌쩌귀가 달린 여닫이창이었다) 삐걱거리는 소리였다. 어디에서, 어느 층에서, 누가 창문을 열었는지 알아보려고 위를 올려다보기도 전에 머리 위에서 나무 한 그루가 포탄에 맞은 것처럼 흔들렸다. 그리고 어떤 물체가 내 발치에 떨어졌다.

성 요한 성당의 시계가 9시를 알렸다. 하루가 저물고 있었지만 어둡지는 않았다. 초승달 빛은 별반 도움이 되지 않았지만 태양이 마지막으로 길게 미끄러지며 빛을 비춘 부분의 하늘이 아직 밝은데다 수정처럼 깨끗하고 광활한 하늘이 여름날 밤을 희미하게 밝혀주고 있었다. 오솔길은 어두운 편이었지만 하늘이 열린 곳에 가까이 가면 타자기로 친 작은 글씨도 눈에 들어왔다. 아까 나무를 뒤흔든 포탄은 흰 상아와 채색된 상아로 만든 작은 상자였다는 사실을 쉽게 알 수 있었다. 헐겁게 고정된 뚜껑을 열어보니 상자 안에는 제비꽃이 들어 있었고, 꽃 아래에는 곱게 접은 분홍색 종이가 놓여 있었다. '회색 옷을 입은 이에게'라고 쓰인 쪽지였다. 그때 나는 연한 회색 옷을 입고 있었다.

이런. 이건 연애편지인가? 여태껏 말로만 들었지 직접 보거나 만져보는 영광은 누리지 못했던 연애편지. 이 순간 내가 엄지와 검지 사이에 쥐고 있는 쪽지가 그런 물건이란 말인가?

그럴 리 없다. 나는 잠시도 연애편지를 꿈꾸지 않았다. 머릿속으로 구혼자나 숭배자를 상상한 적도 없었다. 다른 교사들은 모두 연인에 대한 꿈을 간직하고 있었다. 미래의 남편이 정해졌다고 믿는 사람도 있었다(그녀는 원래 무엇이든 쉽게 믿는 성격이었다). 열네 살이 넘은 학생들도 모두 예비 신랑감을 몇 명씩 알고 지냈다. 어릴 때 부모가 이미 혼처를 정해놓은 학생도 두셋 있었다. 하지만 나의 '상상'은 물론이고 나의 '사색'도 그런 미래의 전망이 열어젖히는 감정과 희망의 영역 안으로 들어갈 엄두를 내지 못했다. (나중에 들은 설명에 따르면) 다른 교사들은 시내로 외출하거나 가로수길을 산책하거나 미사에 참석할 때마다 황홀하고 열정적인 눈길로 그들을 쳐다보는 어떤 이성(異性)을 만나 그들의 매력을 확인하게 되리라고 믿어 의심치 않았다. 이 점에서 내 경험은 그들의 경험과 일치하지 않았다.

나도 교회에 가고 산책을 했지만 나에게 관심을 보이는 사람은 아무도 없었다. 포세트 가의 모든 소녀들과 여인들은 젊은 의사의 푸른 눈이 자기에게 애정 어린 시선을 한 번 이상 보냈다고 말했다. 아니 그렇게 말해야 하는 분위기였다. 겸손한 이야기로 들릴지 모르겠지만 나만은 예외였다. 내가 아는 한 그 푸른 눈동자는 결백했다. 하늘처럼 푸르고 고요하기만 했다. 그래서 남들이 하는 이야기를 들으면서 그들의 들뜬 모습과 자신만만한 태도와 자기만족이 의심스러워질 때가 종종 있었지만, 그들이 그렇게 자신 있게 걸어가는 길을 유심히 살펴보려고 굳이 애쓰지는 않았다. 아무튼 그런 이유에서 이건 연애편지가 아니었다. 절대로 아니라는 확신을 가지고 침착하게 쪽지를 펼쳐보았다. 그 내용은…… 영어로 옮기면 다음과 같았다.

"내 꿈속의 천사여! 약속을 지켜주어 정말 고맙소. 약속을 지킬 줄은 꿈에도 몰랐소. 반 농담으로 하는 이야기인 줄 알았다오. 그때 당신은 이 계획이 너무 위험하다고 생각하는 것 같았소. 시간이 맞지 않고, 그 오솔길이 너무 외딴 곳이라고 하지 않았소. 게다가 괴물 같은 영어 선생이 곧잘 간다고…… 얌전한 체하는 영국 여자라고 했지요? 인정머리 없고, 늙은 근위대 하사처럼 엄격하고 무뚝뚝하고, 수녀처럼 외고집이라고요." (사랑스러운 나를 묘사한 이 아름다운 구절을 살짝 가리기 위해 연한 글자체로 옮기는 나의 겸손을 독자들이 용서하길 바란다)

이 점잖은 고백은 다음과 같이 계속됐다.

"당신도 알고 있겠지만 어린 귀스타브가 병 때문에 교사 침실에 와 있소. 창문으로 당신이 갇혀 있는 감옥 뜰을 내려다볼 수 있으니 대단한 특혜가 있는 방이라 할 수 있소. 세상에서 가장 좋은 삼촌인 나는 귀스타브를 만나러 그 방에 들어갈 수 있소. 나는 떨리는 마음으로 창가로 다가가 당신의 에덴동산을 바라본다오. 당신에게는 사막일지라도 내게는 에덴동산이라오! 그곳이 텅 비어 있거나 방금 말한 괴물이 있을까 봐 얼마나 걱정했던지! 우리를 시샘하는 나뭇가지 사이로, 당신의 우아한 밀짚모자가 반짝이는 모습과 수많은 사람 속에서도 알아볼 수 있는 당신의 회색 옷이 나부끼는 모습을 언뜻 봤을 때 내 심장은 기쁨에 고동쳤소.

그런데 나의 천사, 당신은 어째서 위를 올려다보지 않는 거요? 당신은 잔인하오. 그 사랑스런 눈에서 나오는 빛을 한 줄기도 보여주지 않다니! 단 한 번만 눈길을 주었어도 나는 다시 살아났을 텐데! 지금 마음이 격해져서 급히 이 편지를 쓰는 중이오. 의사가 귀스타브를 진찰하는 동안 기회를 보아 편지를 꽃 한 다발과 함께 작은 상자에 넣을 작정이오. 가장 예쁘게 피어나는 꽃으로…… 물론 당신보다 예쁘지는 않소. 나의 페리(페르시아 신화에 등장하는 요정으로 원래는 악했지만 나중에는 우아하고 아름다워진다—옮긴이), 너무나 매력적인 당신! 영원한 당신의…… 누군지는 잘 알 거요!"

나는 "누군지 좀 알았으면 좋겠군"이라고 중얼거렸다. 이 멋진 편지를 쓴 사람보다는 받을 사람이 누군지가 더 궁금했다. 어쩌면 어느 학생의 약혼자가 쓴 편지인지도 몰랐다. 그런 경우라면 사소한 규칙 위반일 뿐 해로운 일도 아니고 나쁜 의도가 있는 일도 아닐 터였다. 몇몇 소녀들, 아니 대다수 소녀들에게는 이웃 대학에 다니는 남자 형제나 사촌이 있었다. 편지에 적혀 있는 '회색 옷'과 '밀짚모자'는 실마리가 분명했지만 매우 혼란스러운 실마리였다. 밀짚모자는 정원에서 머리를 가릴 때 널리 활용됐기 때문에 나 외에도 많은 사람이 자주 썼다. 회색 옷도 명확한 단서가 되지 못하기는 마찬가지였다. 그 즈음에는 베크 부인도 회색 옷을 즐겨 입었고, 교사 한 명과 기숙사생 세 명이 나와 똑같은 천으로 만든 회색 옷을 샀다. 마침 회색 평상복이 유행하던 시기였다.

이런저런 생각에 잠겨 있는 사이 들어가야 할 시간이 됐다. 기숙사에서 불빛이 움직이는 걸로 보아 기도가 끝나고 학생들이 잠자리에 드는 듯했다. 앞으로 30분 후면 모든 문이 잠기고 불도 다 꺼질 예정이었다. 현관문은 아직 열려 있었다. 후덥지근한 건물 안에 여름밤의 서늘한 공기를 들여보내기 위해서였다. 현관문 가까이 있는 문지기 방에서 반짝이는 램프 불빛이 기다란 현관 복도를 비추었다. 복도의 한쪽 끝에는 두 짝으로 된 응접실 문이 있었고 반대쪽 끝에는 거리에 면한 대문이 있었다.

갑자기 초인종이 급하게 울렸다. 급하게 들리긴 했지만 소리가 크지는 않았다. 조심스럽게 딸랑거리는 소리, 일종의 경고와 같은 금속성의 속삭임이었다. 문지기 로젠이 얼른 방에서 뛰쳐나와 현관문을 열었다. 그녀가 맞아들인 사람은 잠시 그대로 서서 그녀와 무슨 담판을 했다. 의견이 엇갈려 시간이 지체되나 싶더니 로젠이 손에 램프를 들고 정원 문으로 나왔다. 그녀는 계단 위에 서서 램프를 들어올리며 막연하게 주위를 둘러보았다.

그녀는 교태 섞인 웃음을 터뜨리며 소리쳤다.

"엉터리 같은 소리! 아무도 없었다니까요."

이어 내가 알고 있는 목소리가 들렸다.

"잠깐만 들어가게 해 주시오. 딱 5분만."

우리가 익히 알고 있는 키가 크고 체격이 좋은(포세트 가 사람들은 다 그렇게 생각했다) 사람이 밖으로 나오더니 화단과 산책로 사이로 성큼성큼 걸어왔다. 늦은 시각에 남자가 그곳에 들어가는 건 신성모독과도 같은 일이었다. 하지만 그는 자기의 특별한 지위를 의식하고 있었고, 다정한 밤을 보내도 좋다는 허락을 받은 것 같기도 했다. 그는 오솔길을 따라 걸으며 좌우를 둘러보았다. 덤불 사이에서 길을 잃고 헤매다가 꽃을 밟아 뭉개고 나뭇가지를 꺾기도 했다. 그는 마침내 '금단의 오솔길'에 들어섰다. 그의 앞에 내가 유령처럼 불쑥 나타났다.

"존 선생님! 그걸 찾았어요."

그는 누가 찾았냐고 묻지 않았다. 내가 그걸 손에 들고 있다는 사실을 재빠른 눈으로 간파했기 때문이었다.

그는 내가 진짜 괴물이라도 되는 양 나를 바라보며 말했다.

"그녀의 비밀을 지켜주시오."

내가 대답했다.

"제가 고자질하고 싶더라도 모르는 걸 일러바칠 수는 없지요. 편지를 읽어보세요. 아무것도 드러나는 게 없답니다."

나는 속으로 생각했다.

'이미 읽으셨을 수도 있겠네요.'

하지만 나는 존 선생이 그 편지를 썼다고는 생각지 않았다. 문체가 그와 어울리지 않았고, 바보 같은 생각이긴 하지만 그가 나를 '괴물' 따위의 별명으로 부를 가능성은 낮아 보였다. 그의 얼굴 표정도 그의 무죄를 입증하고 있었다. 그는 편지를 읽다가 흥분해서 얼굴을 붉히며 이렇게 중얼거렸다.

"정말이지 너무 심하군. 잔인하고 모욕적이야."

그의 표정이 변하는 모습을 보니 나도 그 편지가 정말 잔인하다는 생각이 들었다. 존 선생에게 책임이 있든 없든 간에 누군가는 비난을 받아 마땅하다고 생각했다.

그가 물었다.

"어떻게 할 생각이오? 당신이 발견한 걸 베크 부인에게 이야기해서 한바탕 소동을 일으킬 거요?"

베크 부인에게는 이야기해야 한다는 생각이 들었으므로 나는 그렇다고 대답했다. 하지만 소동이나 파문은 없을 거라고 덧붙였다. 베크 부인은 아주 신중한 사람이므로 자기 학교와 관련된 연애 사건을 가지고 법석을 떨지는 않을 터였다.

존 선생은 아래를 내려다보며 생각에 잠겼다. 그는 대단히 자존심이 세고 명예를 중시하는 사람이었으므로, 사실을 보고할 의무가 명확한 마당에 나에게 비밀을 지켜달라고 사정할 수가 없었다. 나는 옳은 행동을 하고 싶었지만 그를 슬프게 하거나 상처를 입히고 싶지도 않았다. 바로 그때 로젠이 열린 문틈으로 바깥을 내다보았다. 그녀는 우리를 보지 못했지만 나는 나무 사이로 그녀를 똑똑히 보았다. 로젠은 나와 마찬가지로 회색 옷을 입고 있었다. 이 사실을 조금 전에 목격한 '담판' 과 연관시켜 생각해보니, 이 사건은 비록 통탄할 일이긴 하나 내가 관여할 의무가 없는 일이라는 판단에 이르렀다. 그래서 나는 이렇게 말했다.

"베크 부인의 학생 가운데 이 일과 관계된 사람이 없다고 선생님이 장담하신다면 저는 기꺼이 모른 체하겠어요. 자, 상자와 꽃다발과 편지를 가져가시지요. 모든 걸 잊어버릴 테니까요."

그는 내가 내민 물건들을 손으로 움켜잡는 동시에 나뭇가지 사이를 가리키며 재빨리 속삭였다.

"저길 봐요!"

그가 가리키는 곳을 보니 베크 부인이 실내복과 슬리퍼 차림에 숄을 걸치고 조용히 계단을 내려와 고양이처럼 몰래 정원을 돌아보고 있었다. 몇 분만 지나면 존 선생과 맞닥뜨릴 판이었다. 하지만 '그녀'가 고양이 같았다면 '그'는 한 마리 표범과 비슷했다. 그는 마음만 먹으면 누구보다 가볍게 발걸음을 옮길 수 있는 사람이었다. 그는 나뭇가지 틈새로 엿보다가 베크 부인이 모퉁이를 돌 때 소리 없이 두 번 펄쩍 뛰어 정원을 가로질렀다. 부인의 모습이 다시 나타났을 때 그는 가고 없었다. 로젠이 얼른 나와서 그와 그를 뒤쫓는 여자 사냥꾼 사이를 문으로 가려주었다. 나 역시 도망갈 수 있었지만 부인과 당당히 마주치는 편이 낫다고 판단했다.

내가 해질 녘에 정원에서 시간을 보내기를 좋아한다는 사실이 널리 알려져 있기는 했지만 그렇게 늦게까지 밖에서 머물기는 처음이었다. 필시 베크 부인은 내가 없다는 사실을 알아차리고 찾으러 온 듯했다. 저녁기도를 빼먹은 나를 불시에 적발할 궁리를 했을 터였다. 나는 질책을 받을 줄 알았으나 뜻밖에도 그렇지 않았다. 베크 부인은 아주 너그러웠다. 타이르는 말조차 없었고 놀란 기색도 보이지 않았다. 타의 추종을 불허하는 완벽한 기지를 발휘해 '그냥 서늘한 저녁 바람을 쐬러' 나왔다는 말까지 했다.

베크 부인은 하늘의 별을 올려다보았다. 달은 이제 성 요한 성당의 커다란 탑에 가려 보이지 않았다.

"참 아름다운 밤이야! 너무 근사하지 않아요? 바람도 상쾌하고!"

그녀는 나를 들여보내지 않고 붙잡아두었다. 나는 그녀와 함께 중앙 산책로를 몇 바퀴 돌아야 했다. 마침내 다시 집으로 들어갈 때 그녀는 다정하게 내 어깨에 몸을 기대고 부축을 받으며 현관 계단을 올라갔다. 헤어지면서는 자기 뺨에 입을 맞추도록 했다. "잘 자요, 친구!"라는 친절한 밤 인사도 빼놓지 않았다.

나는 침대에 누웠지만 잠을 이루지 못하고 생각에 잠겨 웃고 있었다. 베크 부인을 생각하니 웃음이 나왔다. 베크 부인을 아는 사람이 볼 때, 그녀의 상냥하고 부드러운 행동은 어떤 의심을 품고 열심히 머리를 굴리고 있다는 명백한 증거였다. 그녀는 어떤 구멍을 통해서든 높은 망루에서든, 나뭇가지 틈새로든 열린 창문으로 든, 멀리서든 가까이서든, 희미하게든 확실하게든 간에 그날 밤에 일어난 일을 얼핏 보았을 것이다.

상자가 정원에 던져지거나 무단침입자가 그걸 찾으려고 오솔길을 가로지르는데 그렇게 훌륭한 감시 기술을 보유한 그녀가 모를 수는 없었다. 그녀는 흔들리는 나뭇가지와 움직이는 그림자, 뜻하지 않은 발소리와 나직한 말소리(존 선생은 나에게 아주 작은 소리로 몇 마디밖에 하지 않았지만 남자 목소리의 울림은 오래된 정원 전체에 울려 퍼졌을 것이다)를 통해 학교 안에서 이상한 일이 벌어지는 징후를 알아차렸음이 틀림없다.

'무슨' 일이었는지는 보지 못했거나 알 길이 없었겠지만 어쨌든 복잡하게 얽힌 작은 사건이 눈앞에서 그녀의 호기심을 자극하고 있었다. 그런데 그녀가 잡은 '루시 양'은 칭칭 감긴 거미줄의 한가운데 우스꽝스럽게 끼어든 어리석은 파리 한 마리와 같은 존재가 아니었던가?

13. 때 아닌 재채기

 베크 부인을 생각하며 빙그레 웃을 일, 아니 소리 내어 웃을 일이 또 생겼다. 앞 장에서 언급한 작은 소동이 일어난 지 24시간 만이었다.

 빌레트는 영국처럼 비가 많이 오지는 않았지만 날씨가 상당히 변덕스러웠다. 그날도 해질녘에는 따스했으나 밤에는 세찬 바람이 불었고, 다음 날은 내내 건조하고 폭풍이 불었다. 캄캄하고 구름이 잔뜩 끼어 있지만 비는 내리지 않는 날이었다. 바람에 실려 큰길에서 날아온 모래와 먼지 때문에 거리가 어슴푸레했다. 설령 날씨가 화창했더라도 전날과 같은 장소에서 공부하고 휴식하면서 저녁시간을 보내고 싶은 마음이 들었을지는 의문이다.

 나의 오솔길, 아니 정원 내의 모든 길과 덤불은 새롭지만 유쾌하지만은 않은 관심을 받고 있었다. 자칫하면 그곳의 출입금지와 정적이 깨질 판이었다. 누군가 편지를 떨어뜨린 그 여닫이창은 한때 내려다보던 사랑스런 은신처를 속된 장소로 만들어 버렸다. 그뿐이 아니었다. 꽃들의 눈이 시력을 얻었고 나무옹이들은 귀를 숨기고 엿들었다. 존 선생이 편지를 찾느라 조심성 없이 휙휙 앞으로 나아갈 때 화초들이 짓밟히기도 했다. 나는 화초들을 도로 세워주고 물을 주어 되살리고 싶었다. 화단에는 존 선생이 남긴 발자국도 있었다. 강풍이 부는 아침 일찍 나는 밖으로 나가 사람들의 눈에 띄기 전에 발자국을 지우며 일순간 즐거움을 맛보았다. 그러고는 막연한 안도감을 느끼며 책상에 앉아 독일어 공부를 시작했다. 학생들은 저녁수업에 들어갔고 다른 교사들은 바느질을 했다.

'저녁수업'(étude du soir)은 언제나 휴게실에서 진행됐다. 세 개의 교실보다 훨씬 작은 휴게실은 스무 명 남짓한 기숙사생만 출입할 수 있는 방이었다. 탁자가 두 개 놓여 있고 탁자 위로 램프 두 개가 천장에 매달려 있었다. 해질 녘에 램프가 켜지면 일제히 교과서를 옆으로 치우고 엄숙한 태도를 취하며 강제로 침묵해야 했다. '경건한 낭독'(la lecture pieuse)이 시작된다는 신호였다. 나는 이른바 '경건한 낭독'의 목표가 지성에게 심한 굴욕을 안기고 이성을 톡톡히 망신시키며 상식에게 약을 먹이기 위한 것임을 곧 알게 됐다. 상식은 여유 시간에 그 약을 소화하며 능력껏 성장해야 했다.

낭독되는 책은 빌레트의 언덕만큼이나 오래되고 시청 청사만큼이나 색이 바랜 고색창연한 책이었다(책은 절대 바뀌지 않았고, 끝까지 읽고 나면 처음부터 다시 읽었다).

단 한 번이라도 그 신성한 책을 손에 들고 누런 책장을 넘기면서 제목을 확인하고 그 어마어마한 가공의 이야기들을 두 눈으로 직접 볼 수 있다면 2프랑도 선뜻 냈을 것이다. 하지만 나는 보잘것없는 이교도였으므로 어리둥절해하며 두 귀로 듣기만 해야 했다. 그 책에는 성자들에 관한 전설이 수록돼 있었다. 하나님 맙소사! (이건 존경을 담은 말이다) 그 대단한 전설들이란. 만약 성자들이 스스로 이런 업적을 자랑했거나 이런 기적을 지어냈다면 그들은 영락없는 허풍선이 건달들일 터였다. 수도사가 등장하는 전설들은 듣는 사람이 내심 비웃을 만한 황당무계한 이야기에 지나지 않았다.

그 책에는 사제가 나오는 이야기도 실려 있었는데 사제 이야기는 수도사 이야기보다 더 심했다. 로마제국에서 박해받은 순교자 이야기들을 억지로 듣고 있노라면 양쪽 귀가 다 달아올랐다. 자기 직책을 악용해 지체 높은 여인들을 짓밟아 나락으로 떨어뜨리고 백작 부인과 공주들을 하늘 아래 가장 고통스러운 노예로 만든 고백자(박해에 굴하지 않고 신앙을 지킨 사람—옮긴이)들이 무시무시한 자랑을 늘어놓았다. 끔찍한 부도덕, 넌더리나는 횡포, 사악한 불신앙으로 가득한 성자 콘라드와 에르체베트 이야기 같은 것들이 몇 번이고 되풀이됐다. 억압과 박탈과 고통으로 점철된 악몽 같은 이야기들이었다.

나는 며칠 동안은 '경건한 낭독' 시간에 최선을 다해 조용히 앉아 있었다. 그러다 한번은 본의 아니게 내 앞에 놓인 벌레 먹은 탁자에 가위를 깊숙이 찔러 넣는 바람에 가위 끝을 부러뜨렸다. 그때문에 결국 얼굴이 새빨개지고 관자놀이며 심장이며 손목이 너무 빠르게 덜덜 떨렸다. 흥분으로 졸음이 다 깨버려서 더 이상 앉아 있을 수도 없었다.

'분별'은 내게 다음부터는 문제 많은 오래된 책이 등장하는 순간 민첩하게 그곳을 빠져나오라고 충고했다. 마우즈 헤드릭(스코틀랜드 작가 월터 스콧의 소설 〈옛 사람들〉에 등장하는 인물—옮긴이)이 보스웰 하사에게 불리한 증언을 해야 한다는 사명감을 제 아무리 강하게 느꼈더라도 가톨릭의 '경건한 낭독' 문제에 대해 의견을 표명하고 싶은 내 마음보다 강하지는 않았으리라. 간신히 그런 욕구를 억제하는 데 성공하긴 했지만, 나는 날마다 로젠이 램프를 켜러 올 때 재빠르면서도 소리 없이 그 방에서 뛰쳐나왔다. 쥐죽은 듯 조용해지기 전, 잠시 기숙사생들이 책을 치우느라 소란스러워지는 틈을 타 사라지는 것이었다.

그렇게 사라져서는 어둠 속으로 들어갔다. 촛불을 들고 다니는 건 규칙 위반이었으므로 휴게실을 빠져나온 교사는 캄캄한 홀이나 교실이나 침실로 숨어들어갈 수밖에 없었다. 겨울에는 길쭉한 교실을 찾아 빠르게 이리저리 걸어 다니며 몸을 덥혔다. 달이 빛나고 있으면 다행이었고, 별들밖에 없으면 희미한 별빛에 금방 익숙해졌다. 달이고 별이고 하나도 보이지 않아도 괜찮았다. 여름에는 완전히 캄캄해지는 일이 없었으므로 계단을 올라가 길쭉한 기숙사 건물의 내 침실에 들어가서 여닫이창(문짝만큼이나 넓은 여닫이창이 다섯 개나 있어서 방이 환했다) 밖으로 몸을 내밀고 정원 너머 도시를 바라보며 공원이나 궁전 광장에서 들려오는 악단의 연주에 귀를 기울였다. 그러면서 나만의 상념에 잠겼고 나만의 고요한 그림자 나라에서 나만의 삶에 빠져들었다.

그날 저녁에도 여느 때처럼 교황과 그의 업적 이야기가 시작되기 전에 도망쳐 나온 나는 기숙사로 올라가서 조용히 침실 문을 열었다. 문은 언제나 잘 닫혀 있었고 이 집에 있는 다른 모든 문과 마찬가지로 경첩에 매끄럽게 기름칠이 된 덕택에 회전할 때 소리가 나지 않았다. 그런데 대개는 텅 비어 있는 그 넓은 방에 어떤 생명체가 있다는 걸 '보기'도 전에 '느낄' 수 있었다. 움직임은 없었고 숨소리나 사각거리는 소리도 들리지 않았지만 마땅히 있어야 할 '공백'과 '고독'이 부재했다.

기숙사 침실에는 '천사의 침대'(lits d'ange: 침대 기둥이 없는 개방된 침대—옮긴이)라는 시적인 이름으로 불리는 하얀 침대들이 한눈에 다 들어오도록 놓여 있었는데, 잠을 자는 사람이 없었으므로 모든 침대가 비어 있었다. 그때 서랍이 조심스럽게 열리는 소리가 귓전을 때렸다. 구석으로 한 발짝 움직이니 드리워진 커튼에 구애받지 않고 방안 전체를 볼 수 있게 됐다. 내 침대와 화장대, 그리고 화장대 위에 올려놓은 자물쇠 달린 반짇고리와 잠가둔 서랍들이 보였다.

이런! 단정한 숄을 걸치고 흠잡을 데 없이 깨끗한 나이트캡을 쓴 작달막한 중년 부인이 화장대 앞에 서서 친절하게도 소지품을 열심히 '정돈'해주고 있었다. 반짇고리 뚜껑이 열려 있고 맨 위 서랍도 열려 있었다. 아래 서랍들도 차례대로, 일정한 간격으로, 반듯하게 열렸다. 그러나 그녀는 서랍 속에 있는 물건을 어느 것 하나 들어 올리거나 펼치지 않았고, 종이 한 장도 들여다보지 않았으며, 작은 상자 하나도 열지 않았다. 교묘한 손놀림은 아름다웠고 수색 과정의 신중함은 타의 모범이 될 만했다. 부인은 진짜 별처럼 '서두르지 않고 쉬지도 않으며'(토머스 칼라일의 〈괴테의 초상〉 중 마지막 구절—옮긴이) 일했다.

사실 나는 그녀를 관찰하며 은밀한 환희를 느꼈다. 만약 내가 신사였다면 손재주가 좋아서 무슨 일이든 깔끔하고 철저하게 해내는 베크 부인에게 호감이 갔을 것이다. 어떤 사람들은 움직임이 느릿하고 서툴러서 보기만 해도 마음이 불편해지는데 베크 부인의 움직임은 말끔하고 치밀해서 만족스러웠다. 나는 말 그대로 매혹당한 채 서 있었다. 하지만 마술에서 깨어나 급히 달아나야 했다. 수색을 하던 베크 부인이 뒤를 돌아보다가 나를 발견할지도 모르는 일이었다. 그렇게 되면 공연히 소동이 일어날 판이었다. 그녀와 나는 갑작스런 충돌을 일으키고 '얼굴과 얼굴을 대하여'(고린도전서 13 : 12—옮긴이) 서로를 볼 것이다. 상투적 예의가 사라지고 가면이 벗겨지며, 나는 그녀의 눈을 들여다보고 그녀는 내 눈을 들여다보아야 할 것이다. 더 이상 함께 일할 수 없게 된 우리는 영원한 이별을 고하고 헤어질 것이다.

무엇 때문에 그런 파국을 자초하겠는가? 나는 화가 나지 않았고 베크 부인과 헤어질 생각은 조금도 없었다. 이렇게 끌기 쉽고 가벼운 멍에를 메우는(마태복음 11 : 30 '이는 내 멍에는 쉽고 내 짐은 가벼움이라 하시니라' 참조—옮긴이) 고용주를 또 만나기란 쉽지 않을 터였다. 그리고 나는 베크 부인을 진심으로 좋아했다. 그녀의 가치관이야 어떻든 간에 판단력만큼은 뛰어났기 때문이다. 그녀가 학교를 운영하는 방식도 나에게 피해를 입히지는 않았다. 그녀가 만족할 때까지 마음대로 뒷조사를 한다 해도 나는 상관없었다. 어차피 아무것도 알아내지 못할 테니까. 돈이 없는 거지가 도둑을 걱정하지 않듯, 애인이 없고 사랑을 기대하지도 않았던 나는 마음이 가난했으므로 감시인을 염려할 필요가 없었다. 나는 마침 그 순간에 계단 난간을 타고 내려가던 거미와 똑같이 소리 없고 빠른 동작으로 계단을 내려갔다.

교실에 들어서서 얼마나 웃었는지 모르겠다. 이제 베크 부인이 정원에서 존 선생을 보았다는 게 확실해졌다. 그녀가 무슨 생각을 하는지도 알 수 있었다. 그 의심 많은 부인이 지금까지 자기가 지어낸 이야기에 잘못 이끌려 그런 광경을 연출했다고 생각하니 우스워서 견딜 수가 없었다. 하지만 웃음이 멈추자 일종의 분노가 나를 강타했고, 다음에는 쓸쓸한 감정이 밀려왔다. 호렙 산에 있는 반석을 치자 므리바의 물이 줄줄 흘러나왔다는 이야기처럼(출애굽기 17 : 6~7에 나오는 내용—옮긴이).

그날 저녁 한 시간 동안 나는 전에 없이 기이하고 모순된 내적 동요를 느꼈다. 내 심장에는 비탄과 웃음, 불같은 정열과 슬픔이 공존했다. 뜨거운 눈물이 흘러내렸다. 베크 부인이 나를 믿지 않아서가 아니라 다른 이유들 때문이었다. 부인의 의심 따위는 나에게 동전 한 닢만큼도 중요하지 않았다. 마음을 불안하게 하는 복잡한 상념이 나의 차분한 성격을 온통 흔들어놓았다. 그러나 결국 동요는 가라앉았고, 다음 날 나는 루시 스노로 되돌아왔다.

나중에 서랍을 확인해보니 하나같이 확실하게 잠겨 있었다. 아무리 자세히 살펴도 물건의 위치가 바뀌거나 눈에 띄게 흐트러진 흔적을 찾을 수 없었다. 얼마 안 되는 옷가지는 모두 내가 놓고 나온 그대로 개켜져 있었다. 예전에 낯선 사람이(말을 한 마디도 나누지 않았으니 내게는 낯선 사람이었다) 말없이 나에게 선물한 하얀 제비꽃 한 묶음을 말려서 달콤한 향기가 날아가지 않도록 하려고 제일 좋은 옷에 끼워놓았는데 그것 역시 흐트러짐 없이 제자리에 있었다. 검은 비단 스카프, 레이스 장식이 달린 속옷과 옷깃들도 구겨지지 않았다. 솔직히 말해서 베크 부인이 단 하나라도 주름지게 해놓았다면 그녀를 용서하기가 한층 어려웠을 것이다. 하지만 모든 물건이 질서정연하게 있는 모습을 보고 나는 혼잣말로 중얼거렸다.

　"지나간 일은 잊어버리자. 피해를 입지 않았으니 원망할 이유도 없잖아?"

＊　　＊　　＊　　＊　　＊

　한 가지가 궁금하긴 했다. 베크 부인이 유용한 정보를 얻으려고 내 화장대 서랍을 뒤질 때처럼 나도 머릿속으로는 부지런히 수수께끼의 실마리를 찾고 있었다. 존 선생은 작은 상자가 정원에 떨어진 사실을 어떻게 알고 그렇게 신속하게 찾으러 왔을까? 상자를 떨어뜨릴 때 그도 공범 노릇을 했던 건 아닐까? 나는 이 점을 확실히 밝혀내고 싶은 마음이 간절했던 나머지 대담한 계획을 세우기에 이르렀다.

　'기회가 있을 때 존 선생 본인에게 설명해 달라고 하면 되지 않을까?'

　나는 그런 질문으로 존 선생을 난처하게 만들 용기가 내게 진짜로 있다고 생각했다. 물론 존 선생이 없는 동안만.

어린 조제트가 회복기에 들어서자 의사의 방문은 뜸해졌다. 아이가 완치될 때까지 가끔 와서 살펴봐 달라고 베크 부인이 우기지만 않았어도 그는 아예 발길을 끊었을 것이다.

어느 날 저녁 베크 부인이 육아실로 들어왔다. 내가 조제트의 서툰 혀짜래기소리 기도를 들어주고 잠자리에 눕힌 직후였다. 부인은 조제트의 작은 손을 잡으며 프랑스어로 말했다.

"얘가 아직도 약간 열이 있네……."

곧이어 부인은 평소의 조용한 눈길이 아닌 재빠른 눈길로 나를 바라보며 물었다.

"최근에 존 선생님이 진찰한 적이 있었나요? 없었죠, 아마?"

두말할 나위도 없이 그녀는 이 집에 있는 어느 누구보다도 질문에 대한 답을 잘 알고 있었다. 그녀는 프랑스어가 섞인 영어로 말을 이었다.

"볼일이 좀 있어서 마차를 타고 외출할 생각이에요. 존 선생을 불러서 조제트를 봐달라고 할게요. 오늘 저녁에 봐달라고 해야겠어. 뺨이 달아오르고 맥박이 빠르게 뛰잖아요. 내가 집에 없을 테니 루시 양이 존 선생님을 접대해줘요."

조제트는 7월의 열기 때문에 체온이 높아졌을 뿐 아주 건강한 상태였다. 처방을 받기 위해 의사를 부르는 건 종부성사를 위해 사제를 부르는 것과 마찬가지로 쓸데없는 일이었다. 게다가 베크 부인이 저녁 시간에 '볼일'을 만드는 일은 드물었고, 존 선생이 왕진을 올 때 부인이 집을 비우는 일도 처음이었다. 모든 정황이 무슨 음모가 있음을 가리키고 있었다. 나는 이 점을 간파하고도 추호도 걱정하지 않았다. 마음이 가난한 거지가 된 심정으로 웃기만 했다.

'하하! 부인, 잔꾀를 쓰고 있군요. 하지만 잘못 짚으셨답니다.'

베크 부인은 값나가는 숄에 연녹색 모자로 말쑥하게 치장하고 떠났다. 연녹색은 혈색이 좋지 않은 사람에게는 위험한 색이었지만 그녀에게는 어색하지 않았다. 나는 그녀의 의도가 궁금했다. 정말로 존 선생을 이리로 부를까? 그리고 존 선생이 과연 올까? 다른 일로 바쁠 수도 있지 않은가.

베크 부인은 의사가 올 때까지 조제트를 재우지 말라고 지시하고 떠났다. 내가 조제트에게 이야기를 들려주고 어린아이 말투로 분주히 수다를 떨어댔더니 조제트는 잠들지 않았다. 정이 많고 예민한 아이였다. 조제트를 무릎 위에 올려놓거나 팔로 안아주는 건 내게도 즐거운 일이었다. 그날 밤 조제트는 나더러 유아용 침대의 베개 위에 머리를 올려놓으라고 하더니 작은 팔로 내 목을 둘렀다. 조제트가 그렇게 꼭 붙어서 내 뺨에 자기 뺨을 대고 살살 비벼대자 나는 미묘한 아픔을 느끼며 울음을 터뜨릴 뻔 했다. 이 집이 감정이 풍부한 곳이 아니어서 그런지 몰라도 순수한 작은 아이에게서 나온 순수한 감정 한 방울은 너무도 달콤했다. 그 한 방울의 감정이 깊이 스며들어 심장을 어루만지자 내 눈에 눈물이 맺혔다. 그렇게 반시간이나 한 시간쯤 지났을까. 조제트는 혀짜래기소리로 잠이 온다고 조그맣게 웅얼거렸다. 나는 속으로 생각했다.

'재워줄게. 엄마나 의사가 10분 내에 오지 않으면 그냥 자라.'

앗! 종이 울리더니 발소리가 들렸다. 계단도 깜짝 놀랄 만큼 빠른 걸음이었다. 존 선생을 맞아들인 문지기 로젠은 그가 뭐라고 하는지 들어보려고 방 안에 남아 있었다. 자유분방한 태도는 비단 로젠뿐 아니라 빌레트의 하인들에게서 보편적으로 찾아볼 수 있는 특징이었다. 베크 부인이 있었다면 로젠은 자기 영역인 현관 복도와 문지기 방으로 물러났을 터였다. 하지만 나나 다른 교사나 학생 앞에서는 내키는 대로 행동했다. 로젠은 맵시 있고 산뜻한 차림새에 다소 건방진 자세로 화사한 회색 모직 앞치마 주머니에 양 손을 넣고 서 있었다. 그리고 살아 있는 신사가 아닌 그림을 바라보듯 두려움도 수줍음도 없는 눈으로 존 선생을 쳐다보았다.

로젠은 턱으로 조제트를 가리키며 프랑스어로 물었다.

"쟤는 아무렇지도 않죠?"

존 선생은 아이에게 해롭지 않은 처방전을 연필로 휘갈겨 쓰면서 대답했다.

"그런 셈이오."

그가 연필을 집어넣는 동안 로젠은 바싹 다가서며 말을 계속했다.

"그렇겠죠! 그런데 그 상자는…… 찾았나요? 요전 날 밤 선생님이 바람처럼 사라지셔서 물어볼 겨를이 없었지 뭐예요."

"그래요. 찾았소."

"던진 사람은 누구였나요?"

로젠은 내가 꼭 물어보고 싶었지만 능력도 없고 용기도 없어서 입 밖에 내지 못한 질문을 거리낌 없이 던졌다. 어떤 사람들은 남들이 까마득히 멀다고 생각하는 거리도 한달음에 가는 법이다!

존 선생은 짧지만 거만하게 들리지는 않는 말투로 대꾸했다. 로젠과 같은 젊은 하녀들의 속성을 잘 아는 모양이었다.

"그건 내가 비밀로 간직할 거요."

로젠은 무안해하지도 않고 다시 물었다.

"어쨌든 선생님은 그게 떨어진 줄 알고 있었잖아요. 그러니까 찾으러 오셨겠지요. 어떻게 아셨던 거죠?"

존 선생이 대답했다.

"이웃 학교에서 학생을 진찰하다가 그 방 창문에서 상자가 떨어지는 걸 보고 찾으러 왔던 거요."

모든 게 얼마나 간단한가! 그러고 보면 그 편지에도 의사가 '귀스타브'를 진찰하고 있다는 언급이 있었다.

"흠, 그래요? 그럼 아무것도 아니네요. 감춰진 비밀도, 애정 행각도 없다고요?"

존 선생은 자기 손바닥을 보여주며 말했다.

"아무것도 없소. 지금 내 손에 아무것도 없는 것처럼."

"아쉽네요! 이 생각 저 생각 다 해봤는데."

존 선생이 아무렇지도 않게 말을 받았다.

"그랬소? 공연한 짓을 했군."

로젠은 입을 비죽 내밀었다. 그녀가 토라지는 모습에 존 선생은 웃음을 터뜨렸다. 웃을 때 그의 얼굴에는 어딘지 모르게 무척 선량하고 온화한 기색이 떠올랐다. 그가 주머니에 손을 집어넣으며 물었다.

"지난 한 달간 나한테 몇 번이나 문을 열어주었소?"

로젠이 얼른 대답했다.

"선생님이 세고 계셨어야죠."

"내가 그렇게 할 일 없는 사람인 줄 아나!"

존 선생은 이렇게 대답하면서도 로젠에게 금화 한 닢을 건넸다. 그녀는 염치없이 금화를 받아 챙기고 나서 경쾌한 발걸음으로 현관문을 열어주러 갔다. 통학생을 데려가려고 여기저기서 하인들이 오는 시간이 됐는지 현관 초인종이 5분마다 한 번씩 울렸다.

독자여, 로젠을 너무 나쁘게 생각하면 안 된다. 큰 틀에서 볼 때 그녀는 악한 사람이 아니었다. 얻을 수 있는 거면 무조건 챙기는 게 수치라든지, 세상에서 가장 훌륭한 신사에게 수다스럽게 구는 게 몰염치한 일이라든지 하는 개념 자체가 없었다.

나는 두 사람이 나눈 대화를 통해 상아색 상자에 얽힌 사연 외에 다른 것도 알아낼 수 있었다. 존 선생의 가슴을 아프게 한 책임을 연분홍색 또는 회색 자코나스(얇은 면직물의 일종—옮긴이) 옷이나 주름 장식과 주머니가 달린 앞치마에 돌릴 수 없다는 사실이었다. 이 옷들은 조제트가 입고 있는 작고 푸른 블라우스만큼이나 결백했다. 그래, 좋다. 그런데 범인은 누구란 말인가? 어떤 이유에서, 어디에서부터 시작된 일이며 자초지종은 무엇인가? 몇 가지 수수께끼는 풀렸지만 아직도 밤처럼 모호하게 남아 있는 문제가 얼마나 많은가!

나는 속으로 나 자신에게 말했다.

'하지만 그건 네 일이 아니잖아."

그러고 보니 나도 모르게 미심쩍은 눈길로 존 선생의 얼굴을 응시하고 있었다. 나는 고개를 돌려 창문으로 정원을 내다보았다. 존 선생은 침대 옆에 서서 천천히 장갑을 끼면서 어린 환자를 내려다보았다. 조제트는 눈을 감고 장밋빛 입술을 벌린 채 얕게 잠들어 있었다. 잠시 후 존 선생은 여느 때처럼 잠깐 고개를 숙여 보이고 분명치 않은 발음으로 '안녕히 계십시오' 라고 인사하며 떠나려 했다. 그가 모자를 쓰는 순간, 정원을 둘러싼 높은 건물들에 고정돼 있던 내 눈이 무언가를 보았다. 창문 하나가 조심스럽게 열렸다. 내가 익히 알고 있는 그 격자창이었다. 열린 창문에서 흰색 손수건을 든 손 하나가 나오더니 물결 모양으로 움직였다. 우리 학교 건물 어딘가에서 그 신호에 답했는지 여부는 알 수 없었지만, 곧이어 문제의 창문에서 가벼운 흰색 물체가 펄럭이며 떨어졌다. 두 번째 편지였다.

나는 무심코 소리를 질렀다.

"저기다!"

존 선생이 곧장 창가로 걸어오며 큰 소리로 물었다.

"저기라니? 무슨 일입니까?"

"똑같은 일이 또 벌어졌어요. 손수건이 펄럭이더니 뭔가 떨어지더군요."

이렇게 말하고 나는 그 창문을 가리켜 보였다. 창문은 아무도 없다는 듯 시치미를 떼고 닫혀 있었다.

존 선생은 나에게 명령조로 말했다.

"얼른 나가봐요. 그걸 주워서 여기로 가져오시오."

그러고는 덧붙여 말했다.

"당신이라면 눈에 띄지 않을 겁니다. 내가 가면 들킬 거요."

나는 곧장 나갔다. 잠시 이리저리 찾다가 덤불의 낮은 가지에 걸린 접힌 종이를 발견하고는 바로 존 선생에게 가져갔다. 이번에는 로젠조차도 나를 못 본 것 같았다.

존 선생은 편지를 읽지 않고 잘게 찢었다. 그러고는 나를 바라보며 말했다.

"'그녀'가 잘못한 일은 하나도 없다는 걸 아셔야 합니다."

내가 물었다.

"그녀라니, 누구를 말하는 건가요?"

"아직 모른단 말이오?"

"전혀 몰라요."

"짐작되는 바도 없소?"

"없어요."

"내가 당신을 잘 알았더라면 비밀을 털어놓았을 겁니다. 그리고 너무나 순수하고 훌륭하지만 세상 물정을 잘 모르는 어떤 사람의 보호자 노릇을 해 달라고 부탁했을 겁니다."

내가 물었다.

"듀에나(가정에서 소녀를 감독하는 여자 어른—옮긴이)를 말하는 건가요?"

그는 생각에 잠겨 멍하니 대답했다.

"그렇소. 그녀 주위에 함정이 너무 많단 말이지!"

그러더니 그는 처음으로 내 얼굴을 자세히 보았다. 그는 걱정스러운 태도로 내 얼굴에 상냥한 표정이 나타나 있는지 살피면서, 천사 같은 어떤 이를 나의 보살핌과 아량에 맡겨도 되겠는지 저울질했다. 그 천사를 대상으로 어둠의 세력이 음모를 꾸미고 있는 모양이었다. 나로서는 천사 같은 누군가를 감독하는 일에 특별한 사명감을 느끼지는 않았지만, 전에 여행 안내소에서 있었던 일이 떠오르면서 그에게 큰 빚을 진 기분이 들었다. 정말 도움이 될 수 있다면 기꺼이 도울 마음이 있었지만 어떻게 도울지를 내가 정할 수는 없었다. 그래서 나는 약간 머뭇거리며 '당신이 관심을 두고 있는 사람이 누구든 내가 할 수 있는 한도 내에서 기꺼이 돌봐주겠다'는 뜻을 넌지시 전했다.

그러자 존 선생은 대단히 겸손하게 말했다.

"나는 그저 구경꾼으로서 관심이 있을 뿐입니다. 어쩌다 형편없는 놈팡이를 하나 알게 됐습니다. 맞은편 건물에서 이 신성한 장소를 두 번이나 침범한 그 자요. 그리고 그 저속한 편지의 수신인은 사교계에서 우연히 만난 사람입니다. 그녀는 대단히 아름답고 세련된 탁월한 여성인 만큼 그렇게 무례한 자는 거들떠보지도 않을 줄 알았지요. 그런데 그렇지가 않단 말이오. 그녀는 순진하고 의심이라곤 할 줄 모릅니다. 나는 능력이 닿는 한 그녀를 악으로부터 보호할 작정입니다. 하지만 나 혼자서는 아무것도 할 수가 없고 그녀에게 가까이 갈 수도 없어요."

존 선생은 설명을 끝냈다. 내가 그에게 말했다.

"그렇다면 도와 드리지요. 어떻게 하면 되는지 말만 하세요."

나는 그가 말하는 '절세미인', '값진 진주'(마태복음 13 : 45~46에 천국을 값진 진주를 구하는 장사에 비유한 구절이 있다—옮긴이), '흠 한 점

없는 보석'을 찾으려고 머릿속으로 이 집 식구들의 목록을 열심히 뒤지다가 이런 결론에 도달했다.

'틀림없이 베크 부인이야. 우리 가운데 탁월해 '보이기'라도 하는 재주가 있는 사람은 베크 부인밖에 없으니까. 의심할 줄 모르고 세상 물정을 모른다는 이야기는…… 존 선생이 염려하지 않아도 될 텐데. 좌우간 이건 그의 일시적인 감정일 뿐이니까 반박하지 말고 맞장구를 쳐주자. 그가 천사라면 천사라고 해주지 뭐.'

나는 근엄한 말투로 입을 열었다.

"보살필 사람이 누군지나 알려주세요."

하지만 속으로는 베크 부인이나 그녀의 학생 중 누군가의 보호자가 된다는 생각을 하며 키득거리고 있었다. 존 선생은 예민한 사람이었기 때문에 조금만 더 무딘 사람이었다면 몰랐을 만한 걸 본능적으로 알아차렸다. 내가 그를 보며 약간 우스워하고 있다는 사실을 말이다. 그는 뺨을 붉게 물들이더니 보일락 말락 미소를 지으며 돌아서서 모자를 썼다. 그만 돌아가려는 것이었다. 나는 마음이 아팠다.

나는 열의를 담아 다시 말했다.

"도와 드릴게요. 원하시는 대로 당신의 천사를 지켜볼게요. 누군지만 이야기해 주면 기꺼이 돌봐드리겠어요."

그는 매우 낮은 목소리로 진지하게 말했다.

"당신이 모를 리가 없소. 흠 한 점 없이 완벽하고, 너무나 선량하고, 이루 말할 수 없이 아름다운 사람이니까요! 어떻게 그런 여자가 한 집에 두 명이나 있겠소? 내가 말하는 사람은 당연히……"

그 순간 베크 부인의 침실 문(육아실 쪽으로 열려 있던)에서 갑자기 삐걱대는 소리가 났다. 문을 잡고 있던 손이 가볍게 떨린 것 같았다. 뒤이어 도저히 억누를 수 없는 재채기가 터져나왔다. 이런 식의 작은 사고는 아무리 우수한 사람에게도 일어나게 마련이다.

베크 부인…… 탁월한 여인이여! 그녀는 임무 수행 중이었다. 조용히 집에 돌아와 발끝으로 몰래 계단을 올라와서 자기 방에 잠복했던 것이다. 부인이 재채기를 하지 않았더라면 그녀도 나도 이야기를 끝까지 들었을 것이다. 하지만 운 나쁘게도 그녀가 재채기를 하는 바람에 존 선생은 입을 다물었다. 그가 깜짝 놀라 서 있는 동안 베크 부인이 모습을 드러냈다. 흥분한 기색도 없이 침착한 모습이었다. 그녀의 습관을 모르는 사람이 봤다면 그녀가 방금 들어왔다고 여겼을 것이며, 그녀가 10분 이상 열쇠구멍에 귀를 대고 있었다고는 상상도 못했을 것이다. 그녀는 가짜 재채기를 한 번 더 하며 '감기에 걸렸다' 고 말했다. 그러고는 입심 좋게 그녀의 '볼일'을 설명하기 시작했다.

마침 기도 시간을 알리는 종이 울렸으므로 나는 부인을 의사와 함께 남겨두고 방을 나왔다.

14. 축제

베크 부인은 조제트가 회복되자마자 시골에 보내버렸다. 조제트를 무척 좋아했던 나는 섭섭했다. 그 아이가 없다는 사실에 어느 때보다 마음이 가난해진 느낌이었다. 하지만 나는 불평할 자격이 없었다. 활기찬 사람으로 가득 찬 집에서 살고 있었고, 친구를 사귈 수 있었는데도 내가 고독을 택했기 때문이다.

교사들이 한 명씩 다가와서 친하게 지내자고 했지만 나는 매번 거절했다. 맨 처음 다가온 여교사는 정직한 사람 같았지만 사고가 편협하고 감정이 메마른 이기주의자였다. 두 번째로 다가온 교사는 파리에서 온 여자였는데 겉모습은 세련됐지만 마음은 타락해 있어서 신조도 원칙도 애정도 없는 사람이었다. 우아한 껍데기를 벗겨보면 썩은 속살이 드러나는 사람이라고나 할까.

그녀는 선물이라면 사족을 못 썼다. 개성 없고 변변치 못한 세 번째 교사도 이 점에서는 다르지 않았다. 마지막으로 거론한 이 교사에게는 탐욕이라는 특별한 자질이 하나 더 있었다. 그녀에게는 돈 자체에 대한 사랑이 무엇보다 중요했다. 금붙이라도 하나 보인다 치면 그녀의 눈에서는 기이한 녹색 빛이 번쩍였다. 한번은 그녀가 특별한 호의를 표시하는 의미에서 나를 위층으로 데려가 비밀의 문을 열고 자기 수집품을 구경시켜주었다. 조잡하게 수북히 쌓인 5프랑 동전 한 무더기였다. 합치면 15기니 정도 될 듯했는데 그녀는 알을 다루는 어미 새처럼 동전들을 소중히 여겼다. 그건 그녀에게 예금과도 같았다. 그녀는 나를 찾아와서 넋이 나간 사람처럼 끈질기고 맹목적인 애정을 담아 동전 이야기를 늘어놓곤 했다. 스물다섯 살도 되지 않은 사람이 하는 행동치고는 참 이상했다.

반면 파리 여자는 헤프고 방탕했다(성격이 그랬다는 말이고, 실제 행동이 어땠는지는 모른다). 나는 그 방탕한 성격이 뱀 대가리처럼 극도로 조심스럽게 튀어나온 모습을 딱 한 번 목격했다. 그걸 얼핏 보고는 진기한 파충류 같다는 느낌을 받아서 호기심이 동했다. 만약 그 뱀이 과감하게 모습을 드러냈다면 나는 냉정하게 제자리에 서서 그 긴 몸뚱이를 조사했을 것이다. 갈라진 혓바닥부터 비늘이 있는 꼬리 끝까지. 그러나 그 뱀은 저급한 소설의 책갈피에서 사각거리기만 했고, 성급하고 무분별하게 표출된 분노와 마주치면 '쉿' 소리를 내며 움츠러들다가 자취를 감추었다. 그날 이후 그녀는 나를 미워했다.

파리 여자는 언제나 빚을 지고 살았다. 월급을 미리 끌어다 옷을 사고 향수와 화장품, 과자와 향료까지 샀다. 어느 모로 보나 냉담하고 무감각한 쾌락주의자였다! 그녀의 모습이 지금도 눈에 선하다. 여윈 얼굴과 몸, 누르스름한 피부, 평범한 이목구비와 가지런한 치아, 실 같은 입술, 커다란 주걱턱, 큰 편이지만 차가워 보이는 눈. 그 눈에서는 욕망과 배은망덕의 빛이 반짝였다. 그녀는 일하기를 끔찍이 싫어했고 '유흥'을 사랑했다. 그녀가 말하는 '유흥'이란 재미도 감동도 없는 어리석은 시간 낭비에 지나지 않았다.

베크 부인은 이 여교사의 성격을 훤히 알고 있었다. 한번은 내게 그녀에 관해 이야기했는데 그 말에는 차별과 무관심과 혐오가 기묘하게 뒤섞여 있었다. 그녀를 학교에 계속 두는 이유를 묻자 베크 부인은 "남겨두는 게 나한테 이익이 되기 때문이죠"라고 짧게 대답하면서 나도 알고 있었던 사실을 다시금 지적했다. 베크 부인처럼 버릇없는 학생들에게 규율을 강제하는 능력으로는 그녀, 젤리 생피에르 양을 따를 사람이 없었다.

상대방을 꼼짝 못하게 만드는 어떤 힘이 그녀를 따라다니며 감싸주는 느낌이었다. 바람 한 점 없는 차디찬 공기가 요란하게 흐르는 냇물을 침묵하게 만드는 것처럼, 그녀는 흥분하거나 큰 소리를 내거나 난폭하게 굴지 않고도 학생들을 제압했다. 생피에르 양은 지식을 전달하는 데서는 형편없었지만 엄격한 감독과 질서 유지를 위해서는 더없이 귀중한 존재였다. 베크 부인은 "그 여자가 원칙도 없고 윤리의식도 없다는 건 잘 알고 있어요"라고 솔직하게 말하고 나서 냉정한 말투로 덧붙였다. "하지만 수업 시간에는 품위가 있고 어떤 위엄마저도 느껴지거든요. 그게 중요한 거고 학생들도 학부모들도 그 이상은 바라지 않아요. 그러니까 나도 그걸로 만족하지요."

*　　*　　*　　*　　*

이 학교는 이상하고 발랄하고 시끄러운 작은 세계였다. 매사에 가톨릭적인 성격이 은근히 배어 있었지만 엄청난 공을 들여 사슬을 꽃으로 가렸다. 다른 신앙을 용납하지 않는 정신적 속박을 상쇄하기 위해서인지 육체적인 방종에는 너그러운 편이었다. 모든 학생의 정신을 노예처럼 길들였지만 학생들이 그 점을 곰곰이 생각하고 대응하지 못하게 하려고 육체적 쾌락을 위한 온갖 구실을 찾아내 최대한으로 활용했다. 다른 곳도 다 그렇지만 이 '성당'은 몸은 튼튼하지만 정신은 연약한 아이들을 길러내려고 노력했다.

통통하게 살찌고, 혈색 좋고, 원기왕성하고, 명랑하고, 무지하고, 깊이 생각하지 않고, 의문을 품지도 않는 아이들이었다. '성당'은 이렇게 외쳤다. "먹고, 마시고, 살아라! 너희의 몸을 잘 보살피되 너희의 영혼은 내게 맡겨라. 내가 너희 영혼을 치료하고 길을 인도할지니. 너희 영혼의 운명은 내가 보증한다." 신실한 가톨릭 신자들은 그게 자기에게 유리한 거래라고 생각했다. 그러나 그건 악마가 제시한 조건과 똑같았다. "이르되 이 모든 권위와 그 영광을 내가 네게 주리라. 이것은 내게 넘겨 준 것이므로 내가 원하는 자에게 주노라. 그러므로 네가 만일 내게 절하면 다 네 것이 되리라!"(누가복음 4 : 6~7—옮긴이)

여름의 열기가 절정에 달할 무렵이면 베크 부인의 집은 학교로서는 더할 나위 없이 명랑한 장소가 됐다. 커다란 접이문과 쌍여닫이창이 종일 활짝 열려 있었고, 햇살은 대기에 길들여진 양 순하고 조용했다. 높은 하늘에서는 구름이 바다 너머를 항해하다가 건조한 대륙에서 멀리 떨어진 그리운 안개의 나라 영국과 같은 섬들의 근처에서 휴식했다. 우리는 실내보다 정원에서 더 많은 시간을 보냈다. '커다란 정자'에서 수업도 하고 식사도 했다. 게다가 축제 준비 때문에 마음껏 자유를 누릴 수 있었다. 긴 가을 방학이 두 달 앞으로 다가왔지만 그 전에 중요한 날이 있어서 축하행사가 열릴 예정이었다. 중요한 날이란 다름 아닌 베크 부인의 영명축일(생일을 가리킨다—옮긴이)이었다.

축제는 생피에르 양이 도맡아 진행했다. 외관상 베크 부인은 직접 관여하지 않았으므로 그녀 자신을 위해 어떤 행사가 진행될지 알지 못했다. 특히 좋은 선물을 사려고 매년 전교생이 모금을 한다는 사실은 전혀 몰랐고 눈치도 채지 못했다. 재치 있고 예의바른 독자에게 부탁하건대 베크 부인의 방에서 열리는 선물에 관한 짧은 비밀회의는 부디 유념치 마시라.

부인의 파리 출신 보좌관이 물었다.

"올해는 뭘 받고 싶으세요?"

베크 부인은 인자하고 겸허한 얼굴로 대답했다.

"아냐, 아냐! 관둬요. 어린아이들 돈 가지고 그러지 말자고요."

그러면 생피에르 양은 턱을 쑥 내밀었다. 베크 부인을 잘 아는 그녀는 늘 부인의 '자비로운' 언행을 '속임수'라고 불렀고 한순간도 존경하는 시늉을 하지 않았다.

그녀는 쌀쌀맞게 말했다.

"어서요! 품목을 말해보세요. 보석이나 도자기로 할까요? 아니면 장신구나 은제품이 좋을까요?"

"알았어요! 그러면 은수저 두세 벌로 합시다."

그 결과 예쁜 상자에 든 300프랑 상당의 은제 접시가 선물로 준비됐다.

축일 행사는 선물 증정식, 정원에서의 다과회, 연극 공연(학생과 교사들이 출연한다), 춤과 만찬으로 이루어졌다. 전체적으로 대단히 호화로워 보였던 기억이 생생하다. 생피에르 양은 이런 일에 조예가 깊어서 능숙하게 진행했다.

연극은 가장 중요한 행사였으므로 한 달 전부터 연습을 해야 했다. 배우 선정은 조사를 거쳐 신중하게 이루어졌다. 배역이 정해진 후에는 발성법과 연기 수업이 이어졌고 힘든 연습이 수없이 반복됐다. 짐작하다시피 생피에르 양이 이런 일을 모두 감당할 수는 없었다. 다른 누군가가 감독이 되어 능력을 발휘해야 했다. 그 역할은 문학교사 폴 에마뉘엘 씨가 맡았다. 나는 폴 에마뉘엘 씨의 연극 수업에 참석한 적은 없었지만 그가 장방형 홀(기숙사와 학교 건물 사이에 있는 홀)을 지나가는 모습은 종종 보았다.

날씨가 따뜻했던 어느 날 저녁 그가 문을 열어놓고 수업하는 소리를 들은 적도 있었다. 그의 이름과 그와 관련된 일화는 어디서건 쉽게 들을 수 있었다. 특히 우리가 익히 알고 있는 지네브라 판쇼 양이 연극에서 중요한 역을 맡고 있었는데 그녀는 틈날 때마다 나를 찾아와서 폴 선생의 말과 행동에 대한 이야기를 늘어놓았다. 지네브라는 그가 끔찍하게 못생긴 사람이며 그의 발소리나 목소리만 들어도 겁이 나서 히스테리가 날 지경이라고 말했다.

확실히 폴 선생은 키가 작고 얼굴이 까무잡잡하고 성격은 날카롭고 엄격한 사람이었다. 바짝 깎은 검은 머리와 누르스름한 이마, 홀쭉한 뺨, 벌름거리는 커다란 콧구멍, 빈틈없는 눈길, 재빠른 움직임 때문에 내 눈에도 무자비한 유령 같아 보였다. 그리고 신경질적이어서 자기가 지휘하는 '신참 부대'를 향해 맹렬하게 고함을 질러댄다고들 했다. 서툰 초보자 여배우들이 해석을 틀리게 하거나 감정이 결여되거나 전달력이 약한 연기를 할 때면 그는 참지 못하고 불같이 화를 냈다. 그는 "잘 들어!"라고 소리쳤다. 그러고 나면 대사를 읽는 그의 목소리가 트럼펫 소리처럼 건물 전체에 울려 퍼졌다. 지네브라나 마틸드나 블랑슈 양이 그걸 조그맣게 따라하는 소리를 듣고 있노라면, 맥없는 메아리 뒤에 공허한 비웃음 소리라든가 격렬한 야유의 외침소리가 이어지는 이유를 알 만 했다.

한번은 그가 프랑스어로 고함치는 소리를 들었다.

"너희가 인형이니? 열정이 없어, 이 녀석들아! 느껴지는 게 없어? 너희가 눈사람이야? 혈관에 얼음이 흐르는 거야? 모조리 불을 붙이란 말이다. 생명을, 영혼을 갖게끔 하라고!"

그건 헛된 결의였다. 마침내 노력해도 소용없다는 사실을 깨달은 폴 에마뉘엘 선생은 별안간 판을 다 엎었다. 그는 원래 학생들에게 가르치고 있었던 장엄한 비극을 갈기갈기 찢어버리고 다음 날 아담한 희극 소품을 들고 나타났다. 학생들은 반가워했고, 폴 선생은 학생들의 둥글고 매끈한 머리통에 희극을 통째로 쑤셔 넣었다.

생피에르 양은 폴 선생의 수업에 빠짐없이 참석했다. 내가 듣기로는 생피에르 양의 세련된 예의범절과 꾸며낸 자상함과 재치와 우아한 행동거지가 그 신사의 마음에 쏙 들었다고 했다. 사실 그녀에게는 마음만 먹으면 누구든 얼마간 즐겁게 해주는 기술이 있었다. 하지만 그 즐거움은 오래도록 유지되지는 못하는 것이어서 한 시간만 지나면 이슬처럼 증발하고 거미줄처럼 사라져 버렸다.

베크 부인의 영명축일 전날도 축제 당일과 마찬가지로 휴일이었다. 전날에는 세 교실을 싹 치우고 정리하고 장식하는 일을 했다. 온 집안이 더없이 명랑하고 소란스러웠기 때문에 아래층 위층을 불문하고 조용히 혼자 있으려는 사람이 '발붙일 곳'을 찾을 수가 없었다(창세기 8 : 9에 대홍수 때 비둘기가 발붙일 곳을 찾지 못한다는 구절이 있음―옮긴이). 그래서 나는 정원으로 피신했다. 종일 정원을 거닐거나 홀로 앉아 있으면서 따스한 햇살을 받기도 하고 나무 사이에 숨기도 하고 상상 속의 친구와 함께 있기도 했다.

내 기억에 의하면 그날 살아 있는 사람과는 두 마디밖에 주고받지 않았지만 고독하다는 생각은 들지 않았다. 그저 조용히 있는 게 좋았다. 구경꾼 입장에서는 교실들을 한두 번씩 지나치면서 어떤 변화가 일어나고 있는지 보는 걸로 충분했다. 출연자 대기실과 탈의실이 급조되고, 배경막이 있는 작은 무대가 설치되고, 폴 선생이 생피에르 양과 함께 모든 일을 지휘하고, 그의 지시 아래 지네브라를 포함한 한 무리의 들뜬 학생들이 즐겁게 일하고 있었다.

드디어 축제날이었다. 구름 한 점 없는 하늘에 뜨거운 태양이 떠오르더니 저녁때까지 뜨겁게 이글거렸다. 활짝 열어놓은 문과 창문에서 여름날의 자유가 느껴져 기분이 좋았다. 정말이지 그날의 규율은 완벽한 자유였다. 교사들과 학생들은 머리에 종이를 말고 가운 차림으로 아침식사를 하러 내려왔다. 예쁘게 치장할 저녁시간이 오기를 기쁜 마음으로 기다리되 오전에는 흐트러진 채로 지내는 호사에 탐닉하는 모양이었다. 마치 파티에 가기 전에 쫄쫄 굶는 시의회 의원들 같았다.

오전 9시 무렵에 중요한 임무를 맡은 미용사가 도착했다. 이렇게 말하면 신성 모독이 되겠지만 미용사는 기도실에 사령부를 차리고 성수반과 촛대와 그리스도 수난상 앞에서 엄숙한 태도로 신비로운 기술을 발휘했다. 소녀들은 차례대로 불려가 그의 손에 넘겨졌다. 그의 두 손이 닿으면 머리가 조개껍질처럼 매끈해지고, 흠잡을 데 없는 흰 가르마로 나뉘고, 래커 칠을 한 것처럼 반짝이는 그리스식 머리로 탈바꿈했다. 나도 다른 사람들과 함께 머리손질을 받았다. 나중에 어떻게 됐냐고 거울에게 물었더니 믿기지 않는 대답이 나왔다. 갈색 머리를 땋아서 말아 올린 둥글고 풍성한 고리를 본 나는 깜짝 놀랐다. 이게 다 내 머리일까? 몇 번 잡아당겨본 다음에야 내 머리라는 확신이 들었다. 평범한 재료에서 최상의 결과를 이끌어낸 그 미용사는 틀림없이 일류 예술가였다.

기도실이 닫히자 다들 떠들썩하게 목욕을 하고, 옷을 차려입고, 놀라울 만큼 공들여 치장을 하느라 기숙사가 떠들썩해졌다. 그때나 지금이나 내게는 그들이 별 것 아닌 일을 왜 그렇게 오래 걸려서 했는가가 수수께끼다. 장시간 동안 정밀하고 복잡한 과정을 거쳤는데 결과는 단순했다. 순백색 모슬린 드레스, 푸른색(동정녀 마리아를 나타내는 색) 허리띠, 흰색 또는 담황색 가죽장갑 한 켤레가 축일의 공통된 복장이었다. 집 안을 가득 메운 교사와 학생들이 그런

차림새를 갖추기 위해 세 시간을 꼬박 들였다. 비록 단순하긴 해도 유행에 뒤지지 않고 맵시가 좋고 상큼하기까지 했으니 완벽한 복장이었다. 머리도 모두 아름답고 우아하며 약간 단순한 취향으로 손질돼 있었다. 풍만하고 유연한 미인이 그런 머리 모양을 했다면 지나치게 딱딱해 보였겠지만 통통하고 단정한 라바세쿠르 미인의 체형에는 잘 어울렸다. 그래서 전체적인 모습은 훌륭했다.

희고 투명한 눈덩어리 같은 그들을 보니 나는 빛으로 가득한 들판에 있는 한 점의 그림자가 된 기분이었다. 내게는 투명한 흰 드레스를 입을 용기가 없었다. 하지만 날씨가 후덥지근하고 실내 온도가 높아서 두꺼운 옷을 입고 버틸 수는 없었으므로 뭔가 얇은 옷을 입기는 해야 했다. 그래서 가게를 십여 군데나 돌아다닌 끝에 얇은 비단 천을 발견했다. 자줏빛이 살짝 도는 회색, 다시 말해서 꽃이 흐드러지게 핀 황무지에 긴 안개와 비슷한 색깔이었다. 재봉사는 친절하게도 최선을 다해 예쁜 옷을 만들어주었다. 그녀의 현명한 판단에 따르면 천이 '너무 연하고 얌전하니까' 옷 모양에 신경을 써야 한다는 것이었다. 그녀가 그런 생각을 가지고 옷을 만든 건 다행스러운 일이었다. 나는 단조로운 느낌을 덜어줄 꽃이나 보석을 가지고 있지 않았고 장밋빛 피부를 타고나지도 못했기 때문이었다.

매일 똑같이 반복되는 일과에 시달릴 때는 나에게 무엇이 부족한지 잊고 지내게 마련이지만, 아름다움을 빛내야 할 특별한 날이 오면 달갑지 않은 마음으로 나의 부족함을 시인할 수밖에 없다.

하지만 그림자 같은 옷을 입고 있으니 마음이 아주 편안했다. 화려하고 멋진 옷을 입고 있을 때는 누릴 수 없는 혜택이었다. 베크 부인 덕택에 덜 어색하기도 했다. 그녀는 팔찌를 끼고 금과 보석이 반짝이는 커다란 브로치를 달았지만 입고 있는 옷은 내 옷만큼이나 수수했다. 우연히 계단에서 마주쳤을 때 베크 부인은 내게 고개를 끄덕이며 흡족한 미소를 지어보였다. 내 모습이 보기 좋다고 생각해서가 아니라(베크 부인이 그런 데 관심을 가질 리가 없다) 내가 '온당하고 점잖게' 옷을 입었다고 생각해서였다. '온당함'과 '점잖음'은 베크 부인이 숭상하는 두 명의 조용한 여신이었다. 그녀는 발걸음을 멈추고 장갑 낀 손을 내 어깨에 올려놓기까지 했다. 손에는 자수로 장식하고 향수를 뿌린 손수건이 들려 있었다. 베크 부인은 내 귀에 대고 영어와 프랑스어를 섞어가며 다른 교사들을 비꼬는 소리를 했다(조금 전 면전에서는 칭찬해 놓고!).

"저렇게 바보 같은 짓도 없을 거예요. 성숙한 여자들이 열다섯 소녀처럼 차려 입다니……. 생피에르 양은 어린 아가씨 흉내를 내려고 애쓰는 나이 든 요부 같군요."

다른 사람들보다 적어도 몇 시간 일찍 치장을 끝낸 나는 가뿐한 마음으로 걸음을 옮겼다. 하인들이 긴 탁자와 의자를 놓고 다과회를 위해 식탁보를 펼치느라 분주한 정원으로 가는 대신 조용하고 시원하고 깨끗한 텅 빈 교실로 갔다. 교실 벽은 새로 칠해져 있었고 마룻바닥은 막 닦아놓아 아직 물기가 마르지 않았다. 벽감은 항아리에 담은 싱싱한 꽃으로 장식했고, 커다란 창문을 꾸미기 위해 새 커튼을 달아놓았다.

제일 작고 깔끔한 1반 교실에 들어가서 내가 열쇠를 보관하던 반질반질한 책장에서 제목이 재미있어 보이는 책 한 권을 꺼내 자리에 앉았다. 교실에는 큰 정자 쪽으로 난 유리문이 있었다. 아카시아 가지가 문에 끼워진 유리를 부드럽게 어루만지며 뻗어나가 반대쪽 상인방 옆에 핀 장미 넝쿨과 만났다. 장미 넝쿨에서는 벌들이 바쁘고 행복하게 윙윙거렸다. 나는 책을 읽기 시작했다. 낮은 윙윙 소리, 나뭇가지로 둘러싸인 그늘, 내가 앉아 있는 곳의 따뜻하고 한적한 정적 때문에 책을 읽어도 머릿속에 들어오지 않고 눈앞이 흐릿해졌다. 몽상의 길로 이끌려 꿈나라의 어느 깊숙한 골짜기까지 내려간 찰나, 거리에 면한 현관문의 초인종이 그 어느 때보다 날카로운 소리로 울리는 바람에 나는 얼른 정신을 차렸다.

사실 초인종은 오전 내내 울렸다. 하인과 인부, 미용사와 재봉사 등이 여러 가지 용무로 들락날락했기 때문이었다. 오후에도 초인종이 계속 울리리라고 예상할 만한 이유가 있었다. 앞으로 백 명가량 되는 통학생이 사륜마차 따위를 타고 도착할 예정이었다. 그리고 저녁에는 부모들과 친구들이 연극을 보러 몰려오기 때문에 종이 쉴 새 없이 울릴 터였다. 따라서 날카롭든 아니든 간에 현관문 종소리가 나는 건 당연한 일이었다. 하지만 독특한 울림과 고유한 높낮이를 가진 이 종소리 때문에 내 꿈은 달아나고 내 책도 깜짝 놀라 무릎 위에서 떨어졌다.

책을 집으려고 몸을 굽히는 순간 누군가가 당당하고 빠르게 일직선으로 걷는 소리가 들렸다. 현관을 곧장 통과해 복도를 지나고, 장방형 홀을 가로지르고, 1반과 2반을 지나 강당으로…… 빠르고 규칙적이고 기운찬 걸음걸이였다. 내 은신처인 1반 교실의 닫힌 문은 그 걸음을 막지 못했다. 문이 홱 열리더니 짧은 외투와 프리지아 모자(프랑스 혁명 당시 자유의 상징으로 쓰던 모자—옮긴이)가 빈 공간을 메웠다. 막연하게 주위를 둘러보던 두 눈이 이내 굶주린 맹수처럼 나를 쏘아보기 시작했다.

"됐다! 누군지 알겠어! 그 영국 여자잖아. 뼛속까지 영국 여자라 요조숙녀인 척을 하지만…… 괜찮아. 시키는 대로 할 거야. 이유는 내가 알지."

그는 딱딱하면서도 예의를 갖춘 말투(그는 자기가 방금 프랑스어로 내뱉은 무례한 말을 내가 알아듣지 못했다고 여기고 있었다)와 여태껏 들어 본 것 중 가장 형편없는 영어로 말을 이었다.

"미스…… 하시오, 그걸. 내가 하게 하는 중이오."

그 사람은 폴 에마뉘엘 씨였고, 상당히 흥분해 있었다. 내가 물었다.

"뭘 도와 드릴까요, 폴 에마뉘엘 선생님?"

"연기를 해야 하오. 주눅이 들거나 얼굴을 찡그리거나 점잔을 빼는 건 용납하지 않겠소. 당신이 처음 온 날 밤에 내가 당신의 골상을 봤는데 능력이 보였소. 당신은 연기를 할 수 있어. 그러니 하시오."

"어떻게요? 그게 무슨 뜻이에요?"

그는 프랑스어로 말했다.

"시간이 없소. 그러니 주저와 변명과 가식은 몽땅 던져버립시다. 당신이 배역을 맡아야 하오."

"희극에서요?"

"맞소. 희극에서."

나는 겁에 질려 숨을 몰아쉬었다. 이 작달막한 남자가 지금 무슨 말을 하는 거야?

"자! 지금부터 상황을 설명하겠소. 당신은 예, 아니오로 대답하시오. 앞으로 당신에 대한 나의 평가는 그 대답에 달려 있소."

그는 성미 급한 사람답게 기운을 억제하지 못했다. 그의 얼굴은 벌겋게 달아올라 있었고 눈에서는 날카로운 광선이 빛났다. 지각 없고, 감성적이고, 우물쭈물하고, 시큰둥하고, 가식적이고, 무엇보다도 완고한 성격이 언제 난폭하고 무자비하게 변할지 모를 일이었다. 이럴 때 최상의 대처법은 침묵과 경청이었으므로 나는 잠자코 듣기만 했다.

"연극이고 뭐고 다 망하게 생겼소. 루이즈 판데르켈코프가 앓아누웠거든…… 그 학생의 바보 같은 어머니가 말한 바로는 그렇소.

하지만 내가 보기에는 하려고만 들면 충분히 할 수 있는데 성의가 부족하단 말이지. 당신도 알다시피…… 아니 모를 수도 있겠군…… 그건 관계없어. 어쨌든 그 학생이 연극에서 맡았던 배역이 있는데, 그 배역이 없으면 연극을 중단해야 하오. 앞으로 몇 시간 안에 대사를 암기해야 하는데 이 학교에는 말귀를 알아듣고 선뜻 그 배역을 맡을 학생이 하나도 없소. 재미있는 역할도 아니고 마음씨 고운 역할도 아니긴 하지. 학생들은 넌더리나는 '자존심' 때문에 그 배역을 싫어할 거요. 여자들은 자존심이라는 저열한 성질을 너무 많이 지니고 있단 말이야. 영국 여자들은 최고로 좋은 여자이거나 최악의 여자이거나 둘 중 하나요. 사실 난 영국 여자라면 역병처럼 끔찍하게 여기는 사람이지만(그는 자기도 모르게 프랑스어로 이 말을 내뱉고 말았다). 지금 나는 영국 여자에게 날 좀 구해달라고 요청하고 있소. 당신 대답은 뭐요? '예, 아니오'로 답하시오."

'아니오'라고 대답할 수백 가지 이유가 떠올랐다. 남의 나라 말인데다, 시간이 한정돼 있고, 사람들 앞에 나서는 일이라니…… 의지가 뒷걸음질치고, 능력이 머뭇거리고, (그가 '저열한 성질'이라고 표현한) 자존심이 덜덜 떨었다. "아니오, 아니오, 아니오!" 의지와 능력과 자존심은 입을 모아 외쳤다. 하지만 폴 선생을 바라보다가 성이 나서 이글거리는 날카로운 눈과 그 모든 협박 뒤에 숨어 있는 호소하는 빛을 발견한 나는 얼떨결에 입술을 움직여 "예(oui)"라고 대답했다. 그의 엄격한 표정은 만족으로 전율하며 일순간 풀어졌다. 그러나 그는 재빨리 얼굴을 도로 굳히고 말을 계속했다.

"얼른 시작합시다! 여기 대본이 있소. 당신 배역은 이거요. 읽어보시오."

나는 대본을 읽어나갔다. 폴 선생은 칭찬하지 않았다. 어떤 대목에서는 얼굴을 찡그리고 발을 쾅쾅 굴렀다. 나는 그가 가르쳐주는 대로 부지런히 따라했다. 그건 과히 기분 좋지 않은 배역이었다. 머리가 텅 빈 남자 역할이었는데 공감하기도 힘들고 이해도 가지 않아서 나 역시 그 역할이 싫었다. 연극은 어느 예쁜 요부를 얻기 위해 두 남자가 경쟁을 벌인다는 내용의 짧은 희극이었다. 한 남자는 '곰'(우르스, ours)이라고 불리는 선량하고 용감하지만 촌스러운 사람, 말하자면 가공하지 않은 다이아몬드 같은 사람이었고 다른 한 남자는 수다스럽고 의리 없는 바람둥이였다. 내가 맡은 역이 바로 수다스럽고 의리 없는 바람둥이 남자였다.

나는 최선을 다했으나 내가 생각해도 형편없는 연기였다. 폴 선생은 노발대발했다. 나는 소매를 걷어붙이고 달려들어 내 능력을 최대한으로 발휘하려고 노력했다. 폴 선생도 나의 정성을 갸륵하게 여겼는지 어느 정도 만족스럽다고 인정했다.

"그 정도면 됐소!"

정원 쪽에서 사람들의 목소리가 들리기 시작하고 나무 사이로 흰 드레스 자락이 펄럭이자 그가 말했다.

"이제 당신은 숨어서 이걸 혼자 외워야 하오. 따라와요."

미처 생각할 시간도 힘도 없었다. 나는 눈 깜짝할 사이에 일종의 회오리바람에 휘말려 위층으로 올라갔다. 그런 식으로 두 쌍, 아니 실제로는 세 쌍의 계단을 올라가서는(성미가 불같은 이 작은 남자는 어디서나 본능적으로 길을 찾아내는 듯했다) 높은 곳에 있는 외딴 다락방으로 이끌려갔다. 그는 나를 다락방에 집어넣고 문을 잠근 후, 문에 꽂혀 있던 열쇠를 가지고 어디론가 가 버렸다.

다락방은 쾌적한 장소가 못 됐다. 폴 선생은 그 방이 얼마나 불쾌한 곳인지 몰랐던 것 같다. 알고 있었다면 그렇게 다짜고짜 나를 가두었을 리 만무하니까. 그 방은 여름이면 아프리카처럼 무덥고 겨울이면 그린란드처럼 추운 곳이었다. 상자와 나무토막이 방 안 가득 널려 있었고 횅한 벽은 낡은 외투로, 먼지 쌓인 천장은 거미줄로 덮여 있었다. 쥐와 시커먼 딱정벌레와 바퀴벌레가 이 방에 산다는 사실은 익히 알려져 있었다. 아니, 정원을 배회하는 수녀 유령이 언젠가 이 방에 나타났다는 소문도 있었다. 한쪽 구석은 어둑어둑했고 그 맞은편에는 마치 교수대에 매달린 악한처럼 못에 하나씩 걸린 외투들을 가리기 위해 낡은 적갈색 커튼이 드리워져 있어 한층 기괴한 분위기가 났다. 수녀 유령이 나왔다는 곳이 바로 이 커튼 뒤, 외투들 사이였다. 나는 그런 이야기를 믿지 않았으므로 유령이 나올까봐 마음을 졸이지는 않았다.

그러나 그 어두운 구석에서 꼬리가 긴 시커멓고 커다란 쥐가 미끄러져 나오는 모습이며, 방바닥 곳곳에 검은 딱정벌레가 흩어져 있는 모습이 눈에 들어왔다. 쥐와 딱정벌레는 먼지와 나무토막과 숨이 턱턱 막히는 방안의 열기보다도 나를 더 불안하게 만들었다. 아니다. 똑같이 불안하게 만들었다고 하는 게 맞겠다. 내가 가까스로 천창을 열고 무언가로 받쳐놓아 신선한 공기가 들어오게 했기에 망정이지 하마터면 방 안의 열기에 질식할 뻔 했다. 나는 커다란 빈 궤짝을 밀어 천창 밑으로 가져왔다. 그러고는 그 위에 작은 상자를 올려놓고 궤짝과 상자에 쌓인 먼지를 털어낸 다음 옷자락을 잘 감싸쥐고(독자들도 기억하겠지만 그날 입은 옷은 내가 가진 가장 좋은 옷이었으므로 신경을 쓰지 않을 수 없었다) 그 위에 앉아 내 임무에 착수했다. 이렇게 즉석에서 제작한 왕좌에 앉아 대사를 외우면서도 두 눈으로는 검은 딱정벌레와 바퀴벌레를 면밀하게 주시했다. 쥐보다 벌레가 더 무서워서 몸이 부들부들 떨렸다.

처음에는 내가 정말로 불가능한 일을 떠맡았다는 생각이 들었다. 그래서 실패를 각오하고 그저 최선을 다하기로 마음먹었다. 하지만 그렇게 짧은 희극의 배역은 몇 시간 전에 통보받고도 대사를 외울 수 있다는 사실을 곧 깨달았다. 나는 외우고 또 외웠다. 처음에는 속삭이듯이, 나중에는 소리내어 보는 사람이 아무도 없는 가운데 다락방의 쥐와 벌레들 앞에서 내 역할을 연기했다. 그 역할이란 게 너무나 공허하고 경박하고 가식적이었기 때문에, 나는 한껏 경멸하고 짜증을 내면서 이 '멋쟁이'(fat)를 최대한 어리석은 인물처럼 연기하는 방법으로 그에게 복수했다.

연습을 하는 동안 오후가 다 지나가고, 낮은 어느덧 저녁으로 바뀌기 시작했다. 아침을 먹은 이후로 아무것도 먹지 못했으므로 굉장히 배가 고팠다. 바로 지금 저 아래 정원에서 사람들이 먹고 있을 간식이 생각났다(아까 현관에서 작은 '크림 페이스트리'가 가득 담긴 바구니를 봤는데 내게는 그게 가장 맛있어 보였다). 페이스트리 한 조각, 혹은 케이크 한 조각이면 딱 좋을 것 같았다. 맛있는 음식을 먹고 싶은 욕구가 커질수록 다락방에 갇혀 금식하면서 축일을 보내는 일이 점점 힘들어졌다. 다락방은 대문과 현관으로부터 멀리 떨어져 있었지만 온종일 쉬지 않고 딸랑거리는 대문의 종소리는 여기서도 희미하게 들렸다. 마차 바퀴가 끊임없이 구르며 보도를 혹사시키는 소리도 들렸다.

집과 정원이 사람으로 넘쳐났다. 아래층에 있는 사람은 하나같이 기분 좋고 명랑한 것 같았다. 방 안은 차츰 어두워지고 있어서 딱정벌레들이 잘 보이지 않았다. 나는 몸을 부르르 떨었다. 벌레들이 몰래 다가와서 이제는 보이지도 않는 내 왕좌에 기어오르고 나도 모르는 사이에 내 치마 속으로 들어오면 어쩌나? 초조하고 걱정이 되기도 했던 나는 순전히 시간을 죽이기 위해 내 역할을 다시한 번 연습하기 시작했다. 연습을 끝마칠 무렵에야 겨우 자물쇠에서 열쇠가 삐걱거리는 반가운 소리가 들렸다. 폴 선생이 방 안을 들여다보고 있었다(어둡긴 했지만 아직 빛이 약간 남아 있어서, 바싹 깎은 머리의 벨벳 같은 검은색과 이마의 누르스름한 상아색을 보고 그 사람이 폴 선생이라는 정도는 알아볼 수 있었다).

폴 선생은 문을 열어놓은 채 문지방에 서서 프랑스어로 소리쳤다.

"잘 했소! 다 듣고 있었는데 그 정도면 충분하오. 다시 해보시오!"

나는 잠시 머뭇거렸다. 그러자 그가 엄격한 말투로 말했다.

"다시! 인상을 쓰지 말고 해보시오! 나약한 마음은 치워버리고!"

나는 다시 연기를 했지만 혼자 할 때의 반만큼도 잘 하지 못했다.

폴 선생은 약간 실망스러운 듯 프랑스어로 "어쨌든 이제 알긴 아는군." 이라고 중얼거리고 나서 영어로 나에게 말했다.

"하긴 이런 상황에서 까다롭게 굴거나 정확한 걸 요구할 순 없겠지. 아직도 준비할 시간이 20분은 더 있소. 그럼 안녕히!"

폴 선생은 이렇게 말하고 나가려고 했다. 나는 용기를 내어 그를 불렀다.

"선생님."

"왜 그러오, 마드무아젤?"

"배가 고파요."

"뭐라고, 배가 고프다고? 간식은?"

"모르겠어요. 간식은 구경도 못 하고 여기 갇혀 있었잖아요."

그가 소리쳤다.

"아차! 그렇지."

잠시 후 내 왕좌는 공석이 되고 다락방도 텅 비었다. 나를 다락방으로 올라오게 했던 힘이 이번에는 반대 방향으로 작용했다. 나는 순식간에 아래로, 아래로, 아래로 내려가서 부엌에 다다랐다(그대로 지하실까지 내려가지 않아서 다행이었다). 요리사에게는 음식을 준비하라는 엄명이, 내게는 먹으라는 엄명이 떨어졌다. 기쁘게도 내가 먹어야 하는 음식은 커피와 케이크가 전부였다. 내가 좋아하지 않는 포도주라든가 단 음식이 나올까봐 겁을 내고 있었던 터였다. 내가 크림 페이스트리를 먹고 싶었던 걸 어떻게 알았는지 모르겠지만, 어쨌든 폴 선생은 밖으로 나가더니 어디선가 크림 페이스트리를 하나 얻어다가 내게 주었다. 나는 무척 반가운 마음으로 음식을 먹고, 크림 페이스트리는 맨 마지막에 먹으려고 일부러 남겨두었다. 폴 선생은 식사를 감독하면서 내가 먹을 수 있는 것보다 더 많이 먹으라고 강요하다시피 했다.

내가 이제 진짜로 더는 못 먹겠다는 의사를 표시하면서, 그가 막 버터를 바른 롤빵을 먹지 않게 해 달라고 간청하는 뜻으로 두 손을 치켜들자 그는 큰 소리로 말했다.

"좋소! 당신은 나를 무슨 폭군이나 푸른 수염 같은 인간으로 매도할 거요. 여자를 다락방에 가둬놓고 굶주리게 하다니! 알고 보면 나는 그런 사람이 아니라오. 자, 마드무아젤, 이제 무대에 설 용기와 기운이 생겼소?"

나는 그런 것 같다고 대답했다. 사실은 너무나 혼란스러워서 내 기분이 어떤지 알기조차 어려웠다. 하지만 그를 단번에 제압할 만큼 강력한 힘이 없는 이상은 절대로 이 작은 남자에게 반항하지 말아야 할 것 같았다.

그는 "그럼 갑시다"라고 말하며 손을 내밀었다.

나는 그의 손을 잡았다. 그가 빠른 걸음으로 나아갔기 때문에 옆에 있던 내가 보조를 맞추려면 뛰어갈 수밖에 없었다. 그는 커다란 램프가 켜진 장방형 홀에서 잠시 멈춰 섰다. 널찍한 교실 문들과 정원 문은 열려 있었고, 현관 양쪽 기둥은 통에 심은 오렌지나무와 화분에 담긴 키 큰 꽃들로 꾸며져 있었다. 야회복을 차려 입은 신사와 숙녀들이 꽃 사이에 무리지어 서 있거나 걸어 다녔다. 실내에서는 일렬로 늘어선 교실들 쪽에 장밋빛 옷, 푸른색 옷, 반투명한 흰색 옷을 입은 사람들이 모여들어 물결치고, 웅성거리고, 손을 흔들고, 물결처럼 밀려갔다. 사람들의 머리 위로 샹들리에가 환하게 빛났다. 저 멀리 무대 위에는 점잖은 녹색 커튼과 한 줄로 설치된 조명이 있었다.

폴 선생이 프랑스어로 내게 물었다.

"정말 아름답지 않소?"

나는 그렇다고 말하려 했으나 심장 박동이 목구멍까지 차올랐다. 폴 선생은 눈치를 채고 옆얼굴을 약간 찡그리더니 나를 붙잡고 아프도록 흔들어 댔다.

나는 입을 열었다.

"최선을 다해 보지요. 그렇지만 빨리 끝났으면 좋겠네요. 저 사람들 사이를 뚫고 가야 하나요?"

"그럴 리가. 더 좋은 방법이 있소. 이쪽으로 해서 정원을 가로질러 갑시다."

우리는 곧 밖으로 나갔다. 서늘하고 조용한 밤바람을 쐬니 기운이 조금 났다. 달은 보이지 않았지만 불이 켜진 모든 방의 창문에서 나오는 빛이 정원을 밝게 비추었다. 복도에도 어슴푸레하게 빛이 들어왔다. 구름 한 점 없는 하늘에는 반짝이는 별빛이 장관을 이루고 있었다. 유럽 대륙의 밤이란 얼마나 아늑한가! 얼마나 차분하고, 온화하고, 안전한가! 바다 안개도 없고 냉기 어린 축축함도 없다. 한낮처럼 맑고 아침처럼 상쾌하다.

우리는 뜰과 정원을 지나 1반 교실의 유리문에 도착했다. 그날 밤의 다른 문들과 마찬가지로 그 문도 열려 있었다. 문을 통과한 후에는 1반 교실과 강당 사이에 있는 작은 방으로 들어갔다. 작은 방에 가득 찬 빛 때문에 나는 깜짝 놀랐다. 여러 사람의 목소리로 시끄러워서 귀가 멍멍할 지경이었고, 너무나 덥고 숨이 막히고 사람이 바글거려서 질식할 것 같았다.

폴 선생이 소리쳤다.

"질서! 조용히! 왜 이렇게 소란스러워?"

그러자 방 안이 잠잠해졌다. 폴 선생은 몇 마디 말과 손짓 몇 번으로 사람들의 절반은 밖으로 내보내고 나머지 절반은 줄을 세웠다. 남아 있는 사람들은 모두 무대의상을 입고 있었다. 그들은 연극에 출연하는 사람들이었고 이곳은 대기실이었던 것이다. 폴 선생이 나를 소개하자 모두들 나를 빤히 쳐다보았고 몇몇은 킥킥거렸다. 영국 여자가 '희극'에 출연하리라고는 꿈에도 생각지 못했던 그들은 깜짝 놀라고 있었다. 지네브라 판쇼 양이 나를 보더니 두 눈을 구슬처럼 동그랗게 떴다. 배역에 걸맞게 아름다운 옷을 차려 입은 그녀는 황홀할 만큼 예뻤다. 그녀는 수줍어하거나 불안해하기는커녕 수백 명의 관중 앞에서 아름다운 자태를 선보일 생각에 몹시 기뻐하고 있다가 기분이 최고조에 달한 순간 내가 방에 들어와서 어안이 벙벙해진 모양이었다. 그녀가 탄성을 지르려는 순간 폴 선생이 그녀와 나머지 사람들을 진정시켰다.

폴 선생은 출연자들을 일일이 살펴보고 잔소리를 하다가 내게로 몸을 돌리며 말했다.

"선생도 역할에 맞는 의상을 입어야 하오."

젤리 생피에르 양이 앞으로 튀어나오며 소리쳤다.

"입어야죠. 남자처럼 입어야 하고말고요!"

그녀는 거만한 말투로 덧붙였다.

"내가 직접 의상을 골라 줄게요."

남자 옷차림은 달가운 일이 아니었을 뿐 아니라 내게 어울리지도 않을 것 같았다. 그래, 나는 남자 이름을 달고 남자 역할을 하는 데는 동의했다. 그런데 남자 옷이라니…… 그건 아니지! 옷은 안 된다. 어떤 일이 벌어지든 간에 내 옷을 그대로 입겠다. 폴 선생이 노해서 고함을 칠지도 모르지만 내 옷을 포기하진 않겠다…… 나는 그렇게 말했다. 확고한 의지를 담아 말하긴 했지만 목소리는 작았고 어쩌면 발음이 부정확했을지도 모른다.

내가 예상했던 바와 달리 폴 선생은 격노하거나 고함을 치지 않고 가만히 서 있었다. 하지만 생피에르 양이 다시 끼어들었다.

"루시 양을 근사한 '멋쟁이 아저씨'(petit-maître)로 바꿔놓을게요. 여기 있는 의상은 모두 모두 완벽하답니다. 좀 크긴 하지만 제가 다 알아서 할게요. 자, 나의 친구, 어여쁜 아가씨, 이리 와요!"

생피에르 양은 나를 조롱하고 있었다. 나는 '어여쁜 아가씨'가 아니었으니까. 그녀는 내 손을 잡고 끌고 가려 했고, 폴 선생은 그녀를 가로막고 서서 중립을 지키고 있었다.

내가 끌려가지 않으려고 버티자 생피에르 양이 다시 말했다.

"반항하지 마요. 그러면 당신이 모든 걸 망치는 거예요. 작품의 재미를 떨어뜨리고, 모두의 즐거움에 찬물을 끼얹고, 당신의 '자존심' 때문에 모든 걸 희생시킬 셈인가요? 그건 너무 심하잖아요. 폴 선생님도 절대로 허락하지 않으실 거예요, 그렇죠?"

그녀는 폴 선생의 눈치를 살폈다. 나 역시 그를 힐끗 보았다. 폴 선생은 그녀와 나를 번갈아 쳐다보고 나서 천천히 입을 열었다.

"멈추시오!"

그는 여전히 나를 끌고 가려고 애쓰는 생피에르 양을 붙잡았다. 모든 사람이 그의 결정을 기다리고 있었다. 그가 화를 내거나 신경질을 내지 않는다는 걸 알고 나는 용기를 냈다.

그는 남자 의상을 가리키며 내게 물었다.

"저 옷이 마음에 들지 않소?"

"괜찮은 것도 있지만 전부 다는 못 입어요."

"그럼 어떻게 하자는 거요? 남자 역할을 맡기로 하고서 무대에는 여자 복장으로 올라간단 말이오? 전문적인 연극이 아니라 기숙학교에서 하는 짧은 희극이니 약간 변화를 주는 건 용납할 수 있소. 하지만 남자라는 걸 보여주려면 뭔가 있어야 하잖소."

"예, 그렇게 하지요. 대신 제 방식대로 하겠어요. 누구의 간섭도 받지 않을 테니 억지로 뭘 시키지 마세요. 저 혼자서 의상을 챙겨 입겠어요."

폴 선생은 두말없이 생피에르 양이 들고 있던 의상을 내게 건네준 다음 분장실로 들어가게 해주었다. 다시 혼자가 된 나는 마음을 가라앉히고 침착하게 일에 착수했다. 내가 입고 있던 여자 옷은 털 끝 하나 건드리지 않고 그저 작은 조끼와 품이 좁은 외투를 걸친 후 옷깃과 넥타이를 추가했다. 결과적으로는 어느 여학생의 오빠 같은 복장이 됐다. 나는 땋은 머리를 헐겁게 만들어 긴 뒷머리는 바짝 올리고 앞머리는 한쪽으로 빗은 다음 모자를 쓰고 손에는 장갑을 끼고 밖으로 나갔다. 사람들과 함께 기다리고 있던 폴 선생이 나를 보더니 이렇게 말했다.

"학교 연극이니까 그 정도면 되겠군."

그러고는 약간 친절한 말투로 이렇게 덧붙였다.

"용기를 내시오, 친구! 조금만 냉정하게, 조금만 태연하게 하면 다 잘 될 거요."

생피에르 양은 차갑고 음흉한 태도로 또다시 나를 비웃었다.

흥분 탓에 예민해져 있었던 나는 그녀를 향해 몸을 휙 돌렸다. 그러고는 우리 둘 다 남자였다면 그녀에게 결투를 신청했을 거라고 쏘아붙였다.

폴 선생이 끼어들어 말했다.

"자, 자, 끝나고 나서 하시오. 연극이 끝나면 내가 가진 한 쌍의 권총을 당신들에게 하나씩 주고 격식에 맞게 결투를 주선하겠소. 기껏해야 프랑스와 영국의 해묵은 다툼이 되겠지."

곧 연극이 시작될 예정이었다. 돌격을 앞둔 병사들에게 제독이 연설하듯 폴 선생은 우리를 자기 앞에 세워두고 짧은 열변을 토했다. 그가 뭐라고 했는지는 기억나지 않는다. 각자 자기 자신이 별로 중요하지 않다고 생각하라고 충고했다는 것 외에는. 나 같은 사람에게는 불필요한 충고라는 생각이 들었다. 종이 울렸고, 나는 다른 배우 두 명과 함께 무대로 나갔다. 종이 한 번 더 울렸다. 내가 첫 대사를 말해야 할 순간이었다.

폴 선생이 내 귀에 대고 속삭였다.

"관중을 보지 말고 생각하지도 마시오. 다락방에서 쥐들을 상대로 혼자 연기한다고 상상하시오."

그는 이 말을 남기고 사라졌다. 커튼이 돌돌 말리면서 천장까지 올라갔다. 갑자기 밝은 조명과 길쭉한 교실과 들뜬 군중이 눈앞에 나타났다. 나는 검은 딱정벌레, 낡은 궤짝, 벌레가 뜯어먹은 책상을 머릿속으로 그리며 서투른 솜씨로 대사를 읊조렸다. 좌우간 하긴 했다! 첫 번째 대사는 참으로 어려웠다. 관중보다는 나 자신의 목소리가 두려웠다. 모두 외국인 아니면 낯선 사람들로 이루어진 관중이 내게 무슨 의미가 있겠는가. 나는 관중을 의식하고 있지도 않았다. 혓바닥이 자유롭게 움직이게 되고 내 목소리가 본래의 색깔과 자연스러운 말투를 되찾은 후에는 내가 연기하는 등장인물과 무대 옆에서 지켜보며 대사를 일러주는 폴 선생 외에는 아무것도 생각나지 않았다.

이윽고 적당한 힘이 솟아났고, 그 반동으로 내면에서 감정이 분출되고 고조되는 느낌이 들었다. 마음이 어느 정도 가라앉으니 함께 연기하는 배우들이 눈에 들어왔다. 몇몇은 연기를 썩 잘 했다.

특히 두 남자 사이를 오가며 교태를 부려야 했던 지네브라 팡쇼 양은 배역을 훌륭히 소화해 냈다. 사실 그녀에게 꼭 맞는 역할이기도 했다. 그녀는 나를, 그러니까 멋쟁이 신사를 향해 눈에 띄는 애정과 명백한 호의를 한두 차례 표시했다. 그렇게 활기찬 모습으로 나에게 특별한 호의를 베풀고, 경청하며 박수치는 관중에게 눈길을 보내냈다. 지네브라를 잘 아는 나는 그녀가 누군가를 '향해' 연기하고 있다는 걸 금방 알아차렸다. 그래서 그녀의 시선, 미소, 동작을 눈으로 좇다가 그녀가 잘생기고 기품 있는 사람을 목표로 삼아 화살을 날리고 있다는 사실을 발견했다. 그 사람은 화살이 날아가는 경로에 정확히 들어와 있었고 다른 관객들보다 키가 컸으므로 화살을 받을 확률이 높아 보였다. 조용하지만 열정적인 태도로 서 있는 그 사람은…… 다름 아닌 존 선생이었다.

이 광경을 보니 무언가 연상되는 바가 있었다. 존 선생은 표정으로 말을 하고 있었다. 그가 뭐라고 하는지는 알 수 없었지만 나는 그걸 보고 활력을 얻고 지난날의 일들을 떠올렸다. 그리고 머릿속에 떠오른 생각을 내가 연기하는 역할에 반영했다. 지네브라에게 구애하는 연기를 하면서 그걸 고스란히 집어넣었다. 진실한 연인인 '곰'에게서 나는 존 선생의 모습을 보았다. 내가 전처럼 그를 가엾게 여겼냐고? 아니다. 나는 냉정한 마음으로 그와 경쟁을 벌여 승리를 거두었다. 나는 멋쟁이에 지나지 않았지만, 그가 거절당해야 내가 웃을 수 있었다. 어느덧 나는 승리를 갈망하는 사람, 반드시 목표물을 손에 넣기로 마음먹은 사람처럼 연기하고 있었다. 지네브라도 나와 뜻을 같이했다. 우리는 둘이서 그 배역을 머리끝부터 발끝까지 색칠해 성격을 반쯤 바꿔버렸다. 막간에 폴 선생은 우리가 무엇에 사로잡혔는지 모르겠다면서 타이르듯 이렇게 덧붙였다.

"원래 배역보다 멋지긴 하지만 그건 틀린 해석이오."

내가 무엇에 사로잡혔는지는 나도 모르겠다. 좌우간 그 '곰'을, 말하자면 존 선생을 누르고 싶은 마음이 간절했다. 마침 지네브라도 사근사근하게 구는데 어찌 내가 신사적으로 대하지 않을 수 있겠는가? 나는 대본 그대로 연기하면서도 배역의 성격을 과감하게 바꿨다. 감정이 없이, 흥미가 없이는 그 역할을 연기할 수 없었다. 그래도 연극은 진행돼야 했으므로 나는 꼭 필요했던 양념을 쳐서 역할을 맛있게 만든 후 마음껏 즐겼다.

그날 저녁 내가 받은 느낌과 내가 한 행동은 내가 하늘나라로 승천하는 것만큼이나 뜬금없는 일이었다. 흥미도 없었고 내키지도 않았고 걱정도 됐지만 순전히 다른 사람을 기쁘게 하려고 배역을 수락했는데, 얼마 후에는 힘이 솟아나고 흥미가 생기고 용기가 나서 나 자신을 기쁘게 하기 위한 연기를 하다니! 다음 날 다시 생각해 보니 그 서툰 연기가 매우 불만족스러웠다. 이번 한 번은 폴 선생이 시키는 대로 나 자신의 역량을 시험해 봤다고 치고 다시는 비슷한 일에 말려들지 않기로 단단히 마음먹었다. 이번 일로 내가 연극적인 표현에 상당한 흥미를 지니고 있다는 걸 알게 됐다. 새로 발견한 자질을 소중히 여기고 연마한다면 새로운 즐거움의 세계가 열릴 수도 있었겠지만 구경꾼의 자세로 삶을 살아가는 사람에게는 다 부질없는 일이었다. 그런 능력과 욕구는 옆으로 치워놓고 살아야 하는 법이다. 그래서 그걸 구석으로 밀어 넣고 단단한 자물쇠로 잠가버렸다. 지금껏 '시간'도 '유혹'도 그 자물쇠를 비틀어 열지 못했다.

연극은 무사히 끝났다. 연극이 끝나자 성질 사납고 독단적이던 폴 선생이 전혀 다른 사람으로 변신했다. 감독이라는 책임을 어깨에서 내려놓으니 고압적인 엄격함은 돌연 사라지고, 순식간에 쾌활하고 친절하고 사교적인 사람이 되어 우리 모두와 악수를 나누고 일일이 수고했다는 인사를 건넨 다음 앞으로 열릴 무도회에서 우리 모두와 차례로 춤을 추겠노라고 선언했다. 내게도 약속해 달라고 하기에 나는 춤을 추지 않는다고 이야기했더니 "한 번은 꼭 춰야겠소"라는 대답이 돌아왔다. 내가 슬쩍 옆으로 빠져서 그의 시야를 벗어났기에 망정이지 그렇지 않았으면 강제로 두 번째 연극을 했으리라. 하지만 그날 저녁에 또다시 연기를 할 생각은 없었다. 평범한 생활을 하는 나 자신으로 돌아갈 시점이었다. 나의 암갈색 드레스는 외투를 걸치고 무대에 서기에는 그럭저럭 괜찮은 옷이었지만 왈츠나 카드리유에는 어울리지 않았다. 나는 조용한 구석으로 물러나 남들 눈에 띄지 않게 무도회를 구경했다. 화려하고 즐거운 광경이 내 눈앞에 펼쳐졌다.

이번에도 지네브라 판쇼 양이 제일가는 미인이었다. 참석자 가운데 그녀가 가장 예쁘고 가장 명랑했다. 무도회를 개시하는 사람으로 선발된 그녀는 사랑스러운 모습으로 우아하게 춤추며 행복한 미소를 지었다. 지네브라는 그런 장면을 보여줄 때가 최고였다. 그녀는 쾌락의 딸이었다. 힘든 일과 노동에는 도통 흥미가 없었고 할 줄도 모르면서 투덜거리기만 했다. 반면 화려한 축제에서는 한 마리 나비처럼 금빛 가루가 뿌려진 날개를 활짝 펼쳐 선명한 점박이 무늬를 빛내고, 보석처럼 반짝이고, 꽃처럼 붉어졌다. 평범한 음식과 흔한 음료를 보면 입을 삐죽거렸지만 벌꿀을 바른 곳에 날아오는 벌새처럼 크림과 얼음이라면 사족을 못 썼다. 그녀의 몸에는 달콤한 포도주가 흘렀고, 그녀의 주식은 달콤한 과자였다. 지네브라는 무도회장에서 삶을 꽃피우는 사람이었다. 다른 곳에 가면 의기소침해지고 풀이 죽었다.

독자여, 지네브라가 그렇게 활짝 피어나고 광채를 발한 게 단지 춤 상대인 폴 선생을 위해서였다고 생각지는 마시라. 그녀가 그날 밤 최상의 우아함을 보여준 건 친구들에게 한 수 가르쳐주기 위해서도 아니요, 홀과 무도회장에 꽉꽉 들어찬 학생들의 부모와 조부모를 위해서도 아니었다. 우리의 지네브라는 그렇게 따분하고 제약이 많은 자리에서 그렇게 재미없고 김빠지는 이유로 카드리유를 추는 은전을 베풀 사람이 아니다. 보통 때 같으면 그런 자리에서 기분 좋고 활기차게 행동하기는커녕 지루해하며 짜증을 냈을 것이다. 그러나 그녀는 무도회장을 메운 군중 속에서 전체를 환히 밝혀주는 하나의 빛을 찾아냈고 전체에 흥취를 더해주는 조미료를 맛보았다. 최상의 매력을 보여줄 응당한 이유가 있었던 셈이다.

사실 무도회장에 아버지가 아닌 미혼 남자는 한 사람도 보이지 않았다. 폴 선생은 예외였다. 그는 학생에게 춤을 신청할 수 있는 유일한 남자였다. 그가 예외적인 특권을 누린 이유는 오랫동안 유지된 관습(그는 베크 부인의 친척이고 그녀의 신임을 받는 사람이었으므로)에도 있었지만 그가 원체 자기 방식을 고수하며 자기가 하고 싶은 대로 행동하는 사람이기 때문이기도 했다. 한편으로 폴 선생은 고집세고 정열적이고 편파적인 성격에도 불구하고 명예를 귀중하게 여기는 사람이어서 세상에서 가장 아름답고 순수한 미녀 수백 명도 한꺼번에 맡길 수 있었기 때문이었다. 그가 통솔하는 한 미녀들은 전적으로 안전하고 해를 입지도 않았다. 이 말은 괄호 안에 넣어야 할지도 모르겠지만, 이 학교 여학생들은 대부분 순수하지 않았고 오히려 정반대에 가까웠다.

하지만 폴 선생의 면전에서는 그들도 거친 본모습을 감히 드러내지 못했고, 일부러 그의 약점을 건드리지도 못했고, 그가 노발대발하며 돈호법을 쓸 때도 대놓고 웃지 않았다. 화나는 일이 있어서 그가 사람의 얼굴 위에 영리한 사자의 탈을 쓰고 있을 때면 소녀들은 속삭이는 소리도 내지 못했다. 따라서 폴 선생은 누구든 원하는 사람과 춤을 출 수 있었다. 그의 행보를 방해하는 자에게 화가 있을지어다.

그 밖에 방청객 자격으로 입장한 남자들이 있었다. 간청을 하거나 이런저런 영향력을 행사해서 (겉으로는) 내키지 않아 하는 자비롭고 너그러운 베크 부인의 특별한 호의에 기대 조건부로 어렵게 입장한 사람들이었다. 베크 부인은 저녁 내내 그들을 홀에서 가장 구석지고 가장 황량하고 가장 춥고 어두운 장소에 격리해 두고 주특기인 감시를 시행했다. 실로 불쌍한 한 무리의 '젊은이들'(jeunes gens)이었다. 모두 훌륭한 가문 출신이었고, 어머니와 함께 온 장성한 아들이었고, 이 학교 학생의 오빠 또는 남동생이었거늘. 베크 부인은 저녁 내내 이 '젊은이들' 곁에서 어머니처럼 세심하고 마왕처럼 엄격하게 임무를 수행했다. 젊은이들의 앞에는 일종의 차단선 구실을 하는 장식용 줄이 드리워져 있었다. 그들은 그 선을 넘어가게 해 달라고, 그래서 저 '금발 미녀' 또는 저 '예쁜 갈색 머리 소녀' 또는 '칠흑같이 검은 머리의 빼어나게 아름다운 소녀'와 한 번만 춤을 추게 해 달라고 졸라대며 그녀를 피곤하게 했다.

그러면 베크 부인은 위엄 있게 딱 잘라 말했다.

"조용히 하세요! 내 눈에 흙이 들어가는 한이 있어도 이 선을 넘어갈 수 없어요. 여러분은 정원의 수녀 유령하고만 춤을 출 수 있습니다." (전설로 내려오는 유령 이야기를 두고 한 말이다)

이렇게 말한 그녀는 음산하게 흔들리는 줄을 따라 위풍당당하게 걸어갔다. 짙은 회색 비단 외투를 걸친 작은 나폴레옹 보나파르트 같았다.

베크 부인은 세상 물정을 좀 아는 사람이었다. 특히 사람의 본성에 통달해 있었다. 그녀 외에 빌레트의 어느 여교장이 감히 학교 부지 안에 젊은 남자를 들여놓을 수 있겠는가? 하지만 베크 부인은 바로 이런 기회에 남자의 입장을 허용하는 과감한 조치를 취함으로써 크게 점수를 딸 수 있다는 점을 간파하고 있었다.

첫째, 학부모들을 모두 공범자로 만들 수 있었다. 학부모들의 암묵적인 승인이 없이 학교에 남자가 들어오기란 불가능한 일이기 때문이었다. 둘째, 너무나 매혹적이면서도 위험한 이 방울뱀들을 들여놓으면 부인의 특징인 일등급 감시 기술을 발휘할 계기가 생겼다. 셋째, 젊은 남자들의 존재는 축제 분위기를 돋우는 데 최고였다. 여학생들은 젊은 남자들이 와 있다는 사실을 알고 있었고 눈으로 확인할 수도 있었다. 황금 사과(그리스 신화에서 헤라 여신은 결혼할 때 받은 황금사과를 님프에게 맡기고 파수꾼인 용의 도움을 받아 지키게 한다—옮긴이)들이 멀리서 반짝이는 광경은 여학생들에게 강력한 정신적 활력을 선사하는 데 최고였다. 학생들의 기쁨은 부모에게도 전파되어, 무도회장은 곧 생명력과 환희로 넘쳐났다. '젊은이들'로 말할 것 같으면 제약을 받기는 했지만 기분은 좋았다. 그들이 지루함을 느낄 틈이 없도록 베크 부인이 세심하게 배려했기 때문이었다. 그리하여 매년 베크 부인의 영명축일은 빌레트의 다른 어느 여교장의 영명축일보다 큰 성공을 거두었다.

처음에는 존 선생도 교실들을 오가며 자유롭게 다닐 수 있었다. 남자답고 책임감 있는 표정 덕택에 그의 젊음이 가려지고 잘생긴 외모가 반쯤 용서받았던 것이다. 그러나 무도회가 시작되자마자 베크 부인이 그에게 달려가서 웃으며 말했다.

"어이, 늑대, 이리 오세요. 당신은 양털을 뒤집어쓰고 있지만 그렇다고 양 떼 우리에 둘 순 없지요. 이쪽으로 와요. 나는 이 홀에 20명이나 되는 훌륭한 늑대를 가두어 놓았답니다. 당신도 제 수집품 속으로 들어가셔야겠네요."

"그 전에 제가 선택한 학생과 한 번만 춤을 추게 해주십시오."

"어머, 어떻게 그런 부탁을 하실 수가 있죠? 말도 안 돼요. 불경스러운 일이고요. 자, 자, 얼른 나와요."

춤을 추느라 피곤해진 지네브라는 구석 자리에 있는 나를 발견했다. 그녀는 내 옆에 있는 긴 의자에 털썩 주저앉아 내 어깨에 팔을 둘렀다(생략했더라도 내 입장에서는 전혀 섭섭하지 않았을 행동이었다).

그녀는 짜증기가 약간 섞인 목소리로 흐느끼듯 외쳤다.

"루시 스노 언니!"

나는 무미건조하게 물었다.

"대체 왜 그러니?"

"나 어때? 오늘 밤 내 모습이 어떠냐고?"

"평소와 같아. 쓸데없는 허영에 젖어 있지."

"또 빈정댄다! 언니는 나한테 좋은 소리라고는 절대로 안 해주더라. 사람들이 아무리 샘을 내면서 나를 깎아내려도 내가 예쁘다는 건 사실이라니까. 내 모습을 감상해야겠어. 의상실에 커다란 거울이 있으니까 거기서 내 모습을 머리끝부터 발끝까지 살펴볼 테야. 나랑 같이 가서 거울 앞에 나란히 서보지 않을래?"

"좋아, 판쇼 양. 얼마든지 비위 맞춰주지."

의상실은 아주 가까웠다. 우리가 안으로 들어서자 지네브라는 내 팔짱을 끼고 나를 거울 앞으로 끌어당겼다. 나는 항의하지 않고 순순히 끌려가 말없이 서 있으면서 그녀가 의기양양하게 자기애의 향연을 벌이도록 놓아두었다. 그녀의 자기애가 과연 어디까지 소화할 수 있을지, 도중에 싫증을 내지는 않을지 궁금했다. 다른 사람을 향한 배려의 속삭임이 그녀의 마음에 스며들어 그 자만심과 벅찬 기쁨을 억제할 수 있을지도 궁금했다.

결과는 전혀 아니올시다였다. 지네브라는 나보고 돌아서라고 하고 자기도 한 바퀴 돌면서 우리 두 사람을 모든 각도에서 살펴보았다. 그러고는 미소를 지으며 곱슬머리를 한번 나부끼고 허리띠를 고쳐 매고 드레스 자락을 펴고 나서야 드디어 내 팔을 놓아주었다. 그녀는 짐짓 공손하게 무릎을 굽혀 인사하며 말했다.

"왕국을 다 준대도 언니처럼 되고 싶지는 않아."

워낙 천진난만한 말이어서 화가 나지도 않았다. 나는 그냥 이렇게만 대답했다.

"그렇겠지."

"나처럼 될 수 있다면 언니는 뭘 내놓을 거야?"

"이상하게 들리겠지만 6펜스짜리 가짜 동전 하나도 내지 않을 거야. 넌 보잘것없는 여자애거든."

"속으로는 그렇게 생각하지 않으면서."

"맞아. 사실 내 마음 속에는 네 자리가 아예 없거든. 가끔 너를 거꾸로 매달아 놓는 상상을 하긴 하지만."

지네브라는 충고하는 어조로 말했다.

"그래? 우리의 처지가 어떻게 다른지 한번 들어볼래? 그러면 내가 얼마나 행복하고 언니가 얼마나 불행한지 알게 될 거야."

"어디 들어보자."

"우선 나는 집안이 제법 괜찮고, 아버지가 부자는 아니지만 삼촌에게서 유산을 받을 가능성이 있지. 그리고 나는 아직 열여덟 살이야. 꽃다운 나이라고. 유럽에서 교육을 받았고, 비록 철자법도 제대로 모르긴 하지만 다른 재주가 많지. 솔직히 말해서 예쁘기도 하고. 그건 언니도 인정해야 할 걸. 원하기만 하면 남자들이 내게 구애하게 만들 수 있어. 오늘 밤만 해도 두 신사가 나 때문에 속을 태우고 있는 걸. 방금 전에도 둘 중 하나가 죽도록 괴로워하는 표정을 짓고 있었어. 그걸 보니 어찌나 즐겁던지. 두 신사가 붉으락푸르락한 얼굴로 서로를 향해 인상을 쓰고 성난 시선을 주고받다가 내게는 갈망하는 시선을 보낼 때면 기분이 째진단 말이야.

이게 '나' 야. 행복한 나! 그럼 언니는 어떤지 볼까? 가엾은 사람! 내 생각에 언니는 별 볼일 없는 사람의 딸인 것 같아. 빌레트에 처음 왔을 때 아기 보는 일을 했으니까. 뒤를 봐줄 사람도 없다는 거겠지. 스물세 살이면 젊다고 하기도 어렵고, 남의 이목을 끄는 재능이나 미모도 없지.

연인 이야기로 넘어가볼까? 언니는 연인이 뭔지도 잘 모르니까 그런 대화에 끼지도 못하지. 다른 선생님들이 자기 연인 이야기를 늘어놓아도 묵묵히 앉아만 있잖아. 언니는 사랑을 해본 적도 없고 앞으로도 못 할 것 같아. 사랑이라는 감정이 어떤 건지 모른다고. 언젠가 언니가 짝사랑 때문에 아파할 일은 있을지 몰라도 다른 사람이 언니 때문에 가슴 아플 일은 없을 테니 그나마 다행이지. 다 맞는 이야기 아냐?"

"대체로 성경만큼이나 명백한 사실이구나. 게다가 예리하기까지 하네. 지네브라, 너에게도 좋은 점은 있구나. 그렇게 솔직하게 이야기할 수 있다는 거 말이야. 뱀처럼 음흉한 생피에르 양이라면 너처럼 말하지 못했겠지. 네 설명에 따르면 나는 불운한 사람이네. 하지만 지네브라, 외모나 정신을 너처럼 만들기 위해서라면 동전 한 푼도 쓰지 않겠어."

"그건 내가 똑똑하지 않기 때문이겠지? 언니가 생각하는 거라고 해봐야 그게 다겠지. 똑똑한 걸 중요하게 생각하는 사람은 세상에 언니밖에 없다고."

"정반대야. 나는 네가 나름대로 똑똑하다고 생각해. 실은 아주 영리하다고 할 수 있지. 그런데 너 다른 사람의 가슴을 아프게 하고 있다고 했니? 내가 결코 가질 수 없는 즐거움이라고 한 거 말이야. 너의 허영 때문에 오늘 밤에 형벌을 받은 사람은 대체 누구지?"

지네브라는 내 귓가에 입술을 갖다 대고 속삭였다.

"이시도르하고 알프레드 드 아말이 둘 다 여기 와 있어."

"정말이야? 나도 보고 싶은걸."

"언니는 정말 귀여운 사람이라니까! 드디어 호기심이 생긴 모양이네. 따라와. 내가 알려줄게."

그녀는 우쭐거리며 앞장서서 걷다가 나를 돌아보며 말했다.

"하지만 교실에서는 잘 보이지 않아. 베크 부인이 그들을 너무 먼 곳에 데려다 놓았거든. 정원을 가로질러 복도로 들어가서 뒤쪽에서 접근하자. 만약에 거기 있다가 들키면 야단을 맞겠지만 신경 쓰지 말자고."

이번만은 나도 신경이 쓰이지 않았다. 우리는 정원을 가로지른 후 일반인 출입이 금지된 조용한 출입구를 통해 복도로 숨어들어가서 장방형 홀에 접근했다. 어느덧 복도의 그늘을 벗어나지 않으면서도 '젊은이들'의 무리가 잘 보이는 위치에 왔다.

지네브라가 알려주지 않았어도 나는 아말 대령을 가려낼 수 있었을 것이다. 그는 아주 잘생기고 콧날이 우뚝 솟은 작은 멋쟁이 신사였다. '작은' 멋쟁이 신사라고 한 까닭은 키가 평균 이하가 아니었음에도 불구하고 전체적인 생김새가 오밀조밀하고 손과 발이 작았기 때문이다. 그는 예쁘장하고 매끈하고 인형처럼 예뻤다. 옷차림이 훌륭하고 머리는 멋지게 곱슬거렸으며 신발과 장갑과 넥타이까지 근사했다. 한 마디로 정말 매력적이었다.

"와, 저렇게 사랑스러운 사람이 있다니!"

나는 지네브라의 취향을 칭찬하며, 아말 대령이 그녀 때문에 부서진 마음의 소중한 조각들을 어떻게 할 것 같으냐고 물었다. 향수

병 안에 넣고 장미유를 부어 보관할까? 또 나는 황홀한 찬사의 심정으로 아말 대령의 손이 지네브라의 손과 크기가 거의 비슷하다고 말했다. 유사시에는 그가 지네브라의 장갑을 낄 수도 있어서 편리하겠다고. 그의 곱슬머리가 너무 사랑스러워서 반할 지경이라는 이야기도 빼놓지 않았다. 그리스인처럼 좁은 이마와 고전적인 분위기를 풍기는 멋진 두상은 너무나 완벽해서 뭐라고 표현해야 할지 모르겠노라고 솔직하게 이야기했다.

지네브라는 몹시 기뻐하며 물었다.

"저 사람이 언니 연인이면 어떻겠어?"

나는 이렇게 대답했다.

"오, 대단히 행복하겠지! 하지만 지네브라, 그런 잔인한 소리는 하지 말라고. 나한테 그런 생각을 주입하는 건 불쌍한 카인에게 저 멀리 있는 천국을 딱 한 번 희미하게 보여주는 거나 다름없으니까."(창세기 4장에 카인은 천국에서 쫓겨나 '에덴 동쪽 놋 땅'에서 살게 된다―옮긴이)

"그가 좋다는 이야기지?"

"달콤한 과자와 잼과 사탕과 온실에 핀 꽃만큼."

지네브라는 내 취향에 탄복했다. 내가 예로 든 것들은 모두 그녀가 좋아해 마지않는 것이었으므로 그녀는 나 역시 그런 것들을 아주 좋아한다고 쉽게 믿어버렸다.

나는 지네브라에게 말했다.

"이제 이시도르 차례야."

나는 아말보다 이시도르를 보고 싶은 마음이 더 컸다. 하지만 지네브라는 아말에게 푹 빠져 있었다.

"알프레드가 오늘 밤 여기 올 수 있었던 건 숙모인 라 바론 드 돌로도트 부인이 힘을 써 주었기 때문이야. 내가 왜 저녁 내내 기분이 좋아서 근사한 연기를 하고 생기 넘치는 춤을 추고 지금은 여왕이 된 것처럼 행복한지, 저 사람을 보니 이해가 되지 않아? 오, 하나님! 그를 쳐다보고 나서 다른 남자에게 시선을 주는 게 얼마나 재밌는지 몰라. 그럼 둘 다 화를 내거든."

"그 다른 남자는 어디 있는데? 이시도르를 보여주렴."

"보여주기 싫어."

"왜?"

"창피해서 못 보여주겠어."

"왜 창피한데?"

"왜냐하면…… (속삭이는 소리로) 그 사람은 구레나룻을 길렀는데, 주황색도 아니고 붉은색도 아닌 것이…… 어, 저기 있다!"

"이제야 알겠군. 아, 나를 의식하지 말고 평소와 똑같은 태도로 그를 대하렴. 놀라 나자빠지지 않는다고 약속할게."

지네브라는 주위를 둘러보았다. 그때 뒤쪽에서 누군가가 영어로 말했다.

"당신들은 바깥바람이 들어오는 곳에 서 있군요. 이 복도에 있지 마시오."

나는 고개를 돌리며 그에게 대꾸했다.

"바람은 안 들어오는데요, 존 선생님."

그는 무한한 애정을 담은 눈길로 지네브라를 바라보며 다시 말했다.

"이 아가씨는 걸핏하면 감기에 걸린다오. 연약해서 누가 보살펴 주어야 합니다. 그녀에게 숄을 좀 갖다 주시오."

지네브라가 거만한 말투로 말했다.

"내가 알아서 판단할 거예요. 숄은 필요 없어요."

"얇은 옷을 입고 춤을 췄잖소. 그래서 열이 난 거요."

"늘 잔소리만 한다니까. 살살 얼러대고, 타이르고."

뭐라고 대꾸할 법도 한데 존 선생은 가만히 있었다. 그의 눈을 보니 마음에 상처를 입은 게 분명했다. 그는 어둡고 슬프고 괴로운 표정을 지으며 고개를 약간 돌렸지만 여전히 참을성 있는 모습이었다. 근처에 숄이 많다는 걸 알고 있었던 나는 얼른 뛰어가서 숄을 하나 가져왔다.

"이걸 그녀에게 걸쳐줄게요. 내 말을 듣기만 한다면요."

나는 지네브라의 모슬린 드레스 위에 조심스럽게 숄을 둘러 목과 팔을 덮어주고 나서 약간 성난 목소리로 속삭였다.

"저 사람이 이시도르야?"

그녀는 입술을 말아 올리고 웃으며 고개를 끄덕였다.

나는 그녀를 붙잡고 가볍게 흔들면서 다시 물었다. 마음 같아서는 열 번쯤 흔들어주고 싶었다.

"그러니까 저 사람이 이시도르란 말이지?"

"그렇다니까. 백작 대령인 그 사람하고 비교하면 진짜 촌스럽지요. 거기다…… 세상에! 저 구레나룻 좀 봐!"

이제 존 선생은 지나가고 없었다.

"백작 대령이라고?"

나는 그녀가 한 말을 따라하고 나서 말을 이었다.

"그 사람은 인형이야. 꼭두각시고 마네킹이지. 형편없는 사람! 아첨 잘하는 사람에 불과해. 존 선생의 시종 노릇이나 해야 할 위인이라고! 어떻게 그럴 수가 있지? 저렇게 훌륭하고 관대한 신사, 환각이 아닐까 싶을 만큼 미남인 저 신사가 고결한 손과 훌륭한 심장을 너에게 주고 경박하고 무능한 너를 세상의 폭풍우와 온갖 시련으로부터 보호하겠노라고 약속하는데 어떻게 네가 마다할 수가 있니? 어떻게 그를 비웃고 괴롭히고 그에게 상처를 입힐 수가 있니? 너한테 그런 짓을 할 힘이 있다니! 누가 너에게 그런 힘을 줬지? 어디에 그런 힘이 있단 말이야? 네 미모 때문에 그런 거니? 분홍빛을 띠는 흰 살결과 금발 머리 때문에? 그걸로 저 사람의 마음을 네 발에 묶어놓고, 그걸로 멍에를 씌워 그가 고개를 숙이게 하는 거니? 순전히 그것 때문에 네가 그의 애정, 그의 친절, 그의 생각, 그의 희망, 그의 관심, 그의 고상하고 진실한 사랑을 얻고 있단 말이니? 그런데 넌 그걸 받지 않겠다고? 그게 우습게 보인다고? 넌 속마음을 감추고 있는 거야. 진심이 아닐 거야. 넌 그를 사랑하고 또 그리워하잖아. 확실히 네 것으로 하고 싶어서 그의 마음을 가지고 장난치는 거겠지?"

"흥! 길게도 이야기하시네! 난 절반도 이해 못하겠어."

지네브라가 말을 끝마치기도 전에 나는 그녀를 정원으로 데리고 나왔다. 나는 그녀를 의자에 앉힌 후 최종적으로 인간을 선택할지, 원숭이를 선택할지 밝히기 전에는 보내주지 않겠다고 말했다.

그녀의 대답은 이러했다.

"언니가 인간이라고 부르는 그는 부르주아인데다 머리가 모래 색깔이고 존이라는 평범한 이름을 가졌지! 이걸로 충분해. 더 이상 그에게는 관심도 없으니까. 아말 대령은 인맥이 탄탄하고 완벽한 예의범절에 사랑스러운 외모까지 갖춘 신사야. 얼굴은 창백하면서도 흥미롭고, 머리와 눈은 이탈리아 사람 같지. 거기다 그 사람이랑 있으면 너무너무 즐거운걸. 나랑 잘 맞는 남자라는 거야. 누구처럼 현명하고 진지하지는 않지만 대등한 조건에서 대화를 나눌 수 있는 사람이야. 내가 좋아하지도 않는 심오함과 고상함, 열정과 재능을 가지고 나를 괴롭히거나 귀찮게 굴지 않는 사람이라고. 이제 놔줘. 내 팔을 너무 꽉 잡고 있잖아!"

내가 그녀의 팔을 잡은 손에서 힘을 빼자마자 그녀는 후다닥 달아났다. 굳이 쫓아갈 마음도 나지 않았다.

어쩐지 존 선생을 한 번 더 보고 싶은 마음을 떨칠 수 없어서 복도를 통해 돌아갔다. 나는 정원 계단에서 그와 마주쳤다. 그는 어느 방 창문에서 새어나오는 환한 빛을 받으며 서 있었다. 타의 추종을 불허할 정도로 균형이 잘 잡힌 그의 몸매는 쉽게 알아볼 수 있었다. 그는 모자를 손에 들고 있었는데, 모자를 쓰지 않은 머리와 얼굴과 훌륭한 이마가 무척 보기 좋고 남자다웠다. 그의 이목구비는 섬세하지도, 여자처럼 가냘파 보이지도, 차갑지도, 경박하지도, 빈약하지도 않았다. 모양이 잘 잡혀 있었지만 돌로 만든 조각 같다거나 지나치게 섬세하지는 않았으므로 무의미한 대칭 속에서 표정이나 의미를 잃어버리는 일은 없었다. 이목구비에는 때때로 풍부한 감정이 나타났고, 눈 속에는 더 풍부한 감정이 깃들어 있었다. 나는 그가 적어도 이 정도는 된다고 생각했다. 정말로 그렇게 보였으니까. 그의 모습을 보자마자 나는 형언하기 어려운 감탄에 사로잡히면서 다른 사람은 몰라도 그가 무시당하는 일은 있을 수 없다는 생각이 들었다.

그에게 다가가거나 정원에서 이름을 부를 마음은 없었다. 우리는 그럴 만큼 친한 사이가 아니었으므로 나는 그저 군중 속에 모습을 감추고 그를 바라볼 요량이었다. 그가 혼자 있는 모습을 보고 나는 뒤로 물러났다. 하지만 그는 나를 찾으러, 아니 나와 함께 있었던 지네브라를 찾으러 밖에 나왔던 터여서 나를 보자 얼른 계단을 내려와 오솔길로 들어섰다.

그가 내게 물었다.

"판쇼 양과 아는 사이입니까? 전부터 당신에게 그녀를 아는지 묻고 싶었습니다."

"예, 알아요."

"친하게 지내는 사이인가요?"

"제가 원하는 만큼은 친하게 지내죠."

"방금 그녀를 어떻게 한 겁니까?"

나는 '내가 그녀를 지키는 자이니까' 라고 되묻고 싶은 충동을 느꼈지만(창세기 4장에서 카인이 아우 아벨을 죽인 뒤 하나님에게서 '아벨은 어디 있느냐'는 물음을 받자 '내가 내 아우를 지키는 자이니까'라고 대답한다—옮긴이) 그냥 이렇게 대답했다.

"그녀를 실컷 흔들어줬지요. 더 세게 흔들려고 했는데 제 손에서 빠져나가 달아나 버렸답니다."

"부탁 하나만 합시다. 부디 오늘 하루만 그녀를 지켜보면서 경솔한 행동을 못 하게 해주십시오. 이를테면 춤을 추고 나서 바로 밤바람이 부는 곳으로 뛰쳐나가는 행동 말입니다."

"선생님이 원하신다면야 제가 조금 신경을 써줄 순 있겠죠. 하지만 그녀는 자기 멋대로 하는 걸 좋아하기 때문에 남의 말을 잘 듣지 않아요."

"너무 어리고 순진하단 말이오."

"저에게는 지네브라가 수수께끼예요."

그는 호기심 어린 말투로 물었다.

"그녀가? 어째서 그렇지요?"

"설명하긴 어려워요. 적어도 선생님에게는 이유를 말하기가 어렵죠."

"왜 나한테는 어렵다는 거요?"

"선생님이 그렇게까지 위해 주시는데 그녀가 별로 기뻐하지 않는 게 이상해요."

"내가 얼마나 그녀를 위하는지 그녀는 짐작조차 못 하고 있습니다. 내가 그녀에게 납득시킬 수 없는 게 바로 그 점이지요. 그녀가 당신한테 내 이야기를 한 적이 있는지 물어봐도 되겠습니까?"

"'이시도르'라는 이름으로 선생님 이야기를 자주 했어요. 하지만 선생님과 그 '이시도르'가 동일 인물이라는 건 불과 10분 전에 알게 됐죠. 존 선생님, 그 짧은 시간에 저는 선생님이 이 집에서 그토록 관심을 기울였던 인물이 지네브라 팡쇼 양이었다는 사실을 알아차렸답니다. 선생님을 포세트 가로 끌어당긴 자석이 바로 그녀였고, 선생님이 그녀를 위해서 용감하게 이 정원으로 나와서 경쟁자가 떨어뜨린 상자를 찾았다는 것도요."

"다 안단 말이오?"

"그게 다예요."

"사교계에서 그녀를 알게 된 지 1년이 넘었소. 그녀의 후견인인 숄몽들레 부인이 나와 아는 사이여서 일요일마다 그녀를 만납니다. 한데 그녀가 '이시도르'라는 이름으로 내 이야기를 자주 한다고요? 당신에게 비밀을 누설하라고 부탁할 생각은 없습니다만, 혹시 그녀의 말투가 어땠고 어떤 감정이 담겨 있었는지 이야기해줄 수 있겠소? 알고 싶어서 견딜 수가 없군요. 그녀가 나를 어떻게 생각하는지 잘 몰라서 괴로운 심정이오."

"아, 그건 매번 달라요. 그녀는 바람처럼 이쪽저쪽으로 옮겨 다니거든요."

"그래도 전체적인 느낌은 알 수 있잖소?"

나는 속으로 생각했다.

'알 수 있지요. 하지만 그 전체적인 느낌을 당신에게 알려주는 건 의미가 없겠군요. 그녀가 당신을 사랑하지 않는다고 말해도 당신은 믿지 않을 테니까요.'

존 선생이 입을 열었다.

"말이 없는 걸 보니 내게 전해줄 만한 좋은 소식이 없는 모양이군요. 괜찮습니다. 그녀가 나를 싫어하고 냉담한 태도를 취한다면 그건 내가 부족한 사람이라는 이야기겠지요.”

“그렇게 자신이 없으신가요? 선생님이 아말 대령보다 못하다고 생각하세요?”

“아말이 세상 그 누구를 좋아하는 것보다도 내가 판쇼 양을 사랑하는 마음이 더 클 거요. 나는 그자보다 그녀를 훨씬 잘 돌봐주고 보호할 수 있습니다. 그녀가 아말 대령에 대한 환상을 갖고 있어서 걱정이지요. 나는 그자의 됨됨이가 어떤지, 예전에 어떤 말썽을 일으켰는지 알고 있습니다. 그가 지금 곤경에 처해 있다는 것도요. 그는 당신의 아름다운 친구를 넘볼 자격이 없습니다.”

“나의 ‘아름다운 친구’가 그걸 알아야겠네요. 누가 그녀에게 어울리는지도 깨달아야 하고요. 그런 미모와 좋은 머리를 가지고도 지금까지 깨닫지 못했다면 직접 겪어보고 따끔한 교훈을 얻어야 마땅해요.”

“좀 가혹하다고 생각지 않소?”

“저는 아주 가혹해요. 지금 보여 드리는 건 아무것도 아니죠. ‘아름다운 친구’에게 제가 어떤 혹평을 하는지 들어보셔야 해요. 제가 연약한 그녀에게 자상하게 배려하지 않는 걸 선생님이 보시면 깜짝 놀라서 말문이 막히실 걸요?”

“판쇼 양은 너무나 사랑스럽기 때문에 애정을 갖고 대할 수밖에 없지 않습니까. 당신은, 아니 그녀보다 나이가 많은 모든 여성은 그렇게 순수하고 천진난만한 요정 같은 소녀에게 어머니나 언니처럼 애정을 쏟아야 합니다. 그녀야말로 우아한 천사잖소! 그녀가 당신의 귀에 대고 어린애처럼 순진한 비밀을 털어놓으면 당신의 마음도 그녀에게 기울어지지 않소? 당신은 커다란 특권을 누리고 있는 겁니다!”

말을 마친 존 선생은 한숨을 쉬었다. 이번에는 내가 입을 열었다.

"저는 그녀가 비밀을 털어놓는 도중에 퉁명스럽게 말을 끊곤 하는걸요. 그런데 존 선생님, 실례가 안 된다면 잠깐 화제를 바꿔도 될까요? 아말 대령이야말로 정녕 신이 내린 사람 아닌가요? 그의 얼굴에 있는 코는…… 완벽해요! 접착용 가루나 점토로 빚는다 해도 그보다 곧고 잘생기고 깔끔한 사람은 만들 수 없을 걸요. 고전적인 입술과 턱은 또 어떻고요. 거동도 고상하기 이를 데 없지요."

"아말은 입에 담기도 싫은 건방진 작자요. 창백한 겁쟁이이기도 하고."

"존 선생님은, 아니 그 사람만큼 세련된 외모를 갖추지 못한 모든 남성은 그를 존경하고 호감을 가져야 해요. 마르스를 비롯한 거친 신들이 젊고 우아한 아폴로를 대할 때처럼요."(그리스 신화에서 마르스는 전쟁의 신이고, 태양신 아폴로는 음악과 시를 관장했다—옮긴이)

존 선생이 퉁명스럽게 대꾸했다.

"그는 노름밖에 모르는 부도덕한 애송이란 말이오! 그런 작자는 내가 마음만 먹으면 아무 때나 허리띠를 잡고 한 손으로 들어 올려 시궁창에 처넣을 수 있소."

"그 사랑스러운 천사를요? 잔인하기도 해라! 좀 가혹하다고 생각지 않나요, 존 선생님?"

나는 그렇게 말하고 입을 다물었다. 그날 밤 두 번째로 나 자신도 모를 행동을 하고 있었다. 나의 일상적인 습관과 반대로 미리 생각하지도 않은 말을 충동적으로 내뱉고 있었던 것이다. 나는 깜짝 놀라 말을 멈추고 생각에 잠겼다. 그날 아침에 잠을 깼을 때만 해도 꿈에도 생각지 못했던 일들이었다. 해가 저물기도 전에 희극에서 쾌활한 연인 역할을 하고, 한 시간 후에는 존 선생을 만나 그의 불행한 구애에 관해 솔직한 대화를 나누며 그의 환상에 가벼운 야유를 보낼 줄이야! 그건 내가 풍선을 타고 하늘을 난다거나 케이프 혼으로 여행을 떠나는 일과 마찬가지로 완전히 예상 밖의 사태였다.

존 선생과 나는 오솔길을 빠른 걸음으로 걸었다. 이제 돌아가는 길이었다. 창문에 반사된 빛이 다시금 그의 얼굴을 비쳤다. 미소 띤 얼굴이었지만 눈빛은 우울했다. 나는 진심으로 그가 마음이 편해지기를 바랐다. 그가 고작 그런 이유로 두고두고 괴로운 생각에 잠긴다는 게 안타깝기 그지없었다. 그렇게 장점이 많은 사람이 사랑의 결실을 거두지 못하다니! 그때만 해도 나는 잘 몰랐다. 어떤 사람들은 실패를 찬찬이 되짚어볼 때 가장 빛나며 어떤 풀들은 '온전할 때는 향기가 없지만 짓이겨지면 향기를 발한다'는 진리를.

나는 불쑥 입을 열었다.

"너무 슬퍼하지 마세요. 지네브라에게 박사님의 애정을 받을 자격이 티끌만큼이라도 있다면 그녀도 반드시 사랑으로 보답할 거예요. 기운을 내고 희망을 가지세요, 존 선생님. 당신은 희망을 가질 만한 분이랍니다."

존 선생은 놀랍다는 얼굴로 나를 바라보았다. 놀랄 만한 말을 했으니 당연한 결과였다. 그의 표정에는 수긍이 가지 않는다는 기색도 있었던 것 같다. 우리는 헤어졌고, 나는 추워서 덜덜 떨며 집 안으로 들어갔다. 시계가 울리고 종이 딸랑거리며 자정을 알렸다. 사람들은 서둘러 떠나는 중이었다. 축제는 끝났고, 불빛도 희미해지고 있었다. 한 시간 후에는 온 집안과 기숙사가 깜깜하고 고요해졌다. 나 역시 잠자리에 들었지만 자고 있지는 않았다. 흥분 속에서 하루를 보낸 뒤 잠을 이루기란 쉬운 일이 아니었다.

15. 긴 방학

베크 부인의 영명축일 전 3주 동안 느긋한 시간을 보내고, 축제 당일 12시간 동안 들뜬 마음으로 오락을 즐기고, 이튿날 하루를 아주 나른하게 보내고 나니 정반대의 시기가 찾아왔다.

두 달 동안 학생들은 정말로 쉴 새 없이 공부에 열중해야 했다. '학년(이 시기에는 10월부터 6월 말까지였다)'의 마지막을 장식하는 두 달이 지나고 나면 그 해의 실제로 공부하는 기간은 끝이었다. 남녀 교사들과 학생들은 너나없이 시간을 질질 끌며 할 일을 미루다가 이 시기가 닥치면 시험 준비라는 커다란 과제에 전력을 기울였다. 시험이 끝나면 시상식이 있어서 상을 노리는 학생들은 굉장히 열심히 공부했다. 교사들도 분발해서 뒤떨어진 학생들을 다그치고 우수한 학생들은 부지런히 도와주고 가르쳐야 했다. 눈에 띄는 그럴싸한 성과를 사람들 앞에 내놓아야 했고, 그러기 위해서라면 어떤 수단이나 다 용인됐다.

다른 교사들이 어떻게 일했는지는 잘 모르겠다. 내 일에 정신을 집중해야 했기 때문이다. 게다가 내가 맡은 일은 녹록치 않았다. 학생 90명 정도의 두뇌에 그들이 세상에서 제일 복잡하고 까다로운 학문으로 여기는 영어를 적절히 집어넣고, 90개의 혀를 훈련시

켜 그들에게는 불가능에 가까운 영국 특유의 혀 짧은 치음을 발음
하도록 해야 했다.

무시무시한 시험 날이 다가왔다. 다들 긴장해서 열심히 준비했
으며 몸단장은 조용하고도 신속하게 끝냈다. 그날은 들뜨거나 가
슴 설레는 분위기가 없었다. 안개처럼 흰 옷도 푸른 허리띠도 없었
다. 수수하고 올이 촘촘하고 몸에 꼭 맞는 옷을 입어야 했다. 그날
나는 내가 특히 운이 나쁘다고 생각했다. 다른 여교사들이 가르치
는 과목은 시험을 보지 않았으므로 여교사 가운데 나 혼자만 무거
운 짐을 떠안고 심판을 받아야 했다.

문학 교수이기도 한 폴 에마뉘엘 씨는 스스로 나서서 시험이라
는 임무를 떠맡았다. 학교의 독재자인 그는 모든 권한을 한 손에
쥐고 흔들었다. 그는 성마른 태도로 누구와도 함께 일하려 하지 않
았다. 도움을 받을 생각이 없었기 때문이다. 베크 부인은 그녀가
좋아하고 잘 가르치는 과목인 지리 시험을 감독하고 싶어 했으나
그녀마저도 자기 뜻을 굽히고 독재자 친척의 지시에 복종할 수밖
에 없었다. 폴 선생은 남자든 여자든 교사들을 모조리 제쳐놓고 시
험 감독 업무를 자기 혼자만 맡으려 하다가 한 가지 예외가 생기자
언짢아했다. 영어만큼은 그가 감독할 수 없는 과목이었으므로 영
어 교사의 손에 맡겨야 했다. 그는 시샘하는 기색을 보이지 않고
내게 권한을 넘겼다.

이 유능하고 성질 사납고 욕심 많은 작은 남자에게는 자기 자신
을 제외한 모든 사람의 '자존심'을 박멸하기 위해 십자군처럼 부
단히 전투를 벌이는 묘한 습관이 있었다. 그는 사람들 앞에 대표로
나서는 일을 아주 좋아했지만 다른 누군가가 그런 식으로 나서는
건 딱 질색이었다. 그리고 참을 수 있을 때는 나름대로 자제했지만
참을 수 없을 때는 병 속에 갇혔던 폭풍처럼 분노를 터뜨렸다.

시험 전날 저녁, 내가 다른 교사들과 기숙사생들과 마찬가지로 정원에서 산책을 하고 있을 때 폴 선생이 나를 따라 '금단의 오솔길'로 들어왔다. 그는 입에 여송연을 물고 있었다. 모양이 특별하지는 않지만 어딘가 독특한 외투는 시커멓고 위협적으로 보였다. 그리스풍 모자에 달린 술 장식이 왼쪽 관자놀이에 깊은 그늘을 드리웠고, 검은 콧수염은 성난 고양이의 수염처럼 또르르 말려 있었다. 반짝이는 푸른 눈에는 수심의 빛이 어려 있었다.

그는 불쑥 내 앞을 가로막고 나를 붙잡으며 말했다.

"그래, 당신은 내일 여왕처럼 왕좌에 오를 속셈이오? 나하고 나란히 왕좌를 차지하시겠다? 지금은 권력의 맛을 미리 음미하는 중이겠지. 내가 보기에 당신은 빛나고 싶은 욕망을 품고 있소. 야심가 아가씨!"

폴 선생은 완전히 오해하고 있었다. 그의 생각과 달리 나는 다음 날 참관인들로부터 칭찬이나 호평을 받으리라고 예상하지 않았고 그런 예상을 할 수도 없었다. 만에 하나 참관인 가운데 나와 개인적인 친분이 있는 사람이 그의 친구만큼 많다손 치더라도 시험이 어떻게 진행될지 모르는 일이지 않은가. 솔직히 말해서 정말 그랬다.

내게 학교에서의 성공이란 우울한 영광에 지나지 않았다. 오히려 나는 항상 '폴 선생에게는 대체 어떻게 그런 게 따스한 난롯가의 온기와 빛으로 보이는 걸까?'라는 의문을 품고 있었다. 어쩌면 그가 거기에 신경을 너무 많이 쓴 반면 나는 너무 적게 신경을 썼는지도 모르겠다. 하지만 내게도 나름의 취미가 있었다. 예컨대 나는 폴 선생이 누군가를 시샘하는 모습을 구경하는 게 즐거웠다. 시샘은 그의 성격에 불을 붙이고 그의 정신을 깨웠으며 암갈색 얼굴과 보라색 내지 짙은 푸른색 눈에 갖가지 빛과 그림자를 형성했다

(그는 검은 머리칼과 푸른 눈이 자신의 '매력'이라고 말하곤 했다).

그의 분노에는 감칠맛이 있었다. 꾸밈없고, 진지하고, 다소 불합리하긴 했지만 결코 위선적이지는 않았다. 나는 그가 내게 씌운 자기만족이라는 혐의를 부인하지 않고 그저 영어 시험이 언제냐고 묻기만 했다. 하루가 시작될 무렵인지, 아니면 끝날 무렵인지.

폴 선생이 대답했다.

"고민하는 중이오. 사람이 적은 첫 시간에 넣어서 야심 찬 당신이 참관인이 많지 않다고 실망하게 만들지, 아니면 다들 피곤해질 무렵인 끄트머리에 배치해서 완전히 녹초가 된 사람만 당신에게 관심을 돌리게 할지가 문제요."

나는 짐짓 실망하는 척 했다.

"너무 매몰차시네요!"

"당신한테는 매몰차게 굴 수밖에 없소. 당신은 기를 꺾어놓아야 할 사람이거든. 난 알아! 당신을 안다고! 이 학교의 다른 사람들은 당신이 지나가는 걸 보고 그저 색깔 없는 그림자가 지나간다고 생각하지. 하지만 난 예전에 당신 관상을 한 번 보고 다 알았소!"

"그래서 흡족하신가요?"

그는 질문에 직접적으로 대답하지 않고 원래 하던 이야기를 계속했다.

"그 희극에서 연기를 잘 해냈을 때 쾌감을 느끼지 않았소? 나는 쭉 지켜보다가 당신 얼굴에서 승리를 향한 뜨거운 열정을 읽어냈소. 불꽃이 터지면서 번쩍하던걸! 단순한 빛이 아니라 불꽃이었단 말이오. 그래서 난 당신을 경계하기로 했소."

"이렇게 말하면 실례가 될지 모르겠지만, 선생님은 그날 제가 느꼈던 감정을 질적으로나 양적으로나 대단히 과장하고 계십니다. 그날 저는요…… 아주 멍했답니다. 연극이 어떻게 되든 관심도 없었어요. 선생님이 맡기신 역할이 마음에 들지 않았어요. 무대 아래의 관중과도 전혀 공감대가 없었죠. 물론 그들은 좋은 사람이겠지만, 제가 그들을 아나요? 그 사람들이 저한테 의미가 있겠어요? 제가 내일 그 사람들 앞에 다시 불려 나가는 걸 마음에 두고 있을 것 같아요? 저에게 시험은 하나의 책무일 뿐이에요. 무사히 끝마치기만을 바라고 있다고요!"

"내가 그 책무를 뺏는다면?"

"실패가 두렵지 않으시다면 제발 그렇게 해주세요."

"내가 하면 다 망칠 거요. 난 영어를 세 마디밖에 못 하고 단어도 몇 개밖에 모른다오. 파 이그잼플, 드 손, 드 몬, 드 스타즈(각각 for example, the sun, the moon, the stars를 부정확하게 발음한 것—옮긴이). 내가 제대로 말한 거요? 우리 둘 다 포기하는 게 낫겠다는 생각도 드는군. 영어 시험을 치르지 않기로 하면 어떻겠소?"

"베크 부인이 허락하신다면 저도 좋아요."

"진심이오?"

"진심이고말고요."

폴 선생은 한동안 말없이 여송연을 피웠다. 그러다가 갑자기 휙 돌아섰다.

"손을 내밀어 보시오."

이렇게 말하는 그의 얼굴에서는 미움과 시기심이 사라지고 아량과 친절의 빛이 흘렀다.

"자, 이제 우린 경쟁자가 아니오. 친구가 됩시다. 시험은 치를 거요. 좋은 시간대를 잡아주겠소. 난처한 질문을 던지거나 방해하지도 않겠소. 사실 10분 전까지만 해도 그럴 생각이었다오. 어릴 때부터 그랬는데, 나는 이따금씩 심술궂어질 때가 있소. 방해하지 않고 진심으로 당신을 돕겠소. 따지고 보면 당신은 외로운 외국인이고, 스스로 앞길을 개척하고 생계를 유지해야 하니까 널리 알려지는 게 좋기도 하겠지. 우리 친구가 되는 게 어떻겠소?"

"좋아요. 친구가 생겨서 기뻐요. 승리를 거둔 것보다 더 좋네요."

"가엾은 사람!"

그는 이 말을 남기고 돌아서서 오솔길을 떠났다.

시험은 무사히 끝났다. 폴 선생은 약속대로 친절하게 굴면서 내 부담을 덜어주려고 최선을 다했다. 다음 날은 시상식이 열렸고, 그 것도 끝나자 학교는 방학을 하고 학생들은 집으로 돌아갔다. 긴 방학의 시작이었다.

방학! 내가 그 방학을 잊을 수 있을까? 아마도 영영 잊지 못할 것이다. 베크 부인은 방학 첫날부터 아이들이 있는 해변으로 떠났고, 여교사 3명은 각각 의지가 되는 부모나 친구에게로 갔다. 남자 교사들도 모두 빌레트를 떠나 더러는 파리로, 더러는 부 마린으로 갔다. 폴 선생은 로마 여행길에 올랐다. 텅 빈 집에는 나와 하인 1명과 학생 1명만 덩그러니 남았다. 그 학생은 크레틴병을 앓고 있어 백치나 다름없었는데 멀리 사는 계모가 집에 오지 말라고 해서 기숙사에 남았다.

내 마음은 거의 죽어가고 있었다. 비참한 갈망에 혹사당하고 있었다. 9월의 그날들은 얼마나 길었던가! 얼마나 조용하고 생기 없는 나날이었던가! 쓸쓸한 집은 얼마나 광활하고 공허해 보였으며, 버려진 정원은 또 얼마나 우울해 보였던가! 여름이 지나간 도시의 먼지 때문에 정원은 회색으로 변해 있었다. 8주간의 방학이 시작될 무렵 앞날을 생각해 보았지만 어떻게 끝까지 버틸지 막막하기만 했다. 사실은 오래전부터 기분이 서서히 가라앉고 있었는데 이제 일이라는 버팀목이 사라지니 더 빠른 속도로 울적해졌다.

앞날을 생각해 보아도 별다른 희망이 없었다. 나의 앞날은 위안의 말을 속삭이지 않았고, 아무런 약속도 해주지 않았으며, 오늘의 불행을 참아내면 나중에 좋은 일이 생긴다는 믿음을 심어주지도 않았다. 존재에 대한 서글픈 무관심이 걸핏하면 나를 괴롭혔다. 이럴 수가! 막상 나에게 어울리는 방관자적인 태도로 삶을 관조할 수 있는 여유가 생기고 나니, 삶은 푸른 초원도 야자수도 샘물도 보이지 않는 황갈색 모래사막에 불과했다. 젊음이 사랑하는 희망, 젊음을 지탱하고 앞으로 나아가게 하는 희망을 나는 알지 못했고 감히 알려고도 하지 않았다. 희망이 때때로 내 마음을 두드려도 나는 야박하게 빗장을 질렀다. 희망이 문전박대를 당하고 돌아갈 때면 슬퍼서 눈물을 흘리기도 했다. 그래도 어쩌겠는가. 어리석고 허약한 추측이 죽기보다 두려웠던 나는 그런 손님을 도저히 받아들일 수 없었다.

신앙심 깊은 독자여, 그대는 방금 내가 한 이야기를 듣고 길게 설교를 늘어놓을 것이다. 도덕주의자와 엄격한 현자여, 그대도 마찬가지일 것이다. 금욕주의자여, 그대는 얼굴을 찡그릴 것이다. 비꼬기 좋아하는 사람이라면 조소를 보낼 것이다. 향락주의자여, 그대는 웃어넘길 것이다. 뭐가 됐든 각자 좋을 대로 생각하시라. 설교도, 찡그림도, 조소도, 웃음도 다 받아들일 테니까. 그대들 말이 다 맞을 수도 있다. 하지만 독자 여러분도 나와 같은 처지에 놓인다면 나처럼 잘못된 생각에 빠져들 수 있다. 방학의 첫 달은 정말 길고 암울해서 견디기 힘들었다.

크레틴병을 앓는 학생은 불행해 보이지 않았다. 나는 그녀를 잘 먹이고 따뜻하게 해주려고 최선을 다했다. 그녀가 부탁하는 거라고는 음식을 달라거나 햇볕을 쬐게 해달라거나 흐린 날에 난롯불을 쬐게 해달라는 게 전부였다. 그녀는 체력이 약해서 생기 없이 느릿하게 지내도 아무런 문제가 없었다. 그녀의 두뇌와 눈과 귀와 마음은 편안하게 잠들어 있었다. 어차피 깨어나서 활동할 수 없었으므로 무기력한 상태야말로 그녀에게는 천국이었다.

방학을 한 후 3주일 동안은 무덥고 하늘이 맑고 건조했지만 네 번째 주와 다섯 번째 주에는 비바람이 몰아쳤다. 날씨가 그렇게 바뀌는 게 왜 그리 잔인하게 느껴졌을까? 바람이 잔잔할 때보다 사나운 폭풍이 불고 비가 마구 쏟아질 때 더욱 치명적인 무력감이 나를 짓누른 이유는 무엇일까? 어쨌든 나는 그랬다. 텅 빈 넓은 집에서 낮과 밤을 보내기를 반복한 끝에 내 정신은 더 이상 버텨낼 수 없는 상황에 이르렀다. 위안과 격려를 얻기 위해 하늘에 대고 얼마나 많은 기도를 했던가! 운명의 여신은 도저히 화해가 불가능한 나의 영원한 적이라는 강렬한 확신이 나를 사로잡았다. 그렇다고 해서 하나님의 은총이나 정의를 탓하지는 않았다. 몇몇 사람들이 생전에 혹독한 시련을 겪는 것도 다 하나님의 원대한 계획이라는 결론을 내렸고, 내가 바로 그런 사람 중 하나라는 생각에 전율을 느꼈다.

어느 날 크레틴병을 앓는 학생의 숙모라는 친절한 아주머니가 찾아와 나의 희한한 백치 친구를 데려가자 마음이 조금 홀가분해졌다. 그 불쌍한 학생이 내게 무거운 짐이 되곤 했기 때문이다. 그녀는 정원 너머로 데리고 나갈 수도 없었거니와 잠시도 혼자 놔둘 수가 없었다. 가엾게도 그녀의 정신 역시 육체와 마찬가지로 뒤틀려 있었다. 고약한 성미에 희미한 장난기와 막연한 심술까지 있어서 한시도 눈을 뗄 수가 없었다. 그녀는 말을 거의 하지 않고 몇 시간씩 침울한 표정으로 앉아 있다가 이목구비를 험하게 일그러뜨리곤 했다.

사람과 함께 생활한다기보다는 기묘한 야생동물과 함께 감옥살이를 하는 기분이었다. 게다가 병원 간호사와 같은 마음가짐으로 세심하게 돌봐주어야 했다. 이런 식으로 나의 의지력을 시험당하며 살자니 가끔은 넌더리가 났다. 이 학생을 돌보는 건 원래 내가 맡은 일도 아니었다. 그 전까지 이 일을 담당하던 하인이 급히 휴가를 떠나느라 대신할 사람을 구해 놓지 못했던 것이다. 지금껏 살면서 그만큼 어렵고 힘들었던 적이 또 있었을까? 더욱이 일이 단조롭고 불쾌했기 때문에 내 마음은 한층 더 지치고 황폐해졌다. 크레틴병 환자를 보살피다 보면 종종 식사할 기운과 의욕을 잃었고, 뜰에 나가 신선한 바람을 쐬고 우물가를 둘러보고 싶은 마음도 사라졌다. 하지만 이 일은 내 마음을 쥐어짜거나, 두 눈에 눈물을 가득 고이게 하거나, 쇠를 녹인 것처럼 뜨거운 눈물로 내 뺨에 화상을 입히지는 않았다.

크레틴병을 앓는 학생이 가버린 후로는 자유롭게 외출할 수 있었다. 처음에는 포세트 가에서 멀리 떨어진 곳까지 갈 용기가 나지 않았지만 점차 빌레트 시의 성문까지 나아갔고 나중에는 문을 통과하기에 이르렀다. 포장된 길을 따라 걷다가 들판을 가로지르고, 구교도와 신교도의 묘지를 지나고, 농장을 지나고, 오솔길과 작은 숲으로 그리고 어딘지 모르는 곳으로 갔다. 마음이 불안하고 열에 들떠서 잠시도 쉴 수가 없었다. 한참 동안 굶은 사람이 음식을 갈망하듯 나는 사람과의 교제를 마음속 깊이 그리워하고 있었다. 나는 온종일 걷곤 했다. 뜨거운 한낮과 건조한 오후와 어슴푸레한 저녁 내내 걷다가 달이 뜰 무렵에 돌아왔다.

고독하게 거니는 동안 내가 아는 사람들은 과연 어디에 있을까를 상상해 보기도 했다. 베크 부인은 쾌적한 해변 휴양지에서 자기 아이들과 어머니 그리고 역시 휴양을 위해 해변에 놀러온 친구들과 함께 있을 터였다. 생피에르 양은 친척들과 함께 파리에 머무르고 있었고, 나머지 여교사들은 고향에 가 있었다. 지네브라는 남부로 여행을 떠나는 어느 친척을 따라갔다. 내가 보기에는 지네브라가 가장 행복한 사람 같았다. 여행하는 내내 아름다운 풍경이 보이고, 9월의 태양이 그녀를 위해 빛나고, 비옥한 벌판에서는 따스한 햇살을 받으며 곡식과 포도가 익어갈 게 아닌가. 산줄기를 따라 파도처럼 물결치는 푸른 지평선 위로 이 맑고 투명한 황금빛 달이 보이겠지…….

하지만 이런 것들은 아무것도 아니었다. 나 역시 가을 태양 빛을 받고 수확기의 보름달을 볼 수 있었다. 실은 해와 달의 힘이 미치지 않도록 흙과 잔디 밑에 꼭꼭 숨고 싶을 지경이었다. 나는 해와 달의 빛 속에서 살 수 없고, 그들을 동료로 삼을 수도 없고, 그들을 사랑할 수도 없는 사람이었다. 그러나 지네브라에게는 끊임없이 힘과 위안을 주고 한낮의 햇빛을 기쁘게 하고 어둠을 향기롭게 해주는 정령 같은 것이 따라다녔다. 인류를 보호하는 가장 훌륭하고 선량한 수호신이 날개를 펼쳐 그녀를 감싸고 몸을 구부려 그녀의 머리 위에 차양을 만들어주었다. '진실한 사랑'이 지네브라를 뒤따르고 있었다. 그러니 그녀는 절대 혼자가 될 수 없었다. 그녀는 이 정령의 존재를 의식하지 못했을까? 내가 보기에 그건 불가능한 일이었다. 그걸 의식하지 못할 정도로 무신경하다는 게 이해되지 않았다.

지네브라가 남몰래 감사한 마음을 간직하고 있으며 비록 지금은 표현을 삼가지만 언젠가는 그녀의 사랑이 얼마나 큰가를 보여주리라는 상상도 해보았다. 그리고 겉으로 잘 드러나지 않는 그녀의 애정을 어렴풋이 인식하며 마음의 위안을 얻는 충실한 연인을 그려보았다. 서로의 감정을 전해 주는 전선, 서로를 이해시키는 가느다란 사슬이 그들 사이에 놓여 있어서 결합이 유지된다는 상상도 했다. 수백 킬로미터 떨어진 곳에서도 그들의 기도와 소망은 언덕과 계곡을 건너 서로에게 닿을 것 같았다. 지네브라는 서서히 나의 영웅이 됐다. 어느 날 나는 점점 커지는 환상을 의식하고 이렇게 중얼거렸다.

"내 신경이 정말로 약해졌나봐. 고생이 너무 심해서 그런지 마음에 병을 키우고 있잖아. 이제 어떻게 한담? 건강하게 지내려면 어떻게 해야 할까?"

사실 그런 환경에서 건강하게 지낼 방법은 없었다. 마침내 나는 유별나게 고통스러운 우울증에 하루 꼬박 시달리다가 몸에도 병이 들어 앓아눕고 말았다. 늦가을의 따스한 날들이 지나가고 추분의 거센 폭풍이 시작될 무렵이었다. 어둠침침하고 비 내리는 날이 내리 9일이나 이어지는 동안 시간은 귀를 막고 소란을 피우며 엉망진창으로 질주했고, 요란한 폭풍 때문에 정신이 멍해진 나는 신경과 혈관에 이상한 열기를 느끼며 누워 있었다. 잠은 달아나버렸다. 나는 밤마다 깨어나 그녀를(잠을) 찾아 두리번거리며 제발 돌아오라고 간청했다. 그러나 대답은 없고 창문이 덜거덕거리는 소리와 울부짖는 바람 소리만 들렸다. 잠은 끝내 오지 않았다!

내 말은 틀렸다. 잠은 한 번 왔었다. 화가 난 상태로. 내가 끈덕지게 간청하자 짜증이 난 그녀는 내게 복수하려고 꿈을 가져왔다. 성요한 성당의 종소리를 기준으로 추측하건대 15분도 채 되지 않는 짧은 꿈이었지만 그 꿈은 미지의 고통으로 내 온몸을 쥐어짰고 마치 저승사자의 방문을 받는 것 같은 분위기와 움직임과 공포와 기분을 선사했다.

그날 밤 12시와 새벽 1시 사이에 찻잔 하나가 강제로 내 입술에 닿았다. 찻잔에는 우물에서 떠온 게 아니라 끝없이 깊고 넓은 바다에서 퍼온 시커멓고 끈적이는 괴상한 액체가 들어 있었다. 일시적이고 측정 가능한 방법으로 제조되고 혼합되어 살아 있는 사람의 입에 들어가는 고통과는 차원이 다른 고통이 느껴졌다.

수난의 잔을 마시고 잠에서 깬 나는 모든 게 끝났다고 생각했다. 최후의 순간이 찾아왔다가 이미 지나갔다고 생각했다. 의식이 돌아오자 공포에 온몸이 덜덜 떨렸고, 소리를 질러서라도 누군가 도와줄 사람을 불러야겠다는 생각이 들었다. 하지만 내가 알기로는 그 격정적인 외침을 들을 정도로 가까이 있는 사람이 아무도 없었다. 요리사 고통(Goton)이 있는 다락방은 멀어서 소리가 들리지 않을 터였다. 나는 침대에 무릎을 꿇고 앉았다. 끔찍한 몇 시간이 흘러갔다. 나는 무참하게 찢기고 엄청난 정신적 고통과 압박에 시달렸다. 그 무서운 꿈 가운데 가장 나쁜 부분은 이것이었다. 살아 있는 동안 나를 무척 사랑했던 죽은 연인을 어디선가 다시 만났는데 분위기가 서먹했던 것이다. 미래를 향한 이루 말할 수 없는 절망감에 내 마음은 아주 내밀한 곳까지 아프게 쓸려 상처를 입었다. 사실 나는 상처를 치유하려고 노력할 이유나 살고 싶다고 생각할 만한 동기가 없었다. 그러나 어디 한번 미지의 공포와 싸워보라는 식으로 싸움을 거는 '죽음'의 냉혹하고 오만한 목소리를 참기가 힘들었다. 기도를 하려 했지만 내가 할 수 있었던 말은 이게 전부였다.

"나는 어릴 적부터 두려운 마음으로 그대의 공포를 견뎌 왔다네."(시편 88 : 15 '내가 어릴 적부터 고난을 당하여 죽게 되었사오며 주께서 두렵게 하실 때에 당황하였나이다.' ―옮긴이)

그건 엄연한 사실이었다.

다음 날 아침 차를 가져온 요리사 고통이 나를 보더니 의사를 부르라고 재촉했다. 하지만 나는 그럴 생각이 없었다. 세상의 어떤 의사도 내 병을 고치지 못할 테니까.

어느 날 저녁 나는 자리에서 일어나 힘없이 덜덜 떨며 옷을 입었다. 비몽사몽간은 아니었다. 정신은 멀쩡했지만 길쭉한 기숙사 건물의 고독과 적막을 더 이상 견딜 수 없었다. 무시무시하게도 흰 침대들이 유령으로 변하고 있었다. 각 침대의 머리 장식은 햇빛을 받아 하얗게 바랜 시체의 커다란 머리로 보였다. 침대 유령들의 부릅뜬 눈 속에는 더 오래된 세상과 더 힘센 종족의 사라진 꿈들이 얼어붙어 있었다. 그날 저녁 내 마음속에는 그 어느 때보다 강한 확신이 단단하게 뿌리내렸다. '운명'은 돌덩어리에 불과하며 '희망'은 눈이 없고 피가 흐르지도 않고 속은 화강암으로 된 엉터리 우상이다! 하나님께서 내게 명하신 시련이 최고조에 달하고 있으며 이제 내 손으로, 뜨겁게 달아오른 연약하고 떨리는 손으로 이걸 돌려세워야 한다! 밖에는 여전히 비가 내리고 바람이 불고 있었다. 하지만 낮 동안 비가 억수같이 쏟아지고 바람이 휘몰아쳤던 것에 비하면 조금 온화해진 듯했다.

해가 지면서 사방이 어둑어둑해지고 있었다. 나는 처량한 심정으로 황혼을 바라보았다. 창밖으로 저녁 구름이 축 처진 깃발들처럼 낮게 밀려왔다. 황혼 녘에는 하늘도 땅 위의 모든 고통에 애정을 기울이며 슬퍼하는 게 아닐까? 무서운 꿈의 압박이 조금은 가벼워졌다. 영영 사랑받지 못하고 누군가에게 소중한 사람이 되지도 못할 거라는 비참한 생각은 정반대의 희망에게 반쯤 굴복했다. 무덤의 석판처럼 나를 짓뭉개고 있는 이 집의 지붕 아래를 벗어나기만 하면, 저 멀리 교외로 나가서 들판 한가운데 있는 조용한 언덕에 오르기만 하면 이 희망이 더 선명하게 빛날 것 같았다.

나는 외투를 걸치고(따뜻한 옷을 챙겨 입을 정신이 있었고 기억도 나는 걸로 봐서 넋이 나가 있었던 건 확실히 아니다) 집을 나섰다. 길을 가다가 성당의 종소리를 듣고 발걸음을 멈췄다. 종소리가 안으로 들어와서

'미사'를 드리라고 나를 부르는 듯했다. 그래서 나는 성당 안으로 들어갔다. 극도로 굶주린 사람이 빵을 보고 기뻐하는 것처럼 그 순간 나는 어떤 종류든 간에 엄숙한 의식과 진심 어린 찬양과 하나님께 호소할 수 있는 기회가 너무나 반가웠다. 나는 사람들 틈에 끼어 돌로 된 바닥에 무릎을 꿇었다. 성당은 오래되고 기품 있는 건물이었고 그 안에 충만한 어둠은 스테인드글라스를 통해 들어오는 빛 때문에 금빛이 아니라 자줏빛을 띠었다.

예배를 드리려고 모인 사람은 얼마 되지 않았고 그나마 '미사'가 끝나자 절반 정도가 떠났다. 남은 절반은 고해성사를 하려고 남아 있는 사람들이었다. 나는 그대로 앉아 있었다. 성당 건물의 모든 문이 조심스럽게 닫혔다. 우리 주위에 신성한 침묵이 내려앉고 엄숙한 그늘이 드리워졌다. 잠시 후, 기도를 하느라 기진맥진한 신자 한 명이 숨을 헐떡이며 고해실로 다가갔다. 나는 가만히 보고만 있었다. 그 신자가 속삭이는 소리로 고백을 하자 역시 속삭이는 소리로 대답이 돌아왔다. 그녀는 위로를 받고 돌아왔다. 이어 한 사람씩 고해실로 갔다. 내 옆에 무릎을 꿇고 앉아 있던 얼굴이 창백한 여자가 친절한 목소리로 조그맣게 말했다.

"먼저 가세요. 저는 아직 준비가 덜 돼서요."

그녀의 말에 나는 무의식적으로 일어서서 앞으로 나아갔다. 내가 뭘 하는지는 알고 있었다. 그리고 한편으로는 엄청나게 빠른 속도로 두뇌를 굴리며 내가 이런 행동을 하는 이유를 생각하고 있었다.

'고해성사를 한다고 해서 내가 지금보다 더 비참해질 리는 없어. 어쩌면 마음을 달래줄지도 모르지.'

고해실 안에 있는 신부는 나에게 눈을 돌리지 않고 가만히 내 입술 쪽으로 귀를 갖다 대기만 했다. 신부는 좋은 사람일 수도 있겠지만 고해성사를 듣는 일이 그에게는 관례처럼 됐는지 습관적인 무심함으로 임무를 수행하고 있었다. 나는 고해성사의 형식을 몰라서 잠시 주저하다가 일상적인 대화를 시작하듯 운을 뗐다.

"신부님, 저는 신교도입니다."

신부는 바로 고개를 돌렸다. 그는 이 나라 출신이 아니었다. 하나같이 생김새가 비굴해 보이는 라바세쿠르 왕국의 성직자들과 달랐다. 옆모습과 이마를 보니 프랑스인 같았고, 나이 탓에 머리가 하얗게 세긴 했어도 감정과 지성은 잃지 않은 사람이었다. 그는 부드러운 말투로 신교도가 어째서 자기를 찾아왔냐고 물었다.

나는 충고나 위로의 말을 듣고 싶어서 왔다고 대답했다. 몇 주 동안 외롭게 지내면서 몸도 아팠고 마음의 고통이 너무 심해서 더는 감당할 수 없다고 털어놓았다.

신부가 놀란 표정으로 물었다.

"그게 죄란 말이오?"

나는 그렇다고 대답하고 나서 내가 했던 경험을 열심히 설명했다. 그러자 신부는 놀랍고 당혹스러운 표정으로 생각에 잠겼다가 입을 열었다.

"깜짝 놀랄 일입니다. 당신과 같은 경우는 일찍이 없었습니다. 대개는 판에 박힌 절차대로 되기 때문에 대답을 다 준비하고 있지만 당신이 한 말은 일반적인 고백과 크게 달라요. 그래서 당신에게 알맞은 조언을 해줄 자신이 없습니다."

물론 나는 조언을 기대했던 게 아니었다. 그저 이야기를 들을 줄 아는 사람의 귀, 하나님께 봉헌된 귀에다 대고 이야기하며 안도감을 얻었을 뿐이다. 오랫동안 축적되고 오랫동안 꾹꾹 참아온 고통의 일부를 그릇에 쏟아 부어 다시는 흩어지지 않도록 하는 것만으로도 효과가 있었다. 나는 이미 위로를 받았다.

침묵을 지키고 있는 그에게 내가 물었다.

"신부님, 그만 가봐도 되겠습니까?"

동정 어린 눈빛으로 보아 그는 마음이 따뜻한 사람 같았다. 그가 친절한 말투로 대답했다.

"지금은 가는 게 낫겠어요. 하지만 아가씨가 한 이야기는 나에게 작은 충격이었소. 다른 일들도 그렇지만 고해성사도 습관처럼 되면서 진부해지는 경향이 있어요. 한데 아가씨는 내게 와서 마음속에 있는 이야기를 쏟아냈단 말입니다. 보기 드문 일이지요. 나는 기꺼이 당신의 문제를 생각해보고 예배당에 가서도 고민하겠습니다. 당신이 가톨릭 신자였다면 뭐라고 해야 할지 알았을 거예요. 그렇게 마음이 어지러울 때는 조용한 곳으로 피정을 떠나 규칙적인 신앙생활을 하면 평온을 찾을 수 있어요. 알다시피 세상은 아가씨 같은 성격을 지닌 사람들에게 만족을 주지 못합니다. 성자들은 아가씨 같은 사람들에게 하루빨리 참회와 자기부정과 어려운 선행을 통해 하늘나라로 가는 길을 닦으라고 분부했지요. 이 세상은 그런 사람들에게 고기와 음료 대신 눈물을 줍니다. 고난의 떡과 고난의 물이지요(열왕기상 22 : 27, 역대기하 18 : 26 참조―옮긴이).

보상은 천국에 가서 얻는 겁니다. 나는 당신의 정신적 고통이 하나님께서 당신을 참된 종교로 데려오기 위해 보낸 전령이라고 확신합니다. 당신은 가톨릭 신자가 될 운명을 타고난 사람이에요. 단연코 우리의 신앙만이 당신을 치유하고 도와줄 수 있어요. 당신에게 신교는 너무나 메마르고 차갑고 단조롭습니다. 문제를 깊이 들여다보면 볼수록 예삿일이 아니라는 게 명백해지는군요. 나는 결코 당신을 망각하지 않겠습니다. 그대여, 지금은 가십시오. 그리고 다시 나를 찾아오시오."

나는 일어나서 고맙다고 인사했다. 내가 물러서려고 할 때 그가 손짓으로 나를 도로 불러 이렇게 말했다.

"성당으로는 오지 마십시오. 당신은 아파 보이는데 이곳은 너무 추워서 안 되겠어요. 우리 집으로 오십시오. 어디냐 하면…… (그는 주소를 알려주었다) 내일 아침 10시에 여기로 오십시오."

나는 대답 대신 고개를 숙여 인사한 후 베일을 쓰고 외투를 걸치고 조용히 밖으로 나갔다.

독자여, 혹시 내가 그 덕망 있는 성직자의 세력권 안으로 다시 들어가려 했다고 생각하는가? 그러려면 바빌론의 용광로에 걸어 들어가는 것과 같은 용기가 필요했을 것이다. 그 신부에게는 내 마음을 움직일 수 있는 힘이 있었다. 그 신부가 프랑스인 특유의 자애로운 마음으로 친절을 베풀면 내가 흔들리지 않으리라는 보장이 어디 있겠는가. 혼자 힘으로 버텨나가며 현실에 뿌리를 내려야 했던 나로서는 어떤 종류의 애정이든 소중히 여길 수밖에 없었다. 만약 내가 다시 찾아갔더라면 그는 순수한 가톨릭 신앙이 얼마나 다정하고 친절하고 위로가 되는지를 보여주며 내 마음속에서 선행에 대한 열의를 찾아내 불을 붙이려고 애썼으리라. 그러다 어떻게 됐을지는 알 수 없는 노릇이다.

우리 모두 어떤 면에서는 강하지만 약점도 많은 인간이지 않은가. 약속한 날짜와 시간에 '마지 가 10번지'를 방문했더라면 지금 나는 이렇게 이교도적(가톨릭의 입장에서는)인 글을 쓰는 대신에 빌레트 크레시 가에 있는 카멜리트 수녀원 독방에서 묵주를 헤아리며 기도하고 있었을지도 모른다. 그 인자한 노신부에게는 프랑수아 페넬롱(수많은 사람을 가톨릭으로 개종시킨 17세기의 유명한 성직자—옮긴이) 같은 면모가 있었다. 그의 신도들이 어땠든 간에, 내가 그의 성당과 신앙을 어떻게 생각했든 간에, (사실은 둘 다 마음에 들지 않았다) 나는 그 신부에게 언제까지나 감사한 마음을 간직하려 한다. 그는 내가 친절을 필요로 했을 때 친절하게 대해준 사람이니까. 선행을 베푼 그에게 신의 가호가 있기를!

어두침침한 성당에서 나오니 황혼은 밤으로 바뀌고 거리에는 가로등이 켜져 있었다. 이제는 돌아갈 수 있을 것 같았다. 도시 성벽 너머에 있는 작은 언덕 위에서 10월의 바람을 들이마시고 싶다는 무모한 갈망은 다소 누그러져 더 이상 절박한 요구가 아니라 '이성'이 충분히 제어할 수 있는 소망으로 변했다. 이성은 그 소망을 억눌렀고, 나는 내가 포세트 가 쪽이라고 생각했던 방향으로 발길을 돌렸다. 그러나 어느덧 나는 낯선 시내에 와 있었다. 다 허물어져 가는 기괴하고 고풍스러운 집들이 좁은 길을 따라 늘어서 있는 오래된 시가지였다. 쇠약해진 몸 때문에 침착해질 수가 없었고, 여전히 나 자신에게 무심했던 터라 나의 안전에 신경을 쓰지 못했던 것이다. 당황스럽기 짝이 없었다. 어딘지 모르는 골목길들 사이에 갇혀 길을 잃었다. 그렇다고 지나가는 사람에게 안내를 부탁할 의지도 없었다.

해질 무렵 잠시 잠잠해졌던 폭풍이 잃어버린 시간을 보충하고 있었다. 북서쪽에서 남동쪽으로 똑바로 나아가는 거센 바람은 물보라처럼 비를 마구 뿌려대고 때로는 탄환처럼 날카로운 우박도 퍼부었다. 차가운 폭풍이 폐부를 찔러댔다. 비바람을 피하려고 고개를 숙였더니 비와 우박이 뒤에서 나를 때렸다. 이렇게 사투를 벌이는 동안에도 내 마음은 절망하지 않았다.

그저 내게 날개가 있어서 그 거센 바람을 타고 하늘로 올라가기를 바랐을 뿐이다. 날개를 펴고 하늘에 누워 폭풍의 경로를 따라 함께 내달리며 이곳저곳을 휩쓸고 싶었다. 이런 생각을 하다가 문득 더 추워진 걸 느꼈다. 이미 몸이 약해져 있었지만 아까보다 더 힘이 없었다. 근처에 있는 큰 건물의 입구로 가려고 애썼으나 거대한 건물 정면과 높은 첨탑이 검게 변하더니 시야에서 사라지고 말았다. 계단에 주저앉으려니 끝없는 나락으로 굴러떨어지는 기분이었다. 그다음부터는 기억이 나지 않는다.

16. 그리운 옛날

실신해 있는 동안 정신이 어디를 헤매고 있었는지는 나도 모른다. 그녀는 그 기묘한 밤에 인사불성 상태에서 무엇을 보았으며 어디로 여행했는지를 비밀로 간직했다. '기억'에게도 귀띔 한 번 해주지 않았고, 견결한 침묵으로 '상상'마저도 방해했다. 어쩌면 그녀는 하늘나라에 올라가 영원한 안식처를 보면서 마침내 물질과의 고통스러운 결합이 해소됐다고 여기며 그곳에서 휴식하기를 바랐을지도 모른다.

그녀가 그렇게 생각하고 있는 동안, 천사가 그녀에게 천국의 문지방에 가까이 오지 말라고 이야기하고, 눈물을 뚝뚝 흘리는 그녀를 지상으로 도로 데려오고, 몸서리를 치며 반항하는 그녀를 초라한 육체에 다시금 결박했는지도 모른다. 그녀는 차갑고 쇠약해진 육체의 동반자 노릇에 넌더리를 내고 있었다.

그녀가 괴로운 신음 소리를 내고 후들후들 떨면서 마지못해 감옥에 다시 들어섰다는 사실을 나는 안다. 한 번 갈라섰던 '영혼'과 '물질'의 재결합은 쉬운 일이 아니었다. 그들은 포옹은커녕 고통스러운 투쟁을 벌이며 서로를 맞이했다. 나는 시력이 돌아오고 있음을 느꼈다. 온통 붉은색 천지여서 흡사 핏속을 헤엄치는 기분이었다. 멈춰 있던 청력도 천둥처럼 요란한 소리를 내며 부리나케 돌아왔다. 그리고 두려움 속에서 의식이 되살아났다. 정신을 차리고 나니 간담이 서늘해졌다. 도대체 내가 어디에서, 어떤 낯선 사람들 사이에서 걷고 있었던 걸까? 처음에는 내가 보고 있는 게 무엇인지 몰랐다. 벽이 벽으로 보이지 않고 등불이 등불로 보이지 않았다. 사람들이 보통 유령이라고 말하는 게 무엇인지 그제야 알 것 같았다. 그날 나 역시 너무나 평범한 물건을 보면서 유령이라고 여겼으니까. 다시 말하면 눈길이 닿는 물체마다 괴이해 보였다. 하지만 나의 감각들은 곧 제자리를 찾았고, 생명을 유지하는 장치들도 정상적이고 규칙적으로 움직이기 시작했다.

그래도 내가 어디에 와 있는지는 알 수가 없었다. 여기가 내가 쓰러졌던 장소가 아니라는 건 분명했다. 내가 누워 있는 곳은 주랑 현관이 아니라 한밤의 폭풍우를 막아주는 벽과 창문과 천장이 있는 곳이었다. 누군가 나를 어떤 집 안으로 데리고 들어온 모양이었다. 하지만 어떤 집이란 말인가?

내가 생각할 수 있는 곳은 포세트 가의 기숙학교밖에 없었다. 나는 여전히 몽롱한 상태로 내가 어느 방에 누워 있는지 알아내려고 노력했다. 기숙사의 큰 침실일까, 아니면 작은 침실 가운데 하나일까? 그런데 눈에 보이는 가구가 기숙사 침실에 있는 것과 하나도 일치하지 않았으므로 나는 혼란에 빠지고 말았다. 텅 빈 흰 침대들과 일렬로 늘어선 커다란 창문들도 보이지 않았다.

'내가 와 있는 곳이 베크 부인의 침실은 아닌 게 확실해!'

그러다가 파란 다마스크 천을 씌운 안락의자가 눈에 들어왔다. 잠시 후 잘 어울리는 쿠션을 올려놓은 의자 몇 개가 더 보였다. 마침내 이곳이 쾌적한 응접실이라는 사실을 똑똑히 알 수 있었다. 밝게 빛나는 벽난로에서 장작이 타고, 바닥에는 어두운 황갈색 바탕에 연청색 아라베스크 무늬가 돋보이는 카펫이 깔려 있었으며, 색이 연한 벽지에는 무수한 황금빛 잎사귀와 덩굴손 사이로 가느다란 진청색 물망초 화환이 어지럽게 얽혀 끝없이 이어졌다. 넉넉한 푸른 다마스크 커튼을 두른 두 창문 사이에는 금도금한 거울이 걸려 있었다. 이 거울을 보고 내가 침대가 아닌 소파에 누워 있다는 사실을 알았다. 내 모습은 유령 같았다. 움푹 들어간 눈은 전보다 더 커 보였고, 머리카락은 수척하고 창백한 얼굴과 대조를 이루어 원래보다 더 짙은 색으로 보였다. 가구뿐 아니라 창문과 문과 벽난로의 위치로 보아도 이곳은 난생 처음 보는 집의 낯선 방 같았다.

아직 내 머리가 제대로 돌아가지 않는 모양이었다. 파란 안락의자를 바라보고 있노라니 그게 친숙하게 느껴지기 시작하는 게 아닌가. 소용돌이무늬 소파도, 가장자리에 울긋불긋한 낙엽 무늬 장식이 있는 파란색 천을 씌운 둥근 탁자도 어쩐지 눈에 익었다. 무엇보다 수놓인 천을 씌운 작은 발받침 두 개와 흑단으로 만든 작은 의자가 가장 친숙했다. 그 의자의 좌석 부분과 등받이에는 짙은 색바탕에 연한 꽃무늬가 있는 천이 씌워져 있었다.

이 가구들을 보고 놀라서 방 안을 더 자세히 살펴보았다. 이상하게도 주위에 있는 모든 물건이 오래전부터 알던 것들이었고, 방 안 곳곳에서 '즐거웠던 옛날'(스코틀랜드 민요 제목―옮긴이)이 미소 짓고 있었다. 벽난로 위에는 작은 타원형 액자가 두 개 있었는데 나는 그 액자 속 인물들의 하얀 곱슬머리 가발에 달린 진주 장식과 하얀 목을 둘러싼 벨벳, 부풀린 모슬린으로 만든 스카프와 구김 장식을 한 레이스 소매를 잘 알고 있었다. 벽난로 선반의 유리 덮개 밑에는 도자기 꽃병 두 개, 골동품에 속하는 작은 찻잔 일속, 에나멜처럼 매끈하고 달걀 껍데기처럼 얇은 하얀 장식품과 고전적인 석고상이 놓여 있었다. 나는 마치 투시력을 지닌 사람처럼 이 모든 물건들의 특징이 무엇이며 흠집이나 금 간 곳이 몇 군데나 되는지 훤히 알 수 있었다. 무엇보다 동판에 새긴 것처럼 정교한 연필화가 그려진 부채 한 쌍을 보노라니 눈이 아플 지경이었다. 지금은 해골 같아진 이 손가락에 학생용 연필을 쥐고 꼼꼼하게 선을 하나하나 긋고 점을 하나하나 찍는 지루한 작업을 반복하던 때가 기억났기 때문이다.

나는 어디 있는 걸까? 여기가 어느 나라인지, 지금이 서기 몇 년인지도 궁금했다. 왜냐하면 이 물건들은 옛날에 멀리 떨어진 나라에서 보던 것들이었으니까. 무려 10년 전에 이 물건들과 작별인사를 했으며 열네 살 때 이후로는 다시 만난 적이 한 번도 없지 않았던가. 나는 가쁜 숨을 몰아쉬며 혼잣말을 했다.

"내가 어디 있는 거지?"

그러자 지금까지는 있는 줄도 몰랐던 사람 하나가 움직이더니 일어나서 내게로 다가왔다. 그 사람이 이 방과 어울리지 않는 모습을 하고 있어서 나의 수수께끼는 더 복잡해지기만 했다. 그 사람은 평범한 하녀 모자를 쓰고 날염 옷을 입은 라바세쿠르인 보모였다. 그녀는 프랑스어도 영어도 못하고 알아듣지 못할 방언을 썼기 때문에 나는 그녀에게서 아무것도 알아낼 수가 없었다. 하지만 그녀는 향내가 나는 시원한 물로 내 뺨과 이마를 씻기고 내가 베고 있던 쿠션을 높여준 다음, 나에게 손짓으로 말하지 말라는 표시를 하고는 원래 앉아 있던 소파 발치로 되돌아갔다.

그녀가 뜨개질을 하느라 바빠서 나에게 눈길을 돌리지 않았기 때문에 나는 별다른 어려움 없이 그녀를 응시할 수 있었다. 그녀가 어떻게 해서 여기에 있으며 이 방이나 내 소녀 시절과는 어떤 관계인지 궁금해서 견딜 수 없었다. 그리고 그 시절의 광경과 기억이 지금의 나와 무슨 관계가 있는지 의아했다.

나는 몸이 쇠약해져 있었던 터라 그 의문을 샅샅이 파헤치지는 못하고 그게 착각이었거나, 꿈이었거나, 고열 때문에 나타난 환각이었다고 생각하며 애써 의문을 가라앉히려 했다. 하지만 그건 착각이 아니었다. 나는 잠들어 있지도 않았고 정신도 멀쩡했다. 그저 방 안이 어두워서 작은 그림들과 장식품과 부채와 수놓인 의자들을 똑똑히 보지 못한 것이기를 바랐다. 사실 이 모든 물건들과 푸른 다마스크 천을 씌운 가구들은 내 기억 속에 생생하게 간직돼 있었고 나에게 너무나 익숙했으며 브레튼의 대모님 댁 거실에 있었던 물건들과 세세한 부분까지도 완전히 똑같았다. 방의 넓이와 비례를 제외하면 달라진 게 없었다.

베드레딘 하산(천일야화의 등장인물 중 하나―옮긴이)이 잠든 사이에 카이로에서 다마스쿠스의 문까지 갔다는 이야기가 떠올랐다. 그 동방의 이야기에 나오는 것처럼 수호신이 어두운 날개를 드리워 나를 쓰러뜨렸던 폭풍을 진정시키고, 교회 계단에서 나를 안아 올려 하늘 높이 올라가게 하고, 나를 태우고 대륙과 바다 위를 날아, 옛날 영국 땅의 난롯가에 나를 조용히 내려놓은 걸까? 하지만 그것도 아니었다. 나는 이제 그 난롯불이 '가정의 수호신' 앞에서 타오르지 않는다는 사실을 알고 있었다. 불은 꺼진 지 오래였고 브레튼 가의 수호신들은 어디론가 가버렸다.

하녀 복장을 한 여자가 다시 고개를 돌려 나를 살펴보더니, 내가 눈을 뜨고 있는 걸 알고 뜨개질을 중단했다. 내 눈빛에서 불안하고 흥분된 기색을 본 모양이었다. 그녀는 작은 탁자에서 분주하게 움직이며 유리잔에 물을 따르고 작은 유리병에 담긴 액체 몇 방울을 신중하게 떨어뜨렸다. 그러고는 한 손에 잔을 들고 내게 다가왔다. 그녀가 나에게 먹이려는 짙은 색깔 액체는 무엇일까? 요정의 불로장생약일까, 동방박사의 증류수일까?

뭐냐고 물어보기에는 이미 늦었다. 나는 시키는 대로 즉시 그 약을 마셨다. 조용한 생각의 흐름이 내 두뇌를 살살 어루만지더니 점점 부드럽게, 향유보다도 매끈하게 물결쳤다. 힘없는 팔과 다리의 통증이 사라지고 근육은 잠들었다. 나는 움직일 힘을 잃었지만, 움직이고 싶은 마음도 함께 잃었으므로 조금도 아쉽지 않았다. 친절한 하녀는 칸막이를 쳐서 램프 불빛을 가려주었다. 나는 그녀가 일어나서 칸막이를 치는 것까지는 봤지만 그녀가 자기 자리로 되돌아가는 걸 본 기억은 없다. 그 사이에 잠에 빠져들었던 것이다.

$$* \quad * \quad * \quad * \quad *$$

이럴 수가! 잠에서 깨고 보니 모든 게 다시 바뀌어 있었다. 이번에는 한낮의 빛이 나를 감싸고 있었다. 뜨거운 여름 햇빛이 아니라 음산하고 바람이 거세게 몰아치는 가을의 잿빛이었다. 이제야말로 내가 기숙학교에 와 있구나 싶었다. 여닫이창을 때리는 빗소리를 들으니 확신이 생겼고, 나무 사이로 부는 폭풍 같은 바람소리를 들으니 바깥에 정원이 있음을 알 수 있었다. 게다가 나는 냉기가 도는 순백색의 공간에 홀로 누워 있었다. 내가 '순백색'이라고 한 이유는 줄무늬 무명 커튼이 침대 앞에 드리워져 시야를 가리고 있었기 때문이다.

커튼을 들어 올려 바깥을 내다보았다. 나는 하얗게 회칠을 한 길쭉하고 커다란 방의 일부가 눈에 들어오리라고 예상하고 있다가 비취색 벽이 있는 작은 침실이 나오자 당황해서 눈을 깜빡거렸다. 장식이 없는 큼직한 창문 다섯 개가 아니라 모슬린 꽃줄 장식이 달린 높은 격자창이 딱 하나 있었다. 목재에 페인트칠을 해서 만든 스물네 개의 작은 세면대 위에 각각 대야와 물동이가 놓여 있지도 않았다. 대신 마치 무도회에 나가는 여자처럼 분홍색 스커트에 흰색 겉옷을 걸친 화장대가 놓여 있었는데, 광택이 나는 커다란 거울과 가장자리에 레이스를 두른 예쁜 바늘겨레가 화장대를 꾸미고 있었다. 화장대 외에도 녹색과 흰색이 섞인 사라사 무명천을 씌운 낮고 아담한 팔걸이의자와, 상판이 대리석으로 되고 옅은 색 항아리가 여러 개 놓인 세면대가 있었다. 작은 방치고 가구가 꽤 많은 셈이었다.

독자여, 나는 소스라치게 놀랐다. 왜냐고? 아무리 소심해도 그렇지 소박하고 아기자기한 작은 침실에 놀랄 게 뭐가 있었냐고? 이유는 단순했다. 이 가구들이 진짜일 리가 없었기 때문이다. 견고한 팔걸이의자와 거울과 세면대는 모두 실제 가구의 유령이 틀림없었다. 독자 여러분은 이게 너무 터무니없는 소리여서 인정할 수 없다고 말하겠는가? (사실 혼란스러웠던 나 역시 이걸 인정하지 않았다) 드디어 내가 정신이 이상해졌다고, 병이 심해져서 환각을 봤다고 결론짓는 수밖에. 하지만 설사 그렇다 하더라도 내가 본 환각은 지금까지 숱한 정신이상자를 괴롭힌 그 어떤 환각보다도 더 괴상했다.

나는 알고 있었다. 아니, 알 수밖에 없었다. 녹색 사라사 천을 씌운 그 작고 편안한 의자를, 테두리에서 나뭇잎 모양 조각 장식이 검게 반짝이는 거울을, 세면대 위에 놓인 은은한 녹색의 매끈한 도자기 꽃병을, 그리고 상판에 회색 대리석이 깔려 있고 한쪽 구석에는 금이 가 있는 그 세면대를. 나는 이 모든 것들을 알아보고 반가워할 수밖에 없었다. 지난밤 그 거실의 장미목과 직물과 도자기를 부득이하게 알아보고 반가워했던 것처럼.

브레튼! 브레튼! 10년 전의 광경이 거울 속에서 반짝였다. 브레튼과 나의 열네 살 때 시절이 나를 따라다니는 이유가 대체 뭘까? 그 시절이 돌아온 게 사실이라면 어째서 완전하게 돌아오지 않는 걸까? 방은 없어졌고 장소도 달라졌는데 가구들만 남아서 병든 내 앞을 배회하는 이유가 뭘까? 진홍색 새틴 천으로 만들고 금색 구슬로 장식하고 가장자리에는 레이스로 주름을 잡은 그 바늘겨레는 지난밤에 본 부채와 마찬가지로 내가 알아보지 못하면 이상할 물건이었다. 내가 손수 만든 거였으니까. 나는 침대에서 벌떡 일어나 그 바늘겨레를 손에 들고 자세히 살펴보았다. 흰 비단실로 수를 놓은 타원형의 테두리 안에 금빛 구슬을 박아 만든 'L. L. B.'라는 글자가 보였다. L. L. B.는 나의 대모님 로니사 루시 브레튼의 머리글자였다.

"내가 영국에 와 있나? 브레튼에?"

나는 이렇게 중얼거리고 나서 내가 '어디에' 있는지 알아내려고 황급히 창문 가리개를 올려 바깥을 내다보았다. 세인트 앤 거리의 조용하고 아름다운 오래된 건물들과 깨끗한 회색 보도가 보이고 저 멀리 교회의 탑도 보이리라고 은근히 기대하고 있었다. 그렇지 않더라도 최소한 도시 풍경이 보일 줄 알았다. 상쾌하고 고풍스러운 영국 어느 도시의 거리나 빌레트의 거리가 보이겠지.

하지만 정반대로 그 높은 격자창 주위에 우거진 나뭇잎 사이로 잔디가 무성한 뜰이 보였다. 잔디밭 너머 저지대에서는 오랜만에 보는 키 큰 삼림수가 자라고 있었다. 10월의 강풍에 신음하고 있는 나무들 사이로 보이는 길에는 노란 낙엽이 산더미처럼 쌓여 있거나 잎사귀 한두 개가 몰아치는 서풍 앞에서 빙글빙글 돌고 있었다. 길 너머로는 아마도 평지가 이어지는 듯했는데 키 큰 너도밤나무 숲에 가려 잘 보이지 않았다. 세상과 차단된 느낌이 나는 이곳은 나에게 낯설게만 느껴졌다. 다시 말해서 내가 전혀 모르는 곳이었다.

나는 다시 누웠다. 침대는 작은 벽감에 놓여 있었으므로 벽 쪽으로 고개를 돌리자 나를 당혹스럽게 하는 가구와 물건으로 가득한 방이 시야에서 사라졌다. 정말로 사라졌나? 아, 그것도 아니구나!

당혹스러운 풍경이 사라지길 바라며 돌아누웠는데 양쪽으로 말아 올린 커튼 사이의 녹색 벽을 보니 금도금한 커다란 액자에 담긴 초상화가 떡하니 걸려 있는 게 아닌가! 초상화는 간단하지만 제법 잘 그린 수채화였다. 건강하고 활기찬 소년이 그림 속에서 살아 움직이며 말하는 듯했다. 열여섯 살 정도로 보이는 소년은 피부가 희고 뺨에 붉은 기가 돌아 건강해 보였다. 긴 머리는 검은색이 아니라 태양처럼 붉은 색으로 빛났고, 예리한 눈과 활 모양의 입술과 명랑한 웃음이 어우러져 전체적으로 아주 보기 좋았다. 특히 부모나 자매들처럼 그 소년의 애정을 요구할 권리가 있는 사람이 보면 기분이 좋아질 만한 그림이었다. 낭만적인 어린 여학생이 본다면 액자 속의 소년과 사랑에 빠질 법도 했다. 소년이 조금 더 나이가 들면 두 눈에서 강렬한 사랑의 빛이 반짝일 것 같았다. 그 두 눈에 한결 같은 신의의 빛이 담겨 있는지는 조금 미심쩍었다. 그의 입술은 아름다웠지만 변덕과 얕은 자존심을 확연히 드러내고 있어서, 어떤 감정이든 지나치게 경솔하게 다룰 것 같기도 했다.

나는 눈에 들어오는 것들을 하나씩 차분하게 곱씹어보려고 애쓰며 혼잣말로 중얼거렸다.

"아! 아침식사를 하는 방 벽난로 위에 걸려 있던 초상화로구나. 너무 높게 걸려 있다고 생각했지. 피아노 의자를 밟고 올라가 저걸 떼서 손에 들고 예쁜 두 눈을 들여다보곤 했던 기억이 나네. 개암나무 색깔 눈썹 아래로 두 눈이 연필로 그린 듯 웃고 있었잖아. 뺨 색깔이랑 입 모양도 보기 좋았어."

믿기지 않는 일이지만 나의 회상은 입술과 턱의 곡선에까지 미쳤다. 무심한 나조차도 초상화의 입술과 턱이 아름답다는 사실을 알아차리고 다음과 같은 의문을 품었던 것이다.

'저 그림이 매력적이면서도 한편으로는 짜릿한 아픔을 느끼게

하는 이유가 뭘까?'

언젠가 나는 시험 삼아 어린 '아가씨' 폴리를 데려가서 팔로 안아 올려 그림을 보여주며 물었다.

"마음에 드니, 폴리?"

폴리는 아무 말도 하지 않고 한참 동안 그림을 뚫어지게 보았다. 마침내 그녀의 예민한 눈에 한 줄기 어둠이 스쳤다.

"내려놓아 줘."

나는 폴리를 내려놓으며 혼잣말을 했다.

"얘도 똑같은 느낌을 받았구나."

나는 옛날 일들을 돌이켜보며 이렇게 덧붙였다.

"그에게는 단점도 있었지만 괜찮은 점도 있었지. 관대하고 온화하고 감수성이 예민했잖아."

나는 그의 이름을 소리 내어 부르며 회상을 끝냈다.

"그레이엄!"

그런데 침대 곁에서 갑자기 똑같은 소리가 한 번 더 났다.

"그레이엄? 그레이엄을 불러줄까요?"

나는 목소리의 주인공을 바라보았다. 수수께끼는 더 복잡해졌고 궁금증은 정점에 달했다. 뚜렷이 기억나는 사람을 벽에 걸린 그림으로 보는 것도 이상했지만, 고개를 돌려보니 뚜렷이 기억나는 다른 사람이 실제로 있다는 건 훨씬 이상한 일이었다. 키가 크고 옷을 잘 차려 입은 여인이 너무나 생생하고 존재감 있는 모습으로 서 있었다. 그녀는 미망인이 흔히 입는 비단옷에 기혼 여성에게 걸맞은 땋은 머리를 하고 머리 모양과 잘 어울리는 모자를 쓰고 있었다. 초상화 속의 소년과 마찬가지로 그녀도 인물이 좋았다. 너무 눈에 띄는 측면도 없지 않았지만 그건 그녀의 감각이나 성격 때문이 아니라 미모 때문이었다. 그녀는 별로 달라진 데가 없었다. 전보다 굳세고 강해 보이긴 했지만 틀림없는 나의 대모님, 브레튼 부인이었다.

나는 잠자코 있었지만 속으로는 무척 흥분하고 있었다. 무덤덤한 내가! 맥박이 빨라지면서 뺨에서 핏기가 가시고 차가워졌다. 나는 그녀에게 물었다.

"여기가 어딘가요?"

"아주 안전한 요양소지요. 당분간 잘 돌봐줄 테니 좀 더 나아질 때까지 마음을 편히 가져요. 오늘 아침에는 아파 보이던데요?"

"지금 너무 어리둥절해서 제 감각을 믿어야 할지, 아니면 제가 잘못된 판단을 거듭하는 건지 모르겠어요. 그런데 부인은 영어를 하시네요?"

"혹시 알아듣지 않을까 하고 영어로 이야기했지요. 프랑스어로 오랫동안 이야기를 하기는 좀 어려워서요."

"영국에서 오셨나요?"

"이곳에 온 지 얼마 안 됐죠. 아가씨는 이 나라에 오래 살았나요? 내 아들이랑 아는 사이 같던데?"

"아드님을요? 아마 그럴 거예요. 저 초상화에 그려진 사람이 아드님인가요?"

"저건 어릴 적 초상화예요. 아가씨가 저걸 들여다보면서 그애 이름을 불렀지요."

"그레이엄 브레튼이요?"

그녀는 고개를 끄덕였다.

"그럼 제가 브레튼 부인과 이야기를 나누고 있는 건가요? 예전에 브레튼에 사시던……?"

"맞아요. 내가 듣기로 당신은 이곳에 있는 외국인 학교의 영어 선생님이라면서요? 우리 아들이 당신을 알아보고 그렇게 말하더군요."

"부인, 제가 어떻게 발견됐나요? 누가 저를 찾았지요?"

"내 아들이 차차 이야기할 거예요. 지금 아가씨는 너무 당황했고 몸도 약해져 있으니 대화는 이쯤 하는 게 좋겠어요. 일단 아침을 먹고 푹 자요."

육체적 피로와 정신적 동요를 경험하고 비바람 속에 오래 있었음에도 불구하고 나는 전보다 나아진 기분이었다. 내 몸을 짓눌렀던 열기와 진짜 병은 잦아들고 있었다. 지난 9일 동안 고체로 된 음식을 전혀 먹지 못하고 끊임없는 갈증에 시달리던 내가, 오늘 아침에 식사가 나왔을 때는 영양분을 섭취하고 싶은 욕구를 느꼈던 것이다. 브레튼 부인이 날라준 차를 마시고 싶었고 차와 함께 내온 마른 빵을 한 입 먹고 싶은 마음이 간절했다. 빵을 단 한 입 베어 물었을 뿐이지만 그걸로 족했다. 그걸로 기운을 얻어 두세 시간 정도 기력을 유지하고 있으니 하녀가 작은 그릇에 담긴 수프와 빵을 가져왔다.

저녁이 되자 어두워지기 시작했다. 강풍은 지치지도 않고 여전히 거칠고 차갑게 불어댔고 비는 홍수처럼 줄기차게 내렸다. 나는 침대에 누워 있기가 지겨워졌다. 그 방은 예쁘기는 했지만 좁아서 갇혀 있는 느낌이 났다. 나는 뭔가 변화를 주고 싶었다. 점점 쌀쌀해지면서 어둠이 내리고 있어서 더욱 우울했다. 난롯불을 바라보면서 그 따뜻한 기운을 느끼고 싶었다. 게다가 브레튼 부인의 아들 생각이 떠나지 않았다. 언제 그를 만나게 될까? 내가 이 방에서 나가지 않으면 못 보겠지.

마침내 하녀가 와서 잠자리를 마련해 주었다. 그녀는 나를 담요로 감싸서 작은 사라사 의자에 앉히려 했으나 나는 그녀의 배려를 정중하게 사양하고 내 손으로 옷을 갈아입었다. 몸단장을 끝내고 앉아서 한숨 돌리려는 차에 브레튼 부인이 다시 나타나 소리쳤다.

"옷을 입었군요!"

그녀는 내가 익히 알고 있는 부드럽지는 않지만 유쾌한 미소를 지으며 물었다.

"많이 좋아졌나 보죠? 기운이 나요?"

부인이 옛날과 똑같은 말투로 나에게 이야기를 했기 때문에 그녀가 나를 알아보기 시작한 게 아닌가 하는 생각까지 들었다. 그녀의 목소리와 태도에는 언제나 보호자 같은 분위기가 있었다. 소녀 시절 나는 브레튼 부인을 좋아했고 그녀의 말을 잘 따랐다. 그것은 부나 신분의 차이에서 우러나는 관습적인 권위가 아니라(부인이나 나나 같은 신분이었으므로 신분의 차이는 없었다) 신체적인 차이에서 비롯된 자연스러운 권위였다. 큰 나무가 작은 풀에게 안식처를 제공하는 것과 비슷한 이치랄까. 나는 더 이상 체면을 차리지 않고 솔직하게 요청했다.

"부인, 아래층으로 내려가게 해주세요. 여기 있으니 너무 춥고 지루해요."

"그거야 더할 나위 없이 좋지요. 아가씨가 아래층으로 내려가도 될 만큼 회복된 거라면. 자, 그럼 가봅시다. 내 팔을 잡아요."

나는 그녀가 내민 팔을 잡았다. 카펫이 깔린 계단을 내려가 열려 있는 높다란 문을 통해 그 푸른 다마스크 방으로 들어갔다. 완벽하게 가정적이고 편안한 분위기 속에 있는 것만으로 얼마나 기분이 좋았던지! 호박색 등불과 주황색 난로불이 얼마나 따뜻했던지! 거실의 풍경을 마무리하는 것처럼 탁자 위에는 차가 준비돼 있었다. 차는 영국제였고 반짝이는 다기들도 낯이 익었다. 고풍스러운 무늬가 있는 순은 단지와 역시 은으로 만든 커다란 주전자에서부터 어두운 자주색에 금박을 입힌 얇은 자기 찻잔에 이르기까지 다 그대로였다. 브레튼 시절 언제나 탁자 위에 놓여 있었던, 특이한 틀에 넣어 굽는 특이한 모양의 씨가 든 과자도 보였다. 그레이엄이 좋아하던 과자가 옛날과 똑같이 탁자 위에 있구나! 탁자 한쪽에 그레이엄의 접시와 은제 나이프와 포크가 놓여 있는 걸 보니 그가 곧 차를 마시러 올 모양이었다. 그렇다면 그레이엄이 집에 있다는 이야기였다. 조금만 있으면 그를 만날 수 있겠구나 싶었다.

난롯가로 가려다가 잠시 머뭇거리고 있는데 나의 보호자가 말했다.

"자, 앉아요, 앉아."

그녀는 나를 소파에 앉혔지만 나는 난롯불이 너무 뜨겁다고 이야기하고 소파 너머의 구석진 곳으로 가서 나에게 잘 어울리는 의자를 찾아냈다. 브레튼 부인은 원래 어떤 일로도 법석을 떨지 않는 사람이라 별다른 말 없이 내 뜻대로 하게 해주었다. 그녀는 차를 끓이고 신문을 가져왔다. 그녀의 젊은이처럼 활달한 몸놀림을 바라보니 기분이 좋았다. 틀림없이 쉰 살이 넘었을 텐데도 체력과 정신력이 전혀 녹슬지 않은 듯했다. 브레튼 부인은 풍채가 좋으면서도 날렵했고 조용하면서도 때로는 열렬했다. 건강한 신체와 훌륭한 성품 덕택에 청춘 시절 같은 싱그러움을 유지할 수 있었던 모양이었다.

브레튼 부인은 신문을 읽으면서 아들이 돌아오지 않나 하고 귀를 기울이고 있었다. 그녀는 불안한 심정을 겉으로 드러내는 사람이 아니었지만 날씨는 여전히 험했다. 도무지 만족을 모르는 폭풍이 시끄럽게 울부짖는 날 그레이엄이 외출했다면 그녀의 마음은 밖에 나간 아들에게 가 있을 터였다.

그녀가 시계를 보며 말했다.

"올 때가 10분이나 지났는데."

잠시 후 그녀가 신문에서 눈을 떼고 고개를 문 쪽으로 살짝 돌렸다. 어떤 소리를 들었다는 표시였다. 그녀의 찌푸린 이마가 활짝 펴지더니 잠시 후에는 훈련이 덜 된 내 귀에도 철제 대문이 철컹거리며 움직이는 소리와 자갈길을 걷는 발자국 소리가 들렸다. 그리고 마침내 현관 종이 울렸다. 그가 온 것이다. 그의 어머니는 항아리의 물을 찻주전자에 따르고 쿠션을 올려놓은 푹신한 푸른색 의자를 난로 곁으로 끌어당겼다. 원래 그녀가 사용하는 의자였지만 단 한 사람만은 그 자리를 빼앗아도 괜찮은 모양이었다. 그 한 사람이 드디어 계단을 올라왔다. 날씨가 사납고 비가 쏟아지는 밤이었으므로 필시 화장대 앞에서 흐트러진 차림새를 가다듬고 나서 올라왔을 것이다.

브레튼 부인은 기쁨의 미소를 감춘 채 퉁명스럽게 물었다.

"그레이엄, 너니?"

늦게 온 아들은 여왕이 포기한 왕좌에 무엄하게 털썩 앉으며 대답했다.

"제가 아니면 누구겠어요, 어머니?"

"늦게 왔으니 다 식은 차를 줘야겠구나."

"그럼 간식을 안 먹는 걸로 하죠. 주전자는 기세 좋게 보글보글 끓고 있잖아요."

"게으른 도련님, 식탁에 와서 앉으시지. 오늘도 어김없이 내 의자에 앉았구나. 조금이라도 예의범절을 아는 사람이라면 그 의자는 '나이 든 귀부인'을 위해 남겨둘 텐데."

"그래야 하는데, 친애하는 '나이 든 귀부인'께서 굳이 저에게 의자를 양보하신다는 게 문제죠. 환자는 어때요, 어머니?"

브레튼 부인은 내가 앉아 있던 구석으로 고개를 돌리며 말했다.

"아가씨가 이리 와서 직접 말해 줄래요?"

나는 부인의 말대로 앞으로 나아갔다. 그레이엄은 정중하게 일어나서 나에게 인사를 했다. 난롯가에 우뚝 서 있는 그의 풍모를 보니 과연 어머니가 내놓고 자랑할 만했다.

그가 내게 말했다.

"내려왔군요. 많이 나았다는 얘기겠죠? 우리가 이런 식으로, 그
것도 여기서 만나리라고는 전혀 예상치 못했습니다. 지난밤에는
깜짝 놀랐어요. 내가 임종을 앞둔 환자에게 급히 가야 할 상황이
아니었다면 당신을 그대로 두고 가지 않았을 겁니다. 하지만 여기
계신 우리 어머니는 여의사나 다름없고 마사 역시 훌륭한 간호사
라고 할 수 있지요. 당신은 잠깐 실신했는데 상태가 위독하지는 않
았습니다. 무엇 때문에 정신을 잃었는지는 아직 밝혀내지 못했고
요. 그런데 정말 괜찮아졌다고 믿어도 되는 겁니까?"

나는 침착하게 대답했다.

"훨씬 나아졌어요. 감사합니다, 존 선생님."

독자여, 이 키 큰 젊은 남자가, 사랑받는 아들이, 내가 묵고 있는
집의 주인인 그레이엄 브레튼이 바로 존 선생이었다! 나는 존 선생
과 그레이엄이 동일 인물이라는 사실을 확인하고도 별로 놀라지
않았다. 계단을 올라오는 그레이엄의 발소리가 들릴 때부터 이미
어떻게 생긴 사람이 들어와서 어떻게 행동할지 훤히 알고 있었다.
존 선생이 바로 그레이엄이라는 사실을 그날 처음 깨달은 것도 아
니었다. 나는 한참 전부터 알고 있었다. 물론 내 기억 속의 그레이
엄은 소년이었고 10년(열여섯 살에서 스물여섯 살까지)이라는 세월이 흐
르는 동안 그 소년도 성인이 되면서 모습이 많이 달라졌다.

하지만 세월이 일으킨 변화가 내 눈을 완전히 멀게 하거나 내 기
억을 어지럽히지는 못했다. 존 그레이엄 브레튼 박사는 열여섯 살
때와 비슷한 용모를 고스란히 간직하고 있었다. 눈과 이목구비의
일부, 즉 얼굴 아래쪽 절반의 훌륭한 생김새가 고스란히 남아 있었
다. 나는 그를 금방 알아보았다. 맨 처음 알아본 건 (10장에 나오는 대

로) 나도 모르게 그에게 시선을 고정시키고 있다가 무안하게도 말 없는 비난을 당한 그때였다. 이후 그를 살펴보니 어느 모로 보나 내 추측이 맞았다. 나는 성인이 된 그의 몸짓과 거동과 습관에서 10년 전에 이미 예상할 수 있었던 그의 앞날을 발견했다. 예컨대 그의 굵은 목소리에서 지난날의 억양을 찾아냈다. 과거에 그의 개성이었던 독특한 말씨는 아직도 그의 개성으로 남아 있었다. 눈과 입술에 장난기가 가득하고, 웃음이 많고, 잘생긴 이마 밑의 눈동자에서 갑자기 빛이 번뜩이는 일이 잦은 것도 여전했다.

그 주제에 관해 뭐라고 '이야기'를 한다거나 내가 발견한 사실을 '암시'하는 건 나의 사고방식이나 내가 감정을 처리하는 방식에 맞지 않았다. 오히려 나 혼자만 알고 있는 게 나았다. 그가 꿰뚫어보지 못하는 구름을 덮어쓰고 그의 존재 안으로 들어가는 게 좋았다. 특수한 조명이 내 앞에 서 있는 그의 머리 위만 비치고 광선이 그의 발치에서만 가볍게 떨리는 게 좋았다.

내가 나서서 "나는 루시 스노랍니다!"라고 밝힌다 해도 그에게는 별 차이가 없을 것 같았다. 그래서 나는 교사라는 위치에 머물러 있었다. 또 그가 내 이름을 물은 적이 없었으므로 나 역시 알려주지 않았다. 그는 사람들이 나를 '아가씨'나 '루시 양'이라고 부르는 소리는 들었어도 '스노'라는 성은 듣지 못했다. 내가 그에 비해 훨씬 적게 변했는데도 그는 자연스럽게 알아차리지 못했다. 그가 전혀 눈치를 채지 못했는데 내가 넌지시 알려줄 이유가 있겠는가?

차를 마시는 동안 존 선생은 여느 때처럼 친절했다. 간식 시간이 끝나고 그릇을 치우자 그는 소파 구석에 쿠션을 가지런히 놓고 나에게 앉으라고 권했다. 이제 그와 그의 어머니도 난롯가로 다가왔다. 그런데 자리에 앉은 지 10분도 채 지나지 않아 브레튼 부인이 나를 뚫어져라 바라보기 시작했다. 확실히 어떤 일들에 있어서는 여자들이 남자들보다 빠른 법이다.

"아하!"

브레튼 부인은 이내 탄성을 지르더니 다시 소리쳤다.

"이렇게 닮은 사람은 드문데! 그레이엄, 너도 알아차렸니?"

"뭘요? 우리 '나이 든 귀부인' 께서 왜 또 그러시나? 어머니, 사람을 그렇게 뚫어지게 보시면 어떡해요? 누가 보면 갑자기 천리안이라도 생긴 줄 알겠네요."

부인은 나를 가리키며 말했다.

"그레이엄, 말해봐라. 이 아가씨를 보면 누가 생각나지 않니?"

"어머니, 지금 이 사람을 무안하게 만들고 계시잖아요. 어머니는 불쑥 말씀하시는 게 탈이라니까요. 더욱이 이 아가씨는 어머니 성격을 잘 모르는 낯선 사람이잖아요."

"봐라, 저 아가씨가 저렇게 고개를 숙이거나 옆으로 고개를 돌릴 때 누구랑 닮지 않았니, 그레이엄?"

"어머니가 문제를 내셨으니 답도 말해주셔야지요!"

"넌 얼마간 저 사람을 알고 지냈다고 하지 않았니? 네가 포세트 가에 있는 학교에서 일하게 된 첫날부터라면서. 그런데도 저렇게 희한하게 닮았다는 걸 이야기하지 않았다니!"

"제 머릿속에 없는 걸 어떻게 이야기하겠어요. 지금도 모르겠는데요. 대체 무슨 말씀이시죠?"

"어리석기는! 저 아가씨를 봐."

존 선생이 나를 쳐다보았다. 나는 그의 시선을 견디기가 어려웠다. 그는 결국 알아내지 못할 게 뻔했으므로 내가 먼저 이야기하는 게 최선이었다.

"우리가 세인트 앤 거리에서 작별한 후로 존 선생님은 할 일이 많았고 생각할 것도 많았겠지요. 그래서 당신이 루시 스노를 알아볼 리는 없다고 생각했어요. 저는 몇 달 전에 존 그레이엄 브레튼 씨를 금방 알아봤지만요."

브레튼 부인이 소리쳤다.

"루시 스노! 내 생각이 맞았어! 그럴 줄 알았다니까!"

브레튼 부인은 즉시 난롯가를 가로질러 걸어와 나에게 키스했다. 어떤 여자들은 특별히 기쁘지 않더라도 이런 사실을 발견하면 대단히 법석을 떨지만, 우리 대모님은 어떤 감정이든 법석을 떨지 않고 차분하게 표현하는 성격이었다. 그래서 이 놀라운 상황에서도 브레튼 부인과 나는 몇 마디 말과 단 한 번의 포옹을 나누었을 뿐이다. 하지만 부인은 기뻐하는 것 같았고 나 역시 무척 기뻤다. 우리가 오랜만의 재회에 감격하는 동안 맞은편에 앉은 존 선생도 조용히 놀라움을 표시했다.

마침내 그가 입을 뗐다.

"어머니 말씀대로 나는 어리석은 사람인가 봅니다. 내 명예를 걸고 말하는데, 당신을 자주 만나면서도 그런 낌새를 알아채질 못했소. 그렇지만 지금은 나도 알겠소. 루시 스노! 확실해. 내가 똑똑히 기억하는 사람이 여기 앉아 있군요. 의심의 여지가 없어요. 그런데 당신은 그동안 나를 오랜 지기로 대하지 않았고 그런 말을 입 밖에 낸 적도 없었군요."

나는 대답했다.

"알고는 있었어요."

존 선생은 아무 말도 하지 않았다. 그는 내가 침묵을 지켰던 걸 이상하게 여기는 듯했지만 너그럽게도 나를 책망하지 않았다. 아마도 나에게 꼬치꼬치 캐묻는다거나 어째서 가만히 있었느냐고 묻는 건 예의에 어긋나는 일이라고 생각했을 것이다. 설령 그가 궁금증을 느꼈다 해도 그건 사소한 문제였기 때문에 호기심에 이끌려

분별을 잃을 이유가 없었다.

나는 용기를 내어 "언젠가 내가 꼼짝 않고 당신을 바라보던 일을 기억하나요?"라고 물어보았다. 당시 그가 언짢은 기색을 보였던 기억이 아직도 남아서 내 마음을 아프게 했기 때문이었다.

존 선생이 대답했다.

"그래요! 그 땐 약간 괘씸하다는 생각마저 들었지 뭐요."

내가 물었다.

"나를 뻔뻔한 사람이라고 생각하셨겠지요?"

"그건 아니오. 당신이 평소에는 얌전하고 내성적인 태도로 나를 외면하다가 그날따라 나에게 시선을 고정시키기에, 대체 나의 성격이나 얼굴에 어떤 흉한 면이 있어서 그러나 싶었을 뿐이오."

"왜 그랬는지 이제는 아시겠지요?"

"물론이오."

이야기를 나누는 도중에 브레튼 부인이 끼어들어 그동안 어떻게 지냈냐며 질문을 쏟아냈다. 그녀의 의문을 풀어주기 위해 나는 과거의 불행을 되살려내고, 연락을 끊은 것처럼 보였던 이유를 설명하고, 삶과 죽음과 슬픔과 운명을 상대로 혼자서 싸웠던 기억을 끄집어냈다. 존 선생은 말없이 듣고 있었다. 내 이야기가 끝나자 존 선생과 브레튼 부인도 그들이 겪은 일들을 들려주었다. 그동안 그들에게도 만사가 순조롭지는 않았다. 한때 부인에게 아낌없이 선물을 주던 행운의 여신은 인색하게 굴었다. 하지만 용감한 어머니와 빼어난 아들이었던 그들은 너끈히 세상과 맞서 싸울 수 있었고 결국 승리를 거두었다. 존 선생으로 말하자면 그가 탄생했을 때 인자한 운성(사람의 운명을 좌우한다는 별─옮긴이)이 활짝 웃었을 만한 인물이었다. 가장 심술궂은 역경이 싸움을 걸어도 웃음으로 제압할 수 있는 사람이었다. 강하면서도 명랑했고, 확고하면서도 정중했으며, 용감하지만 경솔하지는 않았다. 심지어는 '운명의 여신'에게 호소해 그녀의 돌로 만들어진 눈에서 애정의 빛이 나오게 만들 수도 있는 사람이었다.

존 선생은 자신이 선택한 직업에서 확고한 성공을 거두고 석 달 전에 이 집을 샀다. 그들의 말에 따르면 이 집은 '크레시의 문'(Porte de Crecy)에서 2~3킬로미터 떨어진 작은 성이었다. 도시의 공기가 브레튼 부인에게 좋지 않았던 까닭에 그녀의 건강을 고려해 교외를 택했다고 했다. 존 선생이 이곳에 자리를 잡고 브레튼 부인을 불렀고, 부인은 영국을 떠나면서 전에 살던 세인트앤 거리의 저택에 있던 가구 중에 팔지 않고 간직하던 것들을 가져왔다. 내가 의자의 유령, 거울과 찻주전자와 찻잔의 망령을 보았다고 생각하고 깜짝 놀란 이유가 바로 여기에 있었다.

시계가 11시를 알리자 존 선생이 나서서 브레튼 부인을 말렸다.

"스노 양은 자러 가야 해요. 얼굴이 창백해지기 시작했잖아요. 내일은 건강이 나빠진 이유를 좀 물어봐야겠습니다. 정말로 너무 많이 달라졌어요. 지난 7월에 훌륭한 신사를 죽이는 역할을 연기할 때는 활기찬 모습이었는데 말이에요. 어젯밤의 사고에는 분명히 어떤 사연이 있었겠지만 오늘 밤에는 더 이상 묻지 않겠습니다. 잘 자요, 루시 양."

그는 이렇게 말하며 친절하게 나를 문 쪽으로 안내한 후 내가 계단을 오르는 동안 밀랍 양초를 들고 불을 밝혀주었다.

기도를 마치고 옷을 갈아입은 후 침대에 누우니 내게도 친구가 있다는 생각이 들었다. 열렬한 애정 표현을 한다거나 마음이 잘 맞는 사람에게서 얻을 수 있는 따뜻한 위안을 주는 친구들은 아니었다. 그러므로 그들에게는 적당한 애정만을 요구할 수 있었고 적당한 기대만 가져야 했다. 하지만 내 마음이 본능적으로 그들을 향해 부드러워지면서 거추장스러운 감사와 동경을 품었기 때문에 나는 늦기 전에 막아달라고 '이성'에게 간곡히 부탁했다.

"제가 그들을 너무 자주, 너무 많이, 지나친 애정을 가지고 생각하지 않게 해주소서. 이 생명의 냇물을 적당히 한 모금만 마시고도 만족하게 해주소서. 갈증을 느낀다고 해서 이 고마운 물을 벌컥벌컥 들이키지 않게 해주소서. 이 냇물이 지상의 어떤 샘물보다 달다고 상상하지 않게 해주소서. 아! 이따금씩 사이좋게 나누는 대화만으로, 가볍고 간단하고 지극히 평범한 대화만으로 제가 버틸 수 있게 해주소서!"

나는 이런 기도를 몇 번이나 반복하며 눈물로 베개를 적셨다.

17. 라 테라스

  타고난 성격과의 싸움, 즉 강렬하고 본능적인 마음의 쏠림과의 싸움은 일견 헛되고 무의미해 보이지만 결국에는 도움이 된다. 그런 싸움은 미약하게나마 행동에 변화를 일으키게 마련이다.

  '이성'은 그런 변화를 용인하지만 '감정'은 걸핏하면 반기를 든다. 타고난 성격과의 싸움은 확실히 삶의 전반적인 방향을 바꿔 표면상 통제하기 쉽고 차분하고 고요하게 만든다. 일반적으로 사람들의 눈길이 머무는 곳은 표면이고 그 아래에 숨겨진 건 하나님께 맡겨야 한다. 우리와 동등하고 똑같이 연약해서 우리의 심판관이 될 수 없는 존재인 인간에게 어찌 보여주겠는가. 표면 아래의 것들은 우리를 만드신 하나님께 가져가서 당신께서 주신 영혼의 비밀을 보여드리고 당신께서 명하신 고통을 어떻게 견뎌야 하느냐고 묻자. 신심을 가지고 하나님 앞에 무릎을 꿇고, 어둠 속에서도 빛을 주시며 가련하도록 약한 가운데서도 힘을 주시며, 극도의 가난 속에서도 인내심을 주시기를 기도드리자.

  우리가 원하는 시간은 아닐지라도 언젠가는 잔잔하던 물이 출렁이리라. 우리가 꿈꾸고 우리의 심장이 연모하고 피를 흘리며 갈구하던 형태로는 아닐지라도 어떤 형태로든 치유의 천사가 내려와

절름발이와 장님과 벙어리와 악령에 홀린 이들을 연못으로 데려가 목욕시킬 것이다. 천사여, 빨리 오라! 연못 둘레에 수많은 사람이 모여 있다. 세월이 아무리 흘러도 그냥 고여 있기만 하는 물을 보며 절망적으로 통곡하고 있다.

하늘의 '시간'은 너무나 길고, 천사들이 움직이는 궤도는 인간의 눈에 너무나 광활하다. 천사들의 궤도는 여러 시대에 걸쳐 있어 그들이 한 번 떠났다가 돌아오려면 세대가 수없이 바뀌어야 한다. 그러는 동안 인간은 먼지에서 태어나 짧고 고통스러운 삶을 살다가 다시 고통과 함께 먼지로 돌아가기를 반복하며 기억 속에서 사라지고 또 사라진다. 그래서인지 몰라도, 수많은 불구자와 통곡하는 사람들에게 처음이자 마지막으로 찾아온 천사는 바로 동방 사람들이 말하는 아즈라엘(이슬람교의 죽음의 천사—옮긴이)이 아니었던가!

다음 날 아침 일어나려는데 기운이 없고 몸이 덜덜 떨려 옷을 갈아입기가 무척 어려웠다. 기운을 내기 위해 세면대의 항아리에 담긴 차가운 물을 조금씩 마시면서 몸단장을 하고 있는데 브레튼 부인이 들어왔다.

그녀의 첫 마디는 이러했다.

"무슨 어리석은 짓이니! 당장 그만둬라."

그녀는 특유의 기운차고 무뚝뚝한 태도로 내가 하던 몸단장을 중단시켰다. 예전에 나는 부인이 아들을 그런 식으로 다루는 모습과 그 아들이 완강히 저항하는 모습을 보면서 재미있어 하곤 했다. 그녀는 단 2분 만에 나를 포로로 잡아 프랑스식 침대에 눕혔다.

"정오까지 누워 있어라. 우리 아들이 그렇게 하라고 지시하고 나갔거든. 그 애가 집주인이니 그 애 말을 따라야지. 우선 아침식사부터 해라."

브레튼 부인은 하인들에게 맡기지 않고 그녀의 활달한 손으로 직접 식사를 날라 왔다. 그리고 내가 식사를 하는 동안 침대 위에 앉아 있었다. 사실 존경하거나 높이 평가하는 사람이라고 해서 모두 내 곁에 있기를 바라고 간호사가 환자에게 하듯 가까이 머무르면서 나를 지켜보고 보살펴주기를 바라지 않는다. 친한 사람의 눈길이라고 해서 모두 병실에 빛이 되고 그 사람의 존재가 늘 위안이 되는 것도 아니다. 하지만 브레튼 부인은 나에게 언제나 그런 사람이었다. 음식이나 음료수도 그녀의 손으로 건네주는 게 가장 맛이 좋았다. 그녀가 들어올 때면 어김없이 방 안 분위기가 밝아졌다.

희한하게도 우리의 본성에는 호감과 반감이 공존한다. 어떤 사람들은 훌륭한 사람이라는 '이성'의 장담에도 불구하고 은근히 겁내면서 피하게 되는가 하면, 어떤 사람들은 성격에 결함이 있는 게 명백한데도 마치 그들 주위의 공기가 우리에게 이롭기라도 한 것처럼 그들 곁에 있으면 즐거워진다. 대모님의 생기발랄한 검은 눈동자와 엷은 갈색 뺨, 따뜻하고 민첩한 손, 자립적인 분위기와 결단력 있는 태도는 마치 몸에 좋은 공기처럼 나에게 유익했다. 그레이엄은 그녀를 '나이 든 귀부인'이라는 별명으로 불렀지만, 나는 그녀에게서 아직도 스물다섯 살 같은 기백과 힘이 나온다는 사실이 놀라우면서도 기뻤다.

브레튼 부인이 내게서 빈 찻잔을 받아들며 말했다.

"마음 같아서는 일감을 가져와서 온종일 같이 앉아 있고 싶구나. 하지만 그 거만한 존 그레이엄이 안 된다고 했단다. 그 애가 나가면서 이렇게 말하지 않았겠니. '어머니, 대녀(代女)를 붙잡고 지칠 때까지 수다를 떨면 안 된다는 걸 명심하세요.' 그리고 나더러 너랑 같이 있지 말고 내 방 근처에 머무르라고 특별히 당부하더구나. 네 안색으로 보아서는 신경과민성 열병에 걸린 것 같다고 하던데, 정말 그런 게냐?"

나는 병명을 정확히는 모르겠지만 정신적 고통이 아주 컸던 건 맞다고 대답했다. 하지만 나는 이 문제에 대해 오랫동안 이야기를 나누는 건 현명한 일이 아니라고 생각했다. 내가 겪은 세세한 일들은 대모님에게 알리고 싶지 않은 내 삶의 일부였기 때문이었다. 비밀을 다 털어놓는 건 원기 왕성하고 침착한 그녀를 낯선 세상으로 데려가는 일이나 다름없었다.

그녀와 나의 차이는 웅장한 범선과 구명보트의 차이에 비유할 수 있었다. 항해에 필요한 선원들과 쾌활하고 용감하며 모험심 강하고 신중한 선장을 태우고 평온한 바다를 안전하게 누비는 웅장한 범선과, 연중 내내 어둡고 오래된 창고에 외롭고 적적하게 누워 있다가 날씨가 험하고 파도가 높게 치며 구름이 바다 위에 낮게 깔리고 위험과 죽음이 광활한 심연을 지배하는 날에만 바다로 나가는 구명보트. 기실 '루이자 브레튼' 호는 험한 밤에 항구를 떠난 적이 없었고 그런 상황에 처한 적도 없었으므로 그 배의 선원은 그걸 상상할 수 없었다. 따라서 반쯤 가라앉은 구명보트의 선원은 이야기를 주절주절 늘어놓을 게 아니라 자기 생각을 혼자만 간직해야 했다.

브레튼 부인이 나간 후 나는 만족스러운 심정으로 침대에 누웠다. 그레이엄이 외출하기 전에 나를 배려해 준 일이 고마웠다.

낮 시간은 외로웠지만 다가올 저녁 시간을 생각하니 낮이 짧게 느껴지면서 기분이 좋아졌다. 기력이 없었던 터라 휴식이 반갑기도 했다. 마땅히 쉬어야 하는 사람조차도 아침에는 언제나 어떤 일을 처리해야 한다거나 어떤 임무를 수행해야 한다는 막연한 의무감을 느낀다. 하지만 떠들썩한 아침이 지나가고 조용한 오후가 찾아오자 계단과 각 방을 오가던 가정부의 발소리가 잦아들었고, 나는 꿈꾸듯 몽롱한 상태에 빠져들었는데 기분이 나쁘지는 않았다.

내가 누워 있던 작은 침실은 어떻게 보면 해저 동굴 같았다. 방

안에는 끝없이 깊은 물과 거품이 이는 파도를 연상시키는 연녹색과 흰색 외에 다른 색깔이 없었다. 벽 윗부분의 하얀 배내기에는 조가비 모양 장식이 있었고 천장 모퉁이의 흰 쇠시리는 돌고래 모양이었다. 색깔이 있는 유일한 물체인 새틴 바늘겨레의 진홍색조차도 산호와 비슷했다. 어둡게 반짝이는 거울은 인어의 모습을 비출 것만 같았다.

눈을 감으니 사나운 바람이 마침내 잠잠해지면서 해저의 바위 바닥으로 가라앉는 커다란 파도처럼 집 전면을 덮치는 소리가 들렸다. 바람은 쏴아 하고 밀려왔다가 까마득히 먼 하늘나라의 해변으로 물러났다. 하늘나라는 까마득히 높은 곳이었으므로 제아무리 거대한 파도가 밀려와 맹렬하게 부서져도 바닷속의 집인 이곳에서는 그 소리가 낮은 속삭임이나 자장가처럼 조그맣게 들렸다.

이렇듯 몽롱하게 있는 동안 저녁이 됐는지 마사가 등불을 가져왔다. 아침에 비해 기운을 차린 나는 그녀의 도움을 받아 신속하게 몸단장을 마치고는 부축도 받지 않고 푸른색 거실까지 내려갔다.

존 선생은 회진을 평소보다 일찍 끝마친 모양이었다. 거실에 들어서자 존 선생의 모습이 제일 먼저 눈에 들어왔다. 그는 거실 문 맞은편의 창가에 서서 날이 완전히 저물기 전의 어슴푸레한 빛에 의지해 글자가 빽빽한 신문을 읽고 있었다. 난롯불이 선명하게 타오르긴 했지만 탁자 위에 세워둔 램프는 켜져 있지 않았고 차도 아직 준비되지 않았다.

나의 대모님인 브레튼 부인은 푹신한 쿠션을 놓은 의자에 편안하게 앉아 잠들어 있었다. 나중에 알게 된 바에 의하면 활동적인 그녀는 종일 야외에 나가 있었던 것이다. 존 선생이 나를 보더니 앞으로 나왔다. 잠든 어머니를 깨우지 않으려는 조심스러운 발걸음이었다. 본래 날카로운 데라고는 없는 그의 부드러운 목소리도 잠든 사람을 놀래지 않으려고 더욱 낮아져 있었다.

존 선생은 나에게 여닫이창 가까이에 있는 의자를 권한 다음 이렇게 말했다.

"이곳은 조용한 작은 성이오. 산책을 하다가 본 적이 있을지도 모르겠군요. 사실 이 집은 큰길에서는 보이지 않소. 크레시의 문에서 1.5킬로미터 정도 가면 오솔길이 하나 나오는데, 그 오솔길은 곧 큰길로 바뀐다오. 그 큰길을 따라가다가 목초지와 그늘진 땅을 지나면 바로 이 집 대문이 나와요. 현대식이 아니라 오래된 바스빌(Basse-Ville) 양식으로 지은 집인데, 저택이라기보다는 장원(莊園)이지요. 잔디가 깔린 넓은 산책로보다 높은 곳에 현관이 위치하기 때문에 '라 테라스'라고도 부른다오. 산책로를 걷다가 계단을 따라 풀이 무성한 비탈을 내려가면 넓은 길이 나오지요. 저기 좀 봐요! 달이 뜨고 있소. 나뭇가지 사이로 보면 잘 보인다오."

그래, 달이 잘 보이지 않는 곳도 있단 말인가? 좁은 곳이건 광활한 곳이건 거룩한 달빛이 닿지 않는 곳이 어디 있단 말인가? 달은 장밋빛 내지 불꽃같은 빛깔을 띠고 그리 멀지 않은 언덕 위에 떠 있었다. 우리가 보고 있는 사이에 붉은 달은 점점 투명한 황금빛으로 바뀌더니 어느새 흠 한 점 없이 맑아져서 고요한 하늘에 높이 떠 있었다. 존 선생은 달빛을 보다가 감상에 젖었거나 슬퍼졌던 걸까? 달빛 때문에 낭만적인 생각이 떠올랐던 걸까?

필시 그랬을 것이다. 한숨이 나올 만한 분위기가 아니었는데도 그는 달을 바라보며 혼자서 조용히 한숨을 쉬었다. 한숨을 쉰 까닭이 무엇이며 그러고 나서 무슨 생각을 하고 있을지 궁금해 할 필요도 없었다. 달빛이 아름다워서 한숨을 쉬었을 테고, 곧이어 지네브라에게 생각이 미쳤을 테니까.

그가 생각하고 있는 사람의 이름을 내가 먼저 언급해 주어야 한다는 의무감이 나를 압박했다. 그는 지네브라 이야기를 하고 싶은 눈치였다. 그의 얼굴에는 무궁무진한 이야기와 질문과 관심이 어려 있었고, 다만 어떻게 대화를 시작해야 할지 몰라서 터져 나오려는 언어와 감정을 억제하고 있는 듯했다. 그 난감한 일을 대신해 주는 거야말로 나의 가장 중요한, 아니 유일한 임무였다. 내가 그 여주인공의 이름을 입 밖에 내기만 하면 달콤한 애정의 언어가 쏟아져 나올 판국이었다. 나는 드디어 적당한 말을 생각해냈다. 하지만 "판쇼 양이 솔몽들레 가족과 함께 여행 중인 걸 아시죠?"라고 말하려는 순간 존 선생이 다른 화제를 꺼내는 바람에 나의 계획은 무산되고 말았다.

달을 바라보던 존 선생은 감정을 억누르고 돌아서서 자리에 앉으며 말했다.

"오늘 아침에 맨 먼저 포세트 가에 들렀소. 요리사한테 당신이 무사하다는 소식을 전하고 우리가 잘 돌보고 있다고 말했는데, 그녀는 당신이 그 집에 없는 줄도 여태 모르고 있더군요. 당신이 넓은 기숙사 어딘가에 잘 있겠거니 했다는 거요. 당신이 그렇게 형편없는 보살핌을 받으며 지내고 있다니!"

"아, 그건 이해할 만한 일이에요. 요리사가 해줄 수 있는 일은 약초를 달인 차와 빵을 갖다 주는 것밖에 없었는데, 지난주에는 내가 그것마저도 먹지 못한 때가 많았거든요. 그 착한 요리사는 주방에서 학교 기숙사까지 헛걸음하는 데 지쳐서 하루에 한 번 정오에만 와서 침대를 정돈해 줬답니다. 하지만 그녀는 선량한 사람이어서 내가 먹으려고만 했으면 양고기 요리도 선뜻 만들어줬을 걸요."

"베크 부인은 어쩌자고 당신을 혼자 남겨둔 거요?"

"베크 부인이야 내가 아플 줄 몰랐으니까요."

"신경계통이 심하게 고통스러웠소?"

"신경이 어땠는지는 몰라도 지독하게 우울하긴 했어요."

"그래서 내가 알약이나 물약으로 당신을 도울 수가 없는 거요. 약으로 기분을 좋게 할 수는 없잖소. 우울증 환자의 방문턱에서는 내 의술도 별 수 없다오. 의술은 환자가 괴로워하는 방 안을 들여다볼 뿐이지 뭐라 말하지도 못하고 치료를 해주지도 못한다오. 사람들과 명랑하게 어울리면 효과가 있을 거요. 혼자 있는 시간을 최대한 줄이고 운동을 많이 하시오."

나는 침묵으로 그의 말에 동조했다. 다 맞는 말이었고, 관습으로 안전하게 인정받을 만한 진부하지만 유익한 충고였다.

"스노 양."

존 선생이 다시 입을 열었다. 내 건강이라든가 신경 따위 이야기가 끝나서 다소 마음이 놓였다.

"실례가 되지 않는다면 종교를 물어봐도 되겠소? 당신은 가톨릭 신자요?"

나는 뜻밖의 말에 놀라 그를 빤히 쳐다보았다.

"가톨릭이요? 아니에요. 왜 그런 생각을 하시죠?"

"어젯밤 당신을 넘겨받은 정황 때문에 그랬소."

"나를 넘겨받았다고요? 기억이 없는걸요. 내가 어떻게 당신에게 넘겨졌는지 아직 모른다고요."

"어리둥절한 상황이었소. 어제 나는 하루 내내 유난히 흥미로우면서도 상태가 위중한 환자를 진찰하고 돌아오는 길이었소. 희귀한 병이어서 치료법도 확실치 않았어요. 파리에 있을 때 병원에서 비슷한 경우를 보긴 했는데 그 환자는 훨씬 나았지. 아, 당신은 이런 이야기에 관심이 없겠군요. 마침내 가장 시급한 증상(격심한 고통이 수반되는 증상이었소)이 가라앉아서 나는 집으로 돌아오고 있었지요. 제일 빠른 길은 바스빌을 가로지르는 거였는데 그날 밤은 유난히 어둡고 바람이 세고 비까지 와서 그 길을 택했던 거요. 말을 타고 베긴회(Beguines : 경건한 생활과 자선사업에 헌신하는 천주교의 수도회— 옮긴이) 소속의 오래된 성당 앞을 지나는데, 현관이랄지 입구랄지 아무튼 장중한 아치 밑에서 어느 신부가 팔로 뭔가를 안아올리는 모습이 보였소. 램프가 켜져 있어서 그 신부의 생김새가 선명하게 드러난 덕택에 그를 알아볼 수 있었다오. 내가 환자들의 머리맡에서 여러 번 만났던 실라스 신부님이었소. 부유한 환자도 있고 가난한 환자도 있었는데 대개는 가난한 환자였지요. 내가 보기에 그분은 이 나라의 어떤 성직자들보다도 훌륭하고 선량한 사람이라오. 모든 면에서 뛰어나고 지식이 풍부하며 직무에도 헌신적인 분이지요. 나하고 눈이 마주치자 그가 나를 불러세웠소. 기절했든지 아니면 죽은 걸로 보이는 젊은 여자를 안고 있더군요.

내가 말에서 내리자 그가 이렇게 말하는 거요. '이 여자는 당신과 같은 영국 사람입니다. 아직 숨이 붙어 있다면 이 사람을 구해 주십시오.' 영국 사람이라는 그 여자를 살펴보니 베크 부인의 기숙학교 영어 선생이 아니겠소? 완전히 의식을 잃고 핏기가 하나도 없는데다 몸이 꽁꽁 얼기 직전이었소. 나는 신부에게 '어떻게 된 일입니까?'라고 물었소. 그러자 그는 이상한 이야기를 들려주었소. 그날 저녁 당신이 지칠 대로 지친 모습으로 고해를 하러 와서 했던 말 때문에……."

"내가 했던 말이라고요? 무슨 말이요?"

"무거운 죄를 고백한 것 같던데 뭔지는 알려주지 않더군요. 알다시피 사제는 고해 내용을 누설하지 못하게 되어 있잖소. 그래서 내궁금증은 해소되지 않았지만, 어쨌든 그 훌륭한 신부님은 당신의 고해성사를 듣고도 당신을 미워하지는 않았나보오. 다만 충격을 받은 듯했소. 그분은 당신이 그렇게 추운 날 밤에 혼자 바깥에 나왔다는 게 안타까웠던 모양이오. 그래서 당신이 그 성당에서 나갈 때부터 무사히 집에 도착할 때까지 뒤를 따르면서 지켜보는 게 하나님을 믿는 사람의 의무라고 여겼소. 어쩌면 성직자 특유의 미묘한 예감 같은 것 때문에 그 고귀한 분이 무의식적으로 그런 행동을 했는지도 모르겠소. 아니면 당신의 주소를 알아내려 했을 수도 있고…… 고해성사를 하면서 주소를 알려줬소?"

"아니에요. 오히려 어떤 정보도 알려주지 않으려고 조심했지요. 내가 고해를 한 건요, 존 선생님, 당신이 알면 미쳤다고 생각하겠지만 어쩔 수 없이 한 행동이었답니다. 당신 말대로 순전히 내 '신경'의 문제였겠지요. 뭐라고 설명할 수는 없지만 나는 낮이고 밤이고 견딜 수 없는 나날을 보내고 있었거든요. 잔인한 고독이 나를 괴롭혔어요. 그 감정이 걷잡을 수 없이 커져서 어떻게든 밖으로 내보내지 않으면 내가 죽을 것 같았어요. 말하자면 (아마도 이건 이해하실 거예요, 존 선생님) 피가 심장을 관통해서 흘러야 하는데 정맥류 따위의 병 때문에 자연스러운 통로가 막힌다면 비정상적인 출로를 찾게 마련이잖아요. 나는 동료가 필요했고, 친구가 필요했고, 상담이 필요했어요. 벽장 속에서나 방 안에서는 그런 것들을 찾을 수 없었기 때문에 밖에 나가서 성당과 고해소에서라도 찾아보려 했던 거랍니다. 거기서 내가 했던 말은 고백도 아니었고 줄거리가 있는 이야기도 아니었어요. 죄를 지은 게 없었으니까요. 내 삶은 현실에서건 상상 속에서건 나쁜 짓을 할 만큼 역동적이지 않았거든요. 나는 그냥 따분하고 절망적인 한탄을 쏟아냈을 뿐이에요."

"루시, 당신은 6개월 정도 여행을 떠나는 게 좋겠소. 당신의 차분한 성격이 쉽게 흥분하는 성격으로 변하고 있잖소! 망할 베크 부인 같으니라고! 그 땅딸막한 과부는 인정도 없나 보지? 가장 훌륭한 선생을 답답한 곳에 홀로 두다니?"

"베크 부인 잘못이 아니에요. 누구의 잘못도 아니죠. 다른 사람을 비난하는 소리를 듣고 싶지는 않네요."

"그럼 누가 잘못한 거요, 루시?"

"나예요, 존 선생님. 내가 잘못한 거죠. 아니, 나와 '운명' 탓이지요. 나는 산더미 같은 책임을 그것을 견디기 위해 넓게 만들어진 '운명'이라는 어깨 위에 올려놓기를 좋아한답니다."

내가 장황하게 얽힌 문장을 써가며 말하는 게 우스웠던지, 존 선생은 웃으며 대답했다.

"앞으로는 건강에 더 주의를 기울여야겠소."

그는 실제적인 젊은 의사답게 말을 이었다.

"기분 전환이 필요해. 분위기를 바꿔야 한다는 게 내 처방이오. 하지만 이제 본론으로 돌아갑시다, 루시. 지금까지 들은 이야기에 따르면 실라스 신부(그가 예수회 신부라는 말도 있소)가 모든 지혜를 다 동원해도 당신을 못 따라가겠군요. 당신은 포세트 가로 돌아가지 않고 열이 나는 상태로 방황했으니 말이오. 틀림없이 열이 높았을 텐데……."

"아니에요. 열이 나기 시작한 건 밤이에요. 내가 열에 들떠 있었다고 하지는 마세요. 그렇지 않았다는 걸 알고 있으니까요."

"좋소! 그때 당신이 지금의 나만큼이나 침착했다고 해둡시다. 어쨌든 당신은 기숙학교와 반대되는 방향으로 걷다가, 세찬 비바람과 사람을 난처하게 만드는 어둠 속에서 정신을 잃고 베긴회 성당 근처에 쓰러져 있었던 거요. 당신을 구원하러 신부님이 왔고 그다음에는 아까 말한 의사가 나타났소. 우리는 사륜마차를 불러서 당신을 이 집으로 데려왔다오. 나이 든 실라스 신부님이 직접 당신을 안고 2층으로 올라가 침대에 눕혔소. 그분은 당신이 기운을 차릴 때까지 곁에 있고 싶어 하셨고 나도 그럴 작정이었지요. 한데 바로 그 순간 내가 방금 떠나온 죽어가는 환자에게서 급한 연락이 왔소. 마지막 임무를 수행해야 한다는 거였소. 의사는 마지막 왕진을 가야 했고 신부님은 최후의 의식을 거행해야 했지요. 종부성사를 연기할 수는 없는 노릇이어서 신부님과 나는 그 환자에게 갔다오. 어머니가 저녁 내내 집을 비우셔서 마사에게 당신을 맡기고 이런저런 지시를 해놓았는데 그녀가 잘 지킨 것 같더군요. 자, 어떻소? 가톨릭 신자가 되고 싶지 않소?"

나는 웃으며 대답했다.

"아직은 아니에요. 실라스 신부님에게 내가 어디 사는지 절대로 알려주지 마세요. 나를 개종시키려 하실 테니까요. 하지만 혹시 그분을 만나거든 내가 진심으로 감사해한다고, 그리고 만약 내가 부자가 되면 자애로운 행동에 대한 보답으로 헌금을 하겠다고 전해주세요. 아, 존 선생님, 대모님이 깨셨어요. 차 마시는 시간 종을 울려야죠."

그는 종을 울렸다. 깜짝 놀라며 잠에서 깨어난 브레튼 부인은 일과 시간에 졸았다는 게 분해서 자지 않았다고 주장했다. 그러자 아들은 장난스러운 공격을 개시했다.

"자장, 자장! 어머니, 조금 더 주무세요. 낮잠을 주무실 때 어머니는 천진한 어린아이 같다니까요."

"낮잠이라니? 존 그레이엄, 그게 무슨 말이냐! 내가 낮잠을 자지 않는다는 걸 알잖니. 아주 잠깐 졸았을 뿐이야."

"맞아요! 천사의 가벼운 실수, 요정의 꿈이지요. 어머니, 그럴 때 어머니를 보면 티타니아(셰익스피어의 〈한여름 밤의 꿈〉에 나오는 여자 주인공—옮긴이)가 떠올라요."

"그건 너 때문이야. 너야말로 보텀(〈한여름 밤의 꿈〉에 나오는 남자 주인공—옮긴이)과 꼭 닮았잖니."

"스노 양, 저런 농담을 들어본 적 있소? 저 정도로 덩치가 크고 나이가 드신 어른 중에 우리 어머니처럼 명랑한 분은 없을 거요."

"그런 칭찬은 네가 받아야지. 네 덩치도 만만치 않잖니. 내가 보기엔 자꾸 살이 찌는 것 같은데. 루시, 저 애한테서 전형적인 영국인의 분위기가 나지 않니? 전에는 뱀장어처럼 호리호리했는데 지금은 저 애를 보면 뚱뚱한 기마병이 생각난단다. 왕실 근위병 말이야. 그레이엄, 조심해라! 네가 뚱뚱해지면 내 아들로 인정하지 않을 테다."

"그러려면 어머니 성격부터 바꿔야 할 텐데 그게 가능할까요? 루시, 나는 '나이 든 귀부인'의 행복을 위해 반드시 필요한 사람이라오. 저분은 내 키가 180센티미터나 된다는 잘못을 나무라는 즐거움을 누리지 못하면 시름시름 앓아 파리해지고 우울증에 걸려 샛노래질 거요(셰익스피어의 〈십이야〉에 나오는 구절을 인용—옮긴이). 나를 타박하는 게 바로 어머니가 활기와 열정을 유지하는 동력이라오."

두 사람은 벽난로를 사이에 두고 마주 서 있었다. 아주 정겨운 말이 오가지는 않았지만 모자가 서로를 바라보는 시선은 언어로 표현하지 못하는 걸 채워주었다. 적어도 브레튼 부인이 가장 귀하게 여기는 보물은 아들의 가슴속에 고이 간직돼 있고, 그녀가 가장 애지중지하는 맥박은 아들의 심장 속에서 고동친다는 사실만은 분명했다. 그렇다면 존 선생의 경우는 어떨까? 그의 감정은 어머니에 대한 사랑과 최근에 생긴 또 하나의 애정으로 나뉘었고, '베냐민의 몫'은 새로운 애정에게 돌아갔다(창세기 43 : 34, 야곱은 열두 명의 아들 가운데 특별히 베냐민에게만 '다른 사람보다 음식을 다섯 배나' 더 주었다는 구절이 나온다—옮긴이).

지네브라! 지네브라! 브레튼 부인은 그녀의 우상인 아들이 누구의 발밑에 경의를 표하는지 알고 있을까? 브레튼 부인이 그 선택을 인정할까? 나로서는 알 수 없었다. 하지만 만에 하나 지네브라가 그레이엄에게 한 행동을 알게 되면 부인이 어떻게 나올지는 쉽게 짐작이 갔다. 지네브라는 그에게 차갑게 대하다가 이내 알랑거렸고 퇴짜를 놓았다가 다시 유혹하곤 했다. 지네브라가 그에게 안겨준 고통을 조금이라도 상상할 수 있다면, 지네브라가 그의 훌륭한 성품을 억누르며 애를 먹이고, 그보다 열등한 사람을 더 마음에 들어 하고, 그보다 지위가 낮은 사람을 이용해 그를 모욕하는 걸 안다면, 브레튼 부인은 틀림없이 지네브라가 아둔하거나 정신이 이상하거나 둘 다라고 단언했을 것이다. 나 역시 그렇게 생각했다.

두 번째 밤은 첫 번째 밤과 마찬가지로, 아니 더욱 감미롭게 지나갔다. 우리는 기탄없이 속마음을 나누며 즐거운 시간을 보냈고, 지난날 고생한 이야기는 다시 꺼내지 않았으며, 더욱 두터운 정을 쌓았다. 나는 전날보다 더 행복하고 마음이 편했다. 그날 밤에는 울다 잠드는 대신 유쾌한 생각의 울타리를 두른 길을 지나 꿈나라로 갔다.

18. 말다툼

라 테라스에 머문 처음 며칠 동안 존 선생은 나와 가까운 자리에 앉는 법이 없었고, 노상 방 안을 왔다 갔다 하면서도 내가 있는 곳으로는 다가오지 않았으며, 생각에 잠겨 있지도 않았고 우울해 보이지도 않았다. 나는 지네브라 판쇼 양을 염두에 두었고 조만간 그의 입에서 그 이름이 나오리라고 예상했다. 그 사랑스러운 화제를 기꺼이 들어줄 수 있도록 내 귀와 마음을 항시 대기시키고 있었다. '인내'에게는 절대 무장을 해제하지 말라고 명령했고, '공감'에게는 계속 보급을 받으며 언제라도 흘러나올 준비를 하라고 당부했다. 존 선생은 마음속으로 약간 갈등하다가(내가 보기에는 그랬고, 이해할 만한 일이었다) 어느 날 그 이름을 꺼냈다. 품위 있게 그리고 모호하게.

"당신 친구는 방학 동안 여행을 떠났다죠?"

나는 속으로 생각했다.

'맙소사, 친구라고?'

그렇다고 그의 말에 반박할 생각은 없었다. 그는 좋을 대로 생각하고, 나는 가벼운 비난으로 받아들이면 될 일이었다. 좋아, 친구라고 해두자. 하지만 내 생각이 맞는지 확인하기 위해서라도 누구

이야기냐고 묻지 않을 수 없었다.

존 선생은 내가 바느질을 하고 있는 탁자 앞에 앉았다. 그러고는 실타래에 두 손을 얹고 실을 마구 풀며 말했다.

"지네브라 판쇼 양 말이오. 솔몽들레 가족과 함께 남프랑스를 여행한다던데?"

"맞아요."

"그녀와 편지를 주고받소?"

"선생님이 보기엔 놀랍겠지만 나는 그런 특권을 누릴 생각이 꿈에도 없답니다."

"그녀가 쓴 편지를 본 적이 있소?"

"자기 삼촌한테 쓴 편지를 몇 번 봤죠."

"재치가 있으면서도 '순수한' 편지겠군요. 그녀는 재기 발랄하면서도 교활한 데라곤 없는 사람이잖소?"

"바송피에르 씨에게는 단순하게 써요. 달리는 말 위에서도 읽을 수 있을 걸요?" (사실 지네브라가 부유한 친척 바송피에르 씨에게 쓰는 편지는 마치 사업 문서처럼 돈을 보내달라고 직설적으로 요구하는 내용이었다)

"글씨는 어떻소? 귀엽고 경쾌하고 여자답지 않소?"

그건 사실이었으므로 나는 그렇다고 대답했다. 그러자 존 선생이 말했다.

"정말이지 그녀는 못 하는 게 없군요."

내가 이 말에 바로 장단을 맞추지 않는 걸 보고 그가 말을 이었다.

"가까운 사람인 당신도 그녀에게서 부족한 점을 찾기가 어렵지요?"

"그녀가 아주 잘 하는 게 몇 가지 있지요." (나는 속으로 '그중에서도 남자와 시시덕거리는 능력이 최고죠'라고 덧붙였다)

잠시 후 존 선생이 물었다.

"언제쯤 빌레트에 돌아온다고 하던가요?"

"미안하지만 존 선생님, 설명을 좀 해야겠네요. 판쇼 양과 친한 사이라고 간주하는 건 나에게 과분한 영광이지만 나는 그런 은총을 누리는 사람이 아니에요. 그녀의 계획이나 속마음을 알고 있었던 적도 없고요. 그녀의 절친한 친구는 다른 데 가서 알아보셔야겠어요. 예를 들면 숄몽들레 집안 사람들이라든가."

그런데 그는 내가 자기처럼 일종의 질투심 때문에 속이 상했다고 받아들이는 게 아닌가!

"그녀를 원망하지 말고 너그럽게 봐주시오. 지금은 사교계의 빛에 현혹되고 있지만 머지않아 그 사람들이 허영 덩어리라는 걸 깨닫고서 더 큰 애정과 굳은 신뢰를 가지고 당신에게 돌아올 거요. 숄몽들레 가족에 관해서는 내가 좀 아는데, 천박하고 허세가 심하고 이기적인 사람들이라오. 지네브라도 속으로는 당신이 그 사람들 수십 명보다 낫다고 생각할 거요."

나는 짤막하게 대답했다.

"고마운 말이네요."

내가 느끼는 감정은 그런 게 아니라고 밝히고 싶어 입술이 활활 탔지만 나는 그 불을 꺼버렸다. 그냥 '빼어난 판쇼 양'에게 버림받고 자존심이 상해 있다가 이제는 그녀를 그리워하는 절친한 친구로 보이는 걸 감수하기로 했다. 그러나 독자여, 그건 무척 어려운 일이었다.

존 선생이 다시 말했다.

"한데, 들어보시오. 내가 당신을 위로하고 있긴 하지만 나한테는 똑같은 위로가 통하질 않는단 말이오. 그녀가 나를 공정하게 판단해 주리라는 희망이 없소. 아말 대령은 천하에 쓸모없는 작자인데도 그녀에게 기쁨을 주니 말이오. 망할 놈의 환상 때문에!"

이야기가 여기에 이르자 내 인내심은 예고도 없이 획 달아나버렸다. 아프고 쇠약해진 탓에 나의 '인내' 역시 지치고 예민해진 모양이었다.

"존 선생님. 당신이야말로 가장 심한 환상에 젖어 있어요. 한 가지를 제외한 모든 면에서 당신은 정직하고 건전하고 생각이 올바른데다 명석한 판단력을 지닌 사람이죠. 하지만 딱 한 가지 문제에서는 노예나 다름없어요. 판쇼 양에 관한 한 당신은 존경받을 자격이 없어요. 나의 존경도 마찬가지고요."

나는 매우 흥분한 채 벌떡 일어나 자리를 떴다.

이 짧은 말다툼은 아침에 벌어진 일이었다. 그를 다시 만나야 하는 저녁 시간이 되자 내가 실수했다는 생각이 들었다. 존 선생은 싸구려 점토로 빚은 사람도, 평범한 재료로 만든 사람도 아니었다. 그의 성격은 전체적으로 보면 관대하고 활달했으나 구석구석 들여다보면 거의 여성에 가까운 섬세함이 깃들어 있었다. 일반적으로 예상하는 것보다, 아니 오랫동안 알고 지낸 사람이 상상할 수 있는 것보다도 훨씬 더 섬세했다. 그의 정신과 날카롭게 충돌해 그의 예민한 감수성을 드러내기 전까지는 이 섬세한 부분을 못 보고 지나치기 쉽다. 더욱이 그는 남들과 공감하는 능력이 탁월한 사람도 아니었다. 다른 사람의 감정을 느끼는 능력과 금방 알아차리는 능력은 엄연히 다르다. 두 가지 능력을 다 갖춘 사람은 흔치 않으며 둘 다 갖추지 못한 사람도 더러 있다. 솔직히 말해서 존 선생은 둘 중 한 가지 능력은 완벽에 가까웠지만 다른 한 가지는 그 정도로 우수하지 않았다.

독자여, 내 이야기를 극단적으로 해석해서 존 선생을 차갑고 감정이 메마른 사람으로 치부하지 않기를 바란다. 그는 따뜻하고 인정 많은 사람이었다. 무엇이 필요한지 알려주면 그는 선뜻 도움의 손길을 내민다. 힘든 일을 이야기하면 그는 외면하지 않는다. 하지만 그에게 예리한 눈치와 기적 같은 직관력을 기대하면 실망하게 된다. 그날 저녁 존 선생이 거실의 램프 불빛 속으로 들어왔을 때 나는 그의 심리 상태가 어떤지를 대번에 알 수 있었다.

그는 자기를 '노예'라고 부르고 어떤 이유에서건 존경받을 자격이 없다고 선언한 사람에게 묘한 감정을 느끼고 있었다. 노예라는 표현은 적절했고 존경받을 자격이 없다는 이야기도 아주 틀리지는 않았다. 그는 이 점을 부인하지 않았고 속으로 그 쓸쓸한 가능성을 곱씹어보기도 했다. 그는 나의 비난 속에서 자기 마음의 평화를 깨뜨리고 그다지도 고통을 안겨준 실패의 원인을 찾아냈다. 스스로를 책망하고 고민하느라 우울해 보였고 나와 자기 어머니에게도 조금 냉담해진 듯했으나 그의 얼굴에는 악감정이나 미움이나 토라진 기색이 전혀 없었다. 울적할 때조차도 남성미가 물씬 풍기는 얼굴이었다. 곧 하녀가 올 것 같아서 나는 얼른 그의 의자를 탁자 앞으로 옮기고 떨리는 손으로 조심스럽게 차를 따라 건네주었다. 그러자 그가 말했다.

"고맙소, 루시."

언제나처럼 듣기 좋고 쾌활한 목소리가 친절하게 울렸다.

내 목적은 오직 하나, 아까 화를 낸 일을 사과하는 것이었다. 그렇게 하지 않고는 그날 밤 잠을 이루지 못할 것 같았다. 이대로는 안 될 일이었다. 나는 견딜 수가 없었고, 이런 문제로 그와 대립할 배짱이 있는 척할 마음도 없었다. 학교의 고독도 수녀원의 적막과 침체도 존 선생과 다투며 사는 것보다는 나았다. 지네브라? 그녀는 은빛 날개를 단 비둘기(시편 68 : 13 '너희가 양 우리에 누울 때에는 그 날개를 은으로 입히고 그 깃을 황금으로 입힌 비둘기 같도다' 참조—옮긴이)처럼, 혹은 다른 어떤 날짐승처럼 가장 높은 별들이 떠 있는 가장 높은 하늘로 곧장 날아오르라고 하자. 환상이 최고조에 달한 연인이 그녀가 가진 매력의 별자리를 가장 높은 곳에 두기로 했다는데 어쩌겠는가. 그런 결정을 논박하는 건 더 이상 내 몫이 아니었다. 나는 한동안 존 선생과 눈을 마주치려고 애썼다. 몇 번인가 눈이 마주쳤지만 그가 할 말이 없다는 듯 눈길을 거두어버리는 바람에 나는 난감했다. 차를 마시고 나서 그는 울적한 모습으로 조용히 자리에 앉아 책을 읽었다. 용기를 내어 바짝 다가가 앉을까도 했지만 내가 가까이 가면 그는 적의와 분노를 표출할 것 같았다. 말을 걸고 싶은 마음이 굴뚝 같았지만 속삭일 엄두조차 나지 않았다. 브레튼 부인이 나가고 나서야 나는 참을 수 없는 후회의 물결 속에서 낮은 목소리로 겨우 웅얼거렸다.

"존 선생님."

그는 책에서 눈을 떼고 나를 바라보았다. 그의 눈은 차갑거나 악의를 담고 있지 않았고 입에도 냉소적인 기색이 없었다. 내가 하려는 말을 기꺼이 들을 태세였다. 그의 정신은 잘 숙성된 진한 포도주와 같아서 천둥이 한 번 친다고 맛이 시큼해지지 않았던 것이다.

"존 선생님, 경솔한 말을 해서 미안해요. 부디 용서해 줘요."

내 말이 떨어지자마자 그는 빙그레 웃었다.

"루시, 어쩌면 당신 말이 맞을 수도 있어요. 당신이 날 존경하지 않는다면 그건 내가 존경받을 자격이 없기 때문일 거요. 아무래도 난 꼴사나운 바보인가 보오. 누군가를 기쁘게 해주고 싶어도 그러지 못하는 걸 보면 필시 내 행동에도 문제가 있는 거겠지."

"상대방이 기뻐하지 않는다고 단정하지 마세요. 설령 그렇다 해도 당신 성격 탓이 아니라 상대방의 안목에 문제가 있을 수도 있잖아요? 어쨌든 내가 홧김에 한 말은 취소할게요. 어떤 면에서 보나 당신은 존경받을 만하다고 생각해요. 자기 자신은 생각지 않고 다른 사람을 지나치게 아끼는 게 훌륭한 성품이 아니면 뭐겠어요?"

"내가 지네브라를 지나치게 아낀다는 뜻이오?"

"나는 그렇게 생각해요. 하지만 당신은 그럴 리가 없다고 생각하죠. 우리 그냥 견해 차이를 인정하기로 해요. 그리고 아까 부탁한 대로 부디 나를 용서해 줘요."

"흥분해서 한 마디 한 걸 가지고 내가 악감정을 품을 거라고 생각하오?"

"당신이 그럴 사람이 아니라는 건 알아요. 그래도 '루시, 당신을 용서하오!' 라고 말해 주시면 내 마음의 고통이 사라질 것 같네요."

"당신 마음의 고통은 치워버리시오. 나도 당신이 입힌 경미한 상처를 없앨 테니까. 자, 이제 고통이 사라졌으니 나는 당신을 용서할 뿐 아니라 진심으로 나를 걱정해 준 데 감사하고 싶소."

"내가 진심으로 당신을 걱정한다는 건 맞는 말이랍니다."

우리의 말다툼은 이렇게 끝났다.

독자여, 이 책 속에서 존 선생에 대한 내 의견이 다소 일관성 없어 보일지라도 양해하길 바란다. 지금 나는 당시에 느낀 감정을 그대로 쓰고 있으며 그의 성격 또한 당시에 생각한 대로 묘사하고 있기 때문이다.

존 선생은 확실히 인격이 훌륭한 사람이었다. 우리가 오해로 다투고 난 후 그 전보다 더 나에게 친절하게 대했으니 말이다. 그 일로 그와 조금 멀어지겠거니 했는데 결코 그렇지 않았다. 우리의 관계에 어떤 변화가 일어났다. 그전까지 우리 사이에는 눈에 보이지 않지만 어딘가 차갑고, 가볍고 투명하면서도 아주 냉랭한 얼음 장막이 가로놓여 있었다. 그리고 우리의 대화는 희미하게 빛나는 그 장막을 거쳐 이루어졌다. 비록 화가 나 있긴 했지만 흥분한 가운데 주고받은 몇 마디 말이 '자제' 라는 그 약한 서리꽃에 입김을 내뿜자 그게 녹을 기미가 보였다. 그날부터(그리고 우리의 우정이 계속되는 동안 줄곧) 그는 나와 대화를 나눌 때 격식을 차리지 않았다. 자기 자신에 대한 이야기를 하거나 자기가 관심 있는 주제에 관해 이야기하기만 하면 나의 기대와 바람은 언제나 충족된다는 사실을 그는 알고 있었다. 결국 나는 계속해서 '지네브라' 이야기를 자주 듣게 됐다.

지네브라!

존 선생은 그녀가 너무나 아름답고 훌륭하다고 생각했다. 그가 그녀의 매력과 착하고 순진한 성격에 관해 워낙 애정 어리게 이야기하는 바람에 현실이 어떤지 잘 아는 나조차도 그녀에게 일종의 후광을 부여하기 시작했다. 그럼에도 불구하고 그는 터무니없는 소리를 할 때가 많았다. 하지만 이미 교훈을 얻은 바 있었던 나는 정말로 인내심을 가지고 들으려고 노력했다. 존 선생을 화나게 하거나 슬프게 하거나 실망시키는 일이 나에게 얼마나 큰 고통인지 깨닫지 않았던가. 새롭고도 이상한 현상이 나타났다. 이제 나는 이기적인 목적에서 그의 감정을 부추기고 그의 결심에 동조하며 기뻐하고 있었다. 내가 보기에는 그가 궁극적으로 지네브라의 애정을 얻어낼 능력이 자기에게 없다고 끊임없이 의심하고 비관하는 게 가장 어리석어 보였다. 내 마음속에는 지네브라가 단지 그를 자극하려고 교태를 부릴 뿐이며 속으로는 그녀도 그의 말과 시선을 갈구한다는 환상이 어느 때보다 깊이 뿌리내렸다. 하지만 참고 들어주기로 결심했음에도 불구하고 때로는 정말 괴로웠다. 무슨 이야기든 들어주면서 말로는 표현하기 힘든 쓰디쓴 기분을 맛보는 동안, 존 선생은 내가 가지고 있던 단단한 부싯돌을 쾅쾅 쳐대며 이따금씩 불을 붙였다.

어느 날인가 나는 초조해하는 그를 달래기 위해 "지네브라가 언젠가는 당신의 구애를 받아들일 작정인 게 확실해요"라고 장담하고 말았다.

"확실하다고 했소? 말이야 쉽겠지만 그렇게 믿을 만한 근거가 있소?"

"최고의 근거가 있죠."

"말해 봐요, 루시!"

"당신도 잘 아실 텐데요. 존 선생님, 그걸 아는 나로서는 당신이 지네브라의 한결같은 사랑을 확신한다고 솔직하게 털어놓지 못하는 게 놀라울 따름인걸요. 이런 상황에서 그녀를 의심하는 건 모욕에 가깝지요."

"지금 당신은 말이 빨라지고 숨이 가빠지고 있소. 하지만 설명을 끝낼 때까지 조금만 더 빨리 말하고 더 가쁘게 숨을 쉬어주오. 제대로 된 설명을 들어야겠소."

"이야기할게요. 존 선생님, 당신은 관대하고 후한 사람이 될 수 있잖아요. 언제든지 제물을 바칠 준비가 된 숭배자라고요. 만약 실라스 신부님이 당신을 가톨릭으로 개종시킨다면 당신은 그분이 돌보는 가난한 사람들을 위해 기부금을 잔뜩 내놓고, 그 신부님의 교회 성찬대에 올려놓을 초를 제공하고, 당신이 가장 존경하는 성인의 성소를 정성들여 장식할 거예요. 지네브라에게도……."

존 선생은 내 말을 가로막았다.

"쉿! 그만하시오!"

"쉿이라니요? 계속 이야기할래요. 지네브라의 손에 당신에게 받은 선물이 들려 있었던 게 몇 번인지 저는 세지도 못하겠네요. 당신은 그녀를 위해서 가장 값나가는 꽃을 구했고, 머리를 짜내 최고로 우아한 선물을 생각해냈어요. 여자가 아니고서는 생각하기 힘든 멋진 선물을요. 거기다 지네브라는 당신이 거의 사치에 가까운 아량을 발휘해서 사 준 장신구를 여러 개 갖고 있더군요."

지네브라는 이 문제 때문에 겸연쩍어한 적이 없었지만, 그녀의 숭배자는 얼굴이 새빨개졌다. 그는 내 가위로 비단실을 싹둑 자르며 말했다.

"말도 안 되는 소리! 선물은 내가 하고 싶어서 한 거요. 그녀가 받아준 것만 해도 호의를 베푼 거였소."

"단순한 호의가 아니었죠, 존 선생님. 그녀는 자기 명예를 걸고 당신에게 보상을 하겠다고 서약한 거라고요. 그러니까 만약 그녀가 애정으로 보답할 수 없다면 사업상 거래처럼 똑같은 액수의 금화를 건네야겠죠."

"당신은 지네브라를 이해하지 못하는군요. 그녀는 욕심이 없어서 내 선물에 관심을 기울이지 않았고, 워낙 순진해서 그게 얼마나 비싼 물건인지도 모른다오."

나는 웃음을 터뜨리고 말았다. 지네브라는 보석 하나하나의 가격을 판정하곤 했다. 돈 때문에 겪는 곤란, 돈과 관련된 계획, 돈의 가치 그리고 돈을 확보하려는 노력. 이런 것들이야말로 어린 지네브라가 가장 자주, 가장 기쁘게 머리를 굴리는 이유였다.

존 선생이 말을 계속했다.

"내가 그녀의 무릎에 작은 선물을 올려놓을 때마다 그녀가 얼마나 냉담하고 무덤덤한지 당신도 봤어야 하는 건데. 선물을 받고 싶은 마음도 없을 뿐더러 구경하는 즐거움도 모른다오. 그저 나를 슬프게 하기 싫은 친절한 마음에 꽃다발을 곁에 놓도록 허락하고 때로는 가져가기도 하는 것 같소. 내가 그녀의 상앗빛 팔에 팔찌를 채워줘도 마찬가지요. 아무리 예쁘고 반짝이는 팔찌도(난 언제나 내 눈에 예뻐 보이고 값싸지 않은 물건을 신중하게 고른다오) 그녀의 빛나는 두 눈을 사로잡지는 못한다오. 내가 준 선물에 눈길 한 번 주지 않는

단 말이오."

"소중히 여기지 않는다면 당연히 팔찌를 풀어서 당신에게 돌려주겠네요?"

"아니오. 마음이 착해서 그런 식으로 거절하지는 못한다오. 내가 선물했다는 걸 잊은 척 하고 귀부인처럼 조용한 망각과 함께 그걸 간직하지요. 사정이 이러할진대 자기 선물을 받아준다고 해서 어떤 남자가 그걸 호의의 표시로 여기겠소? 설령 내 재산을 전부 그녀에게 주고 그녀가 그걸 받는다 해도 그것 때문에 내가 그녀의 마음을 조금이라도 얻었다는 생각은 차마 하지 못할 거요. 그녀는 탐욕과 이해관계에 따라 움직이는 사람이 아니기 때문이오."

"존 선생님, 사랑을 하면 눈이 먼다고들 하잖아요."

순간 존 선생의 눈에서 나온 미묘한 푸른색 광선이 비스듬히 스쳐갔다. 그걸 보니 옛날 생각이 나면서 그의 초상화가 떠올랐다. 그렇다면 혹시 그가 지네브라 판쇼 양이 '순진' 하다고 주장하는 건 꾸며낸 행동이 아닐까? 그가 그녀의 아름다움에 반한 건 사실이지만 그녀의 단점에 관해서는 그가 평소에 하는 말로 미루어볼 수 있는 것만큼 무지하지 않으며 어느 정도는 파악하고 있을지 모른다는 생각이 어렴풋이 들었다. 아니면 그런 표정을 지은 게 우연이거나 한순간 스쳐간 감정의 표현에 불과했을 수도 있다.

우연이건 의도적이건, 사실이건 상상이건 간에 그 눈빛과 함께 대화는 끝이 났다.

19. 클레오파트라

　나는 방학이 끝나고도 보름 동안 라 테라스에 머물렀다. 브레튼 부인이 친절하게 나서서 일정을 조정해 주었기에 가능한 일이었다. 어느 날 존 선생이 "루시는 아직 충분히 회복되지 않아서 그 동굴 같은 기숙학교에 돌아갈 수 없어요"라는 소견을 밝히자 부인은 그 길로 마차를 타고 포세트 가로 가서 여교장과 면담을 했다. 그리고 내가 완전히 회복될 때까지 조금 더 휴식을 취하고 기분 전환을 해야 한다는 이유로 출근을 연기한다는 허락을 받아냈다. 그러자 나는 굳이 필요하지 않았던 관심을 받게 됐다. 베크 부인이 병문안을 온 것이었다.

　어느 맑은 날, 베크 부인이 마차를 타고 라 테라스까지 왔다. 아마도 존 선생이 어떤 집에 사는지 보려는 속셈이었을 것이다. 쾌적한 집터와 깔끔한 실내장식이 기대 이상이었는지 그녀는 보는 것마다 칭찬을 늘어놓았고 푸른 응접실을 '근사한 작품'이라고 일컬었으며 나한테는 '훌륭하고 정답고 품위 있는' 친구가 생겼다며 축하해 마지않았다. 나에게 짤막한 칭찬을 던진 그녀는 존 선생이 들어오자마자 한껏 신이 나서 그에게 달려가며 속사포처럼 말을 쏟아냈다. 그녀의 말은 존 선생의 '작은 성'과 '위엄 있는 여주인이신 어머니'와 그의 혈색에 관한 칭찬 일색이었다.

실제로 존 선생의 얼굴은 매우 건강해 보였고, 베크 부인의 유창하고 현란한 프랑스어에 귀를 기울일 때마다 그가 짓는 선량하면서도 익살스러운 미소가 곁들여져 있었다. 그날 베크 부인은 칭찬과 기쁨과 상냥함이 맞물려 돌아가는 수레바퀴처럼 최상의 모습을 빛내며 왔다 갔다. 나는 그녀의 본심을 확인하고 싶기도 하고 학교 일이 어떻게 돌아가는지 묻고 싶기도 해서 마차까지 따라가 그녀가 자리에 앉고 문이 닫힐 때까지 지켜보며 배웅을 했다. 그런데 그 짧은 시간 동안 엄청난 변화가 일어날 줄이야! 조금 전까지만 해도 재치를 아낌없이 보여주며 농담을 하던 부인이 어느새 판사보다 근엄하고 현자보다 진지한 모습으로 앉아 있는 게 아닌가. 이상한 여자 같으니라고!

라 테라스로 돌아온 나는 베크 부인의 총애를 받고 있는 존 선생을 놀려댔다. 존 선생이 얼마나 웃어대던지! 베크 부인의 훌륭한 연설을 재현하고 그 유창한 이야기를 흉내낼 때 그의 눈에 장난기가 얼마나 번뜩이던지! 그는 유머 감각이 뛰어난 사람이었고 세상에서 제일 좋은 친구였다. 지네브라 판쇼 양을 잊어버릴 때에 한해서지만.

*　　*　　*　　*　　*

몸이 약한 사람들은 '조용하고 달콤한 햇볕 아래 앉아 있으면' (토머스 무어의 〈랄라 루크Lalla Rookh〉에 나오는 표현—옮긴이) 아주 좋다고들 한다. 예전에 베크 부인의 어린 딸 조제트의 병이 회복기에 이르렀을 때 나는 그 애를 팔에 안고 몇 시간씩 정원을 산책하곤 했다. 우리가 포도 덩굴로 덮인 벽을 따라 걷는 동안 남부의 태양 아래 포도가 익어갔다. 태양은 송이송이 열린 포도를 감미롭고 커다랗게 익히는 것만큼이나 좋은 솜씨로 조제트의 작고 허약해진 몸을 돌봐주었다.

몸이 쇠약한 사람에게 한낮의 햇볕을 흠뻑 쬐는 일이 이롭듯이, 마음이 가난한 사람에게는 온화하고 열정적이고 상냥한 성격이 좋은 영향을 끼친다. 존 선생과 그의 어머니는 이러한 선택받은 성격을 지닌 사람들이었다. 어떤 사람들은 불행을 전하지만 브레튼 모자는 본능적으로 행복을 전했다. 법석을 떨지 않고 조용히, 의식하지도 못하는 사이에 행복을 전했다. 그들은 매순간 즐거운 계획을 생각해 냈다. 내가 그들과 함께 지내는 동안에도 날마다 작은 계획이 세워지고 유익한 즐거움이 뒤따랐다.

존 선생은 매우 바빴지만 일정을 조절해서 우리가 짧은 소풍을 갈 때마다 동행했다. 그가 업무를 어떻게 조절했는지는 알 길이 없다. 할 일이 수없이 많았는데도 일정을 체계적으로 정리해서 날마다 자유 시간을 확보했다. 나는 그가 열심히 일하는 모습을 자주 보았지만 과도하게 일하거나 짜증을 내거나 갈팡질팡하거나 압박에 시달리는 모습은 본 적이 없었다. 그는 무슨 일이든 넘치는 힘으로 쉽고 우아하게 해냈으며, 강하고 온전한 활력을 발휘해 대단히 유쾌하게 일했다. 그 행복한 보름 동안 나는 그의 안내를 받으며 지난 8개월 동안 머물면서 봤던 것보다 빌레트 시내와 사람들을 더 많이 구경했다.

존 선생은 이름조차 낯선 재미있는 장소들로 나를 데리고 다니면서 활기찬 태도로 유용한 정보를 많이 알려주었다. 그는 나에게 이야기 들려주는 일을 번거롭게 여기지 않았고, 나 역시 그의 이야기에 귀 기울이는 일이 부담스럽지 않았다. 그는 어떤 화제를 다룰 때 차갑고 모호하게 말하는 법이 없었고, 일반화를 하거나 지루하게 이야기하지도 않았다. 나에 못지않게 섬세한 묘사를 즐기는 듯했다. 그는 사물의 성격을 관찰했는데 피상적으로가 아니라 제법 깊이 있게 관찰했다. 이러한 점들 덕택에 그의 이야기는 재미가 있었다. 여기서 무미건조한 사실 하나, 저기서 진부한 문구 하나, 또 다른 데서 흔해 빠진 주장 하나, 이런 식으로 책에서 빌려오거나 훔쳐온 내용이 아니라 경험에서 우러난 독특한 이야기였으므로 반갑고 신선했다. 그의 정신이 내 눈앞에서 새로운 장을 열어 보이고, 새로운 날로 넘어가고, 새롭고 고결한 새벽을 부르는 기분이었다.

그의 어머니도 자선 활동을 많이 했지만 그는 더욱 크고 훌륭한 자선사업을 벌이고 있었다. 나는 그를 따라 바스빌의 빈민가에 갔다가 그가 의사로서 하는 일만큼이나 박애주의자로서 많은 일을 하고 있다는 사실을 발견했다. 그는 자신이 하는 일을 조금도 의식하지 않는 순수한 마음으로 유쾌하게, 일상적으로 어려운 사람들 속에서 적극적으로 선행을 베풀고 있었다. 빈민들은 그를 무척 좋아했으며 병원에 있는 가난한 환자들은 가히 열광적으로 그를 맞이했다.

잠깐. 충실한 서술자인 내가 편파적으로 칭찬을 늘어놓으면 안 되니까 이쯤에서 그만두자. 내가 완벽하지 않은 것과 마찬가지로 존 선생도 완벽하지는 않았다. 그에게도 인간적인 약점이 많았다. 나와 함께 있을 때 그는 매시간, 아니 매분마다 행동이나 말이나 표정으로 자기가 신이 아님을 입증했다. 신이 존 선생처럼 허영심 많고 경솔할 리는 없었다. 신적인 존재라면 가끔 모든 걸 잊고 현재에만 몰두하는 존 선생의 성품을 닮지 않았을 것이다. 존 선생은 천박하게 현재의 물질적 쾌락에 열을 올리지는 않았지만 어디에서건 양분을 얻어 그의 남성적인 자기애에게 먹이는 이기적인 면모를 드러냈다. 먹이의 값은 개의치 않았고 응석이 심한 자기애를 번드르르하게 유지하는 비용도 아랑곳하지 않았다. 오직 그 탐욕스러운 감정을 배불리 먹이는 데서 즐거움을 찾았다.

독자들은 존 그레이엄 브레튼이 간직하고 있는 두 가지 모습, 그러니까 공적인 모습과 사적인 모습, 바깥에 있을 때와 집 안에 있을 때의 모습이 서로 상충하는 것처럼 보인다는 점에 주목하시라. 공적으로 행동할 때 그는 자기 자신을 잊은 사람처럼 진실하고 겸허한 태도로 열심히 일했다. 한편 집에 있을 때의 그는 자기가 무엇을 가졌으며 어떤 사람인지를 의식했다. 누가 경의를 표하면 기뻐했고 신나는 일이 있으면 자제하지 못했으며 둘 다 얻으면 허영에 부풀었다. 이 두 가지 묘사가 모두 사실이다.

존 선생에게 조용하고 은밀한 호의를 베풀기란 불가능에 가까웠다. 그를 위해 사소한 걸 준비해 놓았는데 다른 남자들처럼 그가 알아차리지 못하고 자기 앞에 놓인 걸 사용하면서도 누가 이런 배려를 했느냐고 묻지 않을거라 생각지는 마시라. 놀랍게도 존 선생은 빙그레 웃으며 상대방이 한 일을 처음부터 끝까지 지켜보면서 계획을 파악하고, 경과를 살피고, 마무리되는 모습을 관찰하고 있었다는 사실을 입증하는 한두 마디를 던진다. 누군가 시중을 들어주면 그의 눈에서는 즐거운 빛이 반짝이고 입가에는 장난기가 맴돌았다.

그렇게 눈에 띄지 않게 베푼 친절을 빚이라고 하면서 갚으려들지 않았다면 더할 나위 없이 좋았을 것이다. 어머니가 그를 위해 수고하면 그는 평소보다 더욱 명랑하고 장난스럽고 놀리기 좋아하고 다정한 사람이 돼서 밝고 생생한 기운을 마구 퍼부어주었다. 만약 루시 스노가 그런 일에 손을 댔다는 사실을 알게 되면 그는 보답으로 즐거운 소풍을 계획했다.

나는 빌레트에 관한 그의 완벽한 지식에 종종 놀랐다. 그의 지식은 큰길에 한정되지 않고 길가의 모든 화랑과 회관과 진열장을 고루 꿰뚫고 있었다. 그는 구경할 가치가 있는 물건이 있는 모든 박물관과 미술관과 과학 전시관의 문에다 대고 "열려라, 참깨!"를 외칠 줄 알았다. 나는 과학을 이해할 만큼 똑똑하지는 못했어도 무지하고 맹목적인 본능 때문에 미술에는 매력을 느꼈다. 나는 화랑에 가기를 좋아했고 화랑에 혼자 있는 건 더욱 좋아했다. 몹쓸 특이한 성격 탓에 누군가와 함께 있으면 그림을 제대로 보지 못하고 무엇을 느끼지도 못했다. 특히 친하지 않은 사람과 함께 있으면서 어떤 화제를 가지고 이야기를 이어가야 하는 상황에서는 30분만 지나도 녹초가 되면서 육체적 피로와 함께 정신적으로도 무기력해지곤 했다. 지적인 어른들과 교육을 잘 받은 아이들이 그림이나 유적이나 동물원의 사자를 구경하는 동시에 사람들과 어울려 대화를 나누는 어려운 일을 지혜롭게 해내는 걸 보면서 나는 항상 부끄러움을 느꼈다.

존 선생은 내 마음에 쏙 드는 안내인이었다. 그는 화랑에 사람이 꽉 차기 전인 이른 시각에 나를 화랑으로 데려가 두세 시간 동안 홀로 남겨두었다가 자기 볼일을 보고 나서 데리러 오곤 했다. 그 사이에 나는 행복한 시간을 보냈다. 그림이 항상 마음에 들지는 않았지만 찬찬히 뜯어보고 질문을 던져보기도 하면서 결론을 이끌어내는 과정이 즐거웠다.

화랑을 처음 방문하기 시작했을 때는 나의 '의지'와 '능력' 사이에 오해와 갈등이 끊이지 않았다. '의지'는 일반적으로 찬사를 받아 마땅하다고 간주되는 그림들을 인정하라고 강요했고, '능력'은 그런 그림을 보고 도저히 감탄할 수 없다고 투덜거렸다. 능력은 스스로를 비웃었으며 취향을 연마하고 흥미를 가지라는 격려와 채찍질도 받았다. 하지만 잔소리를 하면 할수록 '능력'은 칭찬하지 않겠다고 버텼다. 의식적으로 이런 노력을 하는 데서 엄청난 피로가 몰려온다는 사실을 점차 깨달은 나는 이렇게 힘든 노동을 꼭 해야할까 하고 의심하기 시작했다. 그러다가 마침내 그러지 않아도 되겠다는 결론을 내리고 화랑에 전시된 그림 백 점 가운데 아흔아홉 점 앞에서는 굳이 애쓰지 않고 침묵에 잠기는 사치에 젖어들었다.

독창적이고 좋은 책이 드문 것과 마찬가지로 독창적이고 좋은 그림도 드문 것 같았다. 그래서였을까? 결국 나는 어떤 대가의 걸작 앞에 서서 떨지도 않고 이렇게 중얼거렸다.

"자연과 전혀 닮지 않았어. 자연의 햇빛은 저런 색이 아닌걸. 구름이 끼거나 폭풍이 불어도 이 그림에 있는 쪽빛 하늘만큼 혼탁하진 않잖아. 그리고 저 쪽빛도 틀렸어. 나무라고 그린 것도 물감을 덕지덕지 칠한 시커먼 잡초 같아."

멋지게 그려진 자기도취적이고 뚱뚱한 여인네들은 본인들의 생각과 달리 내 눈에는 여신처럼 보이지 않았다. 훌륭하게 마무리된 작은 플랑드르 유파 그림이나 가장 아름다운 옷감으로 만든 갖가지 의상이 그려져 유행복 견본집에나 어울릴 법한 스케치들은 훌륭한 재능을 엉뚱한 곳에 발휘한 예를 보여주었다. 그러나 이곳저곳에 정신을 만족시키는 진실의 단편들이 있었고 눈을 즐겁게 하는 희미한 빛도 잠깐씩 보였다. 산중의 눈과 폭풍을 그린 그림 속에는 자연의 힘이 쾅쾅 울렸고, 남부 지방의 화창한 날을 표현한 그림에는 자연의 영광이 깃들어 있었다. 그리고 어떤 역사적인 초상화에 담긴 인물의 표정은 성격에 대한 명석한 통찰을 드러내고 있었다. 그 초상화에 그려진 얼굴은 원래의 인물을 그대로 본뜬 것처럼 똑같고 생생해서 화가의 천재성에 놀랄 수밖에 없었다. 내가 사랑한 작품들은 여기까지였다. 이 그림들은 나에게 친구처럼 소중해졌다.

어느 날 아직 조용한 시간에 화랑에 갔더니 사람은 나밖에 없는 듯했고 빛이 가장 잘 드는 곳에 어마어마하게 큰 그림 한 점이 걸려 있었다. 그 앞에는 접근을 차단하는 장식띠가 둘러져 있었고, 그 그림에 반한 관람객이 오랫동안 바라보다가 서 있기가 힘들어지면 앉아서 계속 감상할 수 있도록 푹신한 의자가 적당한 위치에 놓여 있었다. 그 그림은 자기가 이곳에 전시된 그림들의 여왕이라고 자부하는 것처럼 보였다.

그 그림은 한 여인의 초상화였는데 내가 보기에는 실물보다 큰 것 같았다. 나의 어림짐작에 의하면 부피가 큰 물건을 올려놓을 수 있는 저울에 그 여인을 올려놓으면 90에서 100킬로그램은 족히 나갈 것 같았다. 그녀는 정말로 영양 상태가 좋았다. 그렇게 키가 크고 몸집이 좋아지려면 빵과 채소와 음료수는 말할 것도 없고 푸줏간에서 파는 고기를 잔뜩 먹었을 게 틀림없었다. 그녀는 긴 의자에 비스듬히 누워 있었는데 무엇 때문에 누워 있는지는 알 길이 없었다. 햇빛이 가득한 대낮인데다 그녀는 보통 요리사의 두 배나 되는 일을 해낼 만큼 튼튼하고 힘도 세어 보였다.

거기다 척추가 약해 보이지도 않았으니 서 있거나 적어도 똑바로 앉아 있어야 정상이었다. 한 마디로 대낮에 긴 의자에 누워 빈둥거릴 이유가 없었다. 그리고 몸을 완전히 가리는 점잖은 옷을 입고 있어야 마땅했는데 그렇지도 않았다. 65미터는 돼 보이는 넉넉한 옷감을 가지고도 몸을 가리는 옷을 만들지 못한 모양이었다. 게다가 그녀의 주변이 지저분하고 엉망이라는 사실에는 변명의 여지가 없었다. 화면 앞쪽에 항아리와 냄비들(어쩌면 꽃병과 술잔일지도 모르겠다)이 이리저리 뒹굴고 있었다. 완전히 쓰레기가 된 꽃들이 그 사이사이에 섞여 있었고, 우스꽝스럽게 흐트러진 휘장이 긴 의자를 뒤덮고 바닥까지 늘어져 있었다. 도록을 보니 이 대단하신 작품의 제목은 '클레오파트라'였다.

어쨌든 나는 그 그림을 의아한 눈으로 바라보며 앉아 있었다. (의자가 있었으므로 기왕이면 앉아서 감상하는 게 낫겠다고 생각했다) 장미, 황금잔, 보석 따위의 세부는 매우 예쁘게 그려졌지만 전체적으로는 무의미한 작품이라고 생각했다. 내가 들어왔을 때만 해도 텅 비어 있던 전시장이 붐비기 시작했다. 나는 이런 상황을 잘 모른 채(사실 내게는 중요하지 않았으니까) 그 자리에 계속 앉아 있었다. 휴식을 취하기 위해서라기보다는 이 검은 피부의 거대한 집시 여왕을 자세히 살펴보기 위해서였다. 하지만 그녀를 바라보고 있노라니 금방 싫증이 나서 기분 전환을 할 겸 정교하게 그린 작은 정물화 몇 점을 감상했다. 야생화와 과일, 이끼 낀 새둥지, 선명한 초록빛 바닷물 속에서 진주처럼 빛나는 새알 등을 그린 정물화가 그 조잡하고 터무니없는 초상화 아래 얌전히 걸려 있었다.

갑자기 누군가가 내 어깨를 두드렸다. 놀라서 돌아보니 허리를 구부리고 나를 들여다보는 사람의 얼굴이 보였다. 충격이라도 받은 듯 찡그린 얼굴이었다.

그 사람이 물었다.

"여기서 뭘 하는 거요?"

"혼자 즐기고 있어요."

"혼자 즐기고 있다니! 뭘 말이오? 하여간 우선 당신을 일으켜 세워야겠소. 내 팔을 잡아요. 저쪽으로 갑시다."

나는 명령을 정확히 따랐다. 로마에서 돌아온 폴 에마뉘엘 씨(그렇다, 그였다)는 여행이라는 새로운 공훈으로 이마에 월계관을 둘러서 그런지 전보다 관대해진 것 같았다.

맞은편으로 걸어가며 그가 말했다.

"일행이 있는 곳까지 데려다주겠소."

"일행이 없는걸요."

"혼자는 아니잖소?"

"혼자예요, 선생님."

"같이 온 사람이 없었던 말이오?"

"아니에요. 존 선생님이 데려다줬어요."

"존 선생하고 그의 어머니도 함께였겠지요?"

"아니에요. 존 선생님하고만 왔어요."

"그럼 존 선생이 당신한테 저 그림을 보라고 했소?"

"천만에요. 제가 발견한 그림인걸요."

폴 선생은 머리를 까마귀 털처럼 짧게 쳤든가 순간적으로 머리털을 곤두세운 것 같았다. 이제 그의 성격을 간파하기 시작한 나는 침착한 태도를 유지하며 그를 약 올리는 게 내심 즐거웠다.

"섬 사람들은 대담하기도 하군! 영국 여자들은 정말 이상해!"

폴 선생이 소리쳤다.

"왜 그러시죠, 선생님?"

"왜 그러냐고! 당신처럼 젊은 여자가 어떻게 남자처럼 차분하게 앉아서 저딴 그림을 볼 수 있단 말이오?"

"아주 추한 그림이긴 하지만 제가 봐선 안 될 이유가 있나요?"

"됐어, 됐어! 더 이상 말하지 마시오. 어쨌든 여기 혼자 있으면 안 되오."

"하지만 같이 온 사람이 없으면요? 선생님이 말하는 '일행'이 없으면 어쩌죠? 그런 경우에 제가 혼자 있든 누구랑 같이 있든 뭐가 다르죠? 아무도 간섭하지 않던데요."

그는 어두컴컴한 구석에 쾅 하고 의자를 놓으며 말했다.

"입 다물고 거기 앉으시오. 거기!"

의자 앞에는 따분하기 짝이 없는 그림들이 걸려 있었다.

"하지만 선생님!"

"하지만 선생, 꼼짝 말고 앉아 있으시오. 알겠소? 누가 당신을 찾으러 오거나 내가 허락할 때까지……."

나는 그의 말을 가로막고 항의했다.

"이 구석 자리는 너무 우울하잖아요. 그림도 형편없고요!"

그림 속 '여자들'은 정말이지 형편없었다. 네 점의 그림이 합쳐져 하나를 이루었는데 도록에 의하면 '여자의 일생'(La vie d'une femme)이라는 제목이 붙어 있었다. 평면적이고, 생동감 없고, 창백하고, 기법은 놀랍도록 형식적이었다. 첫 번째는 기도서를 손에 들고 교회에서 나오는 '소녀'였는데 매우 점잖은 옷차림에 시선을 내리깔고 입술을 오므린 모습이었다. 대단히 사악하고 조숙한 위선자로 보였다.

두 번째는 흰 베일을 길게 늘어뜨리고 자기 방 기도대에서 무릎을 꿇고 두 손을 모아 깍지 낀 '아내'였는데 분통을 터뜨리는 사람처럼 눈의 흰자위를 드러내고 있었다. 세 번째는 '어머니'였다. 그녀는 점토로 빚은 것처럼 토실토실하고 얼굴은 병든 보름달 같은 아기를 수심에 차서 들여다보고 있었다. 네 번째인 '과부'에서는 검은 옷을 입은 여자가 역시 검은 옷을 입은 딸의 손을 잡고 있었다. 모녀는 어느 공동묘지 한구석에 세워진 우아한 프랑스식 비석을 열심히 들여다보는 중이었다. 네 명의 여자들은 하나같이 도둑처럼 험상궂고 어두웠으며 유령처럼 차디차고 무기력했다. 저런 여자들과 함께 산다니! 저렇게 위선적이고 부루퉁하고 냉혹하고 멍청한 허상들과! 아까 본 '클레오파트라'라는 그림 속의 게으르고 덩치 큰 집시 여자보다 나을 바가 없었다.

이 '걸작'들을 오랫동안 바라보기란 불가능했는지라 차츰 두리번거리며 화랑 이곳저곳을 살폈다.

어느덧 내가 쫓겨난 그 '여왕' 주변에 관람객이 벌떼처럼 몰려

들어 있었다. 군중 가운데 절반가량이 여자였지만, 폴 선생이 나중에 말한 바에 의하면 그들은 '유부녀'였으므로 '처녀'가 봐서는 안 되는 걸 감상해도 괜찮다는 것이었다. 나는 그런 주장에 동의할 수 없으며 앞뒤가 맞지 않는다고 분명히 말했다. 그러자 폴 선생은 여느 때처럼 전제군주 같은 태도로 조용히 하라고 윽박지르더니 곧이어 나의 무분별과 무지를 비난했다. 교사 자리에 있는 사람을 통틀어서 폴 선생과 같은 작은 독재자는 한 사람도 없었다. 나는 폴 선생도 상당히 오랫동안 거리낌 없이 그 그림을 바라보는 장면을 목격했다. 하지만 그는 내가 명령을 잘 따르고 있는지, 구석자리를 벗어나지 않는지 확인하기 위해 시시때때로 내 쪽으로 눈길을 돌렸다. 이윽고 그가 다시 내게 말을 걸었다.

"아팠다고 하지 않았소? 그렇게 들었소만."

"맞아요. 하지만 지금은 많이 나아졌답니다."

"어디서 방학을 보냈소?"

"주로 포세트가에 있었죠. 브레튼 부인 댁에 잠시 머물렀고요."

"포세트가에 혼자 남아 있었다고 하던데 사실이오?"

"완전히 혼자는 아니었죠. 마리 브로크(크레틴병을 앓는 학생의 이름)와 함께 있었거든요."

폴 선생은 어깨를 으쓱했다. 서로 모순되는 여러 가지 표정이 그의 얼굴을 스쳐갔다. 폴 선생도 마리 브로크를 잘 알았지만 그는 3반(성적이 가장 낮은 학생들이 포함된 반)을 가르친 적이 없었으므로 모순되는 감정들이 첨예한 갈등을 일으키지는 않았다. 그는 마리 브로크의 외모와 혐오스러운 행동과 통제 불가능한 성질에 짜증을 내고 혐오감을 느꼈다. 그는 자기 취향에 어긋나거나 자기 계획이 방해받을 때 쉽게 발끈하는 사람이었다. 그러면서도 그녀의 불행한 처지에 대해 인내와 동정심을 가져야 한다고 생각했다. 그는 이러한 본성을 거부할 수 없었다.

결과적으로 한쪽에는 짜증과 혐오감, 다른 한쪽에는 동정심과 정의감이 위치해 하루가 멀다 하고 전투를 벌였다. 짜증과 혐오감이 우위에 설 때가 거의 없었다는 점에서 그는 높이 평가받을 만했다. 하지만 간혹 짜증과 혐오감이 우위를 차지할 때면 특유의 무서운 성격이 드러났다. 그는 정열적인 사람이었고 혐오와 애정이 똑같이 강렬했다. 두 가지 감정을 모두 제어하려고 애썼지만 겉으로 드러나는 혐오와 애정의 맹렬한 기세를 진정시키지는 못했다. 그런 성향이었으므로 평범한 사람들이 그를 무서워하고 싫어하리라는 추측은 무리가 아니다. 하지만 그를 무서워하는 건 실수였다. 누군가가 그를 믿지 못하고 불안에 떨면 그는 완전히 노발대발했다. 반면 온화한 자신감은 그를 달래는 최상의 방법이었다. 하지만 온화한 자신감을 드러내려면 난해하기 짝이 없는 그의 성격을 완전히 이해해야 했다.

그는 몇 분간 침묵을 지키다가 이렇게 물었다.

"마리 브로크와는 어떻게 지냈소?"

"선생님, 전 최선을 다했답니다. 하지만 그 애와 단둘이 지내는 건 끔찍했어요!"

"정신력이 약해서 그런 거요! 당신은 용기가 없고 자비심도 부족한 것 같구려. 간호 수녀들이 지닌 자질이 당신에게는 없소."

(그는 자기 딴에는 신앙심이 깊은 사람이었다. 그는 가톨릭 신앙의 자기부정과 자기희생에 진심으로 경의를 표했다.)

"잘 모르겠네요. 최선을 다해 돌보긴 했지만 숙모님이 오셔서 그 애를 데려갔을 때 정말 한숨 놓았거든요."

"아! 당신은 이기주의자요. 그 학생 같은 불행한 환자들이 가득한 병원에서 간호를 하는 여자들도 있단 말이오. 당신은 그럴 수 없잖소?"

"그러는 선생님은 할 수 있으신가요?"

"여자라는 이름에 값하는 사람들은 거칠고 불완전하고 제멋대로인 우리 남자들에 비해 그런 의무를 수행하는 능력이 월등해야 하오."

"저는 그 애를 깨끗이 씻기고 즐겁게 해주려고 애썼어요. 하지만 그 애는 아무 말 없이 저에게 인상만 썼다고요."

"스스로 훌륭한 일을 했다고 생각하오?"

"그건 아니에요. 하지만 제 능력껏 했다고 생각해요."

"그럼 당신은 능력이 모자란 거요. 바보 같은 학생 한 명을 돌보다가 병에 걸리다니."

"그것 때문이 아니에요. 저는 신경성 질환을 앓았어요. 마음의 병이었다고요."

"정말이오? 당신은 별로 쓸모가 없구려. 위인의 자질을 타고나지 못했어. 당신의 용기는 고독을 이겨내는 데는 소용이 없고 '클레오파트라' 따위 그림을 태연하게 바라보는 만용이나 부리게 할 뿐이오."

적대적인 말투로 약을 올리는 이 작은 남자에게 화난 기색을 보이기는 어렵지 않았을 것이다. 하지만 나는 그에게 화가 났던 적이 없었고 이번에도 역시 화낼 마음이 없었다.

나는 조용히 대답했다.

"클레오파트라! 선생님도 아까 클레오파트라를 보고 계시던데요. 그녀를 어떻게 생각하시죠?"

그가 대답했다.

"그건 중요하지 않소. 위풍당당하고 풍채 좋은 여왕의 모습을 하고 있지만 나는 저런 여자를 아내로도, 딸로도, 누이로도 삼고 싶지 않소. 그러니 다시는 그 방향으로 눈을 돌리지도 마시오."

"선생님이 말씀을 하시는 동안에도 여러 번 쳐다봤는데요. 이쪽 구석에서는 클레오파트라가 아주 잘 보이거든요."

"벽 쪽으로 고개를 돌려 여자의 일생을 그린 네 점의 그림을 감상하시오."

"실례지만 선생님, 저 그림들은 너무 가증스러워요. 하지만 선생님이 저걸 칭찬하신다면 제가 자리를 비켜드릴 테니 여기서 감상하세요."

그는 얼굴을 찡그리면서 살짝 웃었거나 웃으려고 했는데 결국 초조하고 냉혹한 표정을 짓고 말았다.

"선생. 당신네 신교도의 딸들은 참으로 놀랍소. 무분별한 영국 여자들은 빨갛게 달아오른 보습 사이를 걸으면서도 침착하고 화상도 입지 않더군. 당신네들 가운데 몇몇은 느부갓네살의 맹렬히 타는 불 속에 넣어도 불탄 냄새도 없이 멀쩡할 거요." (다니엘 3 : 26~27 참조—옮긴이)

"선생님, 옆으로 조금만 비켜주시겠어요?"

"뭐라고! 지금 뭘 쳐다보는 거요? 저 젊은 남자들 중에 당신이 아는 사람은 없을 텐데?"

"있는 것 같아요. 그래요, 저기 아는 사람이 보이네요."

사실 나는 너무 예뻐장해서 다시 생각해보아도 아말 대령임에 틀림없는 머리를 얼핏 보았다. 얼마나 완벽하고 세련된 두상인가! 얼마나 단정하고 말쑥한 모습인가! 얼마나 여성스러운 손과 발인가! 눈에 외안경을 갖다 대는 모습은 또 얼마나 깜찍한가! 얼마나 열심히 클레오파트라를 우러러보고 있는가! 그리고 나서는 얼마나 열심히 옆의 친구와 재잘대며 속삭이는가! 오, 정말 양식 있는 사람이군! 정말 훌륭한 취향과 감각을 지닌 세련된 신사로군!

약 10분간 관찰한 결과 나는 그가 거무스레하고 덩치 큰 '나일 강의 비너스'('미의 여신' 비너스에 못지않은 관능미와 힘을 가진 클레오파트라에게 붙은 별명—옮긴이)에게 반했다는 사실을 파악했다. 그의 거동에 관심을 갖고 표정과 움직임을 살피며 성격을 탐색하는 데 몰두한 나머지 나는 잠시 폴 선생의 존재를 잊었다. 그러는 동안 폴 선생과 나 사이에 사람들이 끼어들었다. 아니면 넋을 잃은 내 모습을 보고 더 심한 충격을 받은 폴 선생이 제 발로 물러났을 수도 있다. 어쨌든 다시 둘러보니 그는 사라지고 없었다.

폴 선생을 계속 찾다가 그와는 영 딴판인 다른 사람을 발견했다. 훤칠한 키에 풍채가 좋아서 군중 속에서도 눈에 잘 띄는 존 선생이 이쪽으로 다가오고 있었다. 그는 얼굴로 보나 체격으로 보나 분위기로 보나 가무잡잡하고 퉁명스럽고 신랄한 폴 선생과 대조적이었다. 두 사람은 그리스 신화에 나오는 헤스페리데스의 황금 사과와 숲에서 야생으로 자라는 시큼한 자두처럼 서로 달랐다. 용감하지만 온순한 아라비아산 말과 거칠고 고집 센 셰틀랜드 조랑말(스코틀랜드 북동부 셰틀랜드 섬에서 자라는 작고 튼튼하고 외양이 거친 조랑말—옮긴이)에 비유할 수도 있겠다. 존 선생은 나를 찾고 있었지만 아직 폴 선생이 나를 처박아놓은 구석에 다다르지는 못했다. 나는 그를 조금 더 관찰하고 싶어서 가만히 있었다.

존 선생은 아말 대령에게 가까이 가더니 발걸음을 멈췄다. 아말 대령의 머리 위에서 그를 내려다보는 즐거움을 만끽하는 것 같았다. 존 선생 역시 클레오파트라를 한동안 응시했지만 그의 취향이 아니었는지 키 작은 백작과 달리 억지웃음은 짓지 않았다. 입매는 까다로워 보였고 눈빛은 냉담했다. 그는 무표정하게 옆으로 비켜나며 다른 사람들이 접근할 공간을 마련해 주었다. 나는 그가 기다리고 있다는 걸 알고 일어서서 그에게 갔다.

우리는 화랑을 한 바퀴 돌았다. 존 선생과 함께 화랑을 둘러보는 건 즐거운 일이었다. 나는 그림이나 책에 관한 그의 의견을 듣는 게 좋았다. 그는 전문가 흉내를 내지 않고 자기 생각을 솔직히 이야기했기 때문이었다. 그의 의견은 늘 참신하고 타당하고 간결했다. 그가 미처 알아차리지 못한 것들을 내가 알려주는 일도 즐거웠다. 그는 배우려는 자세로 친절하게 내 이야기에 귀를 기울였다. 여자의 다소 불분명하고 더듬거리는 설명을 들으려고 멋지고 잘생긴 머리를 숙이는 게 남자다운 위엄을 손상시키지나 않을까 하는 형식적인 걱정은 하지 않았다. 그리고 지식을 전달할 때는 명확한 정보를 가지고 이야기했기 때문에 한 마디 한 마디가 머릿속에 뚜렷이 새겨졌다. 나는 그가 해준 설명이나 알려준 지식을 결코 잊지 않았다.

화랑을 떠나면서 존 선생에게 클레오파트라를 어떻게 생각하느냐고 물어보았다(폴 에마뉘엘 선생이 나를 구석 자리로 보낸 이야기를 들려주고 그가 나에게 권했던 예쁜 그림들을 보여주어 존 선생을 실컷 웃긴 후였다).

"풋! 우리 어머니가 훨씬 미인이던데요? 아까 들으니 저쪽에 있는 프랑스 멋쟁이들이 클레오파트라를 보고 '관능적인 여자'라고 수군대더군요. 그렇다면 나는 '관능적인 여자'를 좋아하지 않는다는 것밖에 할 말이 없지. 저 혼혈 여인을 지네브라와 비교해 보시오!"

20. 음악회

어느 날 아침 브레튼 부인이 내 방에 불쑥 들어오더니 옷장의 옷들을 좀 보자고 했다. 나는 두말없이 옷장을 보여주었다.

부인은 내 옷가지를 뒤적거리며 말했다.

"그래. 새 옷을 맞춰야겠구나."

부인은 잠시 후 재단사를 데리고 돌아와 내 치수를 재게 했다. 그러고는 이렇게 말했다.

"이 작은 문제 하나만이라도 내 취향대로 알아서 하게 해주렴."

이틀 후 집에 배달된 옷을 보니…… 분홍색 드레스가 아닌가!

그걸 입으면 중국 귀부인처럼 보일 것 같았다. 나는 황급히 말했다.

"이런 옷은 저한테 안 어울려요."

나의 대모님인 브레튼 부인이 대답했다.

"어울리는지 아닌지는 이제 알게 되겠지."

그리고 나서 부인은 단호하게 못을 박았다.

"잘 들어라. 오늘 저녁에 이 옷을 입는 거야."

나는 안 될 말이라고 생각했다. 누가 뭐래도 억지로 그 옷을 입지는 않을 생각이었다. 분홍색 드레스라니! 나는 그런 옷에 익숙하지 않았거니와 시험 삼아 입어본 적조차 없었다.

브레튼 부인은 그날 저녁 내가 그들 모자와 함께 음악회에 가야한다고 선언했다. 그녀의 설명에 따르면 그 음악회는 음악계의 실력자들이 출연하는 대규모 행사라는 것이다. 음악학교에서 제일 실력이 좋은 학생들이 공연을 한 뒤에는 가난한 사람들을 돕기 위한 복권 추첨이 이어질 예정이었고 자리를 빛내기 위해 라바세쿠르의 왕과 왕비와 왕자가 참석한다고 했다. 존 선생이 표를 보내면서 왕족이 참석하는 자리인 만큼 정장을 입고 정각 7시까지 준비를 마치라고 말했다고 한다.

6시쯤 나는 위층으로 불려갔다. 브레튼 부인은 매우 손쉽게 나를 끌고 다니며 영향력을 행사했고, 의논도 설득도 없이 조용히 나를 제압했다. 요컨대 나는 분홍색 드레스를 입기로 했다. 검은 레이스 망토를 걸치니 조금은 차분해 보였다. 브레튼 부인은 완벽한 정장이라면서 거울을 보라고 권유했다. 나는 불안에 떨면서 거울을 보려 했지만 막상 거울 앞에 서자 더 불안하고 떨려서 돌아서고 말았다. 시계가 7시를 쳤고, 존 선생이 왔다. 브레튼 부인과 나는 아래층으로 내려갔다. 부인은 벨벳으로 만든 갈색 드레스를 입고 있었다. 그녀의 그림자를 따라 걸으면서 내가 짙은 색의, 점잖고 위엄 있는 주름 장식이 있는 그 옷을 얼마나 부러워했는지! 거실 문에 존 선생이 서 있었다. 나는 걱정스러운 심정으로 이렇게 생각했다.

'내가 주의를 끌기 위해 지나친 치장을 했다고 여기지 않아야 할 텐데.'

존 선생이 나에게 꽃다발을 건네며 말했다.

"자, 루시. 꽃을 받아요."

그가 상냥하게 미소를 지으며 만족스럽게 고개를 끄덕였을 뿐 내 옷을 유심히 보지 않았기 때문에 부끄러운 마음과 혹시 비웃음을 사지 않을까 하는 불안은 순식간에 날아갔다. 게다가 내 드레스는 주름이나 옷단 장식이 하나도 없는 단순한 옷이었다. 반짝이는 재질과 화사한 색조에 내가 지레 겁을 먹었던 것이다. 존 선생이 그게 전혀 우스꽝스럽지 않다고 여기자 내 눈도 금방 그 옷을 인정하고 순순히 받아들였다.

매일 밤 공적인 여흥의 자리에 참석하는 사람들은 어쩌다 한 번 오페라나 음악회에 가는 사람들이 느끼는 새롭고 들뜬 기분을 모를 것이다. 나는 그 음악회가 어떤 자리인지 막연하게만 알고 있었으므로 큰 기대를 하지는 않았던 걸로 기억하지만 마차를 타고 가는 길은 너무나 즐거웠다. 쌀쌀하지만 맑은 날 저녁 아늑한 마차 안에 편안히 앉아 유쾌하고 다정한 지인들과 함께 가는 게 좋았다. 마차가 대로를 지나는 동안 나무 사이로 별들이 반짝반짝 빛났다. 넓은 포장도로로 나아가자 밤하늘이 활짝 열렸고, 도시 출입문들을 통과할 때는 활활 타는 불빛이 보였다. 보초를 서던 순찰대원들이 검문하는 시늉을 하고 우리가 기꺼이 응했던 것도 무척이나 즐거운 일이었다. 나에게는 이 모든 작은 일들이 특별히 기분 좋고 신기한 매력으로 다가왔다. 내 주위의 정다운 분위기가 이러한 매력에서 얼마나 큰 비중을 차지했는지는 잘 모르겠다. 존 선생과 브레튼 부인은 둘 다 기분이 최고여서 음악회장으로 가는 내내 서로 명랑하게 아웅다웅했으며 나에게도 진짜 혈육처럼 거리낌 없는 친절을 베풀었다.

우리는 빌레트에서 가장 아름다운 거리들을 지나갔다. 거리마다 불이 환히 밝혀져 있었고 마침 떠오른 보름달 때문에 더욱 생기가 넘쳤다. 상점들이 얼마나 빛나 보이던지! 널찍한 대로를 따라 생의 조류가 어쩌나 기쁘고 명랑하고 풍요롭게 흐르던지! 그 광경을 바라보고 있노라니 문득 포세트 가의 담장으로 막힌 정원과 학교 건물과 넓고 어두운 교실들이 떠올랐다. 지금 이 시각에 학교에 있었다면 나는 아마도 차양 없는 높은 창문으로 별을 바라보며 고독하게 거닐고 있었을 것이다. 그리고 이른바 '경건한 낭독' 시간에 단조롭게 무언가를 낭독하는 소리가 휴게실 쪽에서 희미하게 들려왔을 것이다. 얼마 후면 다시 이런 소리를 들으며 방황해야 한다…….
미래의 어두운 그림자가 빛나는 현재를 가로지르며 슬며시 다가오는 바람에 마음이 조금은 가라앉았다.

이때쯤 우리는 모두 같은 방향으로 달리는 마차의 대열 속으로 들어갔고, 곧이어 환하게 불을 밝힌 큰 건물이 모습을 드러냈다. 아까 이야기한 대로 나는 이 건물 안에서 무엇을 보게 될지 막연하게 짐작만 할 뿐 잘은 몰랐다. 그동안 이런 공연장에 와본 적이 없었기 때문이었다.

사람이 몰려 있어 시끌벅적한 현관 주랑에 마차를 세우고 내렸다. 자세히 기억나지는 않지만 우리는 어느새 넓고 편하고 멋진 계단을 올라가고 있었다. 부드럽고 푹신한 진홍색 카펫이 깔린 그 계단을 올라가니 굳게 닫힌 커다란 문이 나왔다. 그 문도 진홍색 천으로 덮여 있었다.

나는 어떤 마법을 써야 이 문이 열릴지 알지 못했다. 존 선생이 나서서 문을 열었다. 그러자 넓고 천장이 높은 근사한 홀이 나왔다. 벽은 커다란 곡선을 그리고 있었고 천장은 오목한 돔이었는데 내 눈에는 모두 순금으로 보였다(그만큼 정교하게 금색으로 칠해져 있었다는 뜻이다). 벽과 천장에는 쇠시리 장식과 세로로 파진 홈이 있었고 꽃줄 모양의 부조 장식도 있었다. 장식은 모두 찬란한 황금색이거나 석고와 같은 순백색이었고, 도금한 나뭇잎과 깨끗한 백합 화환 모양의 장식에는 흰색과 황금색이 섞여 있었다. 장식용 휘장을 늘어뜨린 곳과 카펫을 깔아놓은 곳과 쿠션을 놓은 곳이 하나같이 진홍색이었다. 돔형 천장에 매달린 샹들리에서 나오는 빛은 황홀했다. 수많은 수정 덩어리가 깎인 면마다 반짝이고 방울져 떨어지고 별빛처럼 활활 타올랐다. 보석으로 만든 이슬이 녹거나 혹은 무지개의 조각들이 바르르 떨릴 때처럼 찬란한 색채가 감돌았다.

독자여, 그건 단지 샹들리에였을 뿐이지만 내게는 천일야화에 등장하는 램프의 요정 지니가 만든 작품으로 보였다. 빛나고 향기로운 원형 천장에 요정 지니의 시커멓고 거대한 손이 구름처럼 떠다니며 그 불가사의한 보물을 지키고 있지 않은지 확인하고 싶어질 지경이었다.

우리는 앞으로 나아갔다. 나는 어디로 가는지도 몰랐는데 어느 모퉁이를 돌자 맞은편에서 오던 다른 관람객들과 마주쳤다. 순간 내 눈에 들어온 그 사람들의 모습이 지금도 생생하게 떠오른다. 짙은 벨벳 옷을 입은 아름다운 중년 부인, 그녀의 아들로 짐작되는 신사(지금까지 내가 본 신사 가운데 가장 잘생긴 얼굴에 체격도 훌륭했다), 그리고 분홍색 드레스에 검은 레이스 망토를 걸친 여자.

나는 세 사람 모두를 주목했다. 앞의 두 명뿐 아니라 마지막 사람도. 그리고 잠깐 동안 그들이 모두 낯선 사람이라고 착각했으므로 그들의 외모에 관해 공정한 판단을 내릴 수 있었다. 하지만 내가 받은 인상은 구체적이지 않아서 그걸 정리하려고 애쓰는 동안 내 앞에 있는 게 두 기둥 사이의 빈 벽면을 메우는 커다란 거울임을 깨닫는 순간 날아가 버리고 말았다. 다른 관람객들이라고 생각했던 사람들은 바로 우리였다. 생전 처음 다른 사람의 눈으로 나 자신의 모습을 보는 특혜를 얻은 셈이었다. 아마도 내 평생에 유일한 기회였으리라. 하지만 그때 내가 받은 인상을 구구절절 이야기하고 싶지는 않다. 부조화가 눈에 거슬리고 가슴 아픈 후회가 밀려왔다. 그다지 예쁘지는 않았지만 더 나쁠 수도 있었으니 어쨌든 나로서는 감사해야 했다.

마침내 우리는 넓고 매혹적이고 따뜻하고 쾌적한 홀 전체가 잘 보이는 곳에 자리를 잡았다. 관람석은 이미 멋지게 치장한 사람들로 꽉 차 있었다. 여자들이 특별히 아름답다고 할 수는 없었지만 그들이 입은 옷만큼은 완벽 그 자체였다. 라바세쿠르 여자들은 집에서는 볼품없는 모습으로 있다가도 공적인 자리에서는 품위 있게 변신하는 재주를 가진 듯했다. 평상시에 집안에서는 실내복 차림에 머리에 종이를 말고 돌아다니던 무뚝뚝하고 드센 여자들도 특별한 날에 대비해서 머리와 팔을 매끄럽게 돌리거나 굽히는 동작과 입과 눈의 표정을 간직해두고 있었다. 그렇게 간직해둔 몸가짐들은 언제나 화려한 의상과 '장신구'와 함께 등장해 적절하게 활용됐다.

독특한 유형의 미인들이 여기저기 보였다. 영국에서는 찾아보기 힘든 체격이 탄탄하고 조각 같은 미인들이었다. 이들의 몸매에는 각진 구석이 없었다. 매끈하기가 대리석으로 만든 여인상 기둥 같았고, 고요하고 위엄 있는 자태는 피디어스(고대 그리스의 유명한 조각가—옮긴이)의 여신상에 뒤지지 않았다. 그들은 네덜란드 화가들이 그린 성모 마리아와 비슷한 특징, 즉 저지대 국가 여성의 고전적인 생김새인 균형 잡힌 둥근 얼굴과 곧고 단정한 외모를 지니고 있었다. 그들의 무표정한 고요와 냉담한 평화의 깊이와 견줄 수 있는 건 극지방의 눈 쌓인 벌판뿐이었다. 라바세쿠르 여자들은 장신구가 필요 없었으므로 그런 걸 걸치지 않았다. 윤기 나는 머리를 촘촘하게 땋기만 해도 그보다 더 매끄러운 뺨과 이마를 강조하기에 모자람이 없었다. 옷은 아무리 단순해도 관계없었고 둥근 팔과 완벽한 목은 팔찌나 목걸이가 없어도 멋졌다.

영광스럽고 기쁘게도 이 미인들 가운데 하나는 내가 잘 알던 사람이었다. 놀랍도록 무감각하고 강력한 자기애를 깊이 간직하고 있는 여자였다. 그녀에게 자기애보다 더한 게 있다면 다른 사람을 배려할 줄 모르는 오만밖에 없었다. 그녀의 냉정한 혈관에는 피가 흐르지 않고 림프액만 가득 차 있어 동맥이 거의 막혀 있었다.

방금 소개한 헤라(그리스 신화에 나오는 제우스 신의 아내—옮긴이) 여신께서는 우리에게 아주 잘 보이는 곳에 앉아 있었다. 모든 사람의 시선이 자기에게 쏠리는 걸 의식하고 있었지만 뚫어지게 바라보는 눈길이나 힐끔거리는 눈길을 받으면서도 꿈쩍도 하지 않았다. 세련된 금발 미인인 그녀는 바로 옆에 있는 윗부분을 금으로 도금한 대리석 기둥만큼이나 침착하고 아름다웠다.

존 선생의 시선이 자주 그녀를 향한다는 사실을 알아차린 나는 낮은 목소리로 그에게 당부했다.

"아무리 사랑스럽더라도 마음을 단단히 간수하세요. 반드시 '저' 아가씨와 사랑에 빠져야 한다는 법은 없잖아요. 미리 말해 두지만 당신이 그녀의 발밑에서 죽는다 해도 그녀가 당신을 다시 사랑하진 않을 거예요."

그러자 존 선생이 말했다.

"알겠소. 저 거만하고 냉담한 모습이야말로 강력한 힘으로 내 마음을 흔들어 놓는다는 걸 당신이 어찌 알겠소? 무엇보다도 쓰라린 절망이 감정을 자극한다오. 하지만(이 대목에서 그는 어깨를 으쓱했다) 당신은 이런 걸 전혀 모르잖소. 어머니에게 이야기해 봐야겠소. 어머니, 제가 위험에 처했어요."

브레튼 부인이 대꾸했다.

"그런다고 내가 관심을 가질 줄 아니?"

존 선생이 다시 말했다.

"오! 잔인한 운명이여! 아들에게 저렇게 무심한 어머니가 또 있을까? 어머니는 며느리가 생기는 불행이 닥칠지도 모른다는 생각은 꿈에도 안 하시는군요."

"걱정을 안 하는 건 그런 재앙이 닥치기를 바라서가 아니란다. 넌 지난 10년 동안 그걸로 날 위협했잖니. 어른이 되기 전부터 '엄마, 저 곧 결혼해요!' 라고 외쳤단 말이야."

"하지만 어머니, 조만간 그게 현실이 될 거예요. 어머니가 안전하다고 자부하고 계실 때 제가 갑자기 야곱이나 에서(구약성경에 나오는 이삭의 장자. 야곱의 쌍둥이 형—옮긴이)처럼, 아니면 다른 가장들처럼 아내를 얻을지 모르죠. 이곳 여자 중 한 명일 수도 있어요."

"그러기만 해봐라, 존 그레이엄! 그걸로 끝이니까."

"우리 어머니는 나를 노총각으로 만드실 작정이신가? 질투심이 정말 많은 노부인이군요! 자, 저기 옅은 파란 공단 드레스를 입고 머리칼은 더 옅은 갈색인 아름다운 아가씨를 보세요. 어머니, 어느 날 제가 저 아가씨를 집으로 데려와서 젊은 브레튼 부인이라고 소개한다면 어떠시겠어요?"

"라 테라스에 예쁜 아가씨를 데려오진 못할걸. 그 작은 성에 여주인이 두 명이나 있을 순 없으니까. 그 젊은 브레튼 부인이 나무와 밀랍과 가죽과 공단으로 만든 거만한 인형이고 키와 덩치가 저것밖에 안 된다면 더욱 더 그렇지."

"저 아가씨는 어머니의 푸른 의자에 썩 잘 어울릴 텐데요!"

"내 의자에 앉는다고? 외국인에게 빼앗길 순 없다! 저런 여자애가 앉는다면 그 의자가 불쌍하겠구나. 존 그레이엄, 이제 조용히 해라! 입 다물고 눈으로만 봐라."

이렇게 짧은 입씨름이 벌어지는 동안, 아까 입구에서 볼 때도 꽉 차 보였던 홀에 사람이 끊임없이 입장하고 있었다. 나중에는 천장에서 바닥까지 비스듬히 내려오는 반원형 객석이 사람의 머리로 빽빽하게 찼다. 무대는 엄청나게 커서 임시 연단에 가까웠다. 30분 전까지 비어 있었던 무대도 이제 활기가 넘치는 공간이 됐다. 무대 중앙에 위치한 두 대의 그랜드 피아노 근처로 흰 옷을 차려입은 소녀들이 소리 없이 모여들었다. 이 소녀들은 모두 음악학교 학생들이었다.

존 선생과 브레튼 부인이 푸른 공단 드레스를 입은 미녀에 관해 논쟁하는 동안 나는 소녀들이 모이는 광경과 그들을 질서정연하게 배치하는 광경을 흥미롭게 지켜보고 있었다. 소녀들의 무리를 통솔하는 두 신사는 낯익은 사람이었다. 한 명은 예술가다운 외모에 수염과 머리를 길게 기른 신사였다. 유명한 피아니스트이자 빌레트 최초의 음악 교사였던 그는 일주일에 두 번 베크 부인의 기숙학교에 와서 그에게 지도를 받을 형편이 되는 부유한 집안 학생들에게 레슨을 했다. 그는 폴 선생의 이복동생이었고 이름은 조제프 에마뉘엘이었다. 이제 두 번째 신사인 폴 선생도 내 시야에 들어왔다.

폴 선생은 나를 즐겁게 해주었다. 물 만난 고기처럼 분주한 그를 보니 웃음이 나왔다. 그는 엄청나게 많은 관객 앞에 똑똑히 보이도록 서서 백 명쯤 되는 소녀들을 줄 세우고 위압적으로 지휘하고 있었다. 너무나 진지하고 기운차게, 너무나 열심히, 무엇보다 완전히 제왕 같은 태도로 그 일에 몰두했다. 저 사람이 왜 여기 왔을까? 음치에 가까운 폴 선생이 음악이나 음악학교와 무슨 상관일까? 그가 온 이유는 필시 권위를 부리고 과시하는 걸 좋아하기 때문인 것 같았다. 하지만 그건 아주 천진한 과시욕이어서 거슬리지 않았다. 그는 음악학교 여학생들뿐 아니라 동생인 조세프에게도 이래라저래라 하고 있었다.

폴 선생 같은 욕심쟁이가 또 있을까? 곧 유명한 가수와 연주자들이 무대에 올랐고, 이 별들이 떠오르자 그는 혜성같이 사라졌다. 그는 유명한 사람들을 견디지 못했고 자신이 빛날 수 없는 자리라면 피해버렸다.

모든 준비가 끝났다. 관람석에 비어 있는 칸은 하나밖에 없었다. 그 칸은 웅장한 계단과 문과 마찬가지로 온통 진홍색으로 꾸며져 있었고, 차양 아래 놓인 위풍당당한 의자 두 개의 양 옆으로 푹신하고 긴 의자가 있었다.

신호에 따라 문이 뒤로 밀리며 열렸다. 관중이 자리에서 일어서고 오케스트라의 음악과 합창단의 환영의 노래가 울려 퍼지는 가운데 라바세쿠르의 왕과 왕비가 들어왔다.

왕의 모습은 지금도 뚜렷이 기억난다. 쉰 살쯤 되고 어깨가 약간 구부정하고 머리카락은 희끗희끗했다. 관객들 가운데 그를 닮은 사람은 없었다. 나는 왕의 성격이나 습관에 대해서 들은 적도 읽은 적도 없었다. 이마와 눈언저리와 입가에 철필로 새겨진 강력한 상형문자 같은 주름살을 보고 처음에는 나도 모르게 당황하고 의아해했다.

하지만 잠시 후에는 손으로 쓴 게 아닌 그 상형문자의 의미를 알지는 못해도 느낄 수는 있었다. 왕은 예민한 우울증 환자였고 조용히 고통을 겪으며 그 자리에 앉아 있었던 것이다. 왕의 눈은 오랫동안 우울증이라는 이상한 유령을 맞이하고 떠나보내며 살아온 사람의 눈이었다. 어쩌면 그곳의 무대에서도 그 모든 빛나는 무리들 가운데 우뚝 솟아 그를 내려다보는 유령을 보았을 수도 있다. 원래 우울증은 사람이 많이 모이는 곳에 불쑥 나타나곤 하지 않는가. 우울증은 운명처럼 어둡고 병처럼 창백하며 죽음처럼 강하다. 희생자가 한순간이라도 행복하다고 느끼면 우울증의 전우들은 "그렇게는 안 되지. 내가 왔다"고 말하며 심장 속에 흐르는 피를 얼어붙게 하고 눈의 총기를 흐릿하게 만든다.

혹자는 왕의 이마에 그렇게 기묘하고 고통스러운 주름이 생긴 이유가 왕관에 눌렸기 때문이라고 말할지 모른다. 아니면 첫 아내가 일찍 세상을 떠났기 때문이라고 말하는 사람도 있겠다. 어쩌면 두 가지 다 맞는 말일 수도 있다. 하지만 이 주름은 인류의 가장 음흉한 적인 우울증에게 시달린 끝에 생긴 것이었다. 그의 아내인 왕비는 이 사실을 아는 모양이었다. 그녀의 인자한 얼굴에도 남편의 슬픔을 반영하는 어두운 그림자가 드리워져 있었다. 왕비는 온화하고 사려 깊고 우아해 보였지만 아름답지는 않았다. 앞에서 여러 단락에 걸쳐 묘사했던 탄탄한 매력과 대리석 같은 느낌을 풍기는 여자들과는 달랐다.

왕비는 다소 여윈 체격이었고 이목구비가 반듯한 편이었지만 얼굴에서는 왕가와 왕족 혈통의 권위적인 분위기를 풍겨서 마냥 보기 좋지만은 않았다. 그 순간 옆얼굴에 떠오른 표정은 나쁘지 않았으나, 그 표정을 보니 내가 기억하고 있는 왕비의 초상화를 떠올릴 수밖에 없었다. 비슷한 선들이 그 초상화에서는 천박하게 표현되어 있어서 나약해 보이기도 하고, 관능적으로 보이기도 하고, 교활하게 보이기도 했다.

그러나 왕비의 눈만은 그녀 특유의 것이었다. 연민과 선의와 동정으로 신성한 빛을 띠는 눈이었다. 그녀는 나라를 쥐고 흔드는 사람이라기보다는 친절하고 사랑이 넘치는 우아한 숙녀였다. 그녀는 어린 아들이자 라바세쿠르의 왕자인 댕동노 공작을 데려와서 무릎에 앉혀놓았다. 그리고 저녁 내내 옆에 앉은 왕을 살피면서 넋을 놓고 우울해 하는 왕의 관심을 아들에게 돌림으로써 기분을 돋워주려고 했다. 그녀는 아들이 하는 말을 들으려고 종종 고개를 숙였고, 다 듣고 나서는 미소를 지으며 그 말을 왕에게 전했다. 왕은 흠

칫 정신을 차리고 귀를 기울이다가 웃기도 했지만 그 착한 천사가
이야기를 끝내면 어김없이 우울한 상태로 돌아가곤 했다. 정말이
지 슬프고도 의미심장한 광경이었다! 이렇게 특이한 모습을 라바
세쿠르의 귀족이나 정직한 부르주아들이 보지 못하는 것 같아서
더욱 슬펐다. 음악회에 참석한 사람 중에서 충격이나 감명을 받은
것처럼 보이는 사람은 아무도 없었다.

왕과 왕비가 들어올 때 조정의 주요 인사인 외국 대사 두세 명이
함께 입장했다. 당시 빌레트에 살고 있던 외국인 엘리트들도 동행
했다. 이들은 진홍색 긴 의자에 자리를 잡았다. 여자들은 앉고 남
자들은 대부분 서 있었다. 검은 옷을 입고 뒤쪽에 줄지어 선 그들
은 앞쪽의 화려한 숙녀들과 대조를 이루었다. 이 숙녀들이 화려해
보이는 건 시시각각 변하는 조명과 그림자와 명암 덕택이었다. 앞
쪽과 뒤쪽의 중간 좌석은 벨벳과 공단 옷을 입고 깃털과 보석으로
장식한 부인들로 채워져 있었다. 왕비의 오른쪽에 놓인 긴 의자는
빌레트 귀족 사회의 꽃(꽃봉오리라고 해야 맞을 것이다)인 아가씨들을
위해 마련된 듯했다. 보석이나 머리 장식이나 벨벳이나 윤기가 흐
르는 비단이 없었는데도 이 아가씨들에게서는 순수와 천진난만함
과 천상의 우아함이 물씬 풍겼다.

단순하게 땋은 머리와 예쁜 몸매(원래는 바람의 요정 같은 몸매라고 쓰
려고 했으나 그것은 사실이 아니었다. 이 아가씨들 가운데 몇몇은 아직 열예닐곱
살밖에 되어 보이지 않았는데도 풍채 좋은 스물다섯 살 영국 여자처럼 건강하고
튼튼한 몸매를 자랑했다)와 흰색, 하늘색, 연분홍색 옷을 보니 천국과
천사가 생각났다. 흰색과 연분홍색 옷을 입은 이 아가씨들 중 적어
도 두어 명은 내가 아는 사람이었다. 얼마 전까지 베크 부인의 학생
이었던 마틸드 양과 앙젤리크 양이었다. 이들은 작년에 학교에 다
닐 때 1반에 있었지만 두뇌는 2반 수준을 넘지 못했다. 내가 가르쳤

던 영어 시간에 이들은 〈웨이크필드의 목사〉를 한 쪽도 제대로 번역하지 못해 쩔쩔맸다. 둘 중 하나와는 석 달간 일대일 수업을 한 적도 있는데 그녀가 '두 번째 아침식사'라며 먹는 빵과 버터와 익힌 과일의 양은 경이롭기 짝이 없었다. 그보다 더 놀라운 건 그녀가 채 먹지 못한 음식을 주머니에 넣었다는 사실이다. 이건 거짓 없는 진실이다.

이 천사들 중에 아는 얼굴이 하나 더 있었다. 제일 예쁜, 적어도 점잔 빼는 위선자 같은 느낌이 제일 약한 천사였다. 그녀는 역시나 거만하지만 정직해 보이는 어느 영국 귀족 소녀와 나란히 영국 대사 관람석에 앉아 있었다. 그녀(그러니까 나의 친구)는 날씬하고 유연한 몸매여서 외국인 처녀들과는 판이하게 달랐다. 촘촘히 땋지 않은 머리는 조개껍데기나 공단으로 만든 두건처럼 보이지 않고 진짜 머리처럼 보였다. 그녀는 구불거리는 머리를 길게 늘어뜨리고 있었다. 그리고 자기 자신의 모습과 자신의 위치에 대한 얕은 만족감에 부풀어 쉴 새 없이 수다를 떨었다. 나는 존 선생을 쳐다보지 않았지만 그도 지네브라를 보고 있다는 걸 알 수 있었다. 그는 아까부터 조용했고 어머니가 말을 걸어도 짤막하게 대답했으며 수시로 한숨을 내쉬었다. 왜 한숨을 쉼담? 이룰 수 없는 사랑을 좇는 취미가 있다고 고백하지 않았던가? 이거야말로 그의 취향에 맞는 일이 아닌가.

그의 사랑을 받는 아가씨는 더 높은 세계에서 빛을 뿜고 있었다. 그는 가까이 갈 수가 없었고 그녀의 눈길이나 한 번 얻을 수 있을지도 불확실했다. 나는 그녀가 그런 호의를 베푸는지 알고 싶어서 유심히 보았다. 우리의 좌석은 그 진홍색 긴 의자에서 멀리 떨어져 있지 않았으므로 지네브라 판쇼 양처럼 재빨리 이곳저곳을 둘러보는 사람이 우리를 못 볼 리가 없었다. 잠시 후 지네브라의 망원경이 우리 쪽에 고정됐다. 존 선생과 브레튼 부인을 본 건 확실했다.

나는 금방 눈에 띄고 싶지 않아 그늘진 쪽에 머물렀다. 지네브라는 존 선생을 한동안 바라보고 나서 망원경을 움직여 그의 어머니를 관찰하더니 몇 분 후 깔깔 웃으며 옆자리의 친구에게 뭐라고 귓속말을 했다. 공연이 시작되자 이리저리 움직이던 그녀의 시선도 무대를 향했다.

음악회에 관해 길게 늘어놓을 필요는 없겠다. 내가 그곳에서 받은 인상을 독자들이 궁금해 하지도 않을 테고, 어차피 문외한의 소감이므로 기록할 만한 가치도 없을 것이다. 음악학교 여학생들은 겁을 잔뜩 먹고 떨리는 손으로 두 대의 그랜드 피아노를 연주했다. 조세프 에마뉘엘 씨는 연주가 진행되는 동안 근처에 서 있었지만 그의 배다른 형이 지닌 기지나 힘을 발휘하지는 못했다. 폴 선생이었다면 그런 상황에서 학생들로 하여금 억지로라도 침착하고 영웅적으로 행동하게 만들었을 것이다. 아마도 그는 첫 무대를 앞두고 초조해하는 학생들을 관객에 대한 공포와 그에 대한 공포라는 두 개의 불 사이에 세웠을 것이다. 그러고는 학생들이 그에 대한 공포를 더 크게 느끼게끔 해서 필사적인 용기를 불러일으켰으리라. 하지만 조세프 에마뉘엘 씨는 그런 일을 해낼 수가 없었다.

흰색 모슬린 옷을 입은 피아니스트의 연주가 끝나자 흰색 공단 옷을 입은 멋진 여자가 샐쭉한 표정으로 무대에 올라 독창을 했다. 그녀의 노래를 들으니 마법에 사로잡히는 기분이었다. 그녀가 어떻게 나에게 마법을 걸 수 있는지, 어떻게 저렇게 목소리를 올렸다 내렸다 하며 놀라운 묘기를 부리는지 궁금했다. 하긴 나는 거리의 악사가 부르는 간단한 스코틀랜드 노래를 듣고도 종종 깊은 감동을 받곤 한다.

다음으로는 한 신사가 나와서 왕과 왕비가 있는 쪽을 향해 허리를 깊이 숙이더니 흰 장갑을 낀 손을 수시로 가슴에 갖다 대면서 '거짓

된 이자벨'이라는 여자를 소리 높여 원망했다. 내가 보기에 그는 왕비의 공감을 얻어내려고 애쓰는 것 같았다. 하지만 내가 터무니없이 잘못 본 게 아니라면 왕비는 열렬한 흥미를 나타내기보다는 조용히 예의를 지키고 있을 뿐이었다. 이 신사는 매우 비참해 하고 있었으므로 그가 비참한 감정을 담은 노래를 끝내자 마음이 놓였다.

나는 그날 저녁 공연 가운데 활기찬 합창이 가장 좋았다. 각 지방의 합창단에서 선발된 실력자들이 와 있었다. 술통 같은 외모의 진짜 라바세쿠르 토박이들이었다. 이 훌륭한 합창단은 체면을 차리지 않고 능력을 아낌없이 발휘해 좋은 결과를 거두었다. 그들의 합창에서 강력한 힘을 얻은 관중은 크게 만족했다.

그리고 소심한 이중주, 잘난 체하는 독창, 놋쇠로 된 허파에서 울려퍼지는 듯한 합창이 있었다. 공연 내내 나의 한쪽 눈과 한쪽 귀는 무대를 향했지만 나머지 한쪽 눈과 귀는 시종일관 존 선생에게 머물러 있었다. 나는 계속 그를 의식하면서 그가 어떤 감정을 느끼고 무엇을 생각하며 기분이 좋은지 나쁜지를 끊임없이 묻고 있었다. 마침내 그가 입을 열었다.

"공연이 마음에 드오, 루시? 오늘은 말이 없군요."

언제나처럼 명랑한 말투였다.

나는 대답했다.

"내가 말이 없는 건요, 음악만이 아니라 주위의 모든 일에 흥미를 느끼고 있기 때문이랍니다."

그러자 존 선생은 몇 마디를 더 했는데 너무나 침착하고 태연해서 내가 본 광경을 그는 보지 못한 게 아닌가 하는 생각마저 들었다. 나는 그에게 속삭였다.

"지네브라가 와 있어요. 보셨나요?"

"오, 맞소! 당신도 그쪽을 보더군요."

"숄몽들레 부인과 함께 온 걸까요?"

"숄몽들레 부인은 저쪽에 지체 높은 사람들과 함께 있소. 그렇소. 지네브라는 숄몽들레 부인을 따라왔소. 숄몽들레 부인은 아무개 귀족 부인을 따라왔고, 아무개 부인은 왕비를 수행하고 있지요. 이게 아주 작은 유럽 왕실 사회가 아니라면 대단한 일처럼 들렸을 거요. 하지만 저들이 격식을 차린다고 해봐야 친밀하게 구는 것에 지나지 않고 저들이 화려한 축제를 벌여봐야 소박한 주일 행사에 지나지 않소."

"지네브라도 당신을 본 것 같던데요?"

"그런 것 같소. 당신이 눈길을 거두고 나서 나는 몇 번 더 그녀를 쳐다보았소. 그리고 당신이 놓친 작은 구경거리를 목격하고 말았소."

나는 그게 뭐냐고 묻지 않고 그가 자진해서 말하길 기다렸다. 그는 곧 설명해 주었다.

"판쇼 양에게는 귀족 가문의 친구가 있소. 저쪽을 보고 새라 양인 걸 알았지요. 귀족인 그녀의 어머니가 나에게 진료를 부탁한 적이 있었소. 새라 양은 거만한 아가씨지만 무례하진 않아요. 그녀가 아는 사람을 판쇼 양이 비웃었으니 그녀가 좋게 생각하지 않을 것 같소."

"누굴 비웃었는데요?"

"나와 우리 어머니였소. 젊은 부르주아 의사만큼 좋은 놀림감은 없으니 나를 비웃는 거야 얼마든지 이해할 수 있소. 하지만 우리 어머니는 아니지! 어머니가 웃음거리가 된 적은 한 번도 없었소. 그녀가 망원경으로 이쪽을 보면서 입술을 삐죽이며 빈정댔을 때 내가 얼마나 묘한 감정에 휩싸였는지 알겠소?"

"존 선생님, 그건 신경 쓰지 마세요. 지네브라가 오늘밤처럼 들떠 있을 때는 저 온화하고 시름에 찬 왕비나 우울한 왕도 마구 비웃을 걸요. 악의가 있어서 그런 게 아니라 분별이 없어서 실수한 거예요. 경솔한 여학생에게 성역은 없답니다."

"당신이 잊었나본데, 나는 판쇼 양을 경솔한 여학생으로 보지 않았소. 그녀는 나의 여신이고 천사였잖소?"

"흠! 그게 당신의 실수였죠."

"과장을 하거나 애정을 꾸며내지 않고 솔직히 말하겠소. 6개월 전까지만 해도 정말로 그녀를 여신으로 생각했소. 선물에 관해 우리가 나눈 대화를 기억하오? 그 이야기를 할 때 나는 당신에게 솔직하지 못했소. 당신이 열을 올리며 이야기하는 게 재미있기도 했고, 당신의 의견을 최대한 자세히 듣고 싶어서 일부러 모르는 척했소. 선물은 지네브라가 여신이 아니라는 걸 최초로 입증해 준 시금석이었지요. 하지만 그녀의 미모는 여전히 매혹적이었소. 3일 전, 아니 세 시간 전까지만 해도 나는 그녀에게 사로잡힌 노예였다오. 오늘 밤 그녀가 아름다움을 뽐내며 나를 스쳐 지나갈 때 나는 그녀에게 경의를 표하고 있었소. 하지만 운 나쁘게도 그녀가 우리를 조롱하는 바람에 나는 그녀의 시종 가운데 가장 미천한 사람이 되고 말았군요. 나를 비웃었다면 상처를 입긴 했어도 내 마음이 금방 돌아서진 않았을 거요. 그녀가 10년 동안 나를 조롱했다 해도 이렇게 되진 않았겠지만 잠시라도 우리 어머니를 조롱한 건 달라요."

존 선생은 잠시 침묵을 지켰다. 그의 푸른 눈에서 쾌활한 기색이 사라지고 불이 활활 타는 모습은 처음이었다.

"루시, 우리 어머니를 잘 봐요. 두려워하거나 애정에 기울어지지 말고, 당신 눈에 어머니가 어떻게 보이는지 말해주오."

"평소 모습 그대로 중산층 영국 부인이시죠. 음, 짙은 색 옷을 입기는 했어도 원체 허영과는 거리가 멀고, 성격이 침착하고 명랑하신 분이에요."

"내가 봐도 그렇소. 어머니께 신의 가호를! 명랑한 사람이라면

어머니와 '함께' 웃겠지만 나약한 사람은 어머니를 비웃기만 하는
거요. 어머니를 웃음거리로 만드는 건 있을 수 없는 일이오. 적어
도 내가 거기 동의할 순 없지. 나는 그런 걸 경멸하고, 혐오하고, 또
나는……."

　존 선생은 도중에 말을 멈췄다. 그렇게 큰 일이 아닌데 지나치게
흥분하고 있었으므로 적당한 때 입을 다문 셈이었다. 그때 나는 그
가 두 가지 이유로 지네브라에게 불만을 품고 있다는 사실을 몰랐
다. 벌겋게 달아오른 얼굴과 넓어진 콧구멍과 경멸하듯 크게 일그
러진 아랫입술로 보아 존 선생은 화가 머리끝까지 난 모양이었다.
하지만 늘 온순하고 차분하던 사람이 어쩌다 흥분하는 모습을 보
니 마음이 편하지 않았다. 젊고 튼튼한 그의 몸이 누군가에 대한
미움으로 전율한다는 사실도 반갑지 않았다.

　"나 때문에 놀랐소, 루시?"

　"당신이 왜 그렇게 화를 내는지 모르겠어요."

　그는 내 귀에 대고 속삭였다.

　"이제 지네브라는 순결한 천사도 아니고 순수한 마음을 가진 여
인도 아니오."

　"터무니없는 소리! 그건 지나친 말이에요. 그녀는 그렇게 나쁜
사람이 아니에요."

　"내 눈에는 나쁘게 보인다오. 당신이 모르는 걸 내가 알고 있단
말이오. 이 이야기는 그만 합시다. 어머니를 놀리며 장난이나 쳐야
겠어요. 어머니가 졸고 계시는 게 틀림없소. 어머니, 정신을 차리
세요."

　"그레이엄, 너야말로 행동을 조심하지 않으면 정신을 차리게 해
주겠어. 내가 노래를 들으려면 너와 루시가 조용히 해야 하지 않
겠니?"

그때 우렁찬 소리로 합창이 시작되는 바람에 그 전까지 우리가 나눴던 대화는 모두 묻히고 말았다.

"어머니가 노래를 들으신다고요? 제 장식 단추를 걸고 내기할까요? 어머니의 브로치는 모조품이지만 제 단추는 진짜잖아요."

"내 브로치가 모조품이라니? 그레이엄, 이 못된 녀석 같으니! 값나가는 보석인 줄 뻔히 알면서."

"저런! 어머니가 잘못 알고 계신 거예요. 속아서 사셨잖아요."

"날 속이기는 생각보다 어렵단다. 왕실의 아가씨들과는 어떻게 알게 됐니, 존? 30분 전부터 저쪽에 있는 아가씨 두 명이 너를 자꾸 쳐다보던걸."

"어머니가 못 보시기를 바랐는데."

"왜? 둘 중 하나가 망원경으로 날 보며 비웃어서? 예쁘지만 어리석은 아가씨더구나. 그런 여자애가 킥킥 웃는다고 나이 든 숙녀가 절망할 줄 알았더냐?"

"현명하고 훌륭한 귀부인이시군요! 어머니, 아직은 열 명의 아내보다 어머니가 더 좋아요."

"호언장담하지 마라, 그레이엄. 그러다 내가 기절하면 날 업고 나가야 할 테니까. 그런 짐을 지게 되면 넌 방금 한 말을 취소하고 '엄마, 열 명의 아내가 더 낫겠어요!'라고 소리칠 거야."

*　　*　　*　　*　　*

공연이 끝나고 '가난한 사람들을 돕기 위한' 복권 추첨이 시작되기 전에 휴식 시간이 있었다. 상상할 수 있는 가장 즐거운 소동이 벌어져 시끌벅적했다. 흰 옷을 입은 소녀들이 무대에서 사라지고 바쁜 신사들이 우르르 몰려와 복권 추첨 준비를 했다. 제일 바쁜 신사도 익숙한 모습으로 다시 나타났다. 그는 키가 크지는 않지만 키 큰 남자 세 명분의 활력과 기동력을 발휘하며 팔팔하게 움직였다.

폴 선생이 일하는 모습은 정말 볼 만했다. 이것저것 지시를 내리면서 자기도 분주하게 일하는 그 모습이란! 그의 지시에 따라 대여섯 명의 일꾼들이 피아노 따위를 옮기고 있었다. 당연히 그도 힘을 보탰다. 지나치게 민첩하게 돌아치는 그를 보니 눈에 거슬리기도 하고 우습기도 했다. 머릿속으로는 저렇게 야단법석을 피우는 게 마음에 들지 않아서 코웃음을 쳤지만, 편견과 짜증 속에서 계속 바라보고 있노라니 그가 하는 모든 일과 그가 입 밖에 내는 모든 말에 그다지 불쾌하지 않은 어떤 천진한 구석이 있다는 생각이 들었다. 다른 신사들의 온순한 얼굴과 대조되면서 더욱 똑똑히 보이는 그의 얼굴의 정력적인 특징들도 무시할 수 없었다. 눈은 대단히 날카롭고 깊었고, 창백하고 널따란 이마에서는 박력이 느껴졌고, 입은 한없이 유연해서 움직임이 자유로웠다. 고요한 힘은 없으나 역동적인 성향과 불꽃같은 정열이 뚜렷이 드러났다.

한편 홀에서는 대소동이 벌어지고 있었다. 사람들은 대부분 기분 전환을 위해 자리에서 일어나 서 있었고 더러는 걸어 다녔다. 모두들 웃으며 이야기를 나누었다. 진홍색 관람석에서는 특별히 활발한 움직임이 있었다. 길게 늘어서 있던 신사들이 뿔뿔이 흩어져 무지갯빛 숙녀들과 섞였다. 장교로 보이는 두세 명의 신사는 왕에게 가까이 가서 이야기를 주고받았다. 왕비는 자기 자리를 떠나 아가씨들이 앉아 있는 좌석을 따라 걸어갔는데 그녀가 지나가면 아가씨들이 모두 일어섰다. 왕비는 일일이 아는 척을 하며 친절한 말이나 표정이나 웃음을 건넸다. 새라 양과 지네브라 판쇼 양에게도 몇 마디 말을 걸었다. 왕비가 떠나자 둘 다 기뻐했는데 특히 지네브라는 만족스러운 기색이 완연했다. 그러자 숙녀들이 그들에게 몰려가고 몇몇 신사들도 가까이 다가와 작은 원을 만들었다. 지네 브라와 가장 가까운 곳에 서 있는 신사는 아말 백작이었다.

갑자기 초조해진 존 선생이 벌떡 일어서며 말했다.

"방이 더워서 숨이 막히는군요. 루시, 그리고 어머니, 잠깐 바람을 쐬고 오는 게 어때요?"

브레튼 부인이 대답했다.

"루시, 네가 같이 가렴. 난 그냥 자리에 있고 싶구나."

사실 나도 그냥 앉아 있고 싶었지만 존 선생의 소원이 내 소원보다 우선이었기 때문에 그와 함께 나갔다.

밤공기가 살을 파고들었다. 적어도 나한테는 그랬는데 존 선생은 느끼지 못하는 것 같았다. 하지만 바깥에 나오니 매우 조용했고 구름 한 점 없는 하늘에 별이 아로새겨져 있었다. 나는 모피 숄을 두르고 있었다. 우리는 길을 따라 모퉁이를 몇 번 돌았다. 어느 가로등 아래를 지날 때 존 선생이 내 눈을 들여다보며 물었다.

"울적해 보이는군요, 루시. 나 때문에 그러오?"

"당신이 슬퍼하는 것 같아서 걱정했을 뿐이에요."

"난 슬프지 않소. 그러니까 나처럼 명랑해지시오. 루시, 내가 언제 죽을지는 몰라도 심장병 때문에 죽지는 않을 거요. 괴로워할 수도 있고 얼마 동안 의기소침해 보일 수도 있지만 감정적인 고통이나 병 때문에 나라는 사람이 통째로 흔들리지는 않소. 항상 명랑한 내 모습을 집에서 보지 않았소?"

"대체로 그랬죠."

"그녀가 우리 어머니를 비웃어서 다행이오. 나는 우리 어머니를 미녀 열두 명과도 바꾸지 않을 거요. 그녀의 비웃음은 나를 아주 바람직한 방향으로 이끌었소. 감사하오, 판쇼 양!"

그는 곱슬머리에 씌워진 모자를 들어 올리며 정중하게 인사하는 시늉을 했다.

"그래요. 나는 그녀에게 감사하고 있소. 그녀 덕택에 내 심장의 10분의 9는 아주 튼튼하고 나머지 10분의 1은 찔리기만 해도 피를 흘리지만 치료를 받으면 금방 낫는다는 사실을 깨달았소."

"당신은 지금 화가 나서 그런 거예요. 모욕감 때문에 흥분했다고요. 내일이면 또 마음이 달라질 거예요."

"모욕감 때문에 흥분했다고? 루시가 날 모르는군. 그 반대요. 흥분은 식었고 내 마음은 이 밤처럼 서늘하다오. 그나저나 밤공기가 차서 당신이 춥겠소. 들어갑시다."

"존 선생님, 너무 갑작스럽게 변하셨잖아요."

"그렇지 않소. 갑작스럽다고 치더라도 그럴 만한 이유가 두 가지나 있다오. 하나는 벌써 이야기했고. 이제 돌아갑시다."

자리로 돌아가는 일은 쉽지 않았다. 복권 추첨이 시작된 후라 온통 들뜨고 혼란스러운 분위기였다. 우리가 지나가야 하는 통로에도 사람들이 꽉 차 있어서 잠시 발걸음을 멈출 수밖에 없었다. 별생각 없이 주위를 둘러보던 나는(사실은 누가 내 이름을 부르는 소리를 어렴풋이 들은 것 같기도 했다) 어디서나 피할 수 없는 폴 선생이 가까이 있는 걸 보았다. 그는 근엄한 표정으로 나를 쏘아보고 있었다. 아니, 내 분홍색 드레스를 향해 빈정대는 눈길을 보내고 있었다. 폴 선생에게는 베크 부인의 학교 교사들과 학생들의 옷에 대해 혹평을 늘어놓는 습관이 있었다. 교사들은 그걸 예의에 어긋나는 불쾌한 모욕으로 간주했지만 주의를 끌 생각이 없이 칙칙한 평상복을 입고 다녔던 나는 혹평을 받은 적이 없었다.

그날 저녁 나는 더 이상 간섭을 당하기가 싫었기 때문에 빈정대는 말을 듣는 대신 그를 못 본 척할 작정이었다. 그래서 고개를 돌려 존 선생의 외투 소매를 뚫어져라 바라보았다. 그 소매도 검은색이긴 했지만 키 작은 폴 선생의 까무잡잡하고 사랑스럽지 않은 얼굴보다는 한결 유쾌하고 편안하고 상냥하고 다정하게 느껴졌다. 존 선생도 무의식적으로 내 행동에 찬성했는지 나를 내려다보며 친절한 목소리로 말했다.

"그래요. 루시, 내 옆에 바짝 붙으시오. 여기서 북적대는 시민들은 사람을 가려가며 밀치지 않는다오."

하지만 내 뜻대로 되지는 않았다. 최면에라도 걸린 것처럼 어딘가 달갑지 않고 기분 나쁘면서도 강력한 힘에 이끌린 나는 폴 선생이 없어졌는지 확인하려고 다시 주위를 둘러보고 말았다. 아니었다. 폴 선생은 여전히 같은 자리에 조용히 서 있었다. 하지만 눈빛은 달라져 있었다. 그를 피하고 싶어 했던 내 마음을 간파한 게 분명했다. 악의 없이 나를 조롱하던 눈빛은 사라지고 까무잡잡한 사람이 얼굴을 찡그리고 있었다. 분위기를 누그러뜨리려고 내가 고개를 까딱하며 인사를 했는데도 그는 지극히 형식적으로 엄격하게 고개를 끄덕일 뿐이었다.

존 선생이 빙그레 웃으며 속삭였다.

"당신에게 화난 사람이 있군요. 루시, 저 사납게 생긴 친구는 누구요?"

"베크 부인의 학교 교사 중 한 명이에요. 아주 성미가 고약한 사람이지요."

"지금도 성미가 정말 고약해 보이는군요. 당신이 무슨 짓을 했기에 저러는 거요? 어떻게 된 일이오? 루시, 루시! 나에게 설명해 주시오."

"별 것 아니랍니다. 폴 에마뉘엘 씨는 대단히 까다로운 분이거든요. 내가 정중하게 인사하지 않고 당신 외투 소맷자락을 바라본 게 예의에 어긋난다고 생각하는 거예요."

"저렇게 작은……."

존 선생이 하려던 말이 무엇이었는지는 알 수 없었다. 그가 말을 시작한 순간 내가 사람들에게 밀려 하마터면 군중의 발 아래로 넘어질 뻔했기 때문이다. 폴 선생이 주위 사람들의 편의와 안전을 무시하고 팔꿈치로 마구 밀어젖히며 앞으로 나아가는 바람에 나 역시 거칠게 밀려났던 것이다.

존 선생이 말했다.

"그는 자기가 '심술쟁이'라는 걸 인정해야겠군."

나 역시 같은 생각이었다.

천천히 그리고 힘겹게 앞으로 나아가 마침내 우리 자리에 도착했다. 복권 추첨이 30분가량 진행되는 동안 활기차고 재미있는 풍경이 펼쳐졌다. 모든 사람이 표를 1장씩 가지고 있었기 때문에 바퀴 달린 기계가 돌아갈 때마다 다 같이 기대하며 가슴을 졸였다. 추첨은 다섯 살과 여섯 살짜리 여자아이 두 명이 담당했고 무대에서 상품을 보여주었다. 준비된 상품은 비싼 물건은 아니었지만 종류가 다양했다. 존 선생과 나도 상품을 하나씩 탔다. 나는 담배 상자를, 그는 우아한 숙녀용 모자를 받았다. 모자는 푸른색과 은색이었는데 챙이 없고 한쪽에 하얀 구름 같은 깃털 장식이 달려 있었다. 그는 상품을 교환하자고 졸라댔지만 나는 응하지 않았다. 나는 아직도 그 담배 상자를 간직하고 있다. 나의 지난날과 행복했던 그날 저녁을 떠올리게 해주는 기념품이다.

존 선생이 엄지와 검지로 숙녀용 모자를 멀찌감치 들고 경외심과 당황이 섞인 표정으로 쳐다보는 걸 보니 웃음이 절로 나왔다. 그는 한참 그렇게 바라보다가 냉정을 되찾고 그 섬세한 물건을 발치에 내려놓으려 했다. 숙녀용 모자를 얼마나 조심스럽게 다루어야 하며 어떤 장소에 어떻게 보관해야 하는지 전혀 모르는 모양이었다. 브레튼 부인이 끼어들어 구해주지 않았다면 모자는 그의 팔 밑에서 실크해트처럼 찌그러졌을 것이다. 브레튼 부인은 숙녀용 모자를 원래의 모자 상자에 도로 집어넣었다.

존 선생은 저녁 내내 명랑했는데 억지로 꾸민 게 아닌 자연스러운 태도였다. 그의 행동과 표정에는 말로 표현하기 어려운 독특한 구석이 있었다. 열정을 정복하는 보기 드문 능력과, 별로 힘들이지 않고도 '실망'을 억누르고 그녀의 어금니를 뽑아 버리는 심오하고 건강한 힘이 있었다. 그날 저녁 그의 태도는 바스빌에서 빈민과 죄인과 병자들을 진료할 때 그가 나에게 보여주었던 자질을 연상시켰다. 단호하고 인내심 있고 선량한 사람. 누가 그를 좋아하지 않을 수 있겠는가? 그는 약한 면을 드러내지 않았으므로 주위 사람들은 그가 휘청거릴 때 어떻게 받쳐주어야 할지에 마음을 쓸 필요가 없었다. 그는 평온하고 즐거운 분위기를 깨뜨리며 짜증을 부리는 법이 없었다. 그의 입에서는 뼛속까지 파고드는 독설이 튀어나오지 않았고, 그의 눈에서는 다른 사람의 마음을 싸늘하게 식히고 벌레 먹거나 녹슬게 하는 침울한 시선이 나오지 않았다. 그의 옆에는 휴식과 피난처가 있었고 그의 주위에는 자애로운 햇살이 머물렀다.

하지만 그는 지네브라 판쇼 양을 잊지도 용서하지도 않았다. 한 번 화가 나면 좀처럼 마음을 풀지 않는 사람 같았고, 한 번 마음이 떠나면 다시 돌아오지 않을 듯했다. 그는 지네브라를 몇 번 쳐다보았는데 은밀하거나 겸손한 눈길이 아니라 대담하고 노골적인 눈길이었다. 아말 백작은 그녀의 곁에서 떨어질 줄을 몰랐고 숄몽들레 부인도 가까이 앉아 있었다. 세 사람이 신나게 대화를 나누느라 여념이 없었기 때문에 진홍색 관람석들은 홀 안의 다른 일반석과 마찬가지로 떠들썩했다. 지네브라는 흥미진진하게 대화를 나누는 도중에 한두 번 팔을 들어올렸다. 그녀의 팔에서는 예쁜 팔찌가 빛나고 있었다. 나는 그 팔찌에서 나오는 빛이 존 선생의 눈에 반사됐다가 곧 조소를 담은 성난 불꽃으로 바뀌는 모습을 보았다. 존 선생이 허허 웃으며 말했다.

"내가 늘 제물을 바치던 제단에 이 모자도 올려놓아야겠소. 거기서는 좋은 반응을 얻을 게 확실하니 말이오. 여직공이라도 그렇게 넙죽넙죽 받지는 않을 거요. 이상한 일이야! 그녀도 명문가 출신이라고 알고 있는데."

"그녀가 어떤 교육을 받았는지 몰라서 그래요. 평생 외국의 이런저런 학교를 떠돌며 외국어를 잘 못한다는 핑계를 내세워 자기 결점을 가렸거든요. 그녀가 하는 말을 들어보면 부모님도 비슷한 환경에서 자란 분들인 것 같아요."

"재산이 많지 않은 건 알고 있었소. 한때는 그런 생각을 하며 기뻐하기도 했다오."

"집이 가난하다고 하더군요. 그런 점에 대해선 항상 솔직하게 이야기하거든요. 빌레트 사람들은 거짓말을 잘 하지만 그녀가 거짓말을 하는 건 본 적이 없어요. 그녀의 부모님이 대가족 출신인데 그들의 지위나 연줄이 꽤 내세울 만하다고 생각하나 봐요. 생활이 궁핍하고 원래 성격이 경박하다 보니 그럴듯한 외양을 유지하기 위해 물불을 가리지 않고 뻔뻔스럽게 행동하게 된 거죠. 이게 현실이에요. 그녀가 어릴 때부터 보아온 것도 다 이런 거겠죠."

"그렇겠군요. 나는 그녀를 그보다 나은 사람으로 여기고 있었소. 하지만 루시, 솔직히 말하자면 오늘밤 나는 그녀와 아말 대령을 바라보다가 또 다른 걸 발견했소. 우리 어머니를 쳐다보면서 무례한 행동을 하기 전의 일이오. 여기에 들어오자마자 그녀와 아말 대령이 눈짓을 교환하는 걸 봤는데 나한테는 그게 가장 불쾌한 인상을 남겼소."

"그게 무슨 말이에요? 두 사람이 시시덕거린다는 건 오래전부터 알았잖아요?"

"아하, 시시덕거린다고? 순진한 소녀라도 진실한 연인을 유혹하려고 일부러 아양을 좀 떨 수는 있소. 하지만 내가 말한 눈짓은 가벼운 연애 수준이 아니라 서로 은밀히 이해하고 있다는 눈빛이었소. 소녀답지도 않고 순진하지도 않았소. 아프로디테 여신처럼 아름답다 할지라도 그런 눈빛을 주거나 받는 여자와 결혼할 마음은 없소. 차라리 짧은 치마에 촌스러운 모자를 쓴 시골뜨기 처녀와 결혼하겠소. 물론 그녀가 정직한지 확인하고서."

나는 웃음을 터뜨리고 말았다. 그가 상황을 과장하고 있다는 생각이 들었다. 나는 지네브라가 경솔하긴 해도 정직한 사람이라고 확신하고 있었다. 내가 그렇게 말하자 존 선생은 고개를 가로저으며 자기 명예를 걸고 그녀를 신뢰하지 않겠다고 말했다.

그래서 나는 이렇게 말했다.

"한 가지 점에서만큼은 그녀를 신뢰해도 좋아요. 그녀는 남편의 돈과 재산을 거리낌 없이 축내면서 그의 인내심과 인격을 계속 시험하겠지만, 남편의 명예를 더럽힐 사람은 아니고 다른 누가 남편의 명예를 더럽히도록 놓아두지도 않을 거예요."

"이제 당신이 그녀를 옹호하는군요. 내가 다시 사슬에 묶이기를 바라오?"

"아니지요. 당신이 풀려나서 기쁘고 앞으로 오랫동안 자유로우리라고 믿어요. 그래도 공정하셔야 해요."

"난 라다만토스(그리스 신화에 나오는 재판관—옮긴이)만큼이나 공정하오, 루시. 완전히 마음이 떠난 이상 냉정해지는 건 어쩔 수 없잖소. 저길 봐요! 왕과 왕비가 일어나고 있소. 난 저 왕비가 좋아요. 인상이 아주 부드럽지요. 그런데 어머니가 굉장히 피곤해하시는 것 같소. 여기 더 오래 있다간 나이 든 숙녀를 집으로 모시고 가지도 못하겠소."

아들에 못지않게 생생하고 정신이 또렷해 보이는 브레튼 부인이 소리쳤다.

"내가 피곤하다고 했니, 그레이엄? 난 너보다 오래 앉아 있을 수 있단다. 우리 둘이 아침까지 남아 있으면서 누가 더 지치는지 한번 볼까?"

"그런 실험은 하고 싶지 않은데요. 어머니는 가장 싱싱한 상록수이고 가장 젊어 보이는 부인이잖아요. 그렇다면 아들의 섬세한 신경과 연약한 체질을 감안해서 빨리 여기를 뜨자고 말할 수밖에 없겠군요."

"젊은이가 저렇게 나태해서야! 넌 지금 침대에 드러눕고 싶지? 좋아, 네 기분을 맞춰주도록 하지. 루시도 상당히 피곤해 보이는구나. 부끄러운 줄 알아라, 루시! 너희 나이 때 나는 일주일 내내 밤 외출을 해도 창백한 기색조차 보이지 않았단다. 자, 둘 다 이쪽으로 와라. 그리고 나이 든 엄마를 마음껏 놀려도 좋지만 모자 상자는 내가 들고 가겠다."

브레튼 부인은 모자 상자를 집어 들었다. 내가 들겠다고 말했더니 부인은 친절하게도 내 몸이나 잘 챙기라며 거절했다. 그녀는 더 이상 격식에 얽매이지 않았다. 왕과 왕비가 떠난 후 뒤죽박죽이 된 명랑한 군중 사이로 그녀가 앞장서서 나아가자 우리가 사람들을 뚫고 지나가기가 쉬워졌다. 존 선생은 그가 본 어떤 힘센 여직공보다 어머니가 모자 상자를 잘 나른다고 말하며 뒤따라갔다. 그리고 나에게 어머니가 하늘색 모자를 마음에 들어 하고 어느 날 쓰고 나갈 생각인 것 같다면서 눈여겨보라고 말했다.

춥고 캄캄한 밤이었지만 마차를 찾는데 오래 걸리지는 않았다.

재빨리 마차에 올라타니 난롯가에 앉아 있는 것처럼 편하고 따뜻했다. 집으로 돌아가는 길은 아까 음악회장으로 가는 길보다 더 즐거웠다. 우리가 음악회장에 있는 동안 '마르샹 드 뱅'이라는 술집에서 시간을 보낸 마부가 라 테라스로 들어가는 모퉁이를 한참 지나쳐 어둡고 한적한 길로 마차를 몰고 가긴 했지만 말이다. 우리는 웃고 떠드는 데 정신이 팔려 마차가 길을 잘못 든 줄도 모르고 있었다. 그러다가 브레튼 부인이 "라 테라스가 외딴 곳인 줄은 알았지만 이제 보니 세상의 끝에 있는 것 같구나"라면서 이렇게 먼 줄은 몰랐다고 말했다. 1시간 30분 동안 마차를 타고 있었는데 아직도 가로수길에 들어서지 못했던 것이다.

존 선생이 바깥을 내다보았다. 사방이 어두운 들판이었고, 땅을 파서 만든 잘 보이지도 않는 울타리를 따라 늘어선 낯선 가로수와 참피나무가 보였다. 사태를 짐작한 그는 마차를 멈추라고 소리친 후 마부석으로 올라가 손수 고삐를 잡았다. 우리는 예정보다 1시간 30분 정도 늦게 집에 도착했다.

마사가 우리를 잊지 않았는지 난롯불이 경쾌하게 타오르고 있었고 식당에는 저녁식사가 깔끔하게 차려져 있었다. 난롯불과 식사를 보니 무척 반가웠다. 우리는 겨울날의 새벽이 희미하게 밝아올 무렵에야 각자 방으로 돌아갔다. 나는 처음 입을 때보다 행복한 심정으로 분홍색 드레스와 레이스 망토를 벗었다. 잘 차려입고 음악회에 참석했던 사람들 모두가 나처럼 행복하지는 않았을 것이다. 모든 사람이 조용한 위안과 적당한 희망을 주는 우정에 만족하는 건 아니니까.

21. 반작용

사흘 후면 기숙학교로 돌아가야 했다. 나는 시계를 보며 분과 초를 헤아리다시피 했다. 시간의 흐름을 늦출 수만 있다면 기꺼이 그리 했을 것이다. 하지만 시간은 시계를 들여다보는 동안에도 미끄러지듯 흘러갔고 내가 시간이 갈까봐 걱정할 때쯤이면 벌써 가고 없었다.

아침식사 자리에서 브레튼 부인이 나를 살살 달랬다.

"루시, 정말 오늘 가버리진 않을 거지? 우리가 한 번 더 연기해 줄 수도 있단다."

나는 이렇게 대답했다.

"한 마디만 하면 연기할 수 있다고 해도 그런 부탁은 하지 않을래요. 이제 작별인사를 하고 포세트가에 다시 정착하고 싶어요. 오늘 아침에 출발할게요. 짐을 싸서 끈으로 묶어 놓았으니 지금 당장 가야죠."

하지만 내가 돌아가는 건 존 선생에게 달려 있었다. 그가 나를 데려다주기로 했기 때문이다. 그는 온종일 일을 하다가 해가 진 후에야 집에 돌아왔다. 우리는 잠시 실랑이를 벌였다. 브레튼 부인과 존 선생은 하룻밤만 더 자고 가라고 고집했고, 나는 어서 가고 싶은 마음에 초조해져서 하마터면 울음을 터뜨릴 뻔 했다. 마음의 고통을 끝장내기 위해 그들과 빨리 헤어지고 싶은 내 마음은 교수대에서 도끼가 빨리 내려오기를 기다리는 사형수의 심정과 같았다. 내가 얼마나 작별을 고대했는지 그들은 알지 못했다. 그들은 나와 같은 마음을 경험해본 적이 없었으니까.

존 선생이 베크 부인의 저택 현관에 마차를 세우고 나를 내려주었을 때는 이미 어두워져 있었다. 램프가 켜져 있었고 종일 내리던 가을비가 여전히 부슬부슬 내리고 있었다. 램프 불빛이 비에 젖은 보도를 비추었다. 일 년도 채 되지 않은 그날 밤, 내가 이 집 현관에 처음 발을 디뎠던 그날 밤도 꼭 이랬다. 아주 흡사한 풍경이 눈앞에 펼쳐졌다. 지금 내 앞에 있는 이 대문이 열리기를 기다리며 두근거리는 가슴을 안고 하염없이 바라보던 보도의 돌 모양까지도 다 기억났다. 그때 나는 홀로 찾아와서 제발 들여보내 달라고 간청했었다. 그리고 그날 밤에도 지금 함께 서 있는 이 사람과 잠깐 만났다. 그에게 그 만남을 상기시키거나 설명한 적이 있었냐고? 그런 적은 없었다. 그러고 싶지도 않았다. 나는 그 즐거운 추억을 마음속에 묻어두고 최상의 상태로 보관하고 있었다.

존 선생이 초인종을 울리자 금세 문이 열렸다. 통학생들이 귀가하는 시간이어서 로젠이 문간에서 대기하고 있었기 때문이었다.

나는 존 선생에게 말했다.

"들어오지 마세요."

하지만 그는 눈 깜짝할 사이에 불이 환히 밝혀진 현관으로 들어왔다. 나는 그에게 눈물을 보이고 싶지 않았다. 그렇게 친절한 사람에게 쓸데없이 슬픈 내색을 할 필요가 없기 때문이었다. 의사인 그는 언제나 치료해 주고 고통을 덜어주고 싶어 했다. 그의 능력으로는 치료도 개선도 불가능할 때조차도.

"기운 내시오, 루시. 우리 어머니와 나를 진정한 친구로 여겨주오. 우린 당신을 잊지 않을 거요."

"나도 잊지 않을게요, 존 선생님."

짐을 들여놓고 나서 우리는 악수를 했다. 그는 일단 돌아섰지만 그의 관대한 성격에 걸맞은 말이나 행동을 하지 않았으므로 만족하지 못했다.

내 뒤를 따라오며 그가 물었다.

"루시, 여기 있으면 외로울 것 같소?"

"처음엔 그렇겠지요."

"어머니가 곧 당신을 만나러 오실 거요. 나도 가만히 있을 순 없지. 편지를 쓰겠소. 머릿속에 떠오르는 말도 안 되는 우스운 얘기라도 써 보내겠소. 그래도 되겠소?"

나는 속으로 생각했다.

'정말 친절한 신사시군요!'

하지만 나는 고개를 가로젓고 미소를 지으며 말했다.

"그런 생각일랑 하지 마세요. 자기 자신에게 그런 짐을 지우다니! 당신이 나한테 편지를 쓴다고요? 그럴 시간은 없을 걸요."

"오! 시간이야 내면 되지. 잘 있어요!"

존 선생은 가 버렸다. 육중한 현관문이 쾅 소리를 내며 닫혔다. 도끼가 떨어지는 고통스러운 순간이었다.

나는 가슴 아픈 일을 생각하거나 느낄 틈을 없애려고 포도주를 들이키듯 눈물을 삼키면서 베크 부인의 응접실로 인사를 하러 갔다. 베크 부인은 흠잡을 데 없이 상냥한 태도로 나를 맞이했고 잠깐이었지만 환영하는 내색까지 했다. 그러고는 10분 후에 물러가도 좋다고 말했다. 식당에서 휴게실 쪽으로 가니 학생과 교사들이 저녁 공부를 하기 위해 모여 있었다. 이번에는 마음에서 우러난 환영을 받았다. 그들과의 재회를 마친 후에는 기숙사로 돌아갈 수 있었다.

나는 피곤한 몸으로 침대 끝에 털썩 주저앉으며 중얼거렸다.

"존 선생이 정말 편지를 쓸까?"

어둡고 길쭉한 방의 어둠을 뚫고 소리 없이 다가온 '이성'이 차분한 어조로 속삭였다.

"한 번쯤은 쓰겠지. 워낙 친절한 사람이라 한 번은 그런 수고를 할 마음이 들 테니까. 하지만 계속 편지를 주고받을 순 없단다. 편지를 여러 번 쓰진 않을 거야. 그런 약속을 믿는 건 대단히 어리석은 짓이야. 일시적으로 빗물이 고여 생긴 조그만 웅덩이를 사시사철 마르지 않는 영원한 샘으로 착각하는 것처럼 아둔한 짓이라고."

나는 고개를 푹 숙였다. 그리고 앉은 채로 한 시간쯤 더 생각해 보았다. '이성'이 나이 들어 쭈글쭈글해진 손을 내 어깨에 얹고 얼음장처럼 차가운 푸른 입술을 내 귓가에 갖다 대면서 다시금 속삭였다.

"그래. 그가 편지를 쓴다고 치자. 그래서 어쩔 건데? 신나게 답장을 쓸 생각이니? 이 바보야! 답장은 짧게 해야지. 즐거운 마음을 먹지 말고, 지성이 멋대로 움직이게 하지 말고, 감정을 마구 부풀리지 말고, 한순간도 방심하지 말란 말이야. 다정한 편지 교환을 즐기지 말고, 따뜻한 정을 키우지도 말라고."

나는 '이성'에게 항의했다.

"내가 존 선생과 이야기를 나눌 때는 그런 잔소리가 없었잖아요."

'이성'이 대답했다.

"그래. 그땐 잔소리 할 필요가 없었으니까. 말하는 건 너에게 좋은 훈련이야. 넌 하고 싶은 말을 제대로 못 하잖니. 말하는 동안에는 네가 하찮은 존재임을 망각하거나 환상에 젖을 수 없겠지. 너의 언어는 고통과 결핍과 가난에 짓밟혀서……."

나는 이성의 말을 가로막았다.

"외모가 보잘것없고 말솜씨도 형편없는 사람이 더듬거리는 입술보다 더 나은 수단인 글로 의사를 전달하는 게 뭐가 나빠요?"

"네가 그런 생각을 품고 있다는 게 위험하단 말이야! 그것 때문에 네가 쓰는 글이 발랄해지는 것도 위험해!"

"느끼는 게 있더라도 표현하면 안 된다고요?"

이성은 단호하게 대답했다.

"절대 안 돼!"

나는 이성의 가혹한 엄격함에 눌려 신음했다. '절대'라니, '절대'…… 아, 얼마나 심한 말인가! '이성'이라는 마녀는 누군가를 쳐다보는 것도 웃는 것도 희망을 갖는 것도 허락하지 않았다. 그녀는 내가 완전히 풀이 죽고 기가 꺾이고 산산이 부서질 때까지 쉬지 않고 덤볐다.

이성의 말에 따르면 나는 그저 밥벌이나 하려고 태어났으며 평생 절망 속에서 죽음의 고통을 기다리며 살아야 하는 사람이었다. 물론 이성의 말이 맞을 수도 있다. 그래도 우리는 때때로 이성을 거역하고 그녀의 채찍을 피해 '상상'을 찾아가 농땡이를 치면서 즐기지 않는가? 이성의 적인 '상상'은 한없이 환하고 부드러운 존재다. 우리에게 상상은 상냥한 구원자이자 신성한 희망이다. 우리는 돌아오면 끔찍한 복수가 기다리고 있는 줄 알면서도 가끔 선을 넘곤 한다. '이성'의 복수심은 악마에 뒤지지 않았다. 이성은 언제나 계모처럼 독살스럽게 나를 대했다. 내가 이성에게 복종했던 건 무서워서였지 애정이 있어서가 아니었다. 친절한 '힘'에게 은밀하게 충성을 맹세하지 않았다면 나는 이성의 학대, 즉 인색함과 냉담함과 빈약한 식탁과 차가운 잠자리와 끊이지 않는 사나운 매질을 견디지 못하고 오래전에 죽었을 것이다. 이성은 한겨울 밤에 나를 차가운 눈밭으로 내쫓고는 개들이 갉아먹다가 버린 뼈다귀를 내던지며 먹으라고 했다. 그녀의 창고에 내가 먹을 거라곤 그것밖에 없다고 매몰차게 말하면서…….

그때 내가 하늘을 바라보자 빙글빙글 도는 별들 사이에서 머리 하나가 보였다. 한가운데서 가장 밝게 빛나는 별이 나를 유심히 보면서 동정 어린 빛을 보냈다. 인간의 '이성'보다 더 너그럽고 훌륭한 천사가 거친 땅으로 조용히 내려왔다. 영원한 여름에게서 빌린 더운 공기, 시들지 않는 꽃의 향기, 생명이 열리는 나무의 향기, 태양이 없어도 환한 나라의 미풍을 듬뿍 가지고 왔다. 이 착한 천사는 가장 거룩한 날의 가장 좋은 시간에 이삭 줍는 천사들이 모아 저장해 둔 이슬처럼 하얀 곡물 더미에서 골라낸 신비롭고 달콤한 음식으로 나의 주린 배를 채워주었다. 천사는 삶을 유지하기 힘들 정도로 심한 두려움에 시달리는 나를 상냥하게 달래고, 죽도록 피로해진 내 육체에 휴식을 주고, 절망으로 마비된 나에게 희망과 용기를 아낌없이 불어넣었다.

신성하고 인정 많은 구원의 힘이여! 내가 신이 아닌 다른 것 앞에 무릎을 꿇는 일이 있다면 그건 하얀 날개를 달고 산등성이를 달려오는 아름다운 그대의 발밑이 될지니! 사람들은 태양을 숭배하는 신전을 세웠고 달에게 제단을 바쳤다. 오, 더 큰 영광이여! 그대를 위해서는 손으로 신전을 짓지도 않았고 입술로 기도를 올리지도 않았지만 마음으로는 기나긴 세월 동안 충성해 왔도다. 그대가 거하는 곳은 너무 넓어서 벽을 칠 수 없고 너무 높아서 둥근 천장을 씌울 수 없나니! 우주가 곧 그대의 신전의 마루이며, 지금 우리 눈앞에서 벌어지는 세상만물의 조화가 바로 그대의 신비로운 의식이라!

완전한 지배자여! 그대에게는 인내심 있는 거대한 순교자 군단이 있고, 그대의 일을 성취하기 위해 선택받은 사람들의 무리가 있다. 그대의 신성함은 의심받지 않으며, 그대의 실재는 쇠퇴하지 않는다!

오늘 밤에도 천국의 딸이 나를 기억해 주었다. 그녀는 내가 울고 있는 모습을 보고 내려와서 위로해주었다.

"자거라. 달게 자거라. 내가 너의 꿈을 금빛으로 칠해줄 테니까!"

그녀는 약속대로 하룻밤 동안 내 곁을 지켜주었다. 하지만 동틀 무렵이 되자 '이성'이 와서 교대를 했다. 나는 화들짝 놀라며 잠에서 깨어났다. 빗방울이 창문을 두드리고 있었고 때때로 바람이 성마른 울음소리를 냈다. 기숙사 중앙의 검은 원통형 받침대에 올려놓은 램프가 꺼져 가고 있었다. 벌써 날이 밝았던 것이다. 자연스럽게 일어나지 못하고 정신적 고통에 잠을 깨는 사람들은 얼마나 불쌍한가! 그날 아침 나는 마치 거인의 손에 잡힌 것 같은 아픔을 느끼며 침대에서 뛰쳐나왔다. 이른 새벽의 추위 속에서 재빨리 옷을 갈아입고, 물병에 담긴 얼음처럼 차가운 물을 깊이 들이켰다. 애주가들이 술을 마시는 것처럼 나는 심란하고 불안할 때마다 찬물에 의지하곤 했다.

얼마 지나지 않아 학교 전체에 기상 종이 울렸다. 이미 옷을 갈아입고 있었던 나는 혼자 휴게실로 내려갔다. 대륙의 겨울답게 살을 에는 날씨여서 집 안의 다른 곳은 추웠지만 풍로가 켜진 휴게실은 훈훈했다. 아직 11월 초에 불과했는데도 북풍이 일찍부터 어두운 그림자를 몰고 유럽에 왔던 것이다. 처음 이 집에 왔을 때는 검은 풍로가 별로 마음에 들지 않았다. 하지만 언제부턴가 검은 풍로를 보면 마음이 편안해졌고, 영국 사람들이 벽난로 앞을 좋아하는 것처럼 나도 이 검은 풍로를 좋아하게 됐다.

위안을 주는 검은 풍로 앞에 앉아 있던 나는 곧 나 자신과 인생과 기회에 관해, 운명과 그 명령에 관해 심오한 논쟁을 시작했다.

어젯밤보다 차분해지고 강해진 내 마음은 반드시 지켜야 하는 규칙을 스스로 정했다. 과거의 행복을 회상하면서 마음이 약해지면 치명적인 벌을 받는다고 단단히 이르고, 현재의 삶이 어려워도 인내심 있게 살아나가라고 명령하고, 믿음에 의지하라고 요구했다. 길잡이 역할을 해주면서도 우리를 억누르고 빛나면서도 두려움을 불러일으키는 구름과 기둥을 주의 깊게 보라고 했다. 맹목적인 숭배를 향한 충동을 잠재우라고 했다. 머나먼 약속의 땅을 그리운 눈으로 바라보는 것도 금했다. 약속의 땅에 흐르는 강은 죽어가는 꿈속에서가 아니면 다다를 수가 없고, 약속의 땅에 있는 향기로운 초원은 황량하고 음산한 느보 산(구약성경의 〈출애굽기〉에 나오는 산으로, 출애굽의 여정 중에 모세가 숨을 거둔 곳—옮긴이) 정상에서가 아니면 바라볼 수 없을 테니까.

차츰차츰 용기와 고통이 뒤섞인 감정이 철사처럼 내 심장에 칭칭 감겼다. 그러자 심장의 박동이 고르게 유지되면서 하루를 시작하기에 적합한 상태가 됐다. 나는 고개를 들었다. 앞서 이야기한 대로 나는 풍로 가까이에 앉아 있었고, 그 풍로는 휴게실과 홀을 동시에 덥힐 수 있도록 두 방 사이의 벽에 위치해 있었다. 그리고 풍로 바로 옆에 창문이 하나 있어서 홀이 들여다보였다. 내가 고개를 들자 모자의 술 장식과 이마와 두 눈이 그 창문을 메우고 있었다. 나를 뚫어져라 쳐다보는 두 눈이 내 시선과 똑바로 마주쳤다. 누군가 나를 보고 있었던 것이다! 방금 전까지 미처 몰랐는데 이제 보니 내 뺨에 눈물이 흐르고 있었다.

이곳은 이상한 집이었다. 어느 모퉁이에 있어도 간섭을 받았고 눈물 한 방울을 흘리거나 잠깐 생각에 잠기기만 해도 감시인이 알아차리고 코앞에서 지켜보았다. 게다가 이 새로운 감시인은 남자였고 집 밖으로도 자유롭게 돌아다녔다. 이 사람이 무엇 때문에 꼭두

새벽부터 휴게실에 왔을까? 이 일을 가지고 그가 나에게 왈가왈부할 권리가 있을까? 다른 교사들은 수업 종이 울리기 전에 함부로 홀을 지나가지 않았지만 폴 에마뉘엘 선생은 시간이나 이유 따위를 고려하지 않았다. 오늘은 그가 가끔씩 참고하는 책이 1반 교실의 책꽂이에 꽂혀 있어서 그걸 가지러 왔다가 휴게실을 지나쳤고, 어딜 가나 앞과 뒤와 양 옆에 눈을 달고 다니는 사람답게 작은 창문으로 내 모습을 보았다. 이제 폴 선생은 휴게실 문을 열고 서 있었다.

"루시 양, 슬퍼하고 있구려."

"선생님, 제게도 슬퍼할 권리는 있어요."

폴 선생이 다시 말했다.

"마음에 병이 있고 기분도 좋지 않은 게로군. 슬퍼하는 동시에 반항적이기도 하니 말이오. 불꽃처럼 뜨겁고 바다에서 나는 소금처럼 짠 눈물 두 방울이 당신 뺨에 맺혀 있소. 이렇게 말하는 동안에도 이상한 눈빛으로 나를 쳐다보고 있구려. 당신을 보니 연상되는 게 있는데 알고 싶지 않소?"

"선생님, 저는 곧 기도를 드리러 가야 해요. 지금은 이야기를 나눌 시간이 없네요. 그럼 실례……."

내 말을 자르며 폴 선생이 말했다.

"모든 걸 용서하겠소. 지금 난 아주 기분이 좋아서 거절이나 모욕을 당해도 화가 나지 않아요. 그런데 당신을 보면 어린 야생동물 암컷이 떠올라. 갓 잡혀와 아직 길들지 않은 야생동물이 처음 들어온 조련사를 보고 분노와 두려움이 섞인 감정을 표시하는 장면이 생각난단 말이오."

그건 용납할 수 없는 말이었다! 학생에게 했더라도 경솔하고 무례한 말일 텐데 하물며 교사에게 이런 말을 하다니. 폴 선생은 내가 발끈해서 어떤 반응을 보이기를 바라고 있었다. 전에도 그가 성미 급한 사람들을 괴롭혀서 폭발하게 만드는 걸 본 적이 있었다. 나는 그를 흡족하게 하는 반응을 보여주지 않을 요량으로 가만히 앉아 있었다.

그가 다시 입을 열었다.

"당신은 달콤한 독약은 얼른 집어들고 마시지만 몸에 좋은 쓴 약은 거들떠보지도 않는 사람 같소."

"맞아요. 전 쓴 약을 싫어하죠. 쓴 약이 몸에 좋다고 믿지도 않고요. 그리고 독이건 음식이건 간에 달콤한 게 맛있잖아요? 단맛이 나니까요. 멋없는 인생을 질질 끄는 것보다는 유쾌한 죽음을 일찍 맞이하는 편이 낫겠지요."

"할 수만 있다면 나는 당신에게 날마다 쓴 약을 먹였을 거요. 그리고 당신이 좋아하는 독약이 든 잔을 깨버렸을 거요."

나는 고개를 홱 돌려버렸다. 그가 이곳에 있다는 사실이 아주 불쾌하기도 했고 질문을 피하고 싶기도 했다. 그런 기분으로 그를 계속 상대했다가는 자제력을 잃고 질문에 대답해 버리는 사태가 생길 수도 있었다.

그가 조금 더 부드러운 말투로 물었다.

"자, 나에게 말해보시오. 친구들과 헤어져서 슬퍼하고 있는 게 아니오?"

어르는 듯 부드러운 말투는 호기심으로 꼬치꼬치 캐묻는 태도보다 더 불쾌했다. 나는 대답하지 않았다. 폴 선생은 방 안으로 들어오더니 나에게서 2미터가량 떨어진 의자에 앉아 자기 딴에는 인내심 있게 오랫동안 기다리며 나를 대화로 끌어들이려 했다. 나는 이야기를 할 수 없는 입장이었으므로 그의 시도가 성공하지 않기를 바랄 뿐이었다. 이윽고 나는 혼자 있게 해달라고 간곡하게 부탁했다. 더듬거리는 목소리로 부탁을 하던 중 내 머리가 탁자 위의 팔에 파묻히고 말았다. 나는 소리를 죽여 비통하게 흐느꼈다. 그는 한동안 가만히 앉아 있었다. 물러나는 발소리와 문이 닫히는 소리를 듣고 그가 갔다는 사실을 알 때까지 나는 고개를 들지도 말을 하지도 않았다. 눈물이 나를 구해준 셈이었다.

아침식사 전에 눈물 자국을 지울 시간이 있었으므로 식사 시간에는 나도 다른 사람들과 다름없이 평온해 보였다고 생각한다. 하지만 내 맞은편 자리에 앉은 어린 숙녀만큼 명랑해 보이지는 않았으리라. 그녀는 기쁨으로 빛나는 작은 눈으로 나를 쳐다보면서 하얀 손을 탁자 위로 내밀어 스스럼없이 악수를 청했다. 여행과 환락과 연애가 체질에 잘 맞았는지 지네브라는 통통하게 살이 올라 있었고 뺨이 사과처럼 둥글둥글했다. 마지막으로 보았을 때 그녀는 야회복 차림이었지만 평상복을 입은 지금도 그때에 못지않게 매력적이었다. 그녀는 남색 바탕에 칙칙하고 어두운 검은색 격자무늬가 들어간 평범한 옷을 입고 있었는데, 그 짙은 색 옷이 하얀 피부와 탐스러운 황금빛 머리카락과 대조를 이루어 그녀의 매력이 한층 돋보였다.

지네브라가 나에게 말했다.

"돌아와서 기뻐, 타이먼(5세기 아테네에 살던 유명한 인간 혐오주의자—옮긴이). 이 음침한 집에서 내가 언니를 얼마나 그리워했는지 모를 거야."

타이먼은 그녀가 나를 부르는 여남은 별명 중 하나였다.

"오, 그러니? 네가 날 그리워했다면 필시 부탁할 일이 있다는 거겠지. 양말을 수선해 달라는 거니?"

나는 지네브라가 사심이 없다고는 잠시도 믿지 않았다.

"심술궂고 까다롭기는 여전하네! 그럴 줄 알았어. 타박을 하지 않으면 그게 이상한 거겠지. 그런데 언니, 혹시 커피를 더 마시고 싶고 피스톨레는 먹기 싫지 않아? 교환할 생각 있어?"

"마음대로 하렴."

지네브라는 이런 물물교환으로 나를 편하게 해주곤 했다. 그녀는 아침에 마시는 커피를 좋아하지 않았다. 학교에서 주는 커피는 강하지 않고 단맛도 부족해서 그녀의 입맛에 맞지 않았던 것이다. 그리고 그녀는 다른 건강한 여학생들과 마찬가지로 갓 구운 피스톨레 빵을 좋아했다. 이 빵은 한 사람에게 돌아가는 몫이 정해져 있었는데, 내게는 필요 이상으로 많았으므로 반은 지네브라에게 주었다. 내 몫의 절반을 탐내는 사람이 많았지만 나의 호의는 언제나 지네브라를 향했다. 그러면 그녀는 답례로 자기 커피를 나에게 조금 나눠주곤 했다. 그날 아침에는 배가 고프지는 않았지만 목이 바짝바짝 타고 있었던 터라 그 커피가 무척 반가웠다. 왜 다른 사람이 아닌 지네브라에게 빵을 나눠주었는지는 잘 모르겠다.

가령 시골로 긴 산책을 나갔다가 어느 농장에서 발걸음을 멈추고 간식을 먹을 때처럼 간혹 물통 하나를 두 사람이 같이 써야 할 때면 왜 언제나 지네브라와 짝을 이루고 쓴 맥주든 달콤한 포도주든 신선한 우유든 간에 그녀가 더 좋은 몫을 차지하게 했는지도 잘 모르겠다. 어쨌든 나는 그랬고 지네브라도 그걸 알고 있었다. 그러므로 우리는 날마다 입씨름을 벌였지만 결코 소원하게 지내지는 않았다.

내게는 아침식사를 마치고 1반 교실에 들어가 혼자 앉아서 책을 읽거나 생각에 잠기는 습관이 있었다(책을 읽을 때보다 생각에 잠길 때가 더 많았다). 9시에 종이 울리면 학교의 모든 문이 활짝 열리면서 통학생과 반 기숙사생들이 몰려왔다. 그 종소리를 신호로 학교가 소란스러워지면서 5시까지 수업이 쉴 새 없이 이어졌다. 그날 아침에도 1반 교실에 혼자 앉아 있는데 누군가 문을 두드리는 소리가 들렸다.

"잠깐만요, 선생님."

한 기숙사생이 살그머니 들어왔다. 그녀는 자기 책상에서 책인지 종이인지를 꺼낸 다음 살금살금 물러나다가 내 쪽을 지나치면서 이렇게 중얼거렸다.

"선생님은 정말 열심히 공부하시네요!"

열심히 공부한다고? 천만에! 책을 펼쳐놓고는 있었지만 실은 아무것도 하지 않고 멍하니 있었다. 무엇을 할 생각조차 없었다. 원래 세상의 평판이란 실제 우리의 모습과는 다른 법이지 않은가. 베크 부인도 나를 여성 학자쯤으로 여기고 종종 엄숙한 말투로 '피가 머리로만 몰릴 수 있으니' 공부를 너무 많이 하지 말라고 충고했다. 포세트 가 사람들은 모두 '루시 양'이 학식이 풍부하다는 근거 없는 믿음을 가지고 있었다.

하지만 폴 에마뉘엘 선생만은 전혀 그렇지 않았다. 그는 도무지 알 수 없는 자기만의 방법으로 내 진짜 능력을 제법 정확하게 파악하고 있었다. 조용히 기회를 포착해 내 귀에 대고 나의 무식함을 헐뜯으면서 킥킥거리고 기뻐하기도 했다. 하지만 나는 지식이 부족해서 괴로워한 적은 없었다. 내 방식대로 생각하는 게 좋았고, 많은 책을 섭렵하기보다는 몇 권의 책을 아주 재미있게 읽었다. 문체나 감정에 개인적 성향을 뚜렷이 표현하는 작가의 책을 선호했으므로 아무리 지적이고 가치 있는 책이라도 개성이 없으면 대단찮게 여겼다. 신께서는 내 정신의 이러한 특질을 아시고 그 능력과 활동에 제한을 두셨다. 나는 신이 주신 재능에 감사했지만 더 수준 높은 교양을 끊임없이 추구한다거나 더 뛰어난 능력을 가지려는 욕심을 부리지 않았다.

그 예의 바른 학생이 나가자마자 두 번째 침입자가 예의를 차리지 않고 문을 두드리지도 않고 불쑥 들어왔다. 이 침입자가 누군지는 내가 장님이었더라도 알 수 있었을 것이다. 이때쯤에는 나의 타고난 조용한 성격이 동료들의 태도에 영향을 미쳐 내게 이롭고 편리한 환경이 조성됐다. 이제는 누가 나에게 무례하게 굴거나 간섭하는 일이 거의 없었다. 이 학교에 처음 왔을 때는 둔감한 독일인이 어깨를 찰싹 때리면서 달리기 시합을 하자고 하기도 했고, 소란스러운 라바세쿠르인이 팔을 잡고 운동장으로 끌고 나가기도 했다. 매시간 누군가가 와서 회전그네를 타러 가자거나 뛰어다니며 숨바꼭질을 하는 '하나, 둘, 셋'이라는 놀이를 하러 가자고도 했다.

하지만 얼마 전부터는 사람들이 이런 식의 관심을 쏟지 않았으므로 나 역시 대놓고 거절하느라 곤란해 하지 않게 됐다. 이제 사람들이 친근감을 표시하는 걸 겁내거나 참아낼 필요가 없었다. 단 한 사람만은 예외였는데 영국인이었으므로 그나마 괜찮았다. 지네브라 팬쇼 양은 홀을 지나가는 나를 거리낌 없이 붙잡아 왈츠라도 추듯이 강제로 빙빙 돌리면서 내 몸과 마음을 불편하게 만들곤 했다. 나의 '학구적인' 여가 시간을 방해한 사람도 다름 아닌 지네브라였다. 그녀는 커다란 음악책을 팔에 끼고 들어왔다.

나는 지네브라를 보자마자 퉁명스럽게 말했다.

"음악실에 가서 연습이나 하시지."

"언니랑 이야기부터 하고 갈 거야. 우린 이야기할 게 있잖아. 언니가 어디서 방학을 보냈는지 난 알지. 그리고 언니가 미의 여신들에게 제물을 바치면서 다른 여자들처럼 삶을 즐기기 시작했다는 것도 알지. 요전날 밤에 음악회장에서 옷을 차려입은 걸 보니 꼭 딴 사람 같던걸. 재단사가 누구였어?"

"수다스럽기는! 깜찍하게도 이야기를 시작하는구나. 재단사가 누구였냐고? 쓸데없는 소리 하지 말고 얼른 가, 지네브라. 정말로 너와 같이 있고 싶지 않아."

"하지만 나는 언니랑 같이 있고 싶은걸. 무뚝뚝한 천사여, 그대가 내키지 않는다고 해도 어쩔 수 없어요. 오, 하나님! 똑똑한 동포, 교양 있는 '영국 곰'을 다루는 방법을 저는 알고 있습니다. 곰 선생님, 이시도르와 아는 사이야?"

"존 브레튼과 아는 사이지."

"오, 쉿! (손가락으로 귀를 막는 시늉을 하며) 거친 영국 말 때문에 내 고막이 부서지잖아. 우리가 사랑하는 존 선생님은 어떻게 지내? 제발 알려줘. 그 불쌍한 사람은 분명히 슬퍼하고 있겠지. 그날 밤 내 행동에 대해 뭐라고 말했어? 내가 좀 잔인했지?"

"내가 널 봤다고 생각하니?"

"아주 유쾌한 저녁이었어. 오, 멋있는 아말! 그리고 멀리서 한 남자가 시무룩해져서 다 죽어가는 모습을 봤지! 미래의 시어머니인 나이 든 부인도 봤고. 한데 나와 새라 양이 외안경으로 그녀를 바라본 건 좀 실례가 아니었나 싶어."

"새라 양은 외안경으로 그분을 바라보지 않았어. 그리고 네가 한 일에 대해서는 꺼림칙하게 생각할 필요가 조금도 없어. 브레튼 부인은 너의 조소 따위에 흔들리는 분이 아니니까."

"그렇겠지. 노부인들은 강하니까. 하지만 그녀의 아들은 불쌍하잖아! 그가 뭐라고 했는지 말해봐. 큰 상처를 받은 것 같던데."

"네가 마음으로는 이미 아말의 부인이 된 것 같다고 말하더라."

그녀는 기쁨에 넘쳐 소리쳤다.

"정말 그랬어? 그 사람이 그걸 봤구나. 멋지기도 해라! 그는 질투심에 불탔겠네?"

"지네브라, 존 선생과 정말 끝난 거니? 그가 널 포기했으면 좋겠어?"

"오! 그는 포기할 수 없을 걸. 화를 내진 않았어?"

"화를 내면서 길길이 날뛰었지."

"그럼 어떻게 그를 집으로 데려갔어?"

"어떻게 데려갔냐고? 아! 넌 그의 어머니와 나를 불쌍하게 여겨야 해. 우리가 그를 마차에 앉혀놓고 꼭 붙들고 있는 장면을 상상해 보렴. 그가 우리 사이에서 고함을 치는 통에 모두 정신이 나갈 지경이었단다. 마부도 엉뚱한 길로 갔지 뭐니…… 그래서 우린 길을 잃고 헤맸어."

"거짓말이지? 날 비웃고 있구나. 루시 스노……."

"그건 사실이야. 존 선생은 마차 안에 얌전히 있지 않았어. 우리를 뿌리치고 나가서 직접 마차를 몰려고 하더구나."

"그래서 어떻게 됐어?"

"그래서…… 결국에는 집에 도착했지. 그 후에 있었던 일들은 말로 표현하기가 어렵단다."

"그래도 말로 해봐. 재미있잖아!"

"넌 이게 재밌니, 판쇼 양? (엄숙하고 진지한 말투로) '누군가의 오락거리가 다른 누군가의 죽음일 수도 있다' 라는 속담이 있단다."

"친애하는 타이먼, 이야기나 계속하셔."

"양심상 더는 못하겠구나. 너한테도 인정이란 게 있다는 걸 확인하기 전까지는 못 해."

"인정이야 있지. 무진장 많아. 언니가 모를 뿐이라고!"

"좋아! 그렇다면 우선 존 그레이엄 브레튼 박사가 저녁식사를 거부했다고 상상해보렴. 닭고기와 송아지 가슴살 요리가 준비돼 있었는데 손도 대지 않고 그대로 남겼더구나. 그러고 나서는…… 하지만 그 비참한 이야기를 자세하고 길게 늘어놓는 게 무슨 소용이겠니. 어린 시절 제일 심하게 소동을 피우던 때도 그날 밤처럼 그의 어머니가 이불을 덮어주느라 고생한 적이 없었다고만 해두자."

"그가 얌전히 누워 있지 않았다는 거네?"

"물론이지. 얌전히 누워 있지 않았어. 이불을 덮어줄 수는 있었지만 그가 계속 몸부림을 쳐대니 소용이 없었지."

"그가 뭐라고 했는데?"

"뭐라고 했냐고? 여신 지네브라를 돌려달라고 하면서 그 악마 아말을 저주하더구나. 금발머리와 푸른 눈과 하얀 팔과 반짝반짝 빛나는 팔찌가 어떻다고 소리를 질러대더라. 상상이 가니?"

"이런, 그랬어? 그 팔찌를 본 거야?"

"팔찌를 봤냐고? 나만큼이나 똑똑히 봤지. 어쩌면 네 팔에 둘러져 있던 팔찌에 붙은 상표도 처음으로 봤을 거야, 지네브라. (나는 자리에서 일어서며 어조를 바꿨다) 자, 이제 그만하자. 가서 연습해."

이렇게 말하고 나는 문을 열었다.

"아직 다 이야기하지 않았잖아."

"내가 다 이야기할 때까지 기다리지 않는 게 좋을 거야. 더 시간을 끌어봤자 네가 기뻐할 이야기는 나오지 않을 거니까. 얼른 가!"

"까다롭기는!"

지네브라는 이렇게 투덜거리면서도 밖으로 나갔다. 사실 1반 교실은 내 영역이었으므로 내가 나가라고 하면 그녀는 응당 나가야 했다.

하지만 솔직히 말해서 그때만큼 그녀가 마음에 들었던 적도 없었다. 실제로 있었던 일과 내가 했던 이야기의 불일치를 곱씹어보니 조금 유쾌하기도 했다. 존 선생이 마차를 타고 즐겁게 집으로 갔던 일, 맛있게 식사를 하던 일, 기독교인답게 차분하게 잠자리에 들던 일이 떠올랐다. 존 선생이 정말로 불행해 보였을 때를 제외하면 그를 고통스럽게 만든 아름답고 나약한 지네브라에게 내가 진짜로 짜증을 낸 적은 없었다.

     *   *   *   *   *

  2주가 지났고, 나는 다시 학교 일에 익숙해지는 중이었다. 변화의 격렬한 고통이 가라앉으면서 무기력한 일상에 젖어들고 있었다. 어느 날 오후 1반 교실에서 '문체와 문학' 이라는 수업을 도와주려고 홀을 지나치다 보니 길쭉하고 커다란 창문에 문지기 로젠이 서 있었다. 언제나 '편안한 자세' 로 서 있는 그녀는 평소와 다를 바 없이 나에게 무심한 태도였다. 한 손은 앞치마 주머니에 넣고, 다른 손으로는 편지를 눈높이로 들고 냉정하게 주소를 훑어보고 봉인을 세심하게 살피고 있었다.

  편지! 지난 7일 동안 내 머릿속 한가운데에 자리를 잡고 떠나지 않았던 편지가 꼭 저런 모양이었는데. 지난밤에도 편지 꿈을 꿨다. 나는 자석 같은 강력한 힘에 이끌려 그 편지가 있는 곳으로 다가갔다. 하지만 중앙에 빨간 밀랍 자국이 있는 흰 봉투를 좀 보자고 로젠에게 부탁해도 될까? 아니지. 나는 실망하고 좌절할 게 두려워서 조용히 지나가려 했다. '실망' 이 다가오는 발소리가 벌써 들려오는 것 같아 심장이 쿵쾅거렸다. 그러나 그건 나의 초조한 마음에서 비롯된 착각이었다! 그 발소리는 문학 선생이 급히 복도를 걸어오는 소리였다.

  나는 그보다 먼저 교실로 가려고 서둘렀다. 그가 도착하기 전에 조용히 내 자리에 앉아 학생들에게 수업 준비를 시켜놓으면 나에게 특별히 주의를 돌리지는 않을 터였다. 하지만 홀에서 서성거리는 모습을 들켰다가는 장황한 연설을 들을 게 분명했다. 다행히 나는 교실에 앉아 학생들을 강제로 조용히 시키고 질서정연한 깊은 고요 속에서 바느질을 시작할 시간이 있었다. 그러자 폴 선생이 빗장을 힘껏 당겨 문을 열고 들어서더니 고개를 지나치게 깊이 숙여 인사했다. 보아하니 금방 분노를 터뜨릴 기세였다.

보통 때 폴 선생은 천둥처럼 우리를 덮쳤다. 그러나 이번에는 문에서 교단으로 번개같이 날아가지 않고 내 책상 앞에서 걸음을 멈췄다. 그는 학생들과 교실에 등을 돌리고 얼굴은 내가 앉아 있는 창문 쪽으로 돌렸다. 그리고 의혹이 담긴 잔뜩 찌푸린 얼굴로 나를 바라보았다. 벌떡 일어나 왜 그렇게 쳐다보냐고 따져도 이상하지 않을 만한 눈길이었다.

"자! 당신에게 온 거요."

그는 외투에서 손을 꺼내더니 내 책상 위에 편지를 내려놓았다. 아까 로젠이 들고 있던 편지였다. 그 편지의 에나멜로 된 흰색 얼굴과 키클롭스(그리스 신화에 나오는 외눈박이 거인—옮긴이) 같은 주황색 애꾸눈은 내 마음속의 망막에 너무나 선명하고 완전하게 각인돼 있었다. 나는 그게 희망의 편지이고 소망의 결실이며 의심으로부터의 해방이고 공포에서 놓여나는 몸값임을 알 수 있었고 느낄 수 있었다. 남의 일에 부당한 간섭을 일삼는 폴 선생이 그 편지를 문지기에게서 받아 나에게 직접 전달했던 것이다.

화를 낼 수도 있었지만 그런 감정을 느낄 겨를이 없었다. 그랬다. 내가 손에 쥐고 있는 건 가벼운 쪽지가 아니라 적어도 편지지 한 장이 들어 있는 봉투였다. 봉투가 얇지 않고 무게감이 느껴져 흐뭇했다. 자신감 있는 고른 필체로 깨끗하고 분명하게 쓴 '루시 스노 양'이라는 글씨가 보였다. 그리고 떨리지 않는 손가락으로 솜씨 좋게 떨어뜨린 동그랗고 야무진 봉인 위에 그의 이름 첫 글자인 'J. G. B'가 선명하게 찍혀 있었다.

나는 행복을 느꼈다. 따스한 기쁨이 심장으로 갔다가 혈관을 타고 내 몸 구석구석으로 활기차게 흘러갔다. 이번 한 번만큼은 희망이 현실이 됐구나! 내가 손에 쥐고 있는 건 허구가 아닌 진짜 기쁨의 조각이었다. 꿈이 아니고, 머릿속에서 만들어낸 이미지가 아니고, 상상력을 동원해 그려낸 그림자 같은 행운이 아니었다. 간절히 원하지만 먹을 수는 없는 그림의 떡이 아니었다. 내가 얼마 전에 쓸쓸히 찬양했던 만나(옛 이스라엘인들이 출애굽 후 광야를 헤맬 때 신에게서 받은 음식—옮긴이)의 성찬이 아니었다. 만나는 처음에는 이루 말할 수 없는 신비롭고 달콤한 맛을 내며 입에서 사르르 녹지만 나중에 가서는 우리의 영혼이 그걸 거북해한다.

우리의 영혼은 땅에서 얻은 자연의 음식을 열광적으로 그리워하면서 하늘의 천사들에게 이슬과 정수를 도로 가져가라고 미친 듯이 기도하게 된다. 그런 음식은 신에게는 좋은 약이지만 인간에게는 치명적인 독이다. 하지만 내가 손에 쥐고 있는 건 달콤한 서리도 작은 깟씨도 과자도 달콤한 꿀도 아니었다.(출애굽기 16 : 14, 31 참조—옮긴이) 그건 자연의 숲이나 사막에서 자라다 사냥꾼에게 잡혀온 동물이었고, 신선하고 몸에 좋고 영양이 풍부하고 기운을 돋워주며 생명을 유지시키는 고기였다. 죽어가는 아버지 이삭이 아들 에서에게 잡아와 달라고 부탁하면서 그 대신 자신이 숨을 거두면서 축복을 내려주겠노라고 약속했던 바로 그 고기였다(창세기 27장에서 이삭은 장자 에서에게 사슴을 사냥해 오라고 말한다—옮긴이). 그건 하나님께서 보낸 선물이었다. 나는 속으로 이런 선물을 내리신 하나님께 감사드렸고, 입으로는 인간에게만 감사를 드렸다.

"감사합니다. 감사합니다, 선생님!"

폴 선생은 입술을 씰룩이더니 악의에 찬 눈으로 나를 흘겨본 후 교단으로 걸어갔다. 폴 선생은 장점이 없지는 않았지만 좋은 사람이라고 할 수는 없었다.

내가 그 자리에서 편지를 읽었을까? 에서의 화살을 매일이라도 쏠 수 있는 양 그 고기를 허겁지겁 먹어치웠을까?

나는 그렇게 어리석지 않았다. 지금으로서는 주소가 쓰인 봉투와 선명한 머리글자 세 개가 새겨진 봉인만 해도 풍요로운 선물이었다. 나는 교실을 살짝 빠져나가 낮에는 잠가두는 큰 기숙사 열쇠를 구해서 내 방으로 갔다. 베크 부인이 소리 없이 계단을 올라와 감시할까봐 불안해서 약간 서둘렀다. 나는 서랍을 열고 상자의 자물쇠를 열어 서류철을 꺼냈다. 그러고는 편지를 다시 한 번 바라보아 눈을 즐겁게 하고 나서 경외감과 부끄러움과 기쁨이 섞인 감정으로 봉인을 입술에 가져다댔다. 아직 맛보지 않은 그 보물을 아주 깨끗하고 순결한 상태로 은빛 종이에 싸서 서류철에 넣은 후 상자와 서랍을 잠그고, 방문을 닫고, 기숙사 문도 잠그고 교실로 돌아갔다. 동화는 다 사실이고 요정의 선물도 꿈이 아닌 것만 같았다. 기쁨의 원천인 그 편지를 아직 읽지도 않았을 뿐더러 몇 줄인지도 몰랐는데 이상하게 달콤한 기분에 젖어 머리가 멍했다.

다시 교실에 들어서니 폴 선생이 열병에 걸린 사람처럼 고함을 치고 있는 게 아닌가! 어떤 학생이 모기만 한 소리로 불명확하게 대답해서 기분이 상한 모양이었다. 그 학생을 비롯한 몇몇이 눈물을 흘리고 있었고 폴 선생은 붉으락푸르락한 얼굴로 교단에서 소리를 지르고 있었다. 이상한 일이지만 내가 나타나자 그는 나를 공격하기 시작했다.

"당신이 이 학생들의 선생이 맞소? 당신이 이 학생들에게 숙녀다운 행동거지를 가르친다고 자신할 수 있소? 이 학생들이 말하는 걸 부끄럽게 여길 이유라도 있는 양 모국어를 목구멍 속에서 억누르고 입안에서 잘근잘근 씹어 짓이겨도 된다고 한 게 당신이겠지? 이게 겸손이야? 내가 속아 넘어갈 줄 알아? 이건 겸손을 가장한 사악한 감정이야. 악의 후손 아니면 조상이겠지. 1반 학생들의 가식과 역겨운 고집에 굴복하면서 이 고상한 언어를 이렇게 죽이고 토막

치고 썰고 짓이겨 가루로 만드는 소리를 듣고 있느니, 차라리 숙녀인 척하는 여선생에게 너희를 몽땅 넘기고 나는 3반의 어린애들한테 ABC나 가르쳐야겠다."

여기다 대고 내가 무슨 말을 할 수 있었겠는가? 정말로 할 말이 없었다. 그가 나의 침묵을 눈감아 주기만을 바랐다. 하지만 폭풍은 다시 몰아쳤다.

"내 질문에 아무런 대답도 않겠다는 거군? 오만한 책꽂이, 초록색 천을 간 책상, 쓰레기 같은 화분 받침, 액자를 두른 사진과 지도 따위의 잡동사니, 그리고 외국인 보조 교사가 있는 이 잘난 1반 교실에서는 문학 선생 말은 대답할 가치도 없다고 여기는 게 유행인가 보지? 그것 참! 틀림없이 '위대한 대영제국' 에서 직수입한 새로운 사고방식이겠군. 섬나라의 무례하고 교만한 분위기가 물씬 풍기거든."

폭풍우가 다시 잠잠해졌다. 다른 어떤 선생이 야단을 쳐도 눈물한 방울 흘리지 않기로 유명하던 1반 학생들이 폴 선생의 격노 앞에서 모두 눈사람처럼 녹아내리고 있었다. 나는 크게 동요하지 않고 자리에 앉아 대담하게 바느질을 시작했다.

어떤 이유에선지 폴 선생은 마지막 남은 인내심마저 잃고 말았다. 나의 계속된 침묵 혹은 바느질을 하는 내 손놀림이 원인이었을 것이다. 폴 선생은 교단에서 펄쩍 뛰어내려 내 책상 옆의 난로를 공격했다. 쇠로 된 작은 문이 튕겨져 나올 뻔 했고 연료가 사방으로 흩날렸다.

그는 난로에 불을 다시 붙이는 척하며 내 곁에서 나지막하지만 분노에 찬 목소리로 물었다. 그는 화가 단단히 나 있었다.

"날 모욕할 작정이오?"

이제는 가능하다면 그를 좀 달래고 싶었다. 나는 입을 열었다.

"아니에요. 선생님을 모욕할 생각은 추호도 없답니다. 지난번에 친구가 되자고 하셨던 말씀도 똑똑히 기억하고 있어요."

떨리는 소리로 대답하고 싶지는 않았는데 막상 입을 여니 마음 대로 되지 않았다. 눈앞의 두려움 때문이라기보다는 방금 전의 가 슴 설레는 기쁨 때문이었다고 생각한다. 하지만 폴 선생의 분노에 는 분명 눈물을 흘리게 만드는 어떤 격정 같은 게 있었다. 나는 슬 프지도 않고 두렵지도 않았는데 눈물을 흘리고 말았다.

"자, 자!"

주위를 둘러보고 사방이 울음바다라는 사실을 알게 된 폴 선생 이 소리쳤다.

"이거 내가 괴물에다 무뢰한인 게로군. 손수건이 하나밖에 없구 나. 스무 장이 있으면 모두에게 하나씩 주겠는데. 대표로 너희 선 생에게 주겠다. 여기 있소, 루시 양."

그는 깨끗한 비단 손수건을 꺼내 내게 내밀었다. 폴 선생을 모르 는 사람, 그에게 익숙하지 않거나 그의 성미를 잘 모르는 사람이라 면 이런 제안을 받았을 때 거절한다든가 하는 실수를 저지르기 쉽 다. 하지만 나는 거절해서는 안 된다는 걸 직감적으로 알았다. 조 금이라도 망설였다가는 막 시작되려는 평화 협상에 치명적인 영향 을 미칠 판이었다.

나는 손수건에 예를 갖추기 위해 일어섰다. 그리고 정중하게 손 수건을 받아 눈물을 훔친 후 내 자리로 돌아가 그 협상의 깃발을 쥔 손을 무릎에 올려놓은 채 남은 수업 시간 동안 바늘이나 골무나 가위나 모슬린 천을 건드리지 않으려고 각별히 주의했다. 폴 선생 이 내 바느질 도구에 몇 번이나 시기하는 눈길을 보냈기 때문이다. 자신에게 주의를 기울여야 하는데 바느질 때문에 주의가 산만해진 다고 여겨 그것들을 지독하게 원망했던 것이다. 그는 아주 유창하게 수업을 진행했으며 끝까지 무척 친절하고 호의적이었다. 수업을 마칠 무렵에는 구름이 걷히고 해가 빛났으며 눈물은 웃음으로 바뀌었다.

교실을 나서면서 그는 다시 한 번 내 책상 앞에 멈췄다.

이번에는 그다지 사납지 않은 어조로 그가 물었다.

"편지는 어떻게 됐소?"

"아직 읽지 않았어요."

"아하! 너무 좋아서 당장 읽지 않고 남겨뒀다는 거군. 내가 어렸을 때 잘 익은 복숭아를 아껴두곤 했던 것처럼 말이지."

그의 추측은 사실에 근접해 있었다. 내 뺨이 갑자기 달아오르는 바람에 진실을 감출 수도 없었다.

"나중에 편지를 읽으면서 즐거운 순간을 갖자고 다짐하고 있구려. 혼자 있을 때 뜯어볼 심산이겠지? 아! 웃는 걸 보니 알겠소. 좋아, 좋아! 너무 가혹하게 굴진 않겠소. 젊음도 한때니까."

나는 돌아서는 그의 등 뒤에 대고 속삭이듯 소리쳤다.

"선생님, 선생님! 오해를 하고 가시면 안 돼요. 이건 친구의 편지일 뿐이에요. 아직 읽지는 않았지만 그 점만은 확실하다고요."

"알았소, 알았소. 친구가 뭔지는 나도 알아요. 안녕, 루시 양!"

"선생님, 손수건을 돌려드릴게요."

"아, 일단 가지고 있어요. 편지를 읽은 후에 손수건을 돌려주시오. 그때 당신 눈을 보면 그 편지가 어떤 내용인지 대충 알 수 있겠지."

그는 사라졌고, 학생들은 어느새 교실을 빠져나가 정자로 갔다가 다시 정원과 뜰로 흩어져 여느 때처럼 저녁식사 시간인 5시까지 뛰어놀았다. 나는 잠시 제자리에 서서 이런저런 생각을 하면서 무심코 손수건을 팔에 감고 배배 꼬았다. 어떤 이유에선지 나는 공놀이를 하듯이 손수건을 공중에 던졌다 받았다 하면서 놀기 시작했다. 아마도 어린 시절의 희미한 황금색 빛이 갑자기 돌아와서 기분이 좋았고, 이례적으로 그 빛이 다시 살아나 공중에 둥둥 떠다니자 마음이 들떴고, 방과 후에 얻은 자유 때문에 유쾌했으며, 무엇보다도 위층 서랍의 상자 속에 있는 보물을 의식하며 기분 좋은 위안을 얻었기 때문이었으리라. 그런데 손수건 던지기 놀이는 내 손이 아니라 다른 사람의 손에 의해 끊겼다.

외투 자락에서 나온 손 하나가 내 어깨를 넘어오더니 내가 즉석에서 만든 장난감을 휙 낚아채 퉁명스러운 말과 함께 가져가버렸다.

"나와 내 성의를 가지고 놀다니 용납할 수 없소."

정말이지 이 작은 남자는 무서운 사람이다. 가는 곳마다 나타나 괴상한 행동을 일삼는 도깨비 같았다. 어디서 불쑥 나타나 어떤 변덕을 부릴지 알 길이 없었다.

22. 편지

　온 집안이 조용해졌다. 저녁식사가 끝나고 시끌벅적한 휴식 시간도 지났다. 어둠이 내려앉고 저녁공부 시간을 맞아 휴게실에 조용히 불이 켜졌다. 통학생들이 귀가를 마치자 문이 열리고 닫히는 소리와 요란한 종소리도 잦아들었다. 베크 부인은 자기 어머니와 몇몇 친구들과 더불어 응접실에 자리를 잡았다. 나는 부엌으로 살짝 들어가 볼일이 있어서 그러니 양초를 30분만 빌려달라고 부탁했다. 내 친구 고통은 "귀여운 아가씨, 원한다면 두 개라도 줄게요"라고 말하며 기꺼이 양초를 내주었다. 나는 촛불을 밝혀 들고 조용히 기숙사로 올라갔다.

　유감스럽게도 기숙사에는 몸이 좋지 않다며 일찍 잠자리에 든 학생이 있었다. 모슬린 나이트캡을 덮어쓰고 잔뜩 찌푸린 채 자고 있는 지네브라 판쇼 양의 얼굴을 발견한 건 더욱 유감스러운 일이었다. 물론 그녀는 누워 있었지만, 가장 방해받고 싶지 않은 순간에 벌떡 일어나 수다를 떨면서 나를 괴롭힐 게 뻔했다. 실제로 내가 바라보고 있는 동안 그녀의 눈꺼풀이 바르르 떨렸다. 지금 그녀가 잠든 것처럼 보이는 모습이 실은 '타이먼'의 행동을 몰래 감시하기 위한 책략에 지나지 않을 수도 있다는 경고였다.

지네브라는 결코 신뢰할 수 없는 사람이었다. 게다가 나는 정말로 혼자 있고 싶었다. 조용한 곳에서 소중한 편지를 읽기 위해서.

그래서 교실로 가기로 했다. 서류철에 든 내 보물을 꺼내 손에 들고 계단을 내려왔는데 뒤에서 불운이 쫓아왔다. 마침 일주일에 한 번 꼴로 있는 대청소 시간이어서 교실마다 촛불을 켜놓고 바닥을 쓸고 청소하는 중이었다. 의자들이 책상 위에 쌓여 있었고 먼지를 털고 있어서 공기가 탁했으며 축축한 커피 찌꺼기(라바세쿠르 하녀들은 찻잎 대신 커피 찌꺼기를 썼다)를 뿌린 바닥은 시커멓게 변해 있었다. 한 마디로 일대 소동이 벌어지고 있었다. 나는 당황해서 물러났지만 포기하지는 않았다. 어딘가 혼자 있을 만한 장소를 찾으려는 굳은 결심에는 변함이 없었다.

나는 열쇠를 보관하는 장소를 알고 있었다. 그곳에서 열쇠를 꺼내 계단을 세 개나 연거푸 올라가니 좁고 어둡고 조용한 계단참이 나왔다. 벌레가 군데군데 파먹은 문을 열고 컴컴하고 춥고 으슥한 다락방으로 쏙 들어갔다. 여기라면 베크 부인만 빼고 아무도 따라들어오지 않을 테니 방해받을 일은 없겠지. 나는 방문을 닫고 곰팡이가 핀 오래된 나무 궤짝에 양초를 올려놓았다. 방 안이 무척 추웠으므로 솔을 걸치고 나서 편지를 꺼냈다. 그러고는 달콤한 불안에 몸을 떨면서 봉인을 뜯었다.

갑자기 기분 좋게 불어온 남풍 때문에 시야가 은빛으로 흐려졌다. 나는 손으로 눈을 비비며 혼잣말을 했다.

"길까? 짧을까?"

편지는 길었다.

"냉랭할까? 다정할까?"

편지는 다정했다.

기대를 애써 억누르며 자제하고 있었던 내게 그 편지는 퍽 다정하게 느껴졌다. 어쩌면 나의 갈망과 굶주린 마음 때문에 실제보다 더 친절하게 느껴졌을 수도 있다.

내게는 희망이 거의 없었고 두려움은 너무나 많았다. 드디어 열매를 맛보자 기쁨이 가득했다. 아마 이런 기쁨을 알지도 못하고 삶을 끝마치는 사람도 많을 것이다. 쌀쌀한 다락방에서 겨울바람에 꺼져 가는 희미한 촛불 아래 편지를 읽던 불쌍한 영어 선생은 궁전에 있는 여왕들보다 더 행복했다. 그건 선량한 마음에서 쓴 편지였을 뿐 그 이상은 아니었지만 당시 나에게는 그 선량한 마음이 신의 자비처럼 느껴졌다.

물론 그렇게 얄팍한 데서 나온 행복은 짧을 수밖에 없었다. 하지만 그 행복이 지속되는 동안만은 정말이지 완벽했다. 비록 거품이었지만 진짜 감로로 만든 달콤한 거품이었다. 마침내 존 선생이 나에게 편지를 쓴 것이다. 기꺼이, 그리고 친절한 마음으로 쓴 편지였다. 그는 평온했던 지난 몇 주간 그와 나의 눈앞을 스쳤던 장면들, 우리가 함께 다녔던 장소들, 우리가 나눴던 대화들, 요컨대 온갖 사소한 일들을 유쾌하고 흡족한 마음으로 회상하고 있었다.

하지만 내가 진정으로 기뻤던 이유는 따로 있었다. 전반적으로 유쾌하고 다정한 그 편지의 언어들이 단지 나를 위해서만이 아니라 존 선생 자신을 만족시키기 위해 선택됐다는 인상을 받았기 때문이었다. 물론 그가 다시는 그런 만족을 바라지도 추구하지도 않겠지만 말이다. 이러한 추측은 어느 면에서 보더라도 들어맞는 것 같았다. 하지만 그건 나중에 가서 밝혀질 일이었고, 편지를 읽는 순간에는 어떤 고통도 결핍도 흠도 없었다. 충만하고 순수하고 완벽한 그 순간은 나에게 진정한 축복이었다. 지나가던 천사가 곁에서 쉬면서 나에게 몸을 굽혀 내 심장 위에 날개를 올려놓고는 편안하게 해주고 열기를 식혀주고 치유하고 신성하게 해주는 것만 같았다. 존 선생님, 당신은 나중에 나를 고통스럽게 했지만 소중하게 기억될 단 한 번의 선행을 했으니 모든 걸 용서해 드리지요!

인간의 행복을 시기하는 사악한 존재들이 진짜로 있는 걸까? 공중을 떠돌면서 인간이 들이마시는 공기에 독을 타는 악령이 진짜로 있을까? 그때 내 주변에는 과연 무엇이 있었을까?

그 넓은 외딴 방 안에서 이상한 소리가 났다. 나는 그때 바닥을 살금살금 걷는 소리를 들었다고 확신한다. 악령의 외투가 곧잘 나타난다는 어둠침침한 구석에서 무언가가 미끄러져 나오는 느낌이었다. 나는 그쪽으로 고개를 돌렸다. 촛불은 침침했고 방은 길쭉했지만 나는 정말로 그걸 보았다! 그렇지 않아도 으스스한 그 방 한가운데에 흑백으로만 된 유령이 있었다. 유령은 폭이 좁은 검정 일자 치마 차림이었으며 붕대를 칭칭 감고 베일을 쓴 머리는 하얗게 보였다.

독자여, 무슨 말이든 마음대로 하시라. 내가 신경이 예민해졌거나 미쳐 있었다고 해도 좋다. 편지 때문에 마음이 흔들려서 그랬다고 해도 좋다. 내가 꿈을 꾼 거라고 단정해도 좋다. 하지만 나는 그날 밤 그 방에서 '수녀 유령'을 보았다고 맹세할 수 있다.

나는 비명을 질렀다. 속이 메스꺼웠다. 유령이 가까이 다가왔다면 그대로 정신을 잃었을 것이다. 하지만 유령은 뒤로 물러났고 나는 문으로 뛰어갔다. 어떻게 계단을 내려갔는지 기억도 나지 않는다. 엉겁결에 휴게실 쪽이 아니라 베크 부인의 응접실로 달려간 나는 방안에 불쑥 들어가서 소리쳤다.

"다락방에 뭐가 있어요. 제가 거기 있다가 봤어요. 다 같이 가서 봐주세요!"

내가 '다 같이'라고 말한 이유는 방 안에 사람들이 꽉 차 있는 줄 알았기 때문이었다. 실제로는 네 사람밖에 없었다. 베크 부인, 그녀를 찾아온 건강이 좋지 않은 어머니, 오빠인 빅토르 킨트 씨, 그리고 다른 신사 한 명이 있었다. 내가 방에 들어섰을 때 그 신사는 문 쪽에 등을 돌린 채 노부인과 이야기를 나누고 있었다.

나는 엄청난 공포에 눌려 쓰러질 지경이었으므로 안색이 몹시 창백했을 것이다. 오한이 나서 몸도 덜덜 떨렸다. 방 안에 있던 사람들이 대경실색하며 벌떡 일어나 나를 둘러쌌다. 나는 어서 다락방에 가보자고 그들을 설득했다. 신사들이 있는 걸 보니 마음이 놓이면서 용기가 났다. 신사들이 가까이에 있으면 도움이 될지도 모른다는 희망이 생겼다. 나는 문 쪽으로 돌아서며 다들 따라오라고 손짓했다. 사람들은 나를 말리려 들었지만 나는 그들도 반드시 함께 가서 내가 본 유령을, 다락방 한가운데 서 있었던 이상한 형상을 보아야 한다고 주장했다. 그 순간 나무 궤짝 위에 촛불과 함께 두고 온 편지가 생각났다. 소중한 편지! 그 편지를 되찾기 위해서라면 사람이든 유령이든 맞서 싸워야 했다. 나는 허겁지겁 계단을 올라갔다. 누군가 뒤따라오고 있다는 걸 알고는 더욱 서둘렀다.

이런! 다락방 문에 다다랐을 때는 촛불이 꺼져 있어서 방 안이 칠흑처럼 어두웠다. 다행히 누군가가(아마도 늘 침착한 베크 부인이었을 성싶다) 거실에 있던 램프를 들고 왔기 때문에 사람들이 올라오자마자 한 줄기 빛이 다락방의 두터운 어둠을 재빨리 뚫고 들어갔다. 궤짝 위에는 불이 꺼진 양초가 놓여 있었다. 그러나 편지는 온데간데없었다. 나는 이제 수녀 유령이 아니라 편지를 찾아 헤매기 시작했다.

"내 편지! 내 편지!"

나는 숨을 헐떡이며 거의 이성을 잃고 소리쳤다. 바닥을 기면서 손을 마구 휘젓고 이리저리 더듬었다. 잔인하기 그지없는 운명이

여! 그 맛을 충분히 음미하기도 전에 초자연적인 수를 써서 나의 작은 위안거리를 낚아채 가다니!

다른 사람들이 뭘 하고 있었는지는 모르겠다. 그들을 바라볼 겨를이 없었다. 그들이 뭐라고 물었지만 나는 대답하지 않았다. 그들은 방안 구석구석을 둘러보며 이 외투와 저 외투가 흐트러져 있다느니 천창에 금이 가 있다느니 하는 쓸데없는 소리를 늘어놓았다. 누군가가 현명한 체 하며 주장했다.

"뭔가가 여기에 왔다 갔군요."

바닥에 엎드려 손으로 더듬고 있던 편집광이 소리쳤다.

"이럴 수가! 내 편지를 빼앗겼어!"

그때 익숙한 목소리가 내 귓가에 울렸다.

"무슨 편지요, 루시? 나의 루시, 무슨 편지를 말하는 거요?"

내 귀가 잘못된 걸까? 그렇겠지. 나는 고개를 들었다. 내 눈이 잘못된 걸까? 내가 억양을 제대로 알아들은 걸까? 그 편지를 쓴 사람의 얼굴이 눈앞에 있는 게 맞나? 이 어두운 다락방에서 내 옆에 있는 신사가 다름 아닌 존 그레이엄 브레튼 선생이란 말인가?

그랬다. 존 선생은 그날 저녁 나이 든 킨트 부인의 병을 진찰해 달라는 요청을 받고 와 있었던 것이다. 내가 응접실에 들어갔을 때 그 안에 있었던 두 번째 신사가 바로 그였다.

"내 편지를 말하는 거요, 루시?"

"맞아요. 당신이 나에게 쓴 편지요. 조용히 읽고 싶어서 여기 올라왔어요. 다른 데서는 나 혼자 편지를 읽을 수가 없었거든요. 그 편지를 온종일 아껴두고 오늘 저녁 전까지는 열어보지도 않았어요. 제대로 읽지도 못했는데 잃어버리다니 견딜 수가 없네요. 오, 내 편지!"

"쉿! 소리치지 마시오. 자기 자신을 그렇게 심하게 괴롭히지 마시오. 그 편지가 뭐 그렇게 중요하다고 그러오? 쉿! 이 추운 방에서 나갑시다. 사람들이 경찰을 불러서 조사한다고 하니까 우리가 여기 있을 필요는 없소. 자, 같이 내려갑시다."

따스한 손이 내 차가운 손가락을 잡고 난로가 있는 방으로 나를 데려갔다. 존 선생과 나는 난로 앞에 앉았다. 그는 더할 나위 없이 마음씨 좋게 나를 위로하면서 잃어버린 편지 대신 20통이라도 더 써주겠다고 약속했다.

세상에는 절대로 낫지 않는 깊은 상처를 남기는 칼날 같은 말과 행동이 있고, 독약이 뚝뚝 떨어지는 날카로운 모서리에 베일 때처럼 날카로운 상처를 남기는 통렬한 모욕도 있지만, 어조가 너무 아름다워서 귀가 애착을 느끼고 그 소리의 울림을 영원히 간직하고 싶어 하는 위로의 말도 있는 법이다. 나를 위로했던 그 친절한 목소리는 일생 동안 사랑스럽게 내 귓가를 떠돌았고, 죽음을 예고하는 시커먼 구름 속에서조차도 희미해지지 않는 온정으로 기억됐으며 결코 어두워지지 않는 빛으로 부름에 답했다. 그 이후로 존 선생은 내가 생각했던 것만큼 완벽한 사람이 아니라는 이야기를 여러 번 들었다. 그의 실제 성격에는 나의 철석같은 믿음 속에 간직된 것과 같은 깊이와 높이와 넓이와 인내가 없다고들 했다.

하지만 나는 잘 모르겠다. 목이 바싹바싹 타는 여행자가 우물을 반기고 덜덜 떠는 죄수가 태양을 반기듯 나에게는 그가 좋은 사람이었다. 내가 기억하는 그는 영웅의 모습이다. 지금 이 순간에도 나는 그를 영웅으로 그릴 작정이다.

존 선생은 싱긋 웃으며 왜 그렇게 편지를 애지중지하느냐고 물었다. 나는 그 편지가 내 몸속에 흐르는 피만큼이나 소중하다고 속으로 생각했지만 그렇게 말할 수는 없었다. 그저 소중히 간직할 편지가 별로 없어서 그렇다고만 대답했다.

"아직 읽지 않은 게로군요. 읽어봤으면 아무것도 아니라고 여길 텐데!"

"한 번밖에 못 읽었어요. 다시 읽고 싶은데 그걸 잃어버려서 너무 속상해요."

나는 다시 흐르는 눈물을 주체하지 못했다.

"루시, 루시. 가엾은 대(代)누이(이런 관계가 있는지 모르겠지만)여, 여기 있소. 당신 편지가 여기 있소. 이걸 두고 그렇게 눈물을 흘리고 과분한 신뢰를 보여준 거요?"

그건 존 선생 특유의 이상한 행동이었다! 내가 편지를 찾고 있는 동안 그의 재빠른 눈은 바닥에 떨어져 있던 편지를 발견했던 것이다. 그는 눈만큼이나 재빠른 손으로 그걸 가로채서 외투 주머니에 숨겨놓고 있었다. 내가 조금만 덜 괴로워하고 덜 진지했다면 그가 사실을 털어놓거나 편지를 돌려주었을지도 의문이다. 내가 흘린 눈물이 조금만 덜 뜨거웠더라면 존 선생이 재미있어 하는 걸로 끝났을 것이다.

편지를 돌려받은 기쁨에 나는 존 선생에게 그렇게 나를 놀려대며 괴롭히면 어떻게 하느냐는 응당한 질책의 말을 하는 것도 잊었다. 기분이 너무 좋아서 감출 수가 없었다. 하지만 나의 기쁨은 말보다 표정으로 드러났으리라고 생각한다. 말로는 거의 표현하지 않았으니까.

존 선생이 물었다.

"이제 만족하오?"

나는 그렇다고 대답했다. 만족스럽고 행복했다.

"좋소. 그런데 몸은 괜찮소? 흥분이 가라앉고 있는 거요? 아니군. 아직도 나뭇잎처럼 떨고 있잖소."

하지만 내가 생각하기에는 어느 정도 평정을 찾은 듯했다. 적어도 혼비백산한 상태는 아니었으니까. 그래서 나는 마음이 가라앉았다고 대답했다.

"그렇다면 아까 무엇을 봤는지 말해 줄 수 있겠소? 당신 설명은 상당히 모호했어요. 알고 있소? 벽지 색깔처럼 창백한 얼굴로 '뭔가'를 봤다고만 했지 정확히 말하지도 않았잖소. 사람이었소? 동물이었소? 대체 뭐였소?"

"뭘 봤는지 자세히 밝히지는 않을 생각이에요. 만약 누군가가 똑같은 걸 보게 된다면 내가 그 증언을 뒷받침해 줄 수는 있겠지요. 지금 이야기하면 사람들이 믿지도 않고 내가 꿈을 꿨다는 소리나 들을 거예요."

존 선생이 말했다.

"말해 보시오. 전문가 입장에서 들을 테니까. 지금 나는 의사로서 당신을 관찰하면서 당신이 숨기려고 하는 것까지 모두 읽어내고 있다오. 당신 눈은 굉장히 들떠서 이리저리 움직이고 있소. 뺨에는 핏기가 없고 손도 가만히 있질 못하는군요. 자, 루시. 나에게 말해 보오."

"말하면 웃을 거죠?"

"말하지 않으면 더 이상 편지를 안 쓰겠소."

"지금 웃고 있잖아요."

"그럼 그 편지도 도로 가져가겠소. 내가 쓴 거니까 돌려달라고 할 권리도 있겠지요."

그의 목소리에서 장난기가 느껴지자 나는 오히려 진지해져서 입을 다물었다. 편지는 접어서 그의 시선이 닿지 않는 곳에 감춰버렸다.

"당신이 숨겨놓아도 내가 마음만 먹으면 언제든지 그걸 손에 넣을 수 있소. 잘 모르나본데 나는 손놀림이 재빠른 사람이오. 내가 하려고만 하면 마술사 노릇도 할 수 있을 거요. 우리 어머니도 내가 말재주와 눈썰미를 고루 갖추고 있다고 간혹 말씀하신다오. 당신은 나의 재주를 보지 못했겠지. 혹시 본 적 있소, 루시?"

"그래요, 그래요. 당신이 소년이었을 적에 두 가지 재주를 다 봤어요. 지금보다 더 재주가 좋았죠. 지금 당신은 강한 사람이 됐는데 강해지면 섬세함이 떨어지게 마련이니까요. 존 선생님, 그래도 당신에게는 이 나라 사람들이 '빈틈없는 눈길'이라고 부르는 게 있어요. 누구나 알아볼 수 있죠. 베크 부인도 그걸 알고……."

그가 웃으며 말했다.

"마음에 들어 했다오. 베크 부인도 그런 재주를 가진 사람이니까. 하지만 루시, 그 편지를 나에게 주시오. 이야기를 안 하는 걸 보니 그 편지를 정말로 아끼는 게 아닌가 보군요."

그가 이렇게 약을 올려도 나는 대답하지 않았다. 그레이엄이 명랑할 때는 지나치게 기분을 맞춰주면 안 된다. 그의 입가에 아까와는 다른 미소가 번지고 있었다. 아주 감미로운 미소였지만 그걸 보니 왠지 슬퍼졌다. 그의 눈 속에서도 새로운 빛이 번쩍였는데 적대적이지는 않았지만 안도감을 주는 빛도 아니었다. 나는 자리에서 일어나 약간 서글프게 작별인사를 했다.

그는 특유의 감각, 즉 빠른 이해력과 추리력을 동원해 내 머릿속에서도 채 정리되지 않았던 나의 말없는 불평을 감지했다. 그는 나지막한 목소리로 혹시 기분이 상했냐고 물었다. 나는 아니라는 뜻으로 고개를 가로저었다.

"그렇다면 헤어지기 전에 심각한 이야기를 조금만 하겠소. 당신은 신경이 아주 예민해져 있소. 당신이 자제하고 있긴 하지만 표정과 태도에 확연히 드러난다오. 당신이 오늘 저녁에 혼자 있었던 곳은 무덤 같이 음산하고 퀴퀴한 다락방이었고, 눅눅하고 곰팡내 나

고 결핵균과 감기균이 들끓는 함석지붕 아래의 감옥이었소. 들어
가지 말았어야 할 곳이지요. 그곳에서 상상력을 자극하기에 딱 좋
은 어떤 기괴한 현상을 본 거요. 아니면 봤다고 생각하는 거겠지.
예전에나 지금에나 당신이 물질적인 공포에 흔들리지 않을 사람이
라는 걸, 예컨대 눈앞에 강도가 있어도 무서워하지 않을 사람이라
는 걸 나는 알고 있소. 하지만 유령처럼 움직이는 게 나타나 당신
마음을 흔들어놓는 일이 앞으로 또 생길 수도 있단 말이오. 자, 마
음을 가라앉히시오. 다 신경에 문제가 있어서 그렇소. 하지만 당신
이 본 걸 자세히 이야기해 보시오."

"아무한테도 말하지 않을 건가요?"

"아무한테도 말하지 않겠소. 실라스 신부를 믿었던 것처럼 날 절
대적으로 믿어도 좋소. 사실 신부보다는 의사에게 비밀을 털어놓
는 게 더 안전하잖소. 나는 머리가 하얗게 센 사람은 아니지만."

"웃지 않을 거죠?"

"당신을 돕기 위해서 웃을 수도 있겠지만 결코 비웃지는 않을 거
요. 루시, 당신은 수줍은 성격 때문에 쉽게 마음을 열지 않겠지만
나는 당신을 친구로 여기고 있소."

그러자 그가 친구처럼 보였다. 형언하기 어려운 미소와 눈 속의
반짝임은 사라졌고, 입술과 코와 눈썹의 멋진 곡선들은 완만하게
펴졌다. 아주 평온한 태도로 차분하게 집중하는 모습이었다. 나는
그를 믿기로 하고 내가 본 걸 그대로 이야기했다. 예전에 그에게
학교에 떠도는 전설을 들려준 적이 있었다. 날씨가 좋았던 10월의
어느 날 오후, 마차를 타고 부아 레땅(Bois l'étang : 가상의 지명. bois는
나무라는 뜻이고, étang은 작은 호수나 연못을 가리킨다—옮긴이)을 통과하는
동안 한 시간쯤 여유롭게 그 이야기를 했던 것이다.

존 선생은 앉은 채 생각에 잠겼다. 그가 생각하는 동안 다른 사

람들이 아래층으로 내려오는 소리가 들렸다.

존 선생은 성가시다는 표정으로 문을 힐끔 보며 물었다.

"사람들이 들어올 것 같소?"

나는 대답했다.

"여기로 오진 않을 거예요."

왜냐하면 우리는 작은 방에 있었기 때문이었다. 베크 부인은 저녁에 이 방에 앉아 있는 일이 없었으므로 난롯불의 열기가 아직 남아 있었던 것도 순전히 우연이었다. 사람들은 방문을 그냥 지나쳐 응접실로 갔다.

존 선생이 말했다.

"저 사람들은 도둑이나 강도가 들었다고 말할 거요. 마음대로 이야기하게 놓아둡시다. 당신은 가만히 있어요. 수녀 이야기를 아무에게도 하지 않겠다는 결심을 지키시오. 수녀 유령이 당신에게 또 나타나더라도 놀라지 마시오."

나는 속으로 공포를 느끼며 말했다.

"당신은 유령이 내 머릿속에서 나왔다고 생각하나요? 그래서 다시 내 머릿속에 들어가 있다가 예상하지 못한 날과 시각에 나올 수 있다는 건가요?"

"그 유령은 환각이라고 생각하오. 오랫동안 정신적 고통을 겪어서 생긴 후유증이 아닌가 싶다오."

"오, 존 선생님. 그게 환각일 수 있다는 생각만으로도 몸서리가 쳐져요! 너무나 진짜 같았단 말이에요. 치료법은 없나요? 예방법은요?"

"행복이 치료법이고 즐거운 마음이 예방법이오. 행복과 즐거운 마음을 가꾸시오."

행복을 '가꾸라는' 이야기는 세상의 어떤 농담보다도 공허하게 들렸다. 대체 무슨 뜻으로 한 말일까?

행복은 밭에 심고 거름을 주면서 경작하는 감자가 아니지 않은가. 행복은 저 멀리 하늘나라에서 우리를 향해 내려오는 영광의 빛이다. 행복은 어느 여름날 아침 하늘나라의 자줏빛 꽃과 황금빛 열매에 맺혀 있다가 우리의 영혼에 떨어지는 신성한 이슬이다.

나는 존 선생에게 물었다.

"행복을 가꾸라고요! 당신은 행복을 가꾸나요? 어떻게요?"

"나는 원래 성격이 명랑한 사람이오. 불운이 나를 따라다니며 괴롭히지도 않았소. '고난'이 나와 어머니를 스치고 지나가며 인상을 쓴 적이 한 번 있지만 우리는 맞서 싸웠소. 아니 웃어넘겼다고 해야겠지. 그러자 고난은 그냥 지나갔소."

"행복을 가꾸는 거랑은 다른 이야기잖아요."

"나는 우울한 감정에 굴복하지 않았소."

"글쎄요. 당신도 우울하게 있는 걸 봤는데요."

"지네브라 판쇼 양 일을 말하는 거요?"

"그녀 때문에 괴로워한 적이 있었죠?"

"에이! 부질없는 소리 마시오! 내 기분이 좋아진 걸 모르겠소?"

생생한 빛을 발하며 웃고 있는 눈과 밝고 건강한 기운이 넘쳐 환해 보이는 얼굴로 보건대 그는 확실히 전보다 명랑해져 있었다.

나는 순순히 인정했다.

"별로 불행해 보이지 않고 건강도 괜찮아 보이네요."

"그렇다면 루시, 당신이라고 나처럼 밝고 건강한 모습을 보여주지 못할 이유가 있겠소? 이 세상의 수녀 유령과 요괴가 몽땅 몰려와도 대항할 수 있도록 기운차고 씩씩해지시오. 당신이 손가락을 딱딱 꺾는 모습을 볼 수만 있다면 당장 황금이라도 내놓겠소. 한 번만 해보시오."

"지금 이 자리에 판쇼 양을 데려온다면 어떨까요?"

"루시, 맹세코 나는 그녀를 보고도 흔들리지 않을 거요. 그녀가 내 마음을 움직이는 방법이 한 가지 있긴 하지. 진실하고 열정적인 사랑 말이오. 그보다 낮은 가격으로는 용서할 생각이 없소."

"그럴 리가요! 그녀의 미소는 한동안 당신에게 최고의 행복이었잖아요."

"이제 달라졌소, 루시. 상황이 달라졌단 말이오! 당신은 한때 날 노예라고 불렀소. 하지만 지금의 나는 자유인이오!"

존 선생은 자리에서 일어섰다. 머리와 몸의 움직임, 빛나는 눈, 전체적인 태도에서 단순한 편안함이 아닌 자유로움이 묻어났다. 지난날의 사랑에 환멸을 느끼는 것 같았다. 그가 다시 입을 열었다.

"판쇼 양에게 이끌려 어떤 감정을 품었던 때가 있었지만 그건 끝났소. 나는 다음 단계로 넘어왔어요. 지금은 정말로 사랑다운 사랑을 해보고 싶고, 열정다운 열정을 품고 싶소. 그것도 아주 많이."

"존 선생님! 당신은 성격상 이루어지기 힘든 사랑을 추구한다고 했잖아요. 오만하고 냉담한 사람에게 매력을 느낀다면서요!"

그는 웃음을 터뜨리고 나서 대답했다.

"성격도 변하잖소. 때로는 한 시간 전에 가졌던 감정도 우습게 여겨진다오. 자, 루시. (장갑을 끼면서) 수녀가 오늘 밤에 다시 나타날 것 같소?"

"그렇지는 않을 것 같아요."

"다시 온다면 수녀에게 나, 존 선생의 찬사를 전해 주시오. 그리고 존 선생이 달려올 때까지 기다려 달라고 부탁하시오. 루시, 그 수녀 유령은 아름다웠소? 얼굴이 예쁘던가요? 당신은 그 이야기를 빼먹었잖소. 그거야말로 진짜로 중요한 건데."

"얼굴에 흰 베일을 쓰고 있었어요. 하지만 눈은 반짝이더군요."

그러자 존 선생이 소리쳤다.

"빌어먹을 유령 같으니! 그래도 눈은 아름다웠다 이거지. 밝고 부드러운 눈이라."

"한 곳만 바라보는 차가운 눈이었어요."

"됐소, 됐소. 우리와는 상관없소. 유령은 당신을 따라다니지 않을 거요, 루시. 그녀가 다시 나타나거든 이렇게 손을 잡고 악수를 해주시오. 그녀가 이걸 견딜 수 있을 것 같소?"

유령은 그렇게 친절하고 따뜻한 행동을 견디지 못할 것 같았다. 악수에 덧붙여진 미소와 '잘 자요'라는 인사에는 특히.

* * * * *

그렇다면 다락방에 뭔가가 있었을까? 사람들은 무엇을 찾아냈을까? 샅샅이 조사했지만 찾아낸 건 별로 없었다. 처음에는 외투가 흐트러져 있다는 이야기가 나왔다. 하지만 베크 부인이 나중에 내게 말한 바에 따르면 그녀가 보기에 외투는 평소와 다름없이 걸려 있었다고 했다. 그녀는 천창도 항상 몇 군데는 깨지거나 금이 가 있었다고 장담했다. 게다가 며칠 전에 폭풍이 불고 우박이 떨어지지 않았던가.

베크 부인은 내가 무엇을 보았는지 자세히 말해 달라고 채근했지만 나는 검은 옷을 입은 사람 형체를 희미하게 봤다고만 말했다. '수녀'라는 말은 입 밖에 내지 않으려고 주의했다. 그런 말을 하면 베크 부인은 곧바로 남녀 간의 사랑을 떠올리거나 비현실적이라는 생각을 할 터였다. 그녀는 이 일에 대해 하인이나 학생이나 교사에게 아무 말도 하지 말라고 지시했다. 그러고는 내가 학교 휴게실로 가서 그 괴상한 이야기를 하지 않고 그녀의 응접실로 달려온 건 현명한 행동이었다고 칭찬했다.

그 일은 그렇게 마무리됐다. 은근히 슬퍼진 나는 혼자 생각에 잠겼다. 그 이상한 형체는 이 세상의 것이었을까, 이 세상 너머에 속한 것이었을까? 아니면 내가 병이 나서 그랬을 뿐이고 나는 병의 희생양이었을까?

빌레트 · 1

초판 1쇄 인쇄일 ▌ 2010년 1월 10일
초판 1쇄 발행일 ▌ 2010년 1월 15일

지은이 ▌ 샬럿 브론테
옮긴이 ▌ 안진이
교　　정 ▌ 이현정
발행처 ▌ 현대문화센타
발행인 ▌ 양장목
출판등록 ▌ 1992년 11월 19일
등록번호 ▌ 제3-448호
주소 ▌ 경기도 고양시 일산동구 백석동 1309
대표전화 ▌ 031-907-9690~1　　팩시밀리 ▌ 031-813-0695
이메일 ▌ hdpub@hanmail.net
ISBN 978-89-7428-365-0 (04840)
　　　978-89-7428-364-3 (전2권)

값 12,000원

브론테 자매 컬렉션

현대문화센타에서만 만나실 수 있습니다

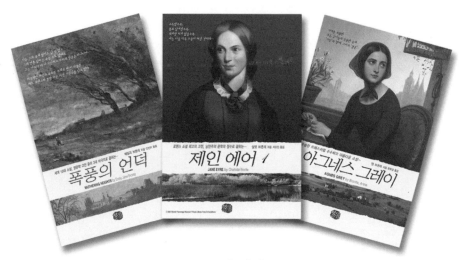

폭풍의 언덕

에밀리 브론테 지음/ 안진이 옮김

여성 특유의 섬세함과 돋보이는 서정성으로 셰익스피어의 리어 왕과 비교되는 폭풍의 언덕
음산하고 황량한 요크셔의 황야를 배경으로 악마적이라고 할 정도로 난폭한 인간의 애증을,
3대에 걸친 특이한 성격의 일가족이 펼치는 사랑과 증오와 복수를 강력한 필치로 묘사하고 있다.
고전(古典) 중의 3대 비극으로도 일컬어진다.

제인 에어 (전 2권)

샬럿 브론테 지음/ 서유진 옮김

로맨스 소설 최고의 고전, 낭만주의 문학의 정수로 꼽히는……
태어나자마자 부모를 잃게 된 제인 에어, 반항적인 기질을 타고난 그녀는 온갖 구박을 당하는 어린 시절을 보낸 뒤,
불우한 소녀들을 교육하는 로우드 기숙학교에 보내진다.
열여덟 살의 숙녀로 성장한 제인은 가정교사로 첫 걸음을 내딛게 되고,
그곳에서 저택의 주인이며 추남이지만 폭풍 같은 열정의 소유자인 로체스터를 만나게 된다.

아그네스 그레이

앤 브론테 지음/ 문희경 옮김

시대를 초월한 모든 남녀의 영원한 숙제 '사랑'과 '연애' 그리고 결혼……
일인칭 화자의 목소리를 통해 위선적인 인간군상을 명쾌하면서도 익살스럽게 기록함으로써
빅토리아 시대의 여성과 계층문제를 사실적으로 다루고 있다.
특히 교육수준이 높아 자존심이 강하지만 하녀와 다를 바 없는 처우를 받아야 했던
가정교사의 고뇌가 이 작품 속에 고스란히 담겨 있다.